新编21世纪远程教育精品教材

· 汉语言文学系列 ·

新时期文学思潮

（第二版）

张永清　主编

中国人民大学出版社
·北京·

新编 21 世纪远程教育精品教材
编委会

作者简介

张永清，文学博士，中国人民大学中文系教授、博士生导师。主要讲授“文学概论”“美学概论”“新时期文学思潮”“当代文艺思潮”“二十世纪西方美学基本问题研究”等课程。

内容简介

本教材遵循历史与逻辑统一的基本原则，在基本按照时间顺序勾勒文学思潮的演进过程的同时，对同一思潮在不同历史时期也做了相应的归类与概括；在具体的论述过程中，力图以平实、简约的语言把对象的“来龙去脉”讲清楚，在准确描述的基础上做简要的分析。通过学习，读者会较为全面地了解新时期文学发展的总体状况；认识文学创作和政治、经济、文化传统、外来文化、创作思潮、理论思潮之间的复杂关系；从繁复的文学现象中把握文学发展、变化的主导趋势及文学自身发展的内在规律；提高自己概括和把握文学现象、分析具体文学现象的理论能力。

总　序

我们正处在教育史尤其是高等教育史上的一个重大的转型期。在全球范围内，包括在我们中华大地，以校园课堂面授为特征的工业化社会的近代学校教育体制，正在向基于校园课堂面授的学校教育与基于信息通信技术的远程教育相互补充、相互整合的现代终身教育体制发展。一次性学校教育的理念已经被持续性终身学习的理念所替代。在高等教育领域，从 1088 年欧洲创立博洛尼亚（Bologna）大学以来，21 世纪以前的各国高等教育基本是沿着精英教育的路线发展的，这也包括自 19 世纪末创办京师大学堂以来我国高等教育短短百多年的发展史。然而，自 20 世纪下半叶起，尤其在迈进 21 世纪时，以多媒体计算机和互联网为主要标志的电子信息通信技术正在引发教育界的一场深刻的革命。高等教育正在从精英教育走向大众化、普及化教育，学校教育体系正在向终身教育体系和学习型社会转变。在我国，党的十六大明确了全面建设小康社会的目标之一就是构建学习型社会，即要构建由国民教育体系和终身教育体系共同组成的有中国特色的现代教育体系。

教育史上的这次革命性转型决不仅仅是科学技术进步推动的。诚然，以电子信息通信技术为主要代表的现代科学技术的进步，为实现从校园课堂面授向开放远程学习、从近代学校教育体制向现代终身教育体制和学习型社会的转型提供了物质技术基础。但是，教育形态演变的深层次原因在于人类社会经济发展和社会生活变革的需求。恰在这次世纪之交，人类社会开始进入基于知识经济的信息社会。知识创新与传播及应用、人力资源开发与人才培养已经成为各国提高经济实力、综合国力和国际竞争力的关键和基础。而这些是仅仅依靠传统学校校园面授教育体制所无法满足的。此外，国际社会面临的能源、环境与生态危机，气候异常，数字鸿沟与文明冲突，对物种多样性与文化多样性的威胁等多重全球挑战，也只有依靠世界各国进一步深化教育改革与创新、人与自然的和谐发展才能得到解决。正因为如此，我国党和政府提出了“科教兴国”“可持续发展”“西部大开发”“缩小数字鸿沟”及“人与自然和谐发展”的“科学发展观”等基本国策。其中，对教育作为经济建设的重要战略地位和基础性、全局性、前瞻性产业的确认，对高等教育对于知识创新与传播及应用、人力资源开发与人才培养的重大意义的关注，以及对发展现代教育技术、现代远程教育和教育信息化并进而推动国民教育体系现代化、构建终身教育体系和学习型社会的决策更得到了教育界和全社会的共识。

在上述教育转型与变革时期，中国人民大学一直走在我国大学的前列。中国人民大学是一所以人文、社会科学和经济管理为主，兼有信息科学、环境科学等的综合性、研究型大学。长期以来，中国人民大学充分利用自身的教育资源优势，在办好全日制高等教育的同时，一直积极开展远程教育和继续教育。中国人民大学在我国首创函授高等教育。1952

年，校长吴玉章和成仿吾创办函授教育的报告得到了刘少奇的批复，并于1953年率先招生授课，为新建的共和国培养了一大批急需的专门人才。在20世纪90年代末，中国人民大学成立了网络教育学院，成为我国首批现代远程教育试点高校之一。经过短短几年的探索和发展，中国人民大学网络教育学院创建的“网上人大”品牌，被远程教育界、媒体和社会誉为网络远程教育的“人大模式”，即“面向在职成人，利用网络学习资源和虚拟学习社区，支持分布式学习和协作学习的现代远程教育模式”。成立于1955年的中国人民大学出版社是新中国建立后最早成立的大学出版社之一，是教育部指定的全国高等学校文科教材出版中心。在过去的几年中，中国人民大学出版社与中国人民大学网络教育学院合作创作、设计、出版了国内第一套极富特色的“新编21世纪远程教育精品教材”。这些凝聚了中国人民大学、北京大学、北京师范大学等北京知名高校学者教授、教育技术专家、软件工程师、教学设计师和编辑们广博才智的精品课程系列教材，以印刷版、光盘版和网络版立体化教材的范式探索构建全新的远程学习优质教育资源，实现先进的教育教学理念与现代信息通信技术的有效结合。这些教材已经被国内其他高校和众多网络教育学院所选用。中国人民大学出版社基于“出教材学术精品，育人文社科英才”理念的努力探索及其初步成果已经得到了我国远程教育界的广泛认同，是值得肯定的。

2005年4月，我被邀请出席《中国远程教育》杂志与中国人民大学出版社联合主办的“远程教育教材的共建共享与一体化设计开发”研讨会并做主旨发言，会后受中国人民大学出版社的委托为“新编21世纪远程教育精品教材”撰写“总序”，这是我的荣幸。近几年来，我一直关注包括中国人民大学网络教育学院在内的我国高校现代远程教育试点工程。这次，更有机会全面了解和近距离接触中国人民大学出版社推出的“新编21世纪远程教育精品教材”及其编创人员。我想将我在上述研讨会上发言的主旨做进一步的发挥，并概括为若干原则作为我对包括中国人民大学出版社、中国人民大学网络教育学院在内的我国网络远程教育优质教育资源建设的期待和展望：

- 新编21世纪远程教育精品教材的教学内容要更加适应大众化高等教育面对在职成人、定位在应用型人才培养上的需要。
- 新编21世纪远程教育精品教材的教学设计要更加适应地域分散、特征多样的远程学生自主学习的需要，培养适应学习型社会的终身学习者。
- 在我国网络教学环境渐趋完善之前，印刷教材及其配套教学光盘依然是远程教材的主体，是多种媒体教材的基础和纽带，其教学设计应该给予充分的重视。要在印刷教材的显要部位对课程教学目标和要求做明确、具体、可操作的陈述，要清晰地指导远程学生如何利用多种媒体教材进行自主学习和协作学习。
- 应组织相关人员对多种媒体的远程教材进行一体化设计和开发，要注重发挥多种媒体教材各自独特的教学功能，实现优势互补。要特别注重对学生学习活动、教学交互、学习评价及其反馈的设计和实现。
- 要将对多种媒体远程教材的创作纳入对整个远程教育课程教学系统的一体化设计和开发中去，以便使优质的教材资源在优化的教学系统、平台和环境中，在有效的教学模式、学习策略和学习支助服务的支撑下获得最佳的学习成效。
- 要充分发挥现代远程教育工程试点高校各自的学科资源优势，积极探索网络远程教育优质教材资源共建共享的机制和途径。

中华人民共和国教育部远程教育专家顾问

丁兴富

前言

新时期以来，伴随着中国社会的深刻变革与巨大转型，文学也发生了许许多多不同于以往的重大变化，呈现出新的审美品格与艺术风貌。文学创作中的现实主义、现代主义、新历史主义等思潮竞相涌现，理论论争中的现实主义与现代主义、现实主义与新历史主义、文学的主体性与文学的个人化、人文精神大讨论等的探索与争鸣，无不体现出新时期文学思潮勇于开拓、“与时俱进”的追求，留下了新时期文学思潮不断走向“现代性”的心路历程。这一时期的文学拥有过自己的光荣与辉煌，处于社会的中心；也有过衰败与失落，处于社会的边缘。从宏大叙事、审美叙事到日常叙事与个人叙事的位移；从文学是工具到文学是本体的嬗变；从注重文学的认识、教育、提升功能到注重文学的娱乐、消遣、休闲功能的转变，等等，无不显示出新时期文学思潮自身内涵的丰富性与复杂性。本书力图较为全面地勾勒出文学在这一时期的运行轨迹，勾勒出文学与时代、文学与社会、文学与人生、文学与自我以及文学与大众传媒之间的关系和总体特征。

考虑到学习对象的实际状况，在编写过程中，我们遵循的是历史与逻辑相统一这一基本原则。在基本按照时间顺序勾勒文学思潮的演进过程的同时，对同一思潮在不同历史时期的表现也做出了相应的归类与概括，比如，20 世纪 90 年代中期的“新现实主义”就没有列专章，而是把它放在第一章。此外，我们在具体的论述过程中，不追求专著那样的体例与学术个性，力图以平实、简约的语言把对象的来龙去脉讲述清楚，在准确描述的基础上做简要的分析。

众所周知，文学是人学，是关于人生、社会、人的心灵与精神的艺术探索，因此，一部作品就是一段人生。我们阅读作品，就是进入他人的世界，他人的心灵世界，并与之展开对话，以便丰富、深化我们自己的美丽人生。这就需要我们在学习过程中，运用所学到的相关文学理论知识，根据我们自己的人生体验与感悟，去把握和理解作品，去分析文学现象，去判断他人的相关论断，最终得出我们自己的人生答案。从这个意义上讲，本书只能起到向导性、启发性的作用，而非一种让大家去死记硬背的僵硬教条与陈规；学习的目的是让我们的人生更丰富、让我们的生活更充实，而非使我们的人生更单调、更枯燥。让我们共同牢记西方哲人所说的话：“我并不愿意让我的著作代替别人的思想。然而，假如可能的话，希望它能激发别人自己的思想。”

本书编写具体分工如下：绪论、第五章、第十章由张永清撰写；第一章、第二章、第八章由何群教授撰写；第三章、第四章、第六章由龚小凡教授撰写；第七章、第九章、第十一章由朱宁嘉副研究员撰写。最后，由张永清负责修改、统稿、定稿。

由于学识所限，在对一些问题的梳理与把握过程中，还存在一些欠妥与悖谬之处，个别章节的论述也过于粗疏，敬请读者和专家不吝赐教。

在编写过程中，得到了中国人民大学中文系陈传才教授与金元浦教授的指导。中国人民大学网络教育学院与中国人民大学出版社，对本书的编写也给予了非常宝贵的支持。在此，谨向他们表示真诚的感谢。

作　者

目录

CONTENTS

绪　论

一、几个关键词的解释与说明

从目前来看，对改革开放以来文学及文学思潮的“命名”大致有如下三种方式：第一种方式，始终沿用“新时期”这个概念；第二种方式，部分学者认为自20世纪80年代中后期之后，“新时期”难以概括与涵盖文学的新气象与新精神，主张用“后新时期”来指称它；第三种方式，采用时间段落方式来命名，比如“20世纪80年代文学现象研究”“中国20世纪后20年文学思潮”，等等。此外，各方对文学思潮的理解与把握也还存在一些不尽相同的认识，也必然导致对这一时期文学现象理解与把握的不同。因此，有必要对相关概念做出简要而明晰的解释，以便于我们此后所做的相关论述。

（一）新时期

在论述这个概念时，我们先来看韦勒克在《批评的概念》中从文学的角度对“时期”的理解与界定。他认为某些核心术语不能给出确切的定义，因为这是一个时期性的概念：“时期是一个由某种文学规范体系所支配的时间段落。所以时期只是一个调节性概念，而不是一个必须直观才能看到的形而上学本质，当然也不是一个完全任意规定的语言称号。”① 从这个意义上讲，我们所指称的“新时期文学思潮”是指1976年10月以来，尤其是指1978年至今的文学思潮。学术界对用“新时期”这个术语来涵盖这个时间段的文学存在着不同意见。下面我们就此问题做相关介绍。尽管各种有关当代文学的论著及教材对“新时期”这个概念都有较为详细的理论解说，但是为了说明问题，还需要我们在此再稍做梳理。毋庸讳言，“新时期文学思潮”是由“新时期文学”衍生而来的，因此，从发生学角度看，先要对“新时期”进行必要的概念梳理工作。

首先，“新时期文学”这个概念的提出是随着国家政治语境的剧烈变动而出现的，它最初是在政治意义上来使用的，这可以从两个具体事例中来说明：最早见于1978年5月11日《光明日报》刊发的《实践是检验真理的唯一标准》一文；同年12月14日《人民日报》刊载的《中国共产党十一届中央委员会第三次全体会议公报》明确了这种说法。众所周知，新中国成立以来很长一段时期内，文学与政治之间具有一种非常直接的、非常紧密

---

① 勒内·韦勒克．批评的概念．杭州：中国美术出版社，1999：88.

的关系，政治对文学具有决定性的影响作用。在这样一个时代氛围与话语背景下，文艺界对此迅速做出了反应，1978 年的《文学评论》和《文艺报》等核心刊物纷纷将“新时期”这个概念“嫁接”在文学这棵大树上；经过一年多舆论和理论上的准备，在 1979 年 11 月 1 日的第四次文代会上，正式确认了“新时期”这种提法。至此，“新时期”成为一个崭新的文学史分期概念，从而完成了由政治领域到文学领域的转换。

其次，“新时期文学”的上限即起始段问题。学界主要存在着四种看法：第一种看法认为，“如果要追溯新时期文学潮流的源头，就一定要从四五诗歌运动算起。正是在这里，才最清楚地表现出现实主义文学和历史变革的必然要求的内在联系。”[①] 第二种看法出现于丁柏铨主编的《中国新时期文学词典》之中，其观点是：文学史分期没有绝对泾渭分明的界限，存在着模糊区域：“‘新时期’，这是中国大陆上的一个特定的历史概念。按通常理解，它以 1976 年粉碎‘四人帮’为起始，并正在不断向后延伸。”第三种看法认为，“对于新时期小说在起步时起着导向作用的作品，是刘新武发表于 1977 年 11 月号《人民文学》上的短篇小说《班主任》。”[②] 第四种看法认为，在 1978 年前发表的许多作品都还带有十七年文学甚至“文化大革命”的印记，正是在 1978 年后，文学发展的空间与话语方式发生了某种意义重大的变动，从而带动了整个文学格局和文学内质的转变，比如，1980 年出版的《中国当代文学史初稿》就持此观点。

（二）后新时期

1992 年，学术界提出了“后新时期文学”这个概念。根据相关研究，最早明确提出“后新时期文学”一词的是谢冕。谢冕在 1992 年第 4 期的《文学自由谈》发表了《新时期文学的转型——关于“后新时期文学”》一文，认为新时期文学在 20 世纪 80 年代后期已经出现了某种裂变，比如，先锋小说的问世、后现代思潮的介入、通俗文学对纯文学构成的严峻挑战等，有必要从理论上对此做出积极回应。此后，冯骥才、张颐武、王宁、赵毅衡等人在《文学自由谈》《文艺争鸣》《天津社会科学》《作家》刊物撰文表示认同。此外，陈晓明在《表意的焦虑——历史祛魅与当代文学变革》一书中也指出：“学术界通常把粉碎‘四人帮’后，即 1976 年以后至 1989 年这一时期的文学称作‘新时期’。1989 年之后，新一代的评论家称之为‘后新时期’。但关于‘后新时期’的分法，亦有不同的观点。大多数评论家以 1989 年为界，但笔者认为应以文学自身的内部变化来把握文学史的转折，在我看来，应以 1987 年为界。笔者在 1988 年以后写的文章，就称 1987 年以后的文学为‘新时期后期’，当时称之为‘后新潮’……当然，我们并不认为一定要把 1987 年以后至 90 年代，称之为‘后新时期’，但 1987 年以后的文学明显与此前的文学有区别，再称之为‘新时期’肯定不合适。”“新时期”这个概念是否已经完成了其历史使命而走向终结？“后新时期”是否已经成为命名这一时期文学态势的普遍话语？学术界自 1992 年到 1994 年对此问题展开了热烈的讨论，时至今日并未取得共识。

赞成用“后新时期”这个概念的学者对标志着某种“断裂”与“新变”的文学精神的理解与把握并不尽一致。比如，一些学者认为，“后新时期”文学的问世体现在以下三个方面：“先锋文学”的“激进实验构成了对新时期人文精神的有力挑战”，“新写实文学”

---

① 何西来．新时期文学思潮论．南京：江苏文艺出版社，1985：8.

② 黄政枢．新时期小说的美学特征．南京：南京大学出版社，1991：17.

是“对传统的现实主义原则的叛逆”，纯文学和通俗文学并存。另外一些学者认为，“后新时期”的特点在于：第一，“后新时期”文学是一种“回返”性的文学，文学开始重新尊重法则和伦理，不仅尊重叙事的法则，也尊重现实的法则；第二，“后新时期”文学具有某种第三世界后现代的“多元混杂”的特点，强调其后现代与文化特征。此外，赞成者们对“后新时期”的起始时限的理解也不一致，比如，有的认为是1985年，有的认为是1987年，还有的认为是1989年。总之，在一些关键性的问题上，比如，“后新时期”究竟是一个文学概念还是一个文化概念，究竟是一个在“时间”和“政治”上与“新时期”相区别的概念，还是用来描述文学发展自身运作的内在规律的概念，同样也没有取得一致意见。

对于“后新时期”的提出以及对其特征的概括，也有相当一部分学者进行了质疑，最具代表性的是徐贲在1996年第5期的《文学评论》中发表的《从“后新时期”概念谈文学的历史意识》一文。他认为，当“后新时期”被当作一个新概念提出来讨论的时候，它还只是一个用来描述1989年以后文学“转型”的概念。当时，使用这个概念的论者们对“后新时期”文学究竟体现出了哪些新特征以及时限的划分，都存在着明显的矛盾。这种矛盾性表现在两个方面：第一，论者之间存在矛盾；第二，论者自身的观点前后矛盾。比如，赞成者在1992年把“新写实”说成是“后新时期”的典型文学形式，以区别于“新时期”的“伤痕文学”一类的作品，到了1994年则把“新写实”说成是“新时期”“‘寓言’式”文化逻辑的体现。再比如，一方面，认为后新时期的“众声喧哗”是区别于新时期“权威一统”的表征；另一方面，又认为新时期“可以在主旋律之下听到发自不同声部的不同声音”。总而言之，“后新时期”概念的内涵还缺乏一以贯之性，存在逻辑悖论，缺乏理论上的说服力，正如一些学者所言，“后新时期”理论家应当告诉我们怎么去理解和认识“后新时期”起始关系的“发生”和“规范”的特定内容，以及这二者之间有别于“新时期”的特殊性，遗憾的是，他们没有能够做到。

我们认为，就目前来看，还没有充分的理由用“后新时期”取代“新时期”这个概念。主要理由有二：第一，不可否认，“新时期”这个术语最初是一个政治概念，但当它完成从政治领域到文学领域的转化之后，就成了文学史分期的概念。诚然，20世纪70年代末到80年代中期的“新时期”文学具有非常突出的意识形态性乃至政治性，但是，这不是它的全部或者唯一的内涵。这是因为，“新时期”本身就是一个开放性、包容性、延伸性的理论范畴，而“后新时期”的提出者与赞成者仅局限于从政治层面来理解“新时期”，正如他们自己所说：批评家无法再沿用“新时期”这一带有强烈政治色彩的概念来涵盖新出现的诸种文学现象。因此我和我的批评界同行便用“后新时期”这一术语。我们赞同这样一种说法：“新时期”的核心精神理解是“以‘科学、民主’为内容的对‘现代化’的热切渴望”。众所周知，现代性是一个过程，它既包括政治、经济领域的现代性变革，同时也包括文学、文化的现代性。因此，文学在不同时期体现出来的新气象、新变化都是新时期自身理论话语的相应延伸。20世纪90年代文学在市场经济与全球化的双重背景下，确实体现出了与80年代政治文化不同的特征，其中最主要的就是具有浓厚的商业文化与消费文化的特点，但“两者之间的‘延续性’要大于两者的‘断裂性’。这是因为八九十年代之交的社会‘转型’，主要是由于市场经济的全面展开，社会文化并没有作有意识的全面调整（像‘文化大革命’结束那样）。50年代至70年代确立起来的文学规范在80年代期间瓦解的趋势，在90年代仍在继续”。第二，“后新时期”论者所提出的终结“新时期”的根据与理由还不够充分，自相矛盾的理论阐释还缺乏说服力。综上所述，“新时期”这个术语还有它存在的合法性与有效性。

（三）文学思潮

对文学思潮的界定与把握，目前并没有统一的认识。在给出我们自己的界定之前，首先来看已有的文学思潮论著对其所做的界定。陈剑晖在《新时期文学思潮》一书中对文学思潮做出了以下几种概括：第一，理解为一种创作方法，如19世纪的浪漫主义、自然主义、批判现实主义等；第二，把文学思潮等同于文艺观点和文艺主张；第三，将文学思潮的发展演变的运动史看作政治斗争、文艺思想斗争和文学史。在此基础上，作者给出了自己对文学思潮的界定：“文学思潮则是在特定的历史时期内，一批作家在社会思潮的激发下，自觉提倡一种文艺观点或文艺思想，自觉地遵循某种创作方法，并形成一种运动，产生普遍影响，这在文学史上称为文学思潮。在这里，我们看到，文学思潮不仅包括特定历史时期里一些作家所采用的相同或相近的创作方法，更主要的，还包括产生这些创作方法的特定时代背景和历史社会条件。”据此，作者还给出了确定文学思潮产生的三个条件：有社会思潮、哲学思潮作基础；有文艺思想、创作理论做指导；有一批艺术风格相近的作品体现了这种文艺思想和理论。

吴秀明在《转型时期的中国当代文学思潮》一书中对文学思潮作了如下归纳：一是侧重从文学创作的角度来理解文学思潮；二是侧重从文学思潮与社会思潮的关系的角度来评价文学思潮；三是把文学思潮理解为一种思想潮流（20世纪80年代的《辞海》就是如此界定）；四是从创作方法的角度来理解文学思潮；五是强调文学思潮的思想潮流（理论潮流）和创作潮流的特质。作者认为，人们目前对文学思潮的基本内涵还有大体相近的认识：“（一）文学思潮具有群体倾向；（二）文学思潮包含着理论（思想）潮流和创作潮流；（三）文学思潮受一定的社会思潮和哲学思潮的影响，并反作用于社会思潮和哲学思潮。”

陆贵山主编的《中国当代文艺思潮》一书对文学思潮做了一些新的把握与理解。该书认为文学思潮贯穿于整个文学活动，文学思潮涉及的不只是创作活动，而以往对文学思潮的理解基本上把它等同于创作思潮。该书认为文学思潮还表现于理论、批评、鉴赏（接受）的活动过程，是特定历史时期文学系统活动中受某种文学规范体系所支配的群体性思想倾向。比如，17世纪法国古典主义文学思潮，就并不仅仅是创作思潮，与其说古典主义是创作思潮，毋宁说首先是理论批评思潮。尽管文学思潮不能等同于创作类型，但它们又不能截然分开，二者之间有着内在的联系。在文学思潮与创作思潮的关系上，该书强调指出，文学思潮的抽象性、群体性、动态性、复杂性、广延性等内在特质决定了对文学思潮的识别具有较大的难度，而事实上，创作类型研究往往成了文学思潮识别的前提和基础，可以说，创作类型研究有助于文学思潮的发现。其原因在于，文学创作到底是文学活动中较为重要和明显的活动领域，尤其是19世纪以前的文学思潮，往往是倾斜于创作的系统结构，大多以创作思潮为中心，甚至一些以创作原则为归类标准的创作类型名称随着研究的发展而转化为文学思潮的名称，比如，“古典主义”“浪漫主义”“现实主义”等。此外，该书对文学思潮的分类原则也做了较为详细的理论探讨。

究竟如何界定文学思潮？我们认为，**文学思潮是指在某一历史时期，在特定社会思潮、哲学或艺术观念乃至大众传媒等的影响下，自觉或不自觉地形成的具有群体性的文学**

理论或文学创作潮流。在这个界定中，我们强调了两个方面：第一，文学思潮主要包括两个方面的内容，即创作思潮与理论思潮。创作思潮构成了文学思潮的核心，时代精神、社会心理、哲学理论、艺术观念、创作手法以及对文学价值与功能的整体性认识等都可以从创作思潮中见出。因此，在对一个时期文学现象的把握过程中，需要以创作思潮为“枢纽”来展开论述。理论思潮则是指对某一创作思潮所展开的具有群体性与广泛影响性的论争与探讨。换言之，这种理论思潮不是纯粹理论形态意义的思潮，而是与创作思潮密切相关，具有鲜明的实践性与强烈的当下性，这种论争可以是创作思潮所体现出来的创作精神与创作手法，比如现实主义、现代主义的论争；可以是写作的立场，比如关于个人化写作、知识分子写作与民间写作的论争；也可以是文学价值取向，比如人文精神大讨论。基于上述考虑，我们把新时期文学思潮概括为 7 个创作思潮与 4 个理论思潮。它们分别是：现实主义思潮、现代主义思潮、新写实文学思潮、新历史主义文学思潮、大众文学思潮、女性文学思潮、网络文学思潮；关于现实主义的理论流变与阐释，文学观念的现代转型——关于现代主义的理论论争，“人文精神”的理论争鸣与评析，个人化写作、知识分子写作和民间写作的理论论争。第二，强调文学体制的运作方式与大众传媒对文学思潮的深刻影响（这一问题将在下面做专门论述）。以往对文学思潮的研究，注重的是文学思潮产生的时代精神、社会心理、哲学理论与艺术观念的影响，而忽视了某个特定历史时期（尤其是在现代社会）文学体制以及现代传媒的功能与作用。因此，在对文学思潮的研究过程中，应加强文学体制、现代出版机构及其出版物、大众传媒在文学思潮的形成、兴盛等方面的影响的理论探讨，以便更加客观、更加准确地理解与把握文学思潮演变的特点、规律以及整体走向等。

二、新时期文学思潮的演变历程

首先需要说明的是，由于在以后各章中还要进行详细的论述与阐释，在此我们只勾勒出一个大致的演变轨迹。

我们遵循历史与逻辑相统一这一基本原则与精神，在基本按照时间顺序勾勒文学思潮的演进过程时，对同一思潮在不同历史时期也做出相应的归类与概括。新时期文学思潮大体经历了这样一个发展过程：现实主义文学思潮、关于现实主义的理论流变与阐释，文学观念的现代转型——关于现代主义的理论论争，先锋文学——现代主义文学思潮，新写实文学思潮，新历史主义文学思潮，大众文学思潮，“人文精神”的理论争鸣与评析，女性文学思潮，个人化写作、知识分子写作和民间写作的理论论争，网络文学思潮。

现实主义是新时期文学出现的第一个文学思潮。在 20 世纪后 20 年，它经历了现实主义的恢复与发展、变异与深化、再度“回归”等阶段，主要体现在伤痕文学、反思文学、改革文学、寻根文学与“新现实主义”文学中。现实主义在新时期的恢复主要体现为两个向度：十七年的革命现实主义与“五四”现实主义。当然，这种复归是有选择性的，部分的，同时也对现实主义有所发展，有所丰富，这又主要体现在两个方面：一是从题材及主题看，现实主义每每突破禁区，人性、人情、人的解放、人道主义构成了这一时期文学的基本精神；改变了十七年的那种“颂歌”格调，文学对社会的批判性得以彰显；为人民写作成为这一时期作家的自觉选择与价值定位。二是从创作手法与表达形式看，开始突破现实主义与现代主义各自被赋予的政治意识形态性这一藩篱，开始突破在无产阶级与资产阶级、进步与落后等极左政治思想的禁锢，自觉地剥离现代主义的艺术手法与表达形式，以此来丰富与拓展现实主义的艺术表现力。现实主义的变异与深化主要体现在20世纪80年代中期的寻根文学与90年代初期以陈忠实、张炜等为代表的现实主义文学创作中，与此相应，现实主义文学经历了从政治反思到文化反思的转型。现实主义的再度“回归”主要体现在以刘醒龙等为代表的新现实主义小说创作中。需要提及的是，在1985年之前，现实主义是新时期文学唯一的文学思潮，自此之后，现实主义成为多元思潮格局中的一元。

众所周知，现实主义的文学创作贯穿着新时期文学的始终，但殊不知，现实主义的文学论争也贯穿着新时期文学活动的始终。从总体上看，新时期的现实主义理论论争发生过现实主义的恢复、现实主义的开放、现实主义的重构三次大的变化，而每一次变化，都标志着现实主义理论走到了一个新阶段。需要特别提及的是，往往是现实主义的创作首先推动着现实主义理论的发展，但有时现实主义的理论论争也给现实主义创作以诸多的参考与启示，二者处于一种相互促进、共同发展的良性互动关系中，并因此造就了新时期现实主义文学的繁荣与进步。

如果说在1985年前，现实主义是新时期唯一的创作思潮，经历了伤痕文学、反思文学、改革文学等主要阶段，呈现出线性的、历时性特征，那么，与文学创作密切相关的理论思潮则体现为现实主义与现代主义这一“经纬交织”的特点，并在两者的相关论争中，人们的文学观念得到了极大的解放。文学观念的解放与现代转型，最突出的标志就是对西方现代主义及其影响下的文学流派的重新认识。反观这一时期人们文学观念的嬗变，对西方现代主义的认识大致走过了这样一个过程：首先是在外国文学领域展开，随着创作领域出现的有意吸收与借鉴，引发中国文学与现代主义的相关理论论争。当时主要围绕如何评价西方现代派、中国文艺的发展方向、现代化与现代派的关系以及关于伪现代派的争论。尽管论争本身存在这样那样的不足，但在当时对文学的发展产生了积极的影响。人们摆脱了以往那种褊狭的文学观念，对文学的理解与认识更加全面：文学不再是一种认识与反映，文学是其自身，是本体。这种观念解放的最大收获就是中国的现代主义文学思潮——“现代派”小说与先锋小说的产生。

1985年对于新时期文学的意义是非常丰富的，昭示着文学思潮的一次重要转折，具有里程碑的意义。自1985年之后，文学思潮就呈现出一种多元共生的共时性存在形态。从创作思潮的格局看，现实主义“一统天下”的局面被打破，出现了中国本土的现代主义文学，其标志就是刘索拉等“现代派”作品的问世，此后，以马原等为代表的“先锋文学”的集体登台，更意味着现实主义与现代主义“双峰并秀”时代的到来。文学界一般把20世纪80年代中期以刘索拉、徐星为代表的，具有现代主义文学色彩的小说称为“现代派”小说，以与先锋小说相区别。这种区分的根据是“现代派”小说更多表现了对于小说精神气质的关注，而先锋小说则有着更鲜明的文体试验的指向。无论就其对表现主旨的开掘还是对语言、艺术表现形式的理解，都体现出了鲜明的现代特征，丰富了新时期文学的话语空间。

与此同时，20世纪80年代后期到90年代中前期出现的新写实文学思潮与新历史主义文学思潮，基于民间立场与个人立场，从现实与历史两个维度开始重新书写我们的生活，赋予现实与历史新的内涵，使其更具时代性。比如日常生活的突显与小历史观念的张扬，再比如“情感的零度”与“文本的历史化与历史的文本化”等。日常生活开始彰显其自身存在的价值与意义，历史成为一种想象与虚构，成为一种主观化、个人化的表述等，文学创作中出现的这种新现实观与新历史观，体现了时代精神与社会心理的某种变化与主导趋势。

随着社会全面转型步伐的加快，尤其是1992年之后，社会商业化、世俗化的特征日益明显，文学由此获得了新的发展空间。宏大叙事与审美叙事逐渐让位于小叙事与日常叙事，这就是以王朔等为代表的大众文化思潮的涌动，文学由原来的注重认识、教育、熏陶等功能向注重文学的消闲、娱乐功能这种消费文化转型。大众文学思潮的价值取向及文学精神的新变，引发了“人文精神大讨论”。此外，在世界妇女大会、西方女权主义批评理论与创作、大众传媒等多种因素的作用下，写作话语的性别差异成为20世纪90年代中期的一个热点问题，由此形成了蔚为大观的女性文学思潮，身体写作、私人化写作等成为理论界对此种写作方式的一种概括。

在20世纪90年代的文学语境中，与80年代注重文学的主体性形成的鲜明对比是：个人化、民间化成为作家自觉的写作立场，即使是知识分子写作，也没有80年代的启蒙情怀，只是一种个人的精神操守与自我指涉性的价值定位。围绕90年代文学思潮表现出的这种整体创作特点，理论界对个人化写作、民间写作与知识分子写作三种价值立场及其关系，展开了对话与争鸣。

此外，在90年代后期，随着互联网等新技术媒介在生活各个层面的延伸，新技术促生了一种新的文学样式，并形成了一种新的文学思潮——网络文学思潮，由此引发了“网上网下”“圈内圈外”广泛讨论。这一切都显示出文学的多元时代的真正到来，也意味着文学赢得了一个较为宽松的外部与内部发展环境，从而为文学的进一步繁荣打下了坚实的基础。

三、新时期文学思潮的特点

第一，从一到多。从新时期文学思潮的发展历程看，它经历了从唯一的现实主义思潮到多种文学思潮：现代主义、新历史主义、新写实、大众文学、女性文学、网络文学等“多元共生”的发展过程。这反映出我们的文学在不断丰富，不断走向繁荣，不断多样化，只有在各种思潮的相互激荡与碰撞过程中，才能促进文学的健康发展。

第二，强烈的革新变革态势。自20世纪80年代中期后，文学思潮潮起潮落，“更迭”频仍，比如先锋文学、新写实文学、新历史主义文学、大众文学、女性文学、新现实主义文学等都只能各领风骚三五年。文学只有不断地求新、求变，才能永葆其艺术生命力。

第三，从历时形态到共时形态的嬗变。这个特征是对前两个特征的进一步概括。文学思潮的历时形态是指，文学思潮（特指创作思潮）在1985年之前只是现实主义的更替与运演。尽管现实主义经历了恢复、发展再到变异这样几个阶段；尽管有伤痕文学、反思文学、改革文学等的潮涌潮动；尽管意识流等现代主义技巧与手法被这一时期的文学创作大量运用，但这一切都是在现实主义这个总体框架之内来进行的。只有到了1985年，刘索拉《你别无选择》的问世，才真正预示着文学思潮共时形态格局的初步确立，此后的先锋文学从根本上确立了中国现代主义文学思潮在新时期文学总体格局中的地位与价值。至此，现实主义与现代主义形成了“双峰并秀”的发展态势。与此同时，久违了的大众文学思潮也开始“登陆”到新时期的文学世界，从而奠定了主流文学、精英文学、大众文学的基本格局。文学观念的全面解放，文学价值与功能认识的日益全面与多维性，代言式、个人化、民间化、性别写作等不同写作立场选择的自由性等，这些都从不同层面确证了文学思潮的共时性特征。文学思潮的历时形态还意指文学思潮发展所呈现出来的线性、前后相继的特征，而共时形态则意味着多种文学思潮的当下共存性特征，彼此扭结在一起，这在20世纪90年代的大众文学思潮、新历史主义文学思潮、女性文学思潮等都有鲜明的体现。从某种意义上讲，只有多种文学思潮并存与交融、对话，才能形成真正的多元共生、多声部合唱的文学景观，也才能真正带来文学的繁荣与健康发展。

第四，文学思潮在两个十年间也体现出一些显著的差异与特点。从思潮的产生与发展原因看，两者除了共同的因素外，也体现出明显的不同。大体而言，在这两个十年间，文学思潮体现为由政治意识形态制约性向技术意识形态操控性的转变，即由政治意识形态到媒介意识形态的转型。众所周知，在20世纪80年代，尤其是前期，文学思潮的产生、发展与繁荣除了以往所注意到的诸多因素之外，还有一个非常重要而又被忽视的因素，这就是权力话语与主流意识形态掌控下的文学体制的功能对文学思潮的巨大影响。文学体制包括文艺政策、文学领导机构，文学媒体以及评奖制度等，主流意识形态与权力话语主要通过它们来实施自身的意图。在这种文学体制的运作模式下，文学首先要处理的是与政治的关系问题，文学的政治化、文学成为思想解放运动的先声自然就成为这一时期文学的主要特征。换言之，一种文学现象、一种文学思潮的兴衰更替都与权力话语和主流意识形态密切相关。

20世纪80年代后期尤其是90年代以来，随着社会环境的整体变化，文学的意识形态性逐渐淡化，文学的商业属性逐渐强化，原有的高度意识形态化的文学体制也难以发挥其有效性，代之而起的是市场化、商业化的运作模式。国家尽管在1983年底就曾发文要求绝大多数刊物“自负盈亏”，但直到1992年后才作为一项文化政策全面开始实施。作家、文学刊物、出版机构原则上不再依靠国家资助，都要进入市场，通过市场进行资源配置。这样，文学从生产、流通、消费等各个环节都要通过市场来运作，其商业性特征就开始突显出来。大众传媒与文学出版机构在这种市场化力量的驱策下，就由原来的“幕后”走到了“前台”，自身的主体性得到了空前加强。最直接的表现形式之一就是，直接介入和参与甚至“制造”文学现象及文学思潮，比如，新写实文学思潮、女性文学思潮、网络文学思潮等就体现了这个特点。尤其是在全球化时代，现代传媒业的发达，更促成了它在文学活动中所承担的重要角色与功能。不可否认，不同的运作机制与动机，对文学思潮产生的积极或消极的影响也是不同的，这就需要我们对具体问题做具体分析。

此外，综观这二十余年文学思潮的发展态势，还有一些值得注意的特征。概而言之，20世纪80年代尤其是80年代中前期的文学思潮体现出对主义的“偏好”，无论是理论论争还是创作思潮，都希望对其进行归类，比如，不是现代主义的就是现实主义的；80年代末尤其是90年代以来，文学思潮多是“话语”而非“主义”，比如新历史、女性文学、网络文学等，在创作手法的借鉴上，对各种主义的技巧“兼容并蓄”，最终达到深度融合。文学思潮的媒体化、商业化等也是一个不容忽视的文学现象，值得我们做进一步深入研究与探讨。

第一章　现实主义的恢复与发展、变异与深化

第一节　现实主义：历史转折时期的文学选择

1976年10月的粉碎“四人帮”事件，对于中国来说，不仅标志着一个政治时期的结束和另一个政治时期的开始，也标志着一个文学时期的结束和另一个文学时期的开始。在“文化大革命”十年里被极左政治、阴谋路线践踏得一片荒芜的文学界，随着国家拨乱反正政策的逐步实施，终于迎来了复苏的春天，进入了文学的新时期。

一、新时期文学的复苏

与“五四”时期相仿，新时期文学的复苏，也在“救救孩子”的呼声中拉开了帷幕。“救救孩子”，这个在鲁迅的《狂人日记》中首次出现、曾经开启了中国现代文学反帝反封建的现实主义潮流的口号，在50年后的刘心武《班主任》中再次出现，同样成为新时期文学清扫沉疴、恢复现实主义传统的呐喊先锋。

“文化大革命”对于文学的破坏是毁灭性的。正常的文学创作被中断达十年之久，众多的作家几乎在一夜之间全部被打成“牛鬼蛇神”，文学刊物也几乎全部停刊，文学园地一片凋零。在整个十年期间大行其道的，唯有被列为江青的功绩的《红灯记》《沙家浜》《红色娘子军》《海港》等八个样板戏。虽然20世纪70年代上半期又出现了《金光大道》《万年青》《春潮急》等长短篇小说，和《火红的年代》《青松岭》《艳阳天》等电影作品，但这些作品也无一不是样板戏经验指导下的产物，体现了与样板戏相同的创作准则。而样板戏的准则，如“阶级斗争冲突”论、“三突出”原则及英雄人物的“神化”等，却又全部立足在“四人帮”的政治需求上，集中体现了完全无视现实与人的“瞒和骗”的阴谋文艺特性。因此，“文化大革命”中文学的毁灭，源于高压政治造成的文学对现实土壤的脱离，对人的压制。而在新时期伊始“救救孩子”的呼声里，需要拯救的不仅仅是被异化了的孩子与被压抑太久的人，还有病入膏肓的文学，以及其他种种。

“文化大革命”后的文学要从废墟上站起，拯救自身，首先要做的势必是否定和批判阴谋文艺，回归现实和人自身，所以现实主义文学在新时期初期的迅速兴起，就是顺理成

章之事。然而，即使是如此，现实主义文学的复苏，仍有其时代、历史的缘由。

第一，时代原因。从时代因素来说，时值一个古老国家拨转沉重船头、回归正常航道的时期，以及对“文化大革命”进行了否定但还没有对十七年文学做出政治定论的时期。此时，被极左政治路线所禁锢、束缚的思想领域正在寻求解放的突破口。由《光明日报》评论员文章《实践是检验真理的唯一标准》所引发的关于真理标准问题的讨论，在各种报刊上轰轰烈烈地展开，最终导致了两个“凡是”路线的终止和实事求是政治路线的确立；此时，在“文化大革命”十年酷烈的政治运动的践踏中蓄积起来的激愤之情，像剧烈活动的火山一样不可抑制地喷发出来，控诉罪恶，抚摸伤痕，宣泄情感，反思历史，成为时代的最强音。因此，在这样一个民心所向的社会转折时期，在中国的集体意识中作为社会生活的反映的文学，不可能与时代无关，不可能不成为时代的代言者，去尽力表达广大人民的心声。因而此时的文学作品，每每突破禁区，抒写真实，不仅是自觉的时代情绪的记录，而且成为中国思想解放历程的写照者甚至探索者。由此，这些作品的发表也就经常成为轰动一时的社会现象，形成街头巷尾人人争相阅读、谈论的社会盛况。

第二，历史原因。从文学的历史发展来看，中国文学从“五四”新文学运动开始，就基本确立了以现实主义为主潮的创作道路。虽然创造社的浪漫主义文学创作、新感觉派和“九叶”诗人的现代主义文学创作等都曾经产生过比较大的影响，但显然，文学研究会的“为人生”创作，左翼文学的“革命”号角，巴金、老舍、曹禺的创作，以及“七月派”的作品和解放区的文学，贯穿起的却是一条清晰、厚实的现实主义主流。它们陪伴着中国这个古老的国度度过风雨如晦的岁月，记录下战火纷飞的斗争年代，发挥了强劲的揭露黑暗统治、启蒙民众觉醒、宣传先进思想、鼓舞革命斗志的作用，从而最终造就了现实主义文学在中国现代文学史上的霸主地位，并使得现实主义文学与中国社会的发展、中华民族的进步结下了不解之缘，不仅成为一种延绵不尽的文学传统，而且成为文学履行或承担自身关注现实、干预现实乃至促动现实的社会责任和义务的一贯的有效手段。新中国成立以后，延续解放区文学的传统，汲取苏联文学的经验，文学界先后提出了“社会主义现实主义”“革命现实主义与革命浪漫主义相结合”的创作方法。虽然这些创作方法已经由于在“现实主义”中灌注了太多的政治化、主观化因素，而发生了变异、扭曲，但对现实主义的认同在观念上是一以贯之的。而且，从十七年中几次关于现实主义的讨论中可以看出，对“现实主义——广阔的道路”的呼唤，始终是以胡风、秦兆阳、王蒙为代表的中国文学家们心底颠扑不破的创作追求和渴望。它虽然遭到了极左政治高压的长期抑制甚至颠覆，但一经有了伸张的间隙，立即就会冲破一切阻碍，以极强的生命力蓬蓬勃勃地生长起来。新时期伊始现实主义文学创作的迅即发展，应该说，就是中国文学“虽九死其犹未悔”的选择，是中国文学历史伸延的必然过程。

二、新时期文学的现实主义“复归”

（一）现实主义文学在新时期初期的振兴

这首先是一种对于十七年文学创作道路的复归。而这种复归同样具有历史的必然性，这是因为：第一，“复归”是对于“文化大革命”中所谓的“文艺黑线专政”的反拨。“文化大革命”期间，“四人帮”“否定一切”“打倒一切”的历史虚无主义和文化虚无主义态度，使它不仅把人类历史上几乎所有的文化遗产都以“封、资、修”的名义扫荡一空，也把同一社会制度下产生的十七年文学创作及文学理论，扣上“文艺黑线专政”的帽子，予以全面的否定。而十七年文学中的“现实主义”精神自然也是不会有任何立足之地的，或者说，“文化大革命”中的样板戏等文艺作品和理论上的“三突出”“主题先行”等原则，在政治的名义上是以反十七年的“现实主义”文学为前提的。因此，否定“文化大革命”，也就势必会从反“文艺黑线专政”论开始，从恢复十七年的“现实主义”文学起步。第二，“复归”是当时文学观念尚未得以全面更新的产物。20世纪70年代末期虽然是一个历史转折时期，但“从根本上、整体上来说，这种转折并非通过一种‘新’的东西对‘旧’的东西的否定来完成，而是历史上已经存在的长期处于被压制、被统治地位的东西对长期以来处于统治地位的东西的否定，因此，这种‘转折’是与历史紧密纠缠在一起的对矛盾双方的重新定位。虽然完成这个历史转折需要思想解放，但这种解放思想还是在原来基础上的解放，是从教条桎梏中解放出来、实事求是地面对历史、面对现实，而并没有注入或输入多少‘新’的文化成分——也就是说，当时历史条件下的文化背景相对于西方20世纪新的文化思潮、新的价值观念而言，仍然是一种封闭的或半封闭的状态，并不可能马上打开一个‘全新’的文化视野。”① 在这种社会状态和文化背景下，文学观念的全面更新是很难发生的，文学家们的艺术主张和能量只能够在原有的基础上得以展开、释放，文学作品的创作自然也就只能在十七年文学的“现实主义”传统那里找到载体和突破口。

新时期初期的现实主义文学是对于十七年文学的复归，这是毋庸置疑的，但众所周知，以“真实”为第一要则的现实主义，在十七年中因时常受到极左路线的干扰，而经历坎坷。在十七年的文学论争中，对“真实”论、“中间人物”论、“现实主义深化”论等的多次挞伐，以及对众多写实作品的批判、打倒，无不说明了那个时代的政治路线对“写真实”的排斥。而对现实主义所附加的“社会主义”“革命”“革命浪漫主义”等政治限定语，对题材、主题的限制，对“冲突论”“本质真实论”“典型化理论”的突出，对文艺服务于政治的强调等，又无一不在使现实主义文学遭到简单化、庸俗化甚至扭曲化的变异，从而导致众多作品远离现实真实状态，堕入了抽象、教条的政策释义之渊。因此，从总体上说，十七年文学中的“现实主义”，虽然在《创业史》《青春之歌》《红岩》等保留着较多现实内容的作品中，取得了较大的成就，并且拥有着《茶馆》《大波》等现实主义的精品，但政治化、概念化、图解化的非现实主义倾向始终是其形影相随的伴生物，体现着这种倾向的作品也占绝大多数。即使是在那些成功的现实主义作品里，这种倾向也表现明显，并且因为对政治功利的过分强调而普遍导致了作品文化意蕴和历史视野的削弱。

（二）新时期文学的复归

新时期文学的复归同时也是对以鲁迅为代表的“五四”时期现实主义那种严峻的批判精神的复归，与十七年现实主义那种“颂歌”特征形成鲜明的对比。新时期文学不是对上述十七年文学的全面回归，而是有选择的复归。由于要控诉、反思极左路线的危害，就必须自觉摒弃十七年文学中那些公式化、概念化、对政策作简单图解的作品模式，就不可能

---

① 张德祥．现实主义当代流变史．北京：社会科学出版社，1997：227.

将“社会主义现实主义”“革命现实主义和革命浪漫主义相结合”创作方法原封不动地全部搬用过来，而只能选择其中真正具有现实主义文学精神的创作流脉，并连通“五四”以来的现代文学史上的现实主义文学传统，来延续下去。于是这才有了新时期作家们对于从“真实”出发、走实事求是地反映生活的现实主义创作道路的选择。当然，新时期文学的这种选择决非“出污泥而不染”，即完全脱离十七年文学的历史土壤，干干净净地拔将出来，以全新的姿态投入新的文学创作。事实上，十七年文学中的宏大叙事和理想主义色彩，善与恶或先进与落后的两极对立性结构，以及典型化原则等，在新时期初期的现实主义文学作品里依然清晰可见。

然而，新时期文学毕竟用“写真实”的武器，有力地突破了十七年文学的政治捆缚，走上了真正的现实主义道路。在这条道路上，描写真实生活，抒发真情实感，表达真实思想，成为文学蔚然成风的选择。而且由于从真实出发，许多作品都触及了新中国成立以来前所未有的题材领域，表达出了十七年文学中从未有过的真实情感与思想，表现出了诸多的创新之处。比如，《班主任》中谢惠敏身上那令人痛心的愚昧，《伤痕》中那撕心裂肺的悔恨，《枫》中那被“武斗”打得生死两隔的爱情，《李顺大造屋》中主人公那魂牵梦绕了一辈子的“造屋”梦，以及《春之歌》中饱受政治蹂躏的知识分子重登文学舞台等，无一不是对人们亲历亲见的现实生活的描述，无一不指向人们心中久蓄待发的情感火山和久问无答的思想疑惑。因而，此时的许多文学作品，一经刊发，立即在社会上引起剧烈反响，得到人们广泛的共鸣，成为社会众所瞩目的焦点。应该说，是真实拨动了作者与读者共同的心弦，是忠于现实、正视现实的现实主义精神的恢复重新激发了文学的强劲活力。不仅如此，一些在十七年中被打成“大毒草”，实则是真实触及现实生活、大胆揭示现实矛盾及阴暗面的作品，如《组织部新来的年轻人》《在桥梁工地上》，一些细腻抒写普通人情感的作品如《百合花》等，不仅在政治上得以平反，而且被誉为“重放的鲜花”，在新时期的阳光下大放异彩。它们和新时期的其他作品一道，共同掀起了一个现实主义文学轰轰烈烈的热潮。

新时期的现实主义文学创作，一方面在反映社会变幻、反思历史文化的轨道上前行，逐步走过了“伤痕文学”“反思文学”“改革文学”“寻根文学”“新写实文学”“新现实主义文学”等阶段；另一方面在人的文学的主题上不断拓展，从揭示人的自然属性、基本权利发展到揭示现实人生、人的生存状态等。同时，又在艺术探索中不断吸收新的文学手段来丰富自身，尤其是对现代主义文学手法的借鉴和运用，使现实主义的表现力得到了很大的增强。这些方面的进展相互依存，共同推动现实主义完成了从恢复与发展、变异到深化的历程。

第二节　抚昔追今：现实主义的恢复与发展

新时期文学的现实主义的恢复与发展，主要表现在伤痕文学、反思文学和改革文学思潮中。这些思潮及其作品，从抒写生活真实、寻找历史本质、塑造典型形象、追求历史与美学的统一的层面上，回归到了现实主义的正道。

■ 一、伤痕文学

1978年8月11日的《文汇报》发表了卢新华的小说《伤痕》。这一篇由在校大学生创作的短篇小说，后来却成了轰动一时的"伤痕文学"的名称的由来。本来，最早使用"伤痕文学"术语的人，是从极左政治立场出发，把它当作一个贬斥的称谓来批评当时的文学是"向后看的文艺"，是"缺德"的文艺的。这种观点虽然当时就受到了文艺界的尖锐批判，但"伤痕文学"一词却保留下来，成为一个时期文学意向和潮流的指称。

伤痕文学，是新时期现实主义文学的第一个浪潮。它着眼于控诉"四人帮"的罪行，描述饱经磨难的人们的悲惨遭遇，揭示"文化大革命"给人们带来的历史创伤，表达激愤、悲痛的时代情绪，是当时刚刚从"文化大革命"的浩劫中挣脱出来的一代人的心灵写照。

刘心武的《班主任》是伤痕文学的开篇之作。它通过揭示"文化大革命"流毒在孩子身上的侵害，来表达对于祖国未来的深深的担忧。谢惠敏，一个不苟言笑、爱憎分明、政治觉悟高、年年被树为"榜样"的好学生，却有着视《牛虻》为"黄书"的愚昧，把对美好生活的追求当作小资产阶级情调的偏执，以及固守政治教条的僵化。如果说宋宝琦身上体现出来的蒙昧无知、不求上进、滋事生非品质，是"四人帮"对人的伤害的显在表现的话，那么，谢惠敏的伤痕却是在骨子里、心灵上，是对性格和灵魂的扭曲。这种伤害的不动声色和深入骨髓，不禁使人触目惊心，而且直接将矛头指向谢惠敏所接受的政治思想教育中那些一直被视为神圣的观念，表现出强烈的社会批判性。尤其可贵的是，作品透过班主任张俊石老师的眼睛，不仅提出了"救救被'四人帮'坑害了的孩子"的问题，而且试图对问题予以冷静的分析，重新辨别是非，重估价值取向。于是，新时期文学的反思意识、理性自觉在此初露头角。

《伤痕》是伤痕文学的另一部代表作，同时也是知青文学的发轫之作。小说中的王晓华是上海女知青，"文化大革命"中为了追求进步，毅然与"叛徒妈妈"决裂。但这仍然摆脱不了母亲问题给她带来的政治厄运。九年后，当她接到母亲冤案平反的通知，急匆匆赶回母亲身边时，母亲已经在寂寞中永远地离开了人世。生离死别，两代人所遭受的感情创痛令人动容，也令人深思。正如王晓华在亡母面前的哭诉，"女儿永远也不会忘记您和我心上的伤痕是谁戳下的"，追索悲剧的根源，无疑是"四人帮"的极左政治。这篇作品虽然在艺术上还有欠成熟，但正如文艺评论家冯牧所指出的那样，"它的可贵，在于它第一个用艺术形式概括地反映出人们思想内伤的严重性，并且呼吁疗救创伤的重要性的作品。它代表人民发出了使人警醒的第一声呼唤，因而它是值得重视的。"①

"知青一代"及其作品构成了伤痕文学的主要创作群体，如孔捷生的《在小河那边》、竹林的《生活的路》、陈建功的《萱草的眼泪》等，都直接描写了知识青年在上山下乡运动中所遭受的灾难和不幸，是伤痕文学的重要组成部分。其他有代表性的伤痕文学作品，还有郑义的《枫》、冯骥才的《铺花的歧路》和《啊》、张抗抗的《爱的权利》、宗璞的《我是谁》、张贤亮的《邢老汉和狗的故事》、王亚平的《神圣的使命》、从维熙的《大墙下的红玉兰》、遇罗锦的《一个冬天的童话》、周克芹的《许茂和他的女儿们》等小说，巴金的《怀念肖珊》、陶斯亮的《一封终于发出的信》等散文，李发模的《呼声》等诗歌。这

---

① 陈传才．中国20世纪后20年文学思潮．北京：中国人民大学出版社，2001：9.

些作品或描写极左政治背景下一代人的青春与爱情悲剧，或叙述普通人在生活中遭受的各种苦难，悲痛、愤恨的情绪弥漫其中，溢于言表。而在展示伤口之余，又无不追问造成伤痛的缘由。因此，又有人称伤痕文学为“问题文学”或“问题小说”。

伤痕文学虽然每每问及“伤痕”的根源问题，而且敏锐地直捣极左政治的老窝，但并没有紧紧抓住“被告”，对其来龙去脉穷追猛问下去，而是将笔触的重点放在对伤痕的抚摸和悲剧的控诉上，因此，作品大都停留在展览伤痕、宣泄悲愤和表达仇恨的“忆苦思甜”阶段，理性虽然已经苏醒却远没有深入下去。于是，我们看到，很多的伤痕文学作品，以无法抑制的感情酣畅淋漓地控诉着苦难，却对伤痛过后人们内心的无动于衷和一片荒芜缺乏起码的反省。并且，“新的领袖的名字依然像福音一样写进作品，他和未来、希望、每个人的命运联系在一起，他的出现使历史的苦难化为乌有，备受伤痛的人们在‘感戴’之中得以救还，人们又可以欢欣鼓舞地遥望彼岸”①。苦难，应该在苦难者的心灵上铭刻下永恒的墓志铭，以警醒现实、告诫未来。在这方面，伤痕文学缺乏历史审判的应有深度。而这个深度，只有等反思文学来掘进了。

伤痕文学作品，以“写真实”为旗帜，首开新时期现实主义的“风气”。它们冲破了“文化大革命”文艺“瞒”与“骗”的种种藩篱，闯入各种现实“禁区”，去真实地描写极左政治给人们带来的不幸遭遇和深重灾难，去如实地反映人们精神上的历史创伤。这些遭遇被描述得是如此的惨切酷烈，这些伤痕被表现得如此痛彻骨髓，它们是那场恐怖的政治梦魇里被侮辱与被损害的芸芸众生的惨相的缩影，是作家们真切的情感体验和久长的情绪积累对象化的产物。这种“敢于正视淋漓的鲜血，敢于直面惨淡的人生”的勇气和行为，表现出一种强烈的现实主义批判精神。尽管很多作品在艺术表达方面还显得直白浅露，还未脱离十七年文学的某些公式化窠臼。但“写真实”本身，在当时就已经形成了一种具有振聋发聩的社会效应的力量，它对于“文化大革命”政治遗毒的冲刷产生了很大的影响，也对于新时期的思想解放进程及新时期的文学发展大潮，具有开山作用。

伤痕文学的出现，标志着新时期现实主义文学的恢复与新时期文学的起步。

二、反思文学

“文化大革命”十年，是中国人灾难深重、饱经痛苦的十年。但这灾难、痛苦显然不是在“文化大革命”中突兀产生的，其根源——极左政治路线，虽然在“文化大革命”中被发扬到了登峰造极的地步，但也不是“四人帮”发明的专利。人们在经过了伤痕文学的悲愤呼号之后，痛定思痛，势必要进一步追根溯源，去思考、探究灾难与痛苦的历史源流。反思文学，就是继伤痕文学之后回应时代需求的又一现实主义文学浪潮。

以茹志鹃1979年第2期《人民文学》发表的《剪辑错了的故事》为肇端，反思文学形成了一种具有鲜明特点的创作潮流。相对于伤痕文学来说，反思文学不再满足于对“文化大革命”做鲜血淋漓的暴露，而是向历史的纵深处追溯，穿过“文化大革命”，深入十七年时期，在更宽广的历史背景下去清理极左政治的表现形态，思索其发生、形成的历史、文化、人性的根源。因而它具有比伤痕文学更为扩展的历史内容。同时，在历史反思的深度上，反思文学也从伤痕文学的一味宣泄情感上升到冷静的质疑、思索历史，从单一

① 孟繁华．1978：激情岁月．济南：山东教育出版社，1998：52.

的政治层面开始探入哲学、人性的层面，作品也就具有了更为深入的思想探索和更加成熟的艺术表现。

主要在 1979 年至 1982 年期间兴盛的反思文学，是在中国共产党十一届三中全会召开后应运而生的，这个曙光已出现的中国当代历史上前所未有的开放环境，给予了长期以来噤若寒蝉的作家们大胆说真话的勇气，他们又成了社会的良心。他们从人民的立场立言，以冲破僵化政治的牢笼、推动社会的进步为社会责任，以文学为武器，清算历史，探索未来。因此，文学在此时，常常扮演的是极左政治的挑战者、思想禁区的闯入者和未来蓝图的设计者角色。这种种角色无疑使反思文学具有了比伤痕文学更多精神探索和思想解放的性质。然而，不可否认，这些角色也无一不具政治色彩，在某种意义上，甚至可以说是既往文学政治化的延续，只不过往昔的文学是极左政治的宣传者，现在是极左政治的批判者和新社会的讴歌者。但在政治化的基点上，前后的差别虽有但并非截然对立。这也就决定了从伤痕文学到反思文学、改革文学，文学都始终没有完全脱离十七年文学的范畴。

反思文学站在人民的立场立言，就势必挑战极左政治统治下个人的英雄化、神圣化倾向，而走向人民。人民是极左政治的最大受害者，他们的遭遇和生活是中国最大的现实，而极左政治的反动性，就在于无视人民的利益，无视现实，一味玩弄权术、愚弄人民，为少数人谋取利益。因而，反思文学对人民命运的关注本身，就是对极左政治的最大批判。反思文学走向人民的途径有三个：一是描写领导干部走近人民；二是叙述普通人的生活遭际；三是记叙知识分子的人生命运。

“老干部”是政治舞台上的核心人物，他们的命运最能反映国家政局的变化，他们的切身体会也最能说明时代对人的影响。因此，许多反思文学作品以“老干部”为主人公，来进行政治反思，如茹志鹃的《剪辑错了的故事》《草原上的小路》，王蒙的《悠悠寸草心》《布礼》《蝴蝶》，韦君宜的《洗礼》，李国文的《冬天里的春天》《月食》，张弦的《记忆》，金河的《带血丝的眼睛》等。这些作品总是从身居高位的领导干部们的命运浮沉中，写出他们的变化、他们与人民距离的远近。这些主人公往往曾经因为有革命经历而成为新中国最年轻有为的干部，但他们在一切围绕着政策转的忘我工作中又不知不觉地脱离了人民，成为不顾人民利益，在老百姓面前指手画脚、发号施令的官僚。他们自以为“革命”，把许多人打成了右派，没想到“文化大革命”中自己也成了“牛鬼蛇神”。然而只有成了“牛鬼蛇神”以后，他们才有机会重新体验民生疾苦，才会重新站在老百姓的立场上思考问题，也才有再次走向人民的可能。随着“文化大革命”的结束，他们官复原职，然而曾经的经历能使他们就此永远成为人民的父母官吗？关于这个问题的不尽思索，虽然各有各的答案，但希望在人民身上，在领导干部与人民利益的息息相关上，是毋庸置疑的。在这类作品中，人民群众是作为极左政治、官僚体制的最大受害者、对立力量和革命的母亲而出现的。遭受极左政治冤屈的落难者，只有重新回到人民中间，才能重新感受到人民温暖、深厚、博大、仁慈的母亲情怀，也才能认识到“左”倾政治对人民利益和感情的背离。因而人民又是一把尺子，能够衡量出“政治”的性质、方向乃至国家的未来。反思文学正是在远离人民这个维度上，找到了极左政治的致命错误，同时又在回到人民的历史选择中，看到了未来的希望。在这类作品的创作者中，王蒙无疑是最杰出的一个，他的小说《蝴蝶》《布礼》等，由于在上述框架的基础上，平添了更多的思辨色彩与激情力量，而成为此类作品的代表作。

人民，在反思文学中，不是一个抽象的概念，而是无数个具体的、普通的、生活在社会底层的劳动者。对于他们平凡而又在政治的风波中飘浮不定的生活遭际的关注，成为反思文学走向人民的又一条途径。此类作品的取材极为广泛，有以普通农民的命运为切入点的，如高晓声的《李顺大造屋》，古华的《芙蓉镇》，张弦的《被爱情遗忘的角落》，张一弓的《犯人李铜钟的故事》，刘真的《黑旗》等；有描写城镇普通平民生活的，如陆文夫的《小贩世家》，张一弓的《张铁匠的罗曼史》，王安忆的《流逝》等；还有军事题材的，如李存葆的《山中，那十九座坟茔》等，但整体上以农村题材的反思小说成就为最高。这类作品大都通过历史的反思，审视普通人几十年的命运浮沉，不仅描述他们怎样受害，而且进一步揭示他们何以受害。《李顺大造屋》中，新中国成立前逃荒要饭的李顺大，新中国成立后就立下了“造三间屋”的奋斗目标。然而，全家节衣缩食，三次存足了钱，结果不是在“大跃进”中充了公，就是被造反派巧立名目地骗走，或者因为没有关系批条子、买不到材料而告吹。最终实现目标时，李顺大已经由一个二十多岁的小伙子变成了半百老头，其间的坎坷、辛酸、无奈，令人唏嘘。李顺大的遭遇一方面使我们看到，错误的政治路线和腐败的社会风气是怎样愚弄和压制着一个普通农民最起码的生存愿望，另一方面也使我们认识到，农民身上长期形成的依附屈从、善良温厚及安分守己性格，使他们从来没有摆脱过任人摆布的命运，没有过精神、人格上的真正独立，从而也就没有真正的解放。而农民的不解放，正是极左思想、政治滋生的温床。当然，平民中不全是逆来顺受者，《芙蓉镇》中的王秋赦，虽然新中国成立前也是一个一无所有的穷人，土改时因分得了山霸的吊脚楼才得以衣食有着，但他并不愿在此基础上靠勤奋的劳动去继续获得生活资料，而是在尝到了分浮财的好处后，便梦想着“再来一次土改，再分一回浮财”，甚至“一年划一回成分，一年分一回浮财”。偏偏一次接一次的政治运动顺应了他的要求，他便也就成了“运动根子”，一条只有依附于政治运动才能活下去的“懒蛇”，一个为虎作伥的错误政治统治的帮凶。这样一个流氓、无赖式的人物，在社会主义制度下竟然活得如鱼得水，这无疑是对极左政治的极大讽刺和批判。由上可知，反思文学在关注、描述普通人们的命运时，并没有盲目地一味同情和歌颂，而是用理性进行冷静的剖析，既同情其不幸，又批判其劣根性。在这一点上，反思文学接通了“五四”文学的启蒙主题。

知识分子，在建国以后是一个特殊的人群。在理论上，他们属于人民的范畴，但却又是历次政治运动的专政对象，是“右派”，是“反动学术权威”，是“牛鬼蛇神”，是“臭老九”。因而在政治运动接二连三的年代里，他们的命运最为曲折、坎坷和艰难。反思文学在反思历史的时候，知识分子作为受害最为严重的人群，他们的命运遭际自然会进入它的表现视野。尤其是作家们本身就是知识分子，就是那些政治苦难的经历者，他们对于自身所在群体的命运、心态的描述，就显得格外真切而动情。这类反思题材的成功之作有很多，如鲁彦周的《天云山传奇》，王蒙的《杂色》《春之歌》，张贤亮的《绿化树》，苏叔阳的《故土》，戴厚英的《人啊，人》，韩少功的《西望茅草地》等。这类作品不仅真实地记叙了知识分子从十七年到“文化大革命”期间挨整被斗、遭受肉体摧残的悲惨遭遇，而且更重要的是对他们困惑、迷惘、忏悔、觉醒以及悲喜交集的复杂心态进行了刻画。《天云山传奇》是较早触及“右派”主题的小说，主人公罗群在20世纪50年代后期由于认识到了“左”倾路线的危害并进行抵制而被打成“右派分子”，之后在历次政治运动中频遭厄运，再也没有抬头之日。然而在作者的笔下，罗群并不是人民的敌人，而是富有知识、独立思考、坚持真理、对党和人民忠贞不贰的英雄。他被无情地打入另册，遭受非人的折磨，而唯上是从、出卖良心、弄虚作假的小人吴遥却青云直上，这无疑体现了极左路线对独立思考的扼杀，对正直人格的压制。像罗群这种有知识有思想有个性的知识分子，在反思文学作品中还有很多，如《杂色》中的曹千里、《故土》中的白天明、《绿化树》中的章永璘、《人啊，人》中的何荆夫以及《芙蓉镇》中的秦书田等。他们无不具有真诚坦率的性格和以天下为己任的责任精神，他们是社会的良知，是政治的先觉者，然而这样的人在当时的社会政治环境下是没有立足之地的。极左路线对于他们的扼杀，其实是其统治对于真理的恐惧，对于人民觉醒的遏制。知识分子虽然在政治上被打入另册，却在社会底层的普通群众中获得了真正的理解与同情。这些普通群众没有知识分子的广博知识和高深思想，但他们从周边的现实环境、人伦道德中悟出的最朴素的善恶标准，能够使他们走近知识分子，理解他们，甚至爱上他们。这也就是马缨花、黄香久会将自己女性的温情献给章永璘，胡玉音会与秦书田、罗群会与施晴岚结为患难夫妻的缘由。知识分子与普通民众的相互理解与和谐共处，再一次表明了知识分子是人民的一员的历史本质，批判了极左政治路线反人民的错误倾向。

反思文学从三个途径上走向了人民。人民，成为反思文学的历史标尺。这个标尺，是政治性的，也是现实性的。因为有“左”倾政治的反人民性，才有人民和国家的灾难。而为了杜绝灾难，就必须在政治、思想上回到人民的利益基点。因此，从人民的利益出发，清明政治，纠正“左”倾，建设新的生活，是当时中国最大的现实。对于这个现实的切近，是反思文学追昔抚今的目的，是它干预现实的现实主义精神的体现。

因为要容纳更多的历史内容，要浓缩主人公大半生的沧桑经历，又要加强历史前后变化之间的对比，还要包含作者大量的政治、思想性议论，反思文学作品不得不扩充小说的篇幅，这就促进了中篇小说——这一新中国成立后一直处于停滞状态的小说体裁的迅速繁荣。不仅如此，有些反思文学作品还开始尝试艺术方面的创新。如《剪辑错了的故事》在结构安排上故意发生剪辑错误，将不同时空下的故事，以人物的记忆为由头，打乱时序，交错编排，跳跃行进，以展示历史惊人的变异。再如《蝴蝶》几乎通篇都由人物的心理活动来构成，以直接展示人物心灵的困惑、矛盾、震撼与变化。这都使反思文学表现出了比伤痕文学更加成熟的艺术魅力。但从总体上看，反思文学是伤痕文学的现实主义创作的延续。它突现政治背景和故事的写法，止于社会悲剧的悲剧性，与伤痕文学如出一辙。即使当它在揭露性内容里加入富于理念的思考、以深化对历史的认识时，它也仍与伤痕文学相差无几，即对作品认识价值的重视大于审美价值。无疑，这势必造成反思文学艺术上乃至思想上的相对贫弱。新时期文学仍需要前行。

■ 三、改革文学

1979 年 7 月，蒋子龙的《乔厂长上任记》发表。这一以现实改革为题材的小说迅即引发了强烈的社会反响，并带动了一批描写改革的文学作品的出现。这个文学潮流就是“改革文学”。

改革文学，与“伤痕文学”“反思文学”一样，是一定历史阶段的产物。它从 1979 年开始，持续至 1984 年前后，特指这个时期反映城乡政治经济体制改革的文学创作。在这短短的几年里，改革文学走过了它从稚嫩到成熟的历程。早期的改革文学作品数量较少，除了少数的几部如《乔厂长上任记》、何士光的《乡场上》等之外，大都质量不高，但社会反响很大，为改革文学造出了声势；1982 年前后，改革文学作品的数量和质量都有了提高，出现了一些受人称道的成功作品，如水运宪的《祸起萧墙》、蒋子龙的《赤橙黄绿青蓝紫》、张一弓的《赵镢头的遗嘱》、张洁的《沉重的翅膀》等。1984 年前后，改革文学走向成熟。许多作品在对时代变革的理解及对历史和人自身的认识上，都达到了一个比较高的层次，如王润滋的《鲁班的子孙》，周克芹的《果园的主人》，贾平凹的中篇小说《小月前本》《鸡窝洼的人家》，张炜的《秋天的思索》等。同时还有更多的改革长篇小说问世，如李国文的《花园街五号》、张贤亮的《男人的风格》、柯云路的《新星》、苏叔阳的《故土》、焦祖尧的《跋涉者》等。这些无疑都使改革文学达到了一个高潮。

改革文学，是新时期现实主义文学的第三个浪潮。它与几乎同时面世的反思文学一样，从伤痕文学中发端，是现实主义文学传统逐步恢复的产物。只不过反思文学是现实主义精神在历史层面的深入，改革文学是现实主义精神在现实生活层面的展开。饱经沧桑的文学，不可能永远流连在历史的记忆中垂泪伤神，祖国的千疮百孔，人民的苦难伤痛，激发着作家们一方面去追索苦难的历史根源，以警示今天；另一方面去寻求匡正世道人心、改造现实社会的药方，以建设美好的未来。如果说前者是反思文学发端的根源的话，后者就是改革文学兴起的初衷。

改革文学立足于现实的变革，就势必反映变革所涉及的新旧社会力量之间的矛盾和较量。改革文学的开篇之作《乔厂长上任记》，就从直接切入社会矛盾入手，让锐意改革的主人公乔光朴，在改革与反改革、正义与邪恶、高尚与卑鄙、公与私的重重矛盾冲突中披荆斩棘、脱颖而出，展现了一个知难而进、大刀阔斧、不屈不挠的改革英雄的形象。这个形象的意义，不在于它有多么鲜明的个性，而在于它所蕴含的除旧布新的精神，表达了人们企盼改变社会现状的愿望和心情，在于它所表现的思想性格：冷峻的外表下掩藏着深沉的感情，坚不可摧的意志与超常的韧性，强烈的社会责任感和无所畏惧的开拓精神，应合了社会变革时期人们对于理想人格的希冀。因而，它的理想性，不仅使“乔光朴成了一个共名，成了新时期文学中具有继往开来意义的创业者、开拓者的典型”①，而且使乔光朴成了社会上家喻户晓的传奇人物。不可否认，《乔厂长上任记》中存在着较强的理念化倾向，作者自己对于改革社会的理性思考，通过作品中人物的对话、情节的设定和矛盾冲突的展开被直白无遗地显露了出来，使得作品理性化有余，而文学性不足。好在作品本身比较“贴近现实中急需解决的实际问题，触及了盘根错节、缠结掣肘的关系网、权力网，直接回应了现实生活的召唤”②，因而多少补救了这个缺陷。

《乔厂长上任记》之后，由其所建立起来的改革文学的写作“理念”，就一直活跃在各个描写城市改革的文学作品中，最终导致了改革文学模式化、概念化的通病。对这个“理念”有所突破的是张洁的《沉重的翅膀》。首先，这部作品在把改革从基层提升到中央机关、拓宽了表现层面的同时，还把中国这场正在发生的变革放在走向现代化这样一个宏大的历史视野中来加以观照，这就超越了“改革与反改革”的简单思维模式；其次，作品在关注社会的变革的同时，还提出了社会变革中人的蜕变、人的解放和人的积极主动性的实

① 陈传才．中国 20 世纪后 20 年文学思潮．北京：中国人民大学出版社，2001：16.

② 张德祥．现实主义当代流变史．北京：社会科学出版社，1997：252.

现问题，这就在表现改革与反改革、善与恶、高尚与自私的现实冲突中，揉进了更多历史的、人性的冲突，作品的内容因而得到了大大的丰富；最后，作品不仅描写了阻碍改革者身上的封建特权意识和无法适应社会变革的惰性，而且也在展示改革者身上无比的改革锐气和热情的同时，剖析了他们的局限性。人不再是神，开始变得有血有肉了，这也是《沉重的翅膀》超越其他改革文学作品的地方。当然，《沉重的翅膀》在描写人物关系及其冲突的分寸把握上，还存在着不足，但它那宏阔的历史视野、真实新颖的叙事、深入的时代思考和准确的人物心理情绪把握，已经使它成为了艺高一筹的改革文学作品。

社会的变革不仅在城市展开，也在中国广大的农村土地上发生着，因而反映农村的变革和农民的觉醒，也成为改革文学的重要表现内容。与城市里的改革相同，农村的变革也是在新旧两种力量的较量中烘托而出的。《果园的主人》以整修一个凋零的果园为中心，以农村经济体制改革为时代背景，反映了农村中进步的改革者与落后的保守势力之间的矛盾和斗争，指出只有摆脱了小农经济思想的束缚，农村才有广阔的发展前途。《鲁班的子孙》则巧妙地将新旧两种观念、力量的矛盾放在一对情深义重的父子之间，不仅写出了生产方式的冲突，而且揭示了价值观、道德观和人生观等多方面的冲突，从而展示了改革的深化。老木匠黄生亮认为，一个好木匠应该具备两个条件：一是良心，二是手艺，而良心应该居首位。从这个人生、道德信条出发，他勤劳善良，儿女情长，骨肉情深，并把父老乡亲间的情义看得高于一切。从此信条出发，他坚信把大家组织起来，一起吃大锅饭，搞平均主义，才叫良心。但是，他的良心却使他经营了 20 年的大队木匠铺年年亏损，最终倒闭。而他在外做木匠的养子秀川，顺应农村改革形势的需要，趁着回家过年的当儿，大胆地办起了私人木匠铺。他采用先进的生产工具和经营手段，讲效率，重效益，生意日渐兴隆。然而，秀川的那一套供货交钱、讲求效益的做法，却引起了父亲、乡亲和乡干部的极大反感，引发了父子间激烈的冲突。最后在传统政治、道德、文化观念的逼迫下，秀川不得不出走。秀川的出走，使我们看到了农村传统势力的强大与沉重，看到了农村改革的艰难与曲折。作品的可贵之处在于，虽然改革者秀川的形象比较单薄，但并没有被理想化。作为黄家沟的第一个改革者，秀川在兴办他的私人木匠铺时，显示出了改革者的共有气质：敏感好学、锐气十足、知难而进，却又有在其他改革者身上罕有的油滑劲儿：拉关系、走后门、金钱至上、不顾产品质量等。这股油滑劲儿显然是秀川出外打工时受社会风气熏染而得，是经济发展过程中出现的一种官、商混合意识（即由落后的封建特权意识和不良的商业经济因素混合而成的意识）向乡村的渗透。正是对这种意识的揭示，一方面使得秀川的形象与众不同，具有较高的认识价值；另一方面表明了作品忠于生活的现实主义品格。

无论传统势力对改革有多么大的阻碍作用，改革在中国农村的广大土地上还是如火如荼地发展了起来，并改变了许多农民的命运。这种改变，不光是财富的拥有，生活水平的提高，更重要的还有人们精神面貌的变化。短篇小说《乡场上》，就是一篇反映农村实行生产责任制后农民精神变化的佳作。贫穷低贱、卑琐委顿、靠吃救济粮生活的冯幺爸，一向被人瞧不起，也不敢得罪那些掌握着他生计的有权有势的人物。然而，随着农村新经济政策的实施，冯幺爸在物质上逐渐脱离了对上层人物的依赖，经济趋于独立，人的主体意识和尊严也日渐恢复。因而当他再次面对权势人物的逼迫时，便勇敢地发出了他作为一个人的呐喊。毋庸置疑，正是改革，使冯幺爸告别了屈辱的过去，走向了新的生活。改革，是中国农村的希望，是中国的未来，这就是这部小说通过一个日常的生活片断、一个非常普通的农民形象所表达的时代大主题。

与城市题材的改革文学相比，农村的改革文学作品由于更多传统文化的渗透和更具地域性，而表现出更丰富的内容和较少的理念化色彩，因此，总体成就要略高于城市题材的改革文学作品。

改革文学，遵循现实主义的创作原则，对改革开放的中国现实进行了大胆的干预和真实的反映。它敏锐地捕捉各种错综复杂的现实矛盾，细致地刻画改革给人们带来的价值观念、伦理道德、审美理想、心理状态和生活方式等方面的冲击和变化，使改革文学成为我国历史变革时期社会生活的一面镜子。并且，改革文学以其对中国改革大趋势的把握，对充满了理想色彩的改革者形象的塑造，从生活真实中把握了本质真实。虽然改革文学还存在着理念大于形象和模式化等倾向，艺术上也不是很成熟，但它与伤痕文学、反思文学相比，艺术视野已经得到了很大的拓宽。它不再限于从社会学、伦理学角度去再现生活、反思历史，还从历史、文化、心理等方面对现实生活进行多角度观照。于是作家笔下的艺术世界，不再完全是简单的、截然分明的两个阵营，而开始表现出多因素、多矛盾、多色调和多声音融会的万花筒般的生活。而且，在改革文学中，不乏像《乡场上》《沉重的翅膀》那样具有不同风格、不同韵味的优秀之作。在它们的建构中，蕴含着新的文学创新因子，显示着新的文学变化。这些无疑都显示了新时期现实主义文学的进步。

第三节　寻找突破口：现实主义的变异

20 世纪 80 年代中期，新时期文学在经历了伤痕文学、反思文学和改革文学浪潮之后，基本结束了它的现实主义恢复与发展期，开始步入现实主义的变异期。现实主义在此期受到了多方因素的影响，又吸收了诸多现代主义、象征主义等的创作手法，逐步从封闭走向开放形态。

■ 一、现实主义变异的动因

促使新时期现实主义文学发生变化的因素有很多，但大致说来，有时代的迅速发展、国外思潮的引进、文学反思的深化及文学的初步自觉等几个方面的影响。

（一）时代的迅速发展

历史进入 20 世纪 80 年代中期，改革开放在中国的大地上，已经由星星之火发展成为锐不可当、声势浩大的时代潮流。十一届三中全会上确立的以经济建设为中心的国策，此时已经落实为各行各业热火朝天的实际建设行动。饱受动乱之苦的中国，终于完成了它拨乱反正的历史转折，开始进入由政治性社会向经济性社会转型的时期。社会转型时期的中国，逐渐远离了“以阶级斗争为纲”的极左政治路线，高度政治一体化的社会结构开始松动，生产力得到了解放，市场经济因素开始生长，社会趋于多元化。人们的生活空间、思维空间陡然地开阔起来，思想也空前地活跃起来。人们的生活方式在变化，人们的社会观、哲学观、人生观、伦理观、价值观、审美观、文艺观等也在发生嬗变。面对这些日新月异的社会变化，以“写真实”为原则、忠于生活的现实主义文学，不可能无动于衷、漠然处之。写出生活的巨变，反映社会的多元格局，展望中国的未来发展，是现实主义文学的责任和使命。而为了更好地完成这个使命，现实主义文学就必须寻求新的与现实内容相匹配的表现方式，就必须变化。而这正是新时期现实主义文学发生变异的时代动因。

（二）国外思潮的引进

改革开放政策的实施，使中国打开了封闭多年的国门。中国人在时隔30年后，再一次睁开眼睛看世界，发现世界的变化之大令人震惊，也令人目不暇接。认识西方、了解西方，成为当时众多国人的渴望。于是，国外各种哲学观念、社会思想、文化意识、文艺思潮和文艺作品像潮水一样被介绍进来，对人们固有的思维方式、生活习惯和文化心态，产生了很大的冲击和影响。在文学领域，西方上百年来的文学思潮与创作方法，如象征主义、意识流、表现主义、结构主义、未来主义、存在主义、荒诞派、魔幻现实主义、原型理论、精神分析理论、符号学、接受美学、新历史主义、后现代主义等，也几乎是在一夜之间涌进了中国。一时间，中国文艺界新名词满天飞，新术语大爆炸，“美学热”“文化热”纷纷然兴起，好一派热闹景象！而这种景象和这些思潮，对当时的文学创作都不可能不产生影响。曾几何时，作家高行健的一本名为《现代小说技巧初探》的小册子，在中青年作家中风行一时，使许多人加入了变革文学表现手法的行列。而1984年诺贝尔文学奖获奖作品、拉美作家马尔克斯的魔幻现实主义小说《百年孤独》的中译本问世时，更是引起了整个中国文坛的震动：现实主义居然变成了中国人没有见识过的样子，而且，它在魔幻中还保留着那样浓郁的民族文化色彩。中国作家们自叹弗如，便也就自觉地去学习、借鉴，去尝试中国自己的具有民族性、现代性的文学之路。

（三）文学反思的深化

新时期文学从抚摸“文化大革命”留下的伤痕，到进行极左政治历史的反思，走过了一个疗治民族创伤的过程。这个过程，无疑给饱经动乱之苦、深受灾难之痛的中国人以极大的安慰和深刻的启迪，同时也给新时期的思想解放运动推波助澜，有效地实现了文学积极参与社会、干预生活的功能。然而，文学反思的历史使命显然没有就此完成。极左政治的“根”虽然追溯到了十七年，但十七年的错误又因何而起？一场民族的浩劫难道仅仅只是自上而下的方针、政策的颁布和执行而造成的吗？在这场灾难中，民众扮演的到底是一个什么样的角色？法西斯专政、愚昧盲从、个人崇拜、知识无用论等，这些极左政治的具体表现形式，其真正的民族根源、文化根源在哪里？而不追究这个根源，不对这个根源进行清理、批判，国家的未来发展何以得到警示？还有，民族的振兴已经提上议事日程，但是，民族何以振兴？在促进民族振兴的过程中，究竟应该对民族文化扬哪些之长、避哪些之短？这一系列的问题，在临近20世纪80年代中期的时候，都已经摆在了富于社会责任感和使命感的文学面前。现实主义文学的历史反思，不可扭转地趋于深化，从伤痕文学、反思文学乃至改革文学的社会、政治性反思走向“寻根文学”的文化反思。

（四）文学的初步自觉

文学自20世纪30年代以来，就一直被绑在为政治服务的战车上，充当政治宣传的武器。这在有的时候，当然是出于作家们自觉的适应国家救亡形势的需要，和发自心底的讴歌新政权的愿望。但在新中国成立后相当长的一段时间里，文学被迫去经常担任的角色，是即时政策的图解者，极左政治的鼓吹者，乃至政治阴谋的牺牲品。即使是在新时期，伤痕文学、反思文学、改革文学的热潮迭起，也是文学顺应社会变革、思想解放及民众政治情绪释放的政治东风并推波助澜的产物。因此，在一定的意义上，可以说，新时期初期文学的轰动，依然是政治的轰动；文学的反思，依然是政治的反思。而文学自身，依然是在传统的现实主义范畴里徘徊，被文学视为生命的突破、创新仍然没有引起足够的重视。痛定思痛之后，便是反思之反思。随着文化反思对政治、社会反思的超越，文学自身的反思也摆在了作家们的案头。文学自身的反思必然导致文学的自觉，而文学的自觉又必然从疏离政治开始。于是，寻根文学向更为广阔的文化空间转移，“新写实”文学向深似海洋的生活本原下潜，文学形式的创新则从现实主义的个别作品逐渐扩展，终于托出了震撼人心的、标志着中国文学终于走向自觉的当代现代主义文学——先锋派文学。在现实主义文学变异的过程中，应该说，新时期早期的朦胧诗创作，中期的先锋派作品，都是现实主义文学变异的背景和汲取养料的源头。没有它们，就不会有现实主义的变异。当然，没有现实主义文学作品的逐步探索和经验积累，也不可能产生先锋派文学。可见，新时期文学的各思潮之间，是紧密关联、相互促进的关系。

二、现实主义变异的特征

现实主义的变异是一个过程，一个从萌芽、生长到成熟的过程，一个从量变到质变的过程，一个从点到面的过程。这个过程中的新的成长因素，在起初也许不明显，但随着量的积累和范围的拓展，会逐渐被放大、特写，直至定格，形成新的文学形态。因此，现实主义的变异本身，是动态的、发展的，所造就的现实主义文学的形态也是变动不居的。

然而，再变动不居的事物，也有基本规律可循。新时期现实主义文学的变异，从总体上看，大致有以下两个方面的特征。

（一）对社会政治的逐步疏离

如前所述，新时期文学从反“文化大革命”的“伤痕文学”起步，然后在历史层面的“反思文学”和现实层面的“改革文学”中得到深化与发展。但无论是伤痕文学、反思文学，还是改革文学，都是文学在早已奠定了的社会政治轨道上的向前滑行。文学顺应时代的政治要求，关注时代的政治变化，反映时代的政治情绪，进行关于纠正极左路线、建设新的清明政治和解放社会生产力的思考，忠实地履行着文艺为“政治”服务的社会职责。只是时代不同了，随着文艺的“为社会主义服务，为人民服务”这一新的文艺政策的确立，随着政治一体化社会结构的解体和社会的多元化，文学远离了一切以政治为中心的创作年代，而走向了更多选择、更多自由的创作新天地。

如果说寻根文学的文化反思是对反思文学的社会政治主题向历史的更进一步延伸和拓展的话，那么，这种延伸和拓展本身，就是一种对于社会政治的疏离。由此我们看到，在一些寻根文学作品中，现实矛盾冲突的症结最终并不在于社会政治体制本身，而是在民族文化积淀的深处。矛盾冲突的真正解决，也不是政治手段或行政命令所能奏效的，传统文化的更新与进步才是最后的药方。这一点在贾平凹的《腊月·正月》中体现得最为明显。从题材和内容上看，《腊月·正月》写的是农村改革者与传统保守势力在观念、意识上的对立和斗争，主旨在反映农村改革的复杂性、曲折性，但作品选择的角度，却与反思文学、改革文学作品不同。主人公韩玄子作为保守势力的一方，既不是当权者，又与改革者王才之间没有什么直接的利益冲突，他不过是一位兼任着毫无实权的公社文化站站长的退休教师，他手中最大的资本就是他受人尊重，在当地官员中有面子、有关系。这样的人本来是可以高枕无忧地颐养天年的，但他利用自己的声望和手中的社会关系，处处给王才出难题，极尽排挤压制之能事。他以一种仇视的心理对待王才，开口闭口“王才是什么东西”，即使是一败涂地之后，还不甘心地念叨：“等着瞧吧，他王才不会有好落脚的！”他之所以如此多事并顽固不化，完全是出于骨子里的传统观念和文化习惯。他自以为文化人，是有身份的人，而这样的人与“奸商”天生就是势不两立的。王才的致富，在他看来，是对自己地位的威胁，是属于自己的时代的逝去。对此，他当然会横加阻挠。而王才作为改革者，在心态上同样肩负着传统文化的重负。他自觉缺少文化知识，便对韩玄子这样的文化人充满了敬畏，处处表现出一种妄自菲薄的卑微感；他自觉社会地位低下，便对他人特别是权势人物的认可，充满了企盼和向往。当小说最后写他把自己与县委书记的合影当作护身符恭恭敬敬地挂在堂屋时，作者的用意再明白不过：即使是走在时代前列的改革者，也不可能轻易从传统文化的重围中逃脱出来，他们的文化心理状态在相当长的时间里，仍将与韩玄子们保持一致。而这种源自传统文化的心态，无疑是国人前行途中最大的精神负担。不解除这个重负，中国社会的改革就永远不可能轻装前进。由此可见，小说在诗情画意般的陕南农村的风俗画中表现的，不是对于社会政治的褒贬评估，而是对于民族文化的深层挖掘。这种挖掘在大大增强了作品的历史、文化蕴含的同时，也使作品自身的艺术魅力倍增。《腊月·正月》是反思文学、改革文学转向寻根文学的成功作品，也是现实主义文学疏离社会政治之后的优秀作品之一。

现实主义文学在疏离社会政治的过程中，一方面向文人趣味的高雅文学转向，另一方面向世俗化的大众文学趋扑。当然，这种“转向”和“趋扑”，只是一个姿态，一种朝向，是现实主义范畴内的一条疏离途径，而非最终的行为结果——高雅文学和大众文学。文人趣味，作为一种文人理想，承袭古代文人文学传统，是文人作家们才情横溢和个性自由挥洒的产物，其中蕴涵着文人的傲骨、文人的桀骜不驯、文人的价值关怀和文人的艺术情怀等，都曾经因为与新中国的政治氛围格格不入而在当代文学作品中几近绝迹。如今，在文学寻求自身空间的时候，它才重新有了立足之地，重新有了文人小说、文人诗歌等文人创作。这些创作以汪曾祺、莫言、张承志等作家的作品为代表，给新时期的文学新添了一片远离政治社会现实、充满了纯真质朴的人情人性美或坚韧奔放的生命伟力的美丽风景；文学的世俗化，与极左政治条件下文学的人物形象神圣化、英雄化、崇高感相对立，与现实主义文学中的典型化、倾向性与宏大叙事相悖反，表现出了对于芸芸众生的关注，对于日常生活琐事的青睐，对于世俗生活的肯定，以及对于作者情感、理性判断的中止。唯有“真实”，而且是不加过滤、蒸馏和提纯的真实，被保留下来，从而在新时期文学的园地里又新植了一片描写“原生态”“原始相”“原色原味”的、绝对客观的生活、生存状态的树林。这样的创作无疑以池莉、方方、刘震云等的“新写实”小说为代表。也许我们会说，汪曾祺、莫言的文人创作和池莉、方方的“新写实”小说，不是严格的现实主义作品，但绝对无法否认它们是成功的作品。它们过多的主观或客观色彩，或许已经损伤了它们的现实主义品格。但大千文学世界并不是只有现实主义一种文学范型，更何况现实主义也不可能是绝对不变化的，殊不知文人创作和“新写实”小说的这种“不严格”和“损伤”，正显示着现实主义文学的变异。

（二）对现代主义的渐次开放

在极左政治横行的“文化大革命”时期，在十七年的社会主义现实主义文学、革命现实主义与革命浪漫主义相结合的时期，现代主义文学是作为资本主义消极、颓废乃至反动文学的代表而被拒斥、批判的。但随着新时期思想解放运动的展开和深入，现实主义文学渐次敞开了胸怀，打开了面向现代主义的大门。

现实主义文学向现代主义的开放，首先表现为形式上对现代主义创作手法的借鉴。这很突出地表现在王蒙等作家的创作中。王蒙从1979年就开始在小说的艺术手法上进行创新探索，先后发表的《春之声》《海的梦》《深的湖》《心的光》《最后的“陶”》《风筝飘带》等短篇小说和《布礼》《蝴蝶》《湖光》《杂色》《相见时难》等中篇小说，无不因“写法”之新而在文学界引起很大反响。王蒙小说的“新”当然是相对于当时的现实主义文学而言的，是由于它在现实主义的框架内加进了现代主义的表现手法所致。王蒙采用得最多、影响最大的是现代主义的意识流手法，他往往运用西方意识流小说中常见的自由联想、内心独白、幻觉和象征等手法，来展示人物意识流动的轨迹，剖析人物灵魂的底蕴。在《春之声》中，主人公岳之峰坐在闷罐子车厢里，什么故事也没有发生，但思绪却纵横驰骋、天马行空。从中国想到外国，从城市想到乡村，从现在想到过去，再想到将来。人物意识流动所到之处，上下几十年，纵横数万里，完全突破了作品的时空限制，大大增加了作品的容量。并且，作者还完全按照人物意识流动的轨迹来铺排作品，使作品呈现出了与伍尔芙的《墙上的斑点》相类似的放射线式的自由结构。当然，这些放射线始终是归结在“春之声”的主旋律上的，是为了表达主人公对于祖国春天到来的敏感和希望祖国加快现代化建设步伐的愿望的。因此，小说仍然是现实主义而非现代主义的作品。像《春之声》这样运用现代主义创作手法为现实主义文学服务的作品还有很多，如茹志鹃的《剪辑错了的故事》、刘真的《黑旗》、宗璞的《我是谁》《蜗居》等。它们的“写法”，虽然有时显得生硬，内容与形式之间有割裂感，但其表现性因素的增加，无疑给新时期的现实主义文学输入了新鲜血液，是现实主义变异的开端和初步探索。这种探索与文学理论上的文本主义思潮相应合，逐步导致了文本从非自觉向自觉的转变。

我们知道，传统现实主义文学的文本策略是形式的透明化，即一切形式都必须为内容服务，形式本身是无意义、无独立性的。而西方现代主义文学形式至上和“有意味的形式”观念的渗透，在一定程度上唤醒了中国文学的文本自觉意识，促使形式渐渐摆脱一切听从内容指挥的命运而日益独立，并显现出它自身所蕴藏的意味。于是，中国文学的语言问题得到了作家们的空前重视，对此，汪曾祺曾议论道，“中国作家现在很重视语言。不少作家充分意识到语言的重要性，语言不只是一种形式，一种手段，应该提到内容的高度来认识……语言不是外部的东西。它是和内容（思想）同时存在，不可剥离的。语言不能像橘子皮一样，可以剥下来，扔掉。世界上没有没有语言的思想，也没有没有思想的语言。……语言是小说的本体，不是附加的，可有可无的。”① 而且，高行健编写的一本介绍现代派小说创作手法的小册子《现代小说技巧初探》，也引起了作家们的极大兴趣。这种把语言、技巧视为文学的“第一要素”的文学观，无疑促进了作家们对语言形式本身的探索。于是，中国的现实主义文学在汪曾祺诗意化、空灵化的语言风格上，在莫言感觉性语言与意象的爆炸中，在张承志哲理性语言的浪漫挥洒中，表现出了多姿多彩的形式探求和艺术魅力。当然，这些语言、形式探求所导致的文本自觉，还没有完全脱离为内容服务的

① 汪曾祺．中国文学的语言问题//汪曾祺文集：文论卷．南京：江苏文艺出版社，1993：1－2.

轨道，因而也就还在现实主义文学的艺术创新范畴内。

现实主义向现代主义的开放在内容上表现为现代主义意识的渗透。形式上的变革最终必将导致内容上的革新，这一条文学进化的基本原理，在现实主义文学身上同样得到了体现。现实主义文学在形式上对现代主义创作手法的借鉴和逐步融合，最后导致的变化大概有以下几个方面：第一，使得现实主义文学扩展了表现内容。随着现代主义创作手法被越来越多地运用到作品中，现实主义逐渐增强了主观表现色彩。它开始不再满足于对外在客观世界的再现和观照，而加重了对人类主体情感和体验的描述。也就是说，现实主义不再只是描写现实生活，刻画人物形象，还着意探究人们的心灵世界，去“写情绪、写感受、写一个意念”①。并且，不仅写理性意识，还描写人的非理性意识，如幻想、幻觉等。这样，现实主义文学在塑造典型形象之外，又通过塑造典型情绪、典型体验、典型意念等，着力建构了作品中虚构的与现实的等多种成分、多个层次，扩大了作品掌握、表现生活与心灵双重世界的丰富性的能力。第二，使得现实主义文学出现了意象化趋势。所谓意象化趋势，“具体地说，就是从追求生动、逼真地描写人物事件或形象画面，开掘作品本事层面的社会意义，走向倚重表现作品的内在意蕴，即重视作品本事层面之下的深刻寓意与象征。”② 这种不断凸现主体性并将主体性有机地融合在“本事”（即文本叙事）之中的意象化趋势，从早期的一些反思文学作品中起步，到寻根文学时已大成气候。许多寻根文学作品，都已不再将再现现实放在首位，而是把浮动在表象世界之上的、充满了主观色彩和象征意味的意象世界放到了中心位置。《爸爸爸》中那个自出生后就只会说“爸爸”“×妈妈”两句话、既是弱智又是侏儒的丙崽形象，就是作者倾其全力塑造的民族愚昧、落后文化的象征物。而《小鲍庄》中那个充满了儒家仁义道德精神的小鲍庄，又何尝不是寄寓着深厚的象征意义，是中华民族的写照呢？即使是贾平凹那些在现实生活之“实”上突出普遍文化、社会心理之“虚”的小说，也饱含着深深的意绪。贾平凹曾经在《浮躁》的“序言之二”中说：“我最欣赏这样一段话：艺术家最高的目标在于表现他对人间宇宙的感应，发掘最动人的情趣，在存在之上建构他的意象世界。”这段话正可以看作是20世纪80年代中期作家们对于现实主义文学的新体认。第三，使得现实主义文学增强了哲学思辨色彩。西方现代主义文学大都是以西方现代哲学为基础的，而哲学因素的渗透又使西方现代主义文学作品充满了思辨性。如果说伤痕文学、改革文学大都是激情鼓荡的产物的话，那么，反思文学则趋于理性的思考。虽然它的理性还主要是社会、政治层面的审视，但已经在其中灌注了马克思历史唯物主义哲学的灵魂，“倾注了哲学本义的忧患意识与涅槃意识”。③ 现代主义艺术手法的运用，则加强了反思文学乃至改革文学等现实主义作品的哲学思辨色彩。这种哲学思辨色彩具体体现为《爸爸爸》《女女女》中对于民族生命意识和传统痼疾的双向把握，体现为张承志作品中的人物面对太阳、草原、绿夜、冰坂、大河所产生的人生的玄惑和哲学的玄想，体现为莫言“红高粱家族”中运用理性与非理性文学方式达成的富有人类学意义的理性思考，体现为《活动变人形》《男人的一半是女人》的主人公的悲剧中蕴涵着的对于人类本性的丧失与复归等哲学问题的探讨，也体现为《棋王》

① 朱水涌，盛子潮．新时期小说的多充实结合艺术秩序．小说评论，1987（2）.

② 陈传才．中国20世纪后20年文学思潮．北京：中国人民大学出版社，2001：42.

③ 张韧．新时期文学现象．北京：文化艺术出版社，1998：62.

《小鲍庄》等作品中对于儒、释、道等中国古代哲学思想的现代性思索，如此等等。乍然看去，这些哲学思辨的内容，中外皆有，无论魏晋，事实上也是如此，在哲学、哲理意识的高层平台上，中西文学殊途同归，逐渐走向融合。而在这种融合之势中，西方现代主义的影响不可小视。

如果说，由对社会政治的疏离所导致的向文化寻根遁入、向世俗生活下潜的倾向，打开了现实主义文学通向民族文化精神和广阔的现实的通道的话，那么，由对现代主义的渐次开放而导致的现代主义在形式上、内容上对现实主义作品的渗透，则打开了现实主义文学吸取中西方多种创作意识、创作方法为我所用、不断丰富其表现力、提升其概括和把握生活的能力的大门。海纳百川，有容乃大。现实主义文学正是在贯通中西、融会多样的气魄下，走向了变异，其具体标志就是“寻根文学”。

三、寻根文学

在 1982 年 2 月号的《新疆文学》上，汪曾祺发表了一篇题为《回到民族传统，回到现实语言》的理论文章，之后创作了实践其理论主张的《受戒》《大淖记事》等作品，此举首开寻根文学之风气。1984 年以后，一大批年轻作家加盟，创作了大量的作品，而且在理论上正式提出“文学寻根”的主张，寻根文学的大潮终于形成，并在 1985 年间达到了辉煌的顶峰。

寻根文学，旨在“文学寻根”，是指一批作家们从历史反思向文化反思进发，从而创作出的一批寻找民族文化的生命之根和病态之根，以播扬传统文化、消除民族劣根性对社会进步的影响，重铸民族精神和文化心理结构的作品。这些作品中富于代表性的有：李杭育的颇得吴越文化神韵的“葛川江”系列小说，贾平凹的富有浓厚秦汉文化色彩的“商州”系列小说，张承志的独具“草原文化”特征的系列小说，韩少功的体现楚文化意蕴的《归去来》《蓝盖子》《爸爸爸》，郑义的具有晋文化特点的《老井》《远村》，阿城的表现历史文化精神的《棋王》《树王》《孩子王》，冯骥才的深得津门文化精髓的《三寸金莲》《神鞭》以及王安忆的《小鲍庄》等。

寻根文学是新时期第一个有着明确理论主张的文学思潮。1985 年，在全国几家文艺刊物上先后发表了几位年轻作家的文章，它们是：韩少功的《文学的“根”》，郑万隆的《我的根》，李杭育的《理一理我们的根》和阿城的《文化制约着人类》。这些文章被人们称为“文学寻根”的“集体宣言”。在这些文章里，作家们提出了以下几个理论观点：第一，“文学有根”。韩少功认为，“文学有根，文学之根应深植于民族传统文化的土壤里，根不深，则叶难茂”，因而文学应该有一个寻“根”的问题；而且阐述了“根”的具体含义，认为“根”是指“民族的某些本能和才具”，如“某些哲学与社会倾向，某些对道德的看法，对自然的了解，表达思想的某种方式”等，这是一个民族“虽经剧烈的摩擦与破坏还是屹然不动”的东西，文学应该去揭示这些“决定民族发展和人类生存的谜”。阿城则直接将“根”命名为“文化”，并指出“文化是一个绝大的命题，文学不认真对待这个高于自己的命题，不会有出息”，“不能想象一个对本民族文化和世界文化认识肤浅的人能获得多大自由”。由此可见，文学有“根”，“根”是文化，深植在民族的土壤里，是寻根文学理论的首要含义。第二，“根”有区别。李杭育认为，传统文化有正统规范与非正统规范之分，寻根文学不能对其一概认同，而应选择正统规范之外的文化。他说，“我国各少数民族能歌善舞，富于浪漫的想象，从经济形态到风俗、心理、整个文化的背景跟大自然高度和谐，那么纯净而又斑斓，直接地、浑然地反映出他们的生存方式和精神信仰，是一种真实的文化，质朴的文化，生气勃勃的文化。比起我们远离生存与信仰、肉体和灵魂的汉民族文化，那一味奢侈、矫饰，处处长起肿瘤、赘疣，动辄僵化、衰落的过分的文化，真不知美丽多少”，因此，“我们民族文化之精华，更多地保留在中原规范之外。规范的、传统的‘根’大都枯死了。‘五四’以来我们不断地在清除着这些枯根，决不让它复活。规范之外的，才是我们需要的‘根’，因为它们分布在广阔的大地，深植于民间的沃土”。第三，文学有“根”才能与世界对话。阿城认为，我国的文学是不可能在20世纪末达到世界文学先进水平的，因为“中国文学尚没有建立在一个广泛深厚的文化开掘之中。没有一个强大的、独特的文化限制，大约是不好达到文学先进水平这种自由的，同样也是与世界文化对不起话的”，因而他批评中国文学的社会学单一内容，指出“社会学不能涵盖文化，相反文化却能涵盖社会学及其他”，“文学家若只攀在社会学这棵藤上，其后果可想而知。即使写改革，没有深广的文化背景，也只是头痛写头，痛点移到脚，写头痛的就不如写脚痛的，文学安在”。第四，寻“根”在于促进时代变革。郑义指出，当代作家寻“根”，应该“面对着时代的变革，面对着社会生活错综复杂的内在矛盾，面对着文明与野蛮的交叉对立”，“不断地开掘自己脚下的‘文化岩层’”，“力求从各种不同文化背景的人物身上，揭示我们整个民族在历史生活积淀的深层结构上的心理素质”，“从中找出推动历史前进和文化更新的内在力量”。

从上述主张中能够看出，寻根文学的理论基点，在于建构文学的民族性格，以建立能够与世界文学对话的本民族的新文化。这种凸现文学的民族性的理论的提倡，无疑为拓展新时期文学的创作视野、进一步提高创作水平指明了方向，尤其当它与作家们的创作实践结合起来时，中国文学顿时表现出了自身独特的光彩照人的魅力。于是，就曾有论者认为，寻根文学是用民族文化和民族精神的发扬来抵御西方现代主义的文学，因为它在意识和文体上都表现出一种复旧倾向。这种观点显然有失偏颇，因为它忽视了寻根文学中的另一个重要方面，即接受西方现代主义影响形成现代主义意识的一面。任何有一点当代文学史知识的人都知道，当时作家们的“寻根”奇想就是首先由魔幻现实主义所引发的，是马尔克斯《百年孤独》中浓烈的民族性，激发了中国作家挖掘本民族文化、建构本民族文学的灵感和热望，才导致了寻根文学的横空出世。而且，作家们审视、批判传统文化的立场、眼光，拥有的民族性文学应该能与世界文化对话的宏大视野，以及众多作品中对西方现代哲学意识和现代派文学创作手法的运用，无不表明着寻根文学的现代性追求。因此，从表面上看，寻根文学似乎是一头扎进了地地道道的民族传统文化之中，其实，它是一些西方哲学思潮和现代派文学创作方法融入中国民族文学意识之中的结果。这种融入，对于寻根文学的创作者来说，可能不是充分自觉的，也不是大张旗鼓的，但却实实在在地、润物细无声地溶进了寻根文学作品的血肉之躯，从而为新时期文学民族性与现代性的追求开辟了道路。

寻根文学以强调抒写“民族传统文化”为标榜，麾下积聚了相当多的作品。虽然其中有些作品并不是既描写文化存在样态又对其进行批判性审视的严格意义上的“寻根”作品，而更应属于内涵与外延都要比寻根文学“大”的“文化小说”，但在20世纪80年代中期出现的寻根文学，是相对于伤痕文学、反思文学和改革文学等以单一社会学内容为描写对象的文学浪潮而言的，举凡超出了单一社会学范畴、进入文化抒写领域的作品，人们都称之为寻根文学。因而，描写地域风情、挖掘民俗世象的作品是寻根文学，剔剥传统文化之根性、褒扬优长贬斥痼疾的作品也是寻根文学，尽管在事实上，后者是更为典型的寻根文学作品。

但凡寻根文学作品，一般都在民族传统文化的回归中体现出两种价值倾向：一是播扬传统文化之精髓，展示民族之健旺的生命力；二是批判文化之劣根，倡导现代文明。前者旨在“文化回归”，后者致力于“文化批判”①，表现出不同的价值取向。当然，这种区分并不是截然分明的，有时文化回归中隐含着对于现代文明的批判，有时文化批判中又包含着对另一种文化传统的回归，混合之态不一而足。

文化回归类作品，以发掘民族文化之精华、批判现实社会为己任，呼唤的是对于优秀传统文化的传播与弘扬。在这类作品中，当以阿城的《棋王》和王安忆的《小鲍庄》最具代表性。《棋王》的主人公王一生，是一位下乡知识青年。他一生有两大喜好：一是好吃，二是好下象棋。但“好吃”只限于能够“顿顿吃饱，吃饱就是福”，即儒家“一箪食，一瓢饮”“不改其乐”的生活信念；而在下棋上却嗜棋如命，几近达到“为棋不为生”的地步。因此，在“文化大革命”那物质极度匮乏、社会动荡不安的岁月里，物质需求极低而精神世界充实的王一生并不消沉，他沉醉在象棋的王国中，成了一个十足的“逍遥派”。他不为火车站热烈而又痛苦的送别情绪所感染，泰然而专注地在站台上下棋；他对外界激烈的阶级斗争与复杂微妙的人际关系充耳不闻，淡而化之，却四处找人下棋，在钻研棋艺上精益求精，乐在其中。“何以解不痛快，唯有下象棋”。在下棋中，王一生真正达到了道家的超利害、同是非的“至人”“真人”的最高境界。因此，王一生对下棋的痴迷，不可排除地含有精神对于现实的解脱性，含有对于社会的抨击性。但批判现实显然又不是作品的主旨。阿城曾经说过，他写《棋王》是为了“写人生而不是写知青”，是为了体现他通过王一生表达的一种人生观念：“衣食是本，自有人类，就是每日在忙这个。可囿于其中，终于还不太像人。”因而在“文化大革命”那样一个物质与精神都极度匮乏的非“人”道的年代，阿城着重突出的是王一生那渗透着浓重中国传统文化精髓，尤其是闪耀着道家精神与老庄哲学之光的“人生”形式，以及这种“人生”形式对于时代环境的超越，传统文化在此表现出了一种强大的精神提升力量。与阿城钟情道家文化不同，王安忆在《小鲍庄》中，不惜笔墨描绘的是中国传统文化的另一大源流——儒家文化的神韵。同样是在“文化大革命”动荡不安的政治大环境下，但王安忆不再关注个人的精神世界，而是致力于探究民族的群体文化意识。小鲍庄是一个在“文化大革命”里宛若世外桃源的村庄，一个氏族小社会。在那里，人人都姓鲍，人人都讲“仁义”、崇“孝悌”，具有传统美德。所以，他们决不会让一个无儿无女的老人没人赡养，决不会说一个可怜的人的风凉话，也决不会跟已经发了疯的老婆离婚，他们富有“仁义”之心，也富有责任感。而这一切美德又在一个孩子——捞渣的身上得到了最集中的体现。捞渣为了成全他人，可以牺牲自己上学的机会而下湖去割猪草，还假装一副不愿意读书的样子；在滔滔洪水到来时，他能够在自己完全可以逃生的情形下，自然而然地选择了死，将生的希望留给他人，最后他终于为“仁义”献出了自己年轻的生命。至此，捞渣成为了小鲍庄“仁义”精神的最高范本，而

① “新时期小说流派研究”课题组．新时期小说流派新论．上海：上海社会科学院出版社，1999：137.

小鲍庄则成了将“仁义”精神发扬光大到了最高境界的社会集体。这样一个集体的存在，显然是与当时人与人之间充满了阶级斗争的“文化大革命”大政治环境格格不入的，因而，当它的与世隔绝被打破之后，“仁义”也就堕落了。“许多人从捞渣之死获得了好处，这本身就是非仁义的”，于是，捞渣的死也就成了“最后一个仁义之子的死”。“仁义”的堕落，既显示了一种文化的悲哀，也显示了一种对于传统儒家文化的留恋和肯定，由此作者蕴含在其中的文化弘扬、传播意识溢于言表。

在作品中呼唤文化回归的作家，还有汪曾祺、张承志、莫言等。汪曾祺以其对江苏高邮地区独特风俗民情的挖掘，对人情人性的高扬，折射出了儒家思想和儒家文化中“讲人情”“富于人情味”的一面。张承志在其“草原系列小说”中，潜入到自然地理、历史文化和民族心理的深层，抽拔的是一种强悍的民族性格，一种对于自然与社会的奋斗不息、坚忍不拔的伟力。

文化批判类作品，以揭示传统文化的痼疾、呼唤现代文明为己任，呼唤的是对于传统文化的批判。在这类作品中，韩少功的《爸爸爸》、贾平凹的《腊月·正月》很有代表性。《爸爸爸》是寻根文学走向成熟的标志性作品，它对于传统文化所做的清醒的审视、冷峻的描写和蕴含深厚的象征，在寻根文学中既独树一帜，又富于典型性、代表性。小说的故事在湘山鄂水之间一个叫作鸡头寨的地方展开。这是一个以开天辟地的刑天为拜谒祖先的原始村寨，但是刑天的精神在今天的鸡头寨已经不复存在，鸡头寨的村民现在供奉的是一个被称为“丙大爷”的小孩。丙大爷即丙崽，是一个弱智、呆傻的侏儒，他生下来就只会说“爸爸爸”“×妈妈”两句话。见到人不分男女老幼，一律说“爸爸爸”，如果你朝他瞪一眼，他就翻个白眼、咕噜一声“×妈妈”，除此之外一律不懂。就是这样一个缺乏起码的理性自觉的白痴小孩，却成为鸡头寨村民们顶礼膜拜的对象，成为为他们指点迷津的神灵，鸡头寨村民们毫无理性的愚昧与落后可想而知。因为愚昧、落后而残忍，所以才有鸡头寨村民们的活人祭和吃人肉羹，才有他们与鸡尾寨之间你死我活的“打冤家”，也才有集封闭、凝滞、保守、野蛮于一身的鸡头寨的存在。由此可见，愚昧与落后的文化，是造成人类一切丑恶、残酷的罪魁祸首。而要铲除丑恶与残酷，就必须用现代理性之光照亮愚昧、落后文化的每一个角落。然而，事情远非那么简单，小说中对历经劫难的丙崽毒汁喝不死、砍头天炸雷的命运安排，明确地昭示了丙崽作为一个象征性形象所蕴含的意义，即丙崽不死，那些愚昧、落后的古老文化是不可能被完全根除的。正是在这里，韩少功对民族传统文化的痼疾表现出了一种冷峻的理性观照态度和犀利的内省、批判精神。批判的反面是建构，在韩少功鞭挞丑恶、展示愚昧的急切的文化批判中，他对于用现代理性精神重构民族文化的热望同样迫切。这样的热望同样存在于贾平凹的心灵里，他的《腊月·正月》不正是在王才、二贝等更具现代意识的新生力量的前行中找到疗救传统文化之病症的药方的吗？（其他分析在前文中已经提及，此处不再多述。）

寻根文学在文化回归与文化批判的两极倾向中逡巡，表现出了新时期作家们在现实变革、社会转型时期对于民族未来发展方向的思考。这种思考无疑是具有很强的现实针对性和参与性的（这在寻根文学的理论主张中已经显示出来），但由于这种针对与参与是从反思传统文化的角度切入的，而且切入之后展开的文化世界又是那么广阔、丰富、神秘和多姿多彩，作家们的分析与评判由于渗透着现代理性精神和哲学意识又显得那样深刻与睿智，寻根文学因而大大消弭了其社会学色彩，使现实主义作品呈现出更加丰富的意义，更加开阔的思想视野。这无疑是寻根文学对于新时期文学意义的提升。

寻根文学对于新时期文学艺术上的提升，同样影响深远。从某种程度上可以说，是寻根文学在承接反思文学、改革文学的艺术探索的基础上，进一步拓展、深化，最终导致了以文本自觉为重要特征的现代派文学的出现。其实，寻根文学从文本非自觉走向文本自觉的过程，不仅是吸收西方现代派表现手法的过程，也是挖掘传统文学艺术形式的过程。无论是西方现代派文学的象征美、心理化，还是中国古典诗歌的意境美、诗意化，在寻根文学中都能找到踪影。新时期文学的艺术形态和艺术手法由此得到了很大的丰富和提高。

然而，寻根文学在提升新时期文学创作水平的同时，也存在着不足。这种不足，一方面体现在它由于过度倚重“文化”而导致的对社会、历史批判性的消解。寻根文学兴起的初衷虽然就是要突破和超越前此文学的单一社会学的狭窄视野，但这种超越在不少作品中显得有些过度，以至于导致了对传统文化的过分沉溺、玩味和对现实关注程度的减弱。《棋王》中的王一生完全沉醉在棋局、棋道之中，对置身其中的苦难、动荡的社会现实则视而不见、浑然不觉。这样的精神超越多少有一点阿Q的“精神胜利法”的意味和对于道家哲学思想的图示嫌疑，对于现实的变革则没有多大的关系。另一方面体现为寻根过程中对于传统文化不分优劣的过度展示。传统文化是一个巨大的资源库，但并非所有的资源都是宝藏。如果不加区分地一律予以发扬光大，也许就会像打开的潘多拉的盒子，给社会带来许多邪恶、丑陋的东西。而有的寻根作品就是把一些传统文化中的封建糟粕，津津有味地一一道来，却又缺乏深刻的理性穿透力和现代观照意识，结果导致宣扬有余，批判不足，反而产生了负面的社会影响。寻根文学潮流在短短的两三年间由盛而衰，固然有其“过渡”性质的原因，但由这些不足与缺陷所导致的人们对寻根文学的日渐失望，也是无法忽视的缘由。

第四节　现实主义的深化与再度“回归”

在1984—1985年的寻根文学和1987年之后的新写实小说的直接推动下，在同时并存的现代主义的先锋派文学的影响下，现实主义文学拓展疆界，吸纳滋养，终于攀上了深化、成熟的新台阶，表现出了一种大家规范和雍容气度。

现实主义文学的深化，以一种不显山不露水的沉稳姿态，渐显于20世纪80年代中后期和90年代初。那时，正是现代主义的先锋派文学大显身手的时期，理论界的鼓噪和作品的迭出，大大掩盖了其他文学类型演进的流脉，而且此时新写实小说的日渐繁盛，也还在昭示着现实主义的变异。因而人们习见的现实主义文学进入了相对沉寂的阶段。然而，沉寂并不等于消停，实际上，沉寂中的现实主义文学正在进行紧张的内部修整，正在作走向自觉与成熟前必要的理性沉淀。应该说，正是这种沉寂蕴含着变化，孕育着现实主义文学最终的成熟。

现实主义文学终于在20世纪80年代后期和90年代，渐渐显现了自己的创作实绩。出现了王蒙的《恋爱的季节》《失态的季节》《踌躇的季节》《狂欢的季节》，路遥的《平凡的世界》，张炜的《古船》《九月寓言》，贾平凹的《浮躁》《废都》，陈忠实的《白鹿原》，阿来的《尘埃落定》，王安忆《长恨歌》等一系列重量级作品。它们以对现实更为真实的描述，对历史更为理性的透视，对人的精神生存景况更为深入的揭示和对多种艺术创作手法更为有机的兼容，表达出了先锋派文学和新写实小说无可匹敌的丰富性、复杂性和艺术性。它们像一艘艘航空母舰，漂浮在中国文坛的海面上，它们的出现，标志着中国现实主义文学的成熟。

一、现实主义深化的表征

我们之所以认为现实主义在20世纪80年代后期和90年代走向了深化与成熟，是基于众多作品所表现出的几个共同特征，这些特征就是现实主义深化的表征。

（一）纵横捭阖的历史、时代视野

不可否认，20世纪80年代后期、90年代的现实主义文学，已经在逐渐变异的过程中发生了许多变化。这种变化，一方面体现为题材选取和主题表达上的由窄到宽、由浅到深、由上到下的时代变化。即不再仅仅反映重大事件和重大的社会现实问题，社会生活各个层面的状貌都开始得到表现；不再仅仅以揭示既定的历史、生活本质为目的，展示多姿多彩的人生哲学和永恒普遍的精神追求才是根本；在人的描写上也不再仅仅关注笼罩着圣人光环的“英雄人物”，而是将视点下移到了平凡的“普通人”甚至遭受争议的边缘人物身上。另一方面体现为向历史纵深度的继续拓展，即对历史、文化、生活做更为深入的挖掘、更为本真的还原和更为深刻的反思。而正是这种拓展，使作品的表现内容呈现出当代文学史上从未有过的丰富性和复杂性。这些变化无疑都体现在了这些现实主义作品中，或者说，正是这些现实主义作品的具体表现，带来了现实主义文学整体的变化。于是，我们看到，从古至今，从中到外；从古远声威显赫的封建帝王，到今天名不见经传的凡夫俗子；从上百年来封建宗法气息不减的乡村，到发展迅速的现代化都市；从知识分子的心事，到小市民的日常琐事……纷纷进入了文学的视野，处处留下了现实主义文学“写真实”的脚步。而这个时期的长篇小说更是得天独厚，历史、时代视野得到了极大的拓展，大跨度描写历史、时代变化的“史诗”性作品频频出现。路遥的《平凡的世界》描写了中国北方从农村到城市在1975年到1985年间的历史沧桑，展现了由阶级斗争为纲到新时期以经济建设为中心的漫长社会转型过程中的民族生活画卷。王蒙的“季节”系列小说，从新中国成立初期的生活反思，到“右派”生涯的辛酸回忆，再到多年来知识分子命运的思索。知识分子的命运史、心灵史意味止不住地流溢出来。而阿来在《尘埃落定》中对最后一个康巴土司——麦其土司及其家族由盛极而衰微至崩溃直到最后灭亡的悲剧命运的追溯，又使我们看到了一个民族灿烂的文化图景和一个家族悲怆的兴亡史。这一幅幅巨大的历史画卷的诞生，没有新时期以来现实主义文学的探索和积累是不可能出现的。它们意味着现实主义已经取得的成就，又显示着文学发展的巨大潜力和广阔前景。

（二）鞭辟入里的人性挖掘

新时期现实主义文学对人的描写，从20世纪80年代初期到90年代，经历了从“英雄人物”到“普通人”的转化，从突出人的阶级性、政治倾向性向人的现实性、精神性的转化。在这个转化过程中，描写“人的存在状态”的主题逐渐显露并突出出来。如果说新写实小说特别关注的是现实社会中普通人的物质性、世俗化生存状态，并努力予以原汁原味的表现的话，那么，深化的现实主义作品则将其扩展到对于现实、历史环境中人的物质性、文化性、精神性存在状态的多方刻画。人的精神景况、人的命运、人类的命运等恒久性的命题，与人的生存状态一起成为现实主义文学的终极价值关怀。因而在这个时期的现实主义作品里，人的心理世界显得更加丰富深邃，人的性格显得更加复杂多变，人的命运也显得更加浮沉不定。由此我们看到，张炜在《古船》中写胶东半岛上洼狸镇的演变，但大量的笔触却落脚到小镇上人们的心灵世界。那个终日枯坐磨房苦苦思索的隋抱朴，他有着与洼狸镇人迥然不同的行为方式和价值倾向，具备着其他人物难以望其项背的高贵气质，但他不竭的精神探求始终未能超出洼狸镇人的经验生活领域。内心的矛盾、灵魂的痛苦与精神的最终沉落，令人深思。还有对族长赵炳（赵四爷）形象复杂性的展示也让人回味：一方面是乡绅的风貌、处事的老练、手腕的果断及判断的准确；另一方面是种种私欲的放纵与掩饰，甚至霸占并玩弄侄女含章。对人性的复杂存在揭示到如此深度，现实主义文学的探索，可谓功不可没。

（三）复杂深厚的历史意识

这个时期的许多现实主义作品，往往以写照一个民族、一个家族、一个时代或一个社会群体的演变，作为最经常的内容选择，以展示人物复杂的历史存在，民族纷扰的历史命运和文化深厚的历史积淀，作为最钟情的表现主题。而表现这样的内容与主题的作品也就常常被冠之以“史诗”性作品。众所周知，这样的“史诗”性作品在文学史上并不少见，十七年时期的《保卫延安》《红旗谱》《创业史》，新时期初期的《花园街五号》《钟鼓楼》《芙蓉镇》等，就已经具有了“史诗”的意味。但 20 世纪 80 年代后期以来的现实主义作品“史诗”性追求，在内涵上已经发生了变化。如果说此前作品的“史诗”性，更多的意味着展现时代斗争，勾画社会变化，突现历史演进的话，那么，20 世纪 80 年代后期以来的现实主义作品的“史诗”性，已经不再被作家们泛泛地理解为“历史的形象表现”，而是一方面基于巴尔扎克的名言“史诗被认为是一个民族的秘史”的观念，体现为对人类、民族历史、文化的宏阔理解与感性书写，它既涉及关于种族繁衍、家族兴衰、思想传统、风俗世相等文化因素的钩沉、发现、提炼乃至放大，又关系到对政治风云变幻、社会重大变革、人类命运趋向和个体存在状态的历史折射；另一方面也体现为作品对世界、历史、人生进行深刻的哲学把握的思想力量和哲学品格。所以，《平凡的世界》被人称为是集社会政治史、经济史与人的命运史于一体的鸿篇巨制。《白鹿原》显示的是一部古老民族生存与演进的“秘史”，是一部家族史、风俗史以及个人命运的沉浮史，也是一部浓缩性的民族命运史和心灵史。而《九月寓言》由于渗透了作者“融入野地”的哲学思想，成为充斥着丑恶的现代文明毁灭史的巨大寓言。文化历史含量的空前丰富和哲学思想的深度挖掘，是成熟的现实主义作品奉献给中国当代文学的最大贡献。

（四）浑融圆熟的艺术品格

在艺术表现上，这个时期的许多现实主义作品都表现出了可贵的探索与创新。这种探索与创新当然不是先锋派文学那种别出心裁的为形式而形式的文体实验，而是在保持现实主义作品基本叙述形态的前提下所进行的表达手段的丰富化和深入化探索。也就是说，那些成熟的现实主义作品既保持了传统现实主义的某些基本描写方式，如广义的“故事性”、描写的“写实”、人物刻画的“求真”等，又引入了许多“非现实主义”的因素，如生命体验的直觉描写，意识流的心理刻画，象征的、隐喻的、意象化的、富有寓言意味的表现方式等，并使两方面的因素得以有机融合、浑然一体。这种充满了包容性的浑然的叙述特点，无疑使现实主义具有了更丰富、更新颖、更具表现力的艺术形态。贾平凹的《废都》

曾经因为它浓郁的“废都”气息和露骨的性爱描写颇受争议，但它在社会层面上对“西京”这个在现代文明纱幕下种种“社会相”的描述，以及对于世纪末文化界人们的精神失落与委顿状态的摹写，还是非常真实而淋漓尽致的。而这一切意义的表达，不尽是在写实笔墨中进行的，相反，如果只对《废都》做现实层面上的理解，不免会误读了它，认为它只是在“丑化现实”“宣扬落后”。其实，《废都》的整体框架是象征性的，对于社会情绪和文化心理的表现是一系列符号烘托出的。而那些文化官司、四个文化人的生活、收破烂老头的民谣以及欲说还休的性爱描写，不过是烘托时代总体氛围、揭示社会本相的诸多“符号”而已。由此可见，其中既采用了现代主义的象征手法，也运用到了后现代主义的拼贴法，再加上贾平凹自己所总结的“聊天式”方法（即用随意式的笔调去写一个人或一群人的方方面面）的运用，《废都》的确是个艺术创新的典型个例。

在众多意味着现实主义的深化的成功作品中，《白鹿原》无疑是一个更为杰出者。因此，我们有必要对它进行专门的分析和论述。同时，在20世纪90年代中期的文坛上，出现了一个被命名为“新现实主义”的文学浪潮。它作为市场经济条件下一个颇为引人注目的“现实主义冲击波”，引起了人们的种种争议。那么，它究竟是真正的现实主义，还是空有虚名的伪现实主义呢？在下面的章节中，我们力图对这个问题做出回答。

二、《白鹿原》对现实主义的超越

《白鹿原》是1992—1993年在文艺界引起巨大轰动的“陕军东征”作品中的重要一部。而且它的出现，一开始就引起了如潮的好评，评论家们纷纷盛赞它“达到了一个时期以来出现的长篇小说所未达到的高度”（冯牧语），是“中国文学领域”的“一部重量级的大作品”（雷达语），“几乎总括了新时期中国文学全部思考、全部收获的史诗性作品”（白烨语）。这部作品之所以能够赢得众口交赞，是因为它“是一部现实主义作品，但不是过去的现实主义，它继承了古今中外现实主义、现代主义中最优秀的东西，是整个人类文学史长期发展的智慧的结晶。这是一部摒弃一切旧模式，对民族历史进行了深刻反思、总结，对文学语言加以创造的辉煌巨著”①（屠岸语）。

的确，《白鹿原》是一部典型的现实主义作品。它从现实主义常用的家族题材入手，通过一个家族两代子孙为争夺白鹿原的统治权而争斗不已的经历，描绘了渭河平原从清末北伐战争到新中国成立半个世纪的历史变迁，展现了一幅中国农村斑斓多彩、触目惊心的“史诗”性历史画卷。而且，对于不可阻挡的历史大趋势的理性观照，对于封建社会政治与宗法制度对于人与人性的践踏、摧残的批判性的凸现，以及对于小说内容从政治向文化层面的拓展，无不显示着《白鹿原》与不断变异的新时期现实主义文学尤其是寻根文学的承接关系。

然而，《白鹿原》的成就更重要地体现在对此前现实主义文学的超越上。这种超越表现在以下几个方面。

（一）民族秘史的书写

在《白鹿原》小说的扉页上，印着巴尔扎克的一句名言：“史诗被认为是一个民族的秘史。”这句话正好成为小说“史诗”性品格的写照。《白鹿原》绕开了以往现实主义文学

① 一部可以称之为史诗的大作品——北京《白鹿原》讨论会纪要．小说评论，1993（5）．

写“正史”的传统，而专注于对“正史”之外的“民族秘史”的书写。这种“秘史”意识，在作品中一方面体现为对革命“正史”中高度规范的政治性话语的消解，还原为活生生的、复杂的历史存在；另一方面体现为把历史事变、历史思潮落实在普通百姓繁衍生存的感性层面上。于是，作品中所呈现的共产党的“革命”，不是满怀阶级仇恨的革命者英勇杀敌或就义的经典场景，而是革命者白灵遭红军政委活埋的冤情，是把反共分子白孝文委任为县长而把真正的革命志士黑娃枪决的荒唐，以及“文化大革命”时对历史文物的破坏行为等。这种描写绝不是出于某种政治见解，而是作者对真实历史的还原态度；作品在50年的变迁中不是没有写到重大的历史事件，但是这些历史事件如大革命、日寇入侵、三年内战等，都化入了白鹿原上人们的生存状态、命运浮沉中，化成了自然本性与社会道德的冲突、文化遗传与现实变革的交战。再加上作品中对于家族文化、儒家伦理、东方神秘文化、性禁忌、生死观及风土人情等文化景观的展示，使其真正保持住了原汁原味的历史丰富性和混沌性，从而成为一部家族、风俗、民族命运和心灵的真正秘史。

（二）复杂人物的塑造

新时期现实主义文学在变异过程中，逐渐摆脱了对“英雄”式扁平人物形象塑造的窠臼，走向了“半是天使，半是魔鬼”的性格组合型人物形象。这种复合型的人物形象曾经成为大家公认的“圆形人物”或“复杂人物”的代名词。但是，今天看来，这种将人物切为两半的性格整合方法，依然暴露了作家在认识和理解人物性格复杂性和丰富性方面存在的简单化和斧凿痕迹。《白鹿原》中的人物形象塑造则超越了这种性格整合，表现出了极大的复杂性。如在小说的主人公白嘉轩身上，就集中了传统伦理道德全部的善与恶、保守与反动。他为了取得风水宝地而机关算尽；为了牟取暴利，在白鹿原第一个种罂粟；为了争一块李家寡妇的地，与鹿子霖大打出手。他视田小娥为“贱民”，百般迫害她，直到怂恿鹿三杀死自己的儿媳。当听说女儿白灵参加了革命时，他就无情地与之断绝了父女关系。这一切，仿佛都在诉说着白嘉轩的“恶行”，诉说着他的自私、无情和剥削本质。然而，当我们理解到他时刻不忘的“耕读传家”的生存意识，他心理深层始终不服输的硬汉情结时，也许就不难找到他的“恶行”与“恶性”的根源了。当然，这并不是在为他开脱恶行，而是想指明，他的“恶”是传统的“恶”，而他的“善”也大都是文化的“善”。在族规里浸泡长大的白嘉轩，修身、齐家、治村，始终坚持以仁义为本，他率民众抗税交农，正民风痛斥孽子。他为了祈雨不惜自残。他办学校，以更好地培育和教化子孙后代。他对打伤过他的腰的黑娃以德报怨，积极营救他出狱。他不以长工鹿三为仆，与他以兄长相称，视为白家的一个成员，甚至让其做女儿白灵的干爹。可以说，作为白鹿村的族长的白嘉轩，根本“就是中国社会所倚重的、儒家文化所渗透到旧乡村的生活秩序、伦理原则的化身”[①]，他的人格里渗透着中国传统文化尤其是儒家文化全部的价值与内涵。他是中国传统社会的中坚。小说里另一个成功的人物形象是鹿三。他那是奴仆又不是奴仆的境遇，质朴的、善良的本性与杀儿媳妇、诅咒儿子的行为的冲突，也无一不是宗法社会“文化”的产物。

（三）写实与现代手法的并用

《白鹿原》基本是现实主义文学框架内的作品。它对于民族秘史的书写，对复杂人物形象的塑造，均以真实为本，以典型化为原则，周篇渗透着现实主义精神。然而，在现实

① 张志忠．1993：世纪末的喧哗．济南：山东教育出版社，1998：130.

主义的基础上，作者又成功地吸取并采用了西方现代派的艺术手法和技巧，将现实主义与现代派的表现手法在圆熟妥帖地兼容为一个整体，从而显现出丰富饱满的美学意蕴。首先，《白鹿原》汲取了拉丁美洲魔幻现实主义小说的创作手法来为我所用。如小说从叙述凝结了当地人心理原型的关于“白鹿”的远古传说开始，然后重点去写一个民族的生存之谜，这样的结构安排就颇有《百年孤独》结构的影子。而文中对白灵临死前给父亲和姑姑托梦的描写，对田小娥死后屡次在刺杀她的鹿三身上显灵，使稳诚持重的鹿三顿时变成尖细的声调、轻佻的眼神、忸怩的动作的叙述等，都充满了魔幻的色彩。其次，《白鹿原》还大量采用了现代主义的象征手法，使作品的寓意更加丰厚、蕴蓄。如用神话中的白鹿象征人世间的救世观音，白狼象征凶煞。而象征手法应用最成功处当属对白嘉轩的女儿白灵的描写。她是伴着百灵鸟的叫声呱呱坠地的，所以取名“灵灵”，百灵鸟在我国民间自古被认为是最美的鸟，是吉祥的鸟，因而白灵也生性聪明、活泼、求学上进，思想进步，是作品中美的化身、正义的化身。田小娥屈死的形象及她复仇的鬼魂，则是作品中反封建势力的象征。写实与现代手法的融合，无疑赋予了《白鹿原》既“实”上有“虚”、又“真”中藏“幻”的奇异的艺术神采。

《白鹿原》对现实主义的超越，将新时期的现实主义文学提高到了一个新的高度。当然，它也有不足，如对朱先生形象塑造的过于理念化、理想化，不免有图解儒家文化之嫌。而由于作者对朱先生的“圣人化”处理和对白嘉轩形象过于肯定的态度所导致的“文化保守主义”倾向，也是有待进一步深思的。

三、现实主义的再度“回归”——“新现实主义”小说

（一）“新现实主义小说”的出现

20 世纪 90 年代中后期，文坛在经过了长时间的形式实验、历史叙述、日常生活叙述和个人化写作之后，又出现了一批真实反映现实生活中人们所共同关注的重要社会问题的小说，这些小说就被称为“新现实主义小说”。“新现实主义小说”的代表作有谈歌的《大厂》《大厂续篇》，刘醒龙的《分享艰难》，何申的《年底》《年前年后》，关仁山的《大雪无乡》《破产》，李佩甫的《学习微笑》和许建斌的《乡村豪门》等。这些作品创作的时间相近，揭示的矛盾和思索的问题也大致相似，因而它们在文坛一出现就形成了一股“现实主义的冲击波”，并被许多人认为是“现实主义的回归”。一个有趣的现象是，20 世纪 80 年代所说的现实主义回归是指恢复“十七年”的革命现实主义与“五四”现实主义传统和文学精神，而 90 年代所说的现实主义回归是指恢复 80 年代现实主义的文学精神与叙事手法。

“新现实主义”小说之所以被称为“现实主义的回归”作品，是由于这些小说在一些基本层面上确实回复了 80 年代初传统现实主义的特征。第一，在传统现实主义所看重的题材选取上，“新现实主义”再一次显示了题材价值。“新现实主义”作品基本上选取的是当时现实生活中的人们所共同关注的重要社会问题，如国有企业面临的困境与改革、工人的下岗与再就业、城乡的经济发展与道德沦落以及国家的反腐倡廉问题等。这些社会问题关涉到全社会相当大一批人的实际处境和切身利益，关涉到国家正常经济秩序和清明政治体制的建立和每一个个体未来的社会位置与命运，因而以这些社会问题为题材的“新现实主义”小说一经问世，就备受关注，在社会上引起了强烈的反响。而在评论家们那里，因

为这些作品“没有削平、淡化或回避生活中新出现的重大矛盾”[1]，贴近生活，干预现实，而得到了很高的评价。但我们很难说这种评价里没有渗透评论家们基于现实主义观念的“题材意识”。

第二，在现实主义的“冲突论”上，“新现实主义”小说再一次突出了其人物之间的冲突。当然，这种冲突已经不再是阶级冲突或先进与落后之间的冲突，而是体现为善与恶之间的道德冲突，和新的社会条件下的利益冲突。而且，就像过去很多现实主义作品中将阶级冲突等政治性冲突转化为道德冲突一样，许多“新现实主义”小说也常常把一些已经富裕起来或手中握有权力的既得利益者与道德败坏者形象联系起来，把正在经历改革艰难、政治腐败并勇于牺牲、勇于战斗的干部、群众与具有忍辱负重、宽宏大量、疾恶如仇等传统美德的高尚者形象合并在一起。

第三，“新现实主义”小说重新开始塑造“英雄”式的理想形象。这种“英雄”式形象，主要是指社会经济转型过程中与国家“分享艰难”、具有传统美德的基层领导与群众形象。他们由于要顾全企业或乡镇的经济大局，为集体分担经济困难，不得不在自我的人格、尊严和价值等方面做出让步和牺牲，所以是一种悲壮的“殉道者”形象。这样的形象如《分享艰难》中的孔太平、退休劳模范章荣，《大厂》中的吕建国等。

从上述三个尺度来衡量，“新现实主义”小说确实有传统现实主义之风。但如果只看到上述内容，显然又还没有触摸到“新现实主义”的真正内里，没有找到它的“新”之所在。我们认为，“新现实主义”之所以在“现实主义”之前被缀以“新”字，是基于其作品的“新写实”特质。

虽然“新现实主义”小说将题材选择移位到了社会重大问题上，写英雄、写理想，成为20世纪90年代的新“问题小说”和新“改革文学”。但这些丝毫掩饰不了它们的“新写实”笔触，因为《大厂》《分享艰难》等作品所描绘的所谓“重大”社会图景，分明就是一幅幅原生态的生存世相图。所以我们看到，在《大厂》里，决定国有大厂命运的那些订户往往是一些吃喝嫖赌、无恶不作之徒。而工厂的厂长、书记为了工厂与工人的实际利益，不得不奴颜婢膝地逢迎他们，陪吃陪喝，甚至还要主动为他们提供犯罪机会，给他们找妓女玩。当他们因为嫖娼犯罪被公安局抓起来后，还要想尽办法走后门、拉关系，甚至用党费请客，把那些不法之徒从公安局中“请”出来。而做这一切的唯一目的，就是要得到那个一千多万元的生产合同。因为这个合同能否签订，决定着厂子的生死存亡，决定着厂子里众多工人的吃饭问题。同样，在《分享艰难》里，河西镇党支书孔太平，明知道财大气粗的乡镇企业家洪塔山是一个十足的流氓、强奸犯和贪污犯，并且强奸了自己的表妹，但就是不能惩治他，因为缺了他，小镇的经济就要受到严重的影响。为了度过眼前的经济困境，为了小镇的经济振兴，孔太平不得不忍气吞声，不得不违心地为洪塔山、为那些吃喝嫖赌的客商疏通关系，提供服务，人的生存权利、人格尊严就这样被毁灭了。也许这些充满了“牺牲”精神的“英雄”式人物的行为本身是值得同情的，但他们为之“殉”身的“道”却颇值得怀疑。难道在市场经济条件下只有恶贯满盈的恶棍才有市场，其他的人则只有“分享艰难”的命运？作品没有回答，也不打算回答，它满足于对这样的“原汁原味”的社会生存图景的“零度叙述”。那么，在这一点上，它与“新写实”的叙述特点，

---

① 雷达．现实主义冲击波及其局限．文学报，1996-06-27.

即不回避世俗性和描述“原生态”的生存本相，有多少区别呢？因此，“九六现实主义的小说与其说它‘回归’传统，不如说是前一阶段新写实的延伸与拓展”①。

既具有传统现实主义的特征，又兼备“新写实”特点，“新现实主义”小说的这种结合，可谓颇不容易。不容易之处在于，传统现实主义要求作品必须穿过生活现象揭示社会本质，非本质的现象即使是生活中实有的，但也是非真实的，因而它对自然主义一直持批判态度；而“新写实”小说讲究还原生活本相，力避倾向性叙述，有自然主义之风；二者除了在“写真实”这一点上保持部分重合之外，其他方面几乎成对立之势。虽然，“新写实”在文论界经常被划归到“现实主义”范畴，但那是作为现实主义变异过程中的一个倾向被划入的，并不能完全等同于现实主义文学。因此，当“新现实主义”作品首次将这二者结合起来，并以“现实主义”冠名时，它的粗陋、不成熟，与人们对它采取的“现实主义”评价尺度，一拍即合，它不遭受众多的指责，不被说成是“缺乏历史理性和人文精神”，才怪了呢。然而，无论对它是采取否定还是肯定的态度，我们都应该看到，“新现实主义”小说作为对新的时代进行新的“现实主义”反映的一种探索，是有价值的。它向我们昭示着现实主义的变化，昭示着现实主义发展的新的可能性。

（二）现实主义的“回归”

在“现实主义冲击波”之后，“现实主义的回归”现象似乎越来越浓郁，一批以“反腐倡廉”和时代重大变革为题材的长篇小说迅速出现，并相继被改编成电视连续剧，在电视台的黄金时间播出，从而引发了强烈的社会反响。这批作品有陆天明的《苍天在上》《大雪无痕》，周梅森的《人间正道》《中国制造》，张宏森的《车间主任》、张平的《抉择》等。这批作品与《大厂》《分享艰难》等“新现实主义”小说比较起来，显然与20世纪80年代初的现实主义文学更为接近，是相对比较典型的现实主义作品。

一是这批作品对“新现实主义”小说的题材倾向进行了发扬光大，其题材价值更为明显。它们紧紧追随时代“主旋律”，或者描写党内艰巨的反腐败斗争，或者展现社会在经济转型时期各条战线的改革风貌，即都在当下的重大社会问题上做文章，直接干预现实，反映生活。这样的题材无疑进一步发扬了文学介入现实的功能，与社会上强烈的要求惩处腐败、建立清明的政治和经济新秩序的大众呼声相契合，因而其引发社会热烈反响也就在情理之中。二是作品中腐败者与反腐败者、改革者与阻碍改革者之间的矛盾冲突更为激烈残酷，更为波诡云谲。但正义的力量最终以毫不妥协之势取得了胜利，显示了历史的“本质力量”。三是塑造社会政治、经济生活中的“当代英雄”形象。这批作品中的主人公基本都是领导干部形象，他们要么是与以权谋私、贪污腐败者进行不懈的斗争，要么是率领人民群众不畏艰难、自力更生、艰苦奋斗，终于改变了社会面貌。他们由于坚持树社会正气、坚持走改革道路，并与腐败、保守及邪恶势力做不妥协斗争，直至赢取最后胜利，因而是“斗士”性的“当代英雄”形象。这类形象如《苍天在上》中的黄江北、《人间正道》中的吴明雄、《抉择》中的李高成、《车间主任》中的段启明等。这些人物形象的理想色彩显然比“新现实主义”作品更浓重。

然而，这一批现实主义作品也并非完全是20世纪80年代初期现实主义作品的翻版，在某种程度上它们也表现出了一些创新之处。首先，这些作品“越来越注重对时代、人生

① 张韧．新时期文学现象．北京：文化艺术出版社，1998：255．

的深刻体悟及其多层次精神价值的探求”[①]。也就是说，作家们在描写反腐败斗争和改革创业生活时，一方面对造成社会腐败和改革艰难的根源进行了更深层次的挖掘，使作品对社会转型时期现实关系的描述更具复杂性和深刻性；另一方面，对社会转型时期人们的精神存在状态进行了反思，对新的人生理想的现实达成之路进行了一定的探索。因而我们看到陆天明在《苍天在上》中，将腐败势力的根源从体制范畴延伸到了文化层面，直至追踪到了封建传统文化和资本主义文化体系中。作品显示出，章台市那张由大大小小的腐败分子所构成的巨大的关系网之所以能够织成，封建的宗族观与专制主义是其罪魁祸首。而这种封建主义的腐朽文化，在尚不完善的市场经济条件下被激发为少数人的永不满足的贪婪之欲。他们为了夺取更多的利益采用种种非法手段，结党营私，打击异己，终究造成了社会的腐败之风。因而，落后腐朽的文化，是产生腐败的社会土壤，而腐败滋生，又何尝不意味着某些人们信念、精神的沉落呢？而黄江北等反腐败者的行为，和他们永不放弃的对于正义、信仰的追求，不正昭示着一种新的人格理想和新的精神价值吗？

其次，这些现实主义作品还表现出了一定的通俗文化色彩。这种色彩一方面是通过其“揭秘”性表现出来的。我们知道，这些作品中的主要人物大都是政府体制中的要员高官，而各要员高官之间复杂微妙的政治交往、利害冲突与权术争夺则是作品的主要描写内容。应该说，这些人物和内容无疑是大多数普通民众所不熟悉的。尤其是这些人物经常是媒体宣传中政绩卓著的“父母官”，由他们所统领的政府机关是社会生活中高高在上的“领导机构”，大多数人无缘窥见他们真实的生活，他们在大众眼中也就充满了神秘色彩。因此，“反腐”作品除了展示“正义”力量对“腐败”势力的必然胜利之外，还大大加强了对官场及官员们生活的真实描写。这些描写中，包括官员如何贿赂上级领导，如何利用手中权力结党营私，如何过着淫逸奢侈的生活，甚至还有细致的对于政治权术的描绘。如《大雪无痕》写到省市委领导人和公安局金局长就是否对副市长周密展开侦察行动进行决策时，就通过描写每一个人不同的态度和主张，细致地叙述了一些微妙的官场行为，如什么样的行为是不打乱上级部署、不违反组织纪律的行为，什么样的行为是既能达到目的又不至于影响政治大局的行为，什么是组织纪律需要，什么是暗中保护，什么是严防死守，什么是以退为攻，还有何谓策略、何谓莽撞、何谓狡猾等。这实在都是一些有别于技术内容的政治权术游戏。而对这些社会政治生活中真实存在的政治权术游戏的如是展示，无形中就使作品具有了通俗文化中某种内幕小说或“厚黑学”的味道。另一方面，这些现实主义作品的通俗文化色彩是通过其故事性叙述结构体现出来的。所谓故事性叙述结构，往往指那种有头有尾、情节曲折、高潮迭起、悬念顿生及大团圆结局的结构形式。这种在通俗文学作品中用得最多的结构形式，我们在这些现实主义作品中也经常看到。尤其是一些“反腐”小说，常常从一个犯罪案件着手，逐步展开案件的侦破过程。那么，在侦破与反侦破之间的精彩较量中，其故事性、通俗性也就更浓厚一些。

传统现实主义特征与通俗文化因素的兼容，使这一批“反腐”、改革题材的现实主义作品，既具干预现实的力度，又颇有可读性，因而赢得了大众的喜爱。但是，这些作品的缺陷也是显而易见的，那就是其创新性不足。不仅是艺术上出新不够，大都囿于传统手法，思想上也基本局限在社会、政治层面，现实主义深化时那些深邃的历史、文化、哲学

---

① 陈传才．中国20世纪后20年文学思潮．北京：中国人民大学出版社，2001：209.

意识，此时已经比较少见了。它们更多的是对20世纪80年代初期“现实主义”的回归。然而，这种回归又不是不可理解的，“现实主义”在向通俗文化转型时，选择回归是必然的。

在20世纪90年代的现实主义潮流中，如果说《白鹿原》等作品是对此前现实主义的总结和深化，标志着现实主义的成熟的话，那么，“新现实主义”小说和“反腐”、改革文学作品则是对新的时代的新的现实主义文学的开启。这种开启还是简陋的，却是预示着新的发展的。至于开启之后的现实主义文学将会是什么样，那就只有拭目以待了。

从20世纪70年代末的“伤痕文学”，到90年代末的“新现实主义”，新时期文学的历程是用“现实主义”串起来的，现实主义始终是新时期文学的主潮。当然，这个“现实主义”是变化之中的。它从“写真实”起步，逐步恢复了现实主义干预生活、直面现实的传统；随后它从社会、政治层面向文化、哲学境界拓展，向现代主义渐次开放，走上开放、变异之路；不断发生变异的现实主义文学终于在吸纳百川的基础上，汇成了深厚、成熟的“海洋”。然而，现实主义之路并没有到此为止，新的时代会提出新的要求，只要社会在变化着，现实主义就会永远在征途之中探索着新的路径。

第五节　大写的“人”：现实主义文学的价值理想

新时期伊始，伴随着“救救孩子”的呼声，新时期文学就开始了它的“人”文学的旅程。这个旅程从对反思极左政治路线对人性的践踏与扼杀开始，到呼唤人性的回归，肯定人的尊严和价值，再到关注现实的人生处境、人的生存状态，走过了一个从恢复、发展到逐步深化的过程。文学创作中涌现的呼唤“人性”复归的思潮，向传统的文艺理论提出了挑战，从而在理论上引起了激烈的争论。这就是发生在20世纪80年代初期的“人道主义”论争。

一、“人道主义”论争

“人道主义”论争，是一场遍及整个文艺、思想、文化领域的人道主义论争。它从马克思主义与人道主义的关系问题、人的异化问题两个理论焦点上展开。第一，在马克思主义与人道主义的关系问题上，有两种截然不同的观点。汝信、王若水等人认为，马克思主义学说本身“不仅不忽视人，而且始终是以解决有关人的问题作为自己的出发点和中心任务的”，马克思“始终是把无产阶级、共产主义同人的价值、人的尊严、人的解放、人的自由等问题联系在一起的。这是最彻底的人道主义。……不能把马克思主义归结为人道主义，但是马克思主义是包含了人道主义的”。与之相对立，邢贲思、陆梅林等人则认为，马克思主义与人道主义是两种根本不同的思想体系，不能将马克思主义人道主义化，不能抹杀人道主义是资产阶级意识形态的事实。否则，就是把马克思早期著作中的费尔巴哈人本学的东西当成了马克思主义，这是违背马克思的唯物史观的。第二，在异化问题上，也存在着两种相互对立的观点。王若水、周扬、陈辽等认为，马克思主义的“异化”是一个辩证的概念，资本主义有异化，社会主义也存在着异化现象。而胡乔木、林默涵、朱穆之等则认为，异化理论是马克思思想体系中不成熟的东西，不能归入马克思主义的范畴。而且马克思所说的“劳动异化”是与一定的历史阶段相联系的，不能用来说明社会主义的阴暗面，社会主义不存在异化问题。

面对上述针锋相对的观点的激烈交锋，胡乔木于1984年在《人民日报》上发表长文《关于人道主义和异化问题》，对上述问题做了近乎政治性的“定性”。胡乔木驳斥了“人是马克思主义的出发点”和“社会主义异化”的观点，指出，人道主义的概念具有“作为世界观和历史观”“作为伦理原则和道德规范”的两种含义。“作为世界观和历史观，马克思主义和人道主义、历史唯物主义与历史唯心主义，根本不能互相混合、互相纳入、互相包括或互相归结。完全归结不能，部分归结也不能。”而“作为伦理原则和道德规范”的人道主义，则既有资本主义的人道主义，也有社会主义的人道主义，后者与前者是批判继承的关系。至于“异化”问题，胡乔木也指出，“对异化概念，要区别两种情况，一种是把异化作为基本范畴和基本规律，作为理论和方法；一种是把异化作为表述特定的历史时期某些特定现象（包括某些规律性现象）的概念……马克思拒绝前一种异化概念，而只在后一种意义上使用这一概念，并且把它严格限制在阶级对抗的社会，特别是资本主义社会”，因此，不能将这一概念“作为基本范畴和基本规律”来说明社会主义社会中的消极现象，否则，“不仅会引起思想理论的混乱，而且会产生消极的政治后果”。至此，一场理论纷争暂告平息。

今天看来，这场关于“人道主义”的论争，是当时中国思想解放运动的一个有机组成部分。而之所以会发生这样一场论争，或者说，之所以会有人试图将马克思主义与人道主义统合起来，是因为自新中国成立以来就一直作为党的指导思想和占统治地位的意识形态的马克思主义，已经显示出了它僵化、教条主义化和形而上学化的一面。人道主义论者想要突破它，但突破的思想武器在当时的社会语境中，不可能到“马克思主义”之外的地方去找，因而，青年马克思的一些关于人的论述便得到了空前的重视。今天看来，那种从僵化了的马克思主义立场出发，出于政治的需要，简单地以青年马克思的思想是不成熟的思想、不属于马克思主义范畴的武断，来否认马克思主义理论中有“人”的因素，是有很大片面性的。实际上，马克思主义具有系统的、科学的人学思想，并且，致力于人的全面发展，也是马克思主义最终的理论目标。我们固然不能将马克思主义等同于资产阶级的人道主义，但从马克思主义是开放的、发展的理论体系的观点出发，弘扬与发展马克思主义的人学思想，促进人的全面、自由发展，是势在必行之事。

虽然这场关于“人道主义”的论争，很快就作为“清除资产阶级精神污染”的重要内容之一，得到了政治上的批判与遏制。但它给整个社会留下了马克思主义中也有“人”的论述的印象，给长期以来形成的趋于僵化的马克思主义的严丝密缝的体系，吹进了一股清新的风，对于整个社会的思想解放起到了积极的作用。

其实，出现于20世纪80年代初期的这一场“人道主义”论争，只不过是新时期浩浩荡荡的人道主义文学思潮在政治、思想、文化界的一种映射、扩大与延伸。尽管“人道主义”理论思潮，由于各种原因未能深入下去，但真正的“人道主义”呼唤，“人性”观念的建立，早已经通过新时期文学作品形象的、写实的、生动的传播深入人心，并初步建立了一些尊重“人”、重视“人”、发展“人”的价值观念。因此，在这个意义上，新时期初期的现实主义文学具有启蒙价值。

二、“人”：作为新时期文学的价值理想

在历史上，几乎每一次思想的解放，都是从“人”的救赎开始。在西方，从中世纪上千年的黑暗里挣脱出来的文艺复兴运动，就是首先从肯定人的价值、肯定人的现世生活开始的。在中国，“五四”新文化运动竖起“民主”与“科学”的大旗，也是从批判“吃人”的封建礼教、呼唤“救救孩子”开始的。无独有偶，新时期再次响起了“救救孩子”的呼声，在这个呼声里，蕴含着的又何尝不是对“人”的拯救？人类的历史，是“人”与“非人”、“人化”与“神化”或“物化”的无止境的矛盾较量史，而“人”，则总是在密布着“非人”“神化”“物化”等“异化”雾障的历史、文化隧道中向前艰难地爬行，不定什么时候就会迷失了自己，成为“异化”之物。因而，寻找“人”的本体、人的存在、人的尊严、人的价值，就成为人类永恒的追求和梦想。而且，某一个历史阶段对“人”的过度的压抑，就会导致下一个历史阶段对“人”的强烈的回归和张扬。

新时期文学一起步就迫不及待地扬起的“人”的旗帜，就是一个“人”遭受到长时期压制之后的反弹、回归的产物。且不说“文化大革命”时期的“人”已经完全丧失了其基本权利、人的价值已经被彻底泯灭的极端事实，就是在十七年时期，极左政治路线的影响，也已经把“人”变成了“革命”大机器上的螺丝钉或小螺帽之类的物品。在那时，党的利益高于一切，党叫我干什么，我就干什么；阶级友爱超过了血缘亲情，“太阳最红，毛主席最亲”；而爱情必须在“同一条革命战壕”里才能产生……至于“我”是谁，“我”想干什么，“我”有什么权利，那是没有人敢想的。因为那都是“政治”问题，稍不留神就会滑到“资产阶级”的泥坑里去。因此，新中国成立后一直占统治地位的思想认识是，“人道主义”是资产阶级的意识形态，无产阶级只有“阶级性”“人民性”，而没有“人性”。回顾往昔，追根溯源，极左政治的最大错误在于对“人”的漠视，对“人性”的践踏。当然，极左政治也总把“人民性”挂在嘴边，但“人民性”并不等于“人性”。一方面，“人民性”在那时已经蜕变成了一个地地道道的政治名词，一个随时可以被某一个政治团体或政治野心家用来掩盖其私己目的的代名词或借口；另一方面，当“人民性”一味强调集体性，并用集体性来压制个人性的时候，它也就走到了扼杀人性的边缘。因为“人”首先是个体的人，如果作为个体的人的权利都得不到保障的话，那么何来作为集体的人的权利？所以，新时期文学对“人”的突出和张扬，具有鲜明的价值倾向，即出自于一种历史的反拨，是批判极左政治思想的需要。当然，在最根本的意义上，也是一种人类永恒的寻求自我的需要。

新时期文学由于突出和张扬“人”而成为“人的文学”。而这种“人的文学”，其实是承接了“五四”新文学的传统。我们知道，“五四”时期，周作人首倡“人的文学”，文学研究会致力于“为人生”的文学创作，都无不表现了对“人”的关注，对建立“人的文学”的渴望与努力。他们批判封建“吃人”的礼教，竭力唤醒人们沉睡或麻木的“人”的意识；他们描写普通人的现实生活处境，反映他们被侮辱与被损害的命运，表达出了一种强烈的人文关怀；他们提出人生问题，探讨人生哲理，对“人”进行了多方面的、深入的哲学思考等，为现代中国“人的文学”的起步与发展奠定了良好的基础。因而可以说，新时期“人的文学”的出现，是对“五四”时期“人的文学”的呼应与继承。另外，新时期“人的文学”，在一定程度上也是十七年中表现人情人性的文学创作的延续。我们可能至今还记得巴人、钱谷融等学者对“文学是人学”，对文学中的人性、人情问题的探讨，记得

茹志鹃《百合花》中那朴素、含蓄的人性人情美，和宗璞《红豆》中那知识女性如痴如醉、如癫如狂的爱情和细腻的心理变化。虽然它们在当时的文坛上“昙花一现”，很快就由于受到了政治性批判而被打入“另册”，但它们的问世本身，就显示了“人的文学”的顽强的、永恒的生命力。

人，作为时代和历史的一种价值理想，终于冲破了重重阻碍，在新时期初期的现实主义文学中得到了回归和高扬。

三、“人”：在现实主义文学中的发展

（一）“人”的归返

新时期初期，“伤痕文学”、反思文学、改革文学乃至寻根文学，就开始了其呼唤人性、发现人性、抒写人性的“人的文学”的探索之路，并最终使“人”归返现实人间，使文学逐渐成为真正的“人的文学”。那么，我们在这里为什么要用“人”的归返来概括这个时期的“人的文学”的内涵呢？那是因为这个时候文学作品的“人”，是正在逐步地找回人的自然性、人的尊严、人的良知和人的价值等“人”的基本构成维度的“人”。人们曾经失去了它们，现在通过文学要努力地找到它，重新拥有它。这正如作家戴厚英在《人啊，人》的“后记”中所说的那样：“终于，我认识到，我一直是以喜剧的形式扮演着一个悲剧的角色：一个已经被剥夺思想自由却又自以为是最自由的人；一个把精神枷锁当作美丽的项圈去炫耀的人；一个活了大半辈子还没有认识自己，找到自己的人。我走出了角色，发现了自己，原来我是一个有血有肉、有爱有憎、有七情六欲和思维能力的人。我应该有自己的人的价值，并不应该被贬抑，自甘堕落为驯服的工具。……一个大写的文字迅速推倒我的眼前：‘人!’一直久已被抛弃、被遗忘的歌曲冲出了我的喉咙：人性、人情、人道主义!”应该说，这就是新时期文学的人道主义宣言。

所谓人的自然性，就是人所拥有的“自然”属性，是人除了“物”性、“神”性和“阶级”性之外的普遍“人性”，是人的天赋本性，是人的主体意识，是人的血肉情感，是人追求幸福、追求真、追求美的权利。而肯定人的自然性，就是肯定“文化大革命”中被否定了的人的“此岸”性，肯定具有七情六欲的人自身；所谓人的尊严，则是指一个人被人们当作平等的“人”来看待和尊重的那种人格价值。有了这种价值，人就不会遭受人格的歧视与侮辱，就不会被划分为三六九等，就不会成为任人摆布、任人践踏的对象；所谓人的良知，是人的“一种与人为善的情怀，是一种‘己所不欲，勿施于人’的推己及人的道德自律，是人类文明发展过程中升华出来的对‘人’的同情、关怀、理解、友爱的人伦精神，是超越兽性、超越私欲的精神提升，因而是一种人之所以为‘人’的‘人道’价值规定。”[①] 因为极左政治环境下野蛮、残酷地迫害人、摧残人、侮辱人的“兽性”行为太多，对于人的良知的呼唤就格外重要；而所谓人的价值，则是人体现自我的创造性、要求发展自我、实现自我的本质力量对象化的权利。但很多人的这种权利在“左”倾政治猖獗的时候被剥夺了，有知识者不能运用知识，有才能者无法发挥才能，他们被迫去劳动改造，或者被迫其从事他们不喜欢的劳动方式。当劳动变成了一种强制性的苦役的时候，人的价值就不可能得到实现。人的自然性、人的尊严、人的良知和人的价值，虽然代表着

① 张德祥．现实主义当代流变史．北京：社会科学出版社，1997：260－261.

“人性”的四个维度，但实质上都是“人”的基本权利。

新时期初期的文学就是从呼唤人的基本权利着手，进行“人”的寻找，使“人”得到返归的。于是，我们看到，伤痕文学、反思文学首先开始了对“文化大革命”践踏人性、毁灭人性的罪恶的控诉与批判。刘心武在《班主任》中对那个令当时的人们既熟悉又震惊的谢慧敏形象的塑造，就一针见血地揭露了“文化大革命”对“人性”的扼杀，对“人”的异化。而张贤亮的《邢老汉和狗的故事》更是通过一个小人物的悲惨命运对非人道的社会进行了痛彻的控诉。邢老汉是20世纪70年代中国偏僻乡村里的一个朴讷、本分的普通农民，他对生活所求甚少，但就是这“甚少”的生活要求，最后也一一被毁灭了。先是他的妻子病故，后来是“大跃进”运动彻底破灭了他再讨一个老婆的希望；70年代大饥荒时因为收留了一个逃荒女子，邢老汉好不容易再次过上了家庭生活，然而迫于政治原因，这个女子不久又悄悄地离开了他；可怜的老汉最后只好与一条黄狗相依为命，但是这条寄托着老汉最后一点生活安慰的狗，也在“打狗运动”中被枪杀了；饱尝生活孤寂和精神打击的老汉，终于在凄然中死去。当一个普通得不能再普通的人物的一点低微得不能再低微的生活愿望，都被极左政治剥夺得一无所有的时候，那个社会的非人道本质不是昭然若揭了吗？

极左政治的“非人道”路线，其实是通过那些泯灭了良知的人来付诸实施的。那些人揪斗人、摧残人、凌辱人，在不把别人当“人”看的时候，自己的兽性与恶欲也清晰地表露了出来。如《将军吟》里的江醉章、邬中，《许茂和他的女儿们》中的郑百如，《铺花的歧路》里的郝建国，以及《芙蓉镇》中的李国香、王秋赦等人，他们整人的目的，名义上是为了红色政治“运动”，事实上是趁“运动”之机大泄私欲。因而，虚伪、奸诈、狠毒、残忍等人性中的邪恶一面，被大大激发出来，政治“运动”在某种程度上已经成了激浊扬恶、泯灭良知的现实土壤。无疑，新时期文学在批判、反思极左政治的时候，对人的这种兽性与恶欲也进行了深入的反思和批判。

控诉、批判的目的，自然是唤醒与建构。因而，一方面，人们开始对自身“兽性”的一面进行反思与忏悔；另一方面，人们久违了的情感世界和被压制良久的自尊意识，开始进入文学的表现视野。于是，我们看到，礼平的《晚霞消失的时候》里的李淮平，开始忏悔自己亲手将一个天真活泼的少女的梦想打破，使她从此命运坎坷、饱受磨难。张弦的《记忆》里的秦慕平，在给方丽茹落实政策时，开始了将心比心、由她而我的自审。还有邓友梅的《寻访“画儿韩”》中的甘子千，在暮年之际，一心想把他曾排斥的“画儿韩”重新请回文物界的那种道德忏悔意识。正是在这种忏悔中，人的良知在觉醒，人性在回归。与此同时，刘心武的《爱情的位置》首开新时期文学探索人的情感领域、大胆描写爱情的先河，它使人们明白了一个今天看来是非常常识化、但在当时具有振聋发聩效果的道理：人人都有争取爱的权利。紧接着，张洁的《爱，是不能忘记的》将笔触深入婚姻与爱情的关系这个人类生活的永恒问题中，来探讨“婚姻”的内涵，从而揭示了“只有以爱情为基础的婚姻才是道德的”的情感主题。而何士光的《乡场上》，则通过描写一个长期因贫困只能低头过日子的老实农民，第一次在有权有势的人们面前挺起了腰杆的事实，写出了人的尊严的崛起。另外，对人的价值的肯定，更是造就了《哥德巴赫猜想》《祖国高于一切》等一批肯定知识分子人格与贡献的报告文学作品，和《乔厂长上任记》《沉重的翅膀》等一批在改革中施展自己的才能、实现自我价值的改革文学作品。一个大写的“人”，一个充满了理想色彩的“人道主义”，在新时期初期的现实主义文学创作中，的确已经蓬蓬勃勃地生长起来。

（二）“人”的现实突进

“人的文学”发展到20世纪80年代以后，理想主义的人性呼唤、人道主义回归已经渐趋沉静，现实处境中的人的命运即“人生”，开始进入文学的视野，而理想中的“人”与现实处境中的“人”的矛盾，即人的“灵”与“肉”之间的冲突、较量，也就逐步成为了现实主义文学的主题。文学上“人生”主题的出现，与80年代初《中国青年报》上发表的那封署名潘晓的信不无关系。那封诘问《人生的路呵，怎么越走越窄?》的来信，曾经引发了全社会广泛、持久而热烈的讨论。这场讨论从一个方面显示了当时人们已不满足于形而上的理想主义空喊，而开始关注现实人生以及现实人生与理想的关系问题的心理愿望。新时期文学在此时向“人生”的突进，可见也是时代使然。

张贤亮的短篇小说《灵与肉》，是较早触及人的“灵”与“肉”分离状态的作品。主人公许灵均作为1957年被划成的“右派分子”，其肉体经受了二十多年的磨难；但他的心灵由于获得了善良的妻子和乡亲们的真情照顾，而倍感温暖与幸福。平反后，他的父亲希望他出国去接受财产，希望他从此摆脱苦难的生活。然而，“肉体”的舒适却要以牺牲“心灵”的幸福为代价，这令他颇为犹豫。最后，主人公终于以“灵”战胜“肉”，留在了祖国。作品的理想主义色彩虽然依旧浓厚，但“灵”与“肉”的分离，昭示了“人”的文学的进一步变化。张洁的《方舟》是在人的“灵”与“肉”的冲突上，进一步加重了现实色彩的作品。作品中的三位女性都是现实婚姻的失败者，虽然她们为了寻找心中理想的爱情，不肯轻易地再次对婚姻屈就，然而，理想的爱情在哪里呢？她们无从找到，便只能将身心投入更为广阔的人生价值的实现中。她们看上去是超越了对单一的爱情追求，但这种超越中包含了多少的无奈、失落与辛酸呀！这些不乏“理想”的女性们已经开始尝到了现实处境中的“人”的艰难。

与上述作品异曲同工的，还有谌容的《人到中年》。作品的主人公陆文婷是某医院眼科的“一把刀”，医术高超，乐于奉献，面对朋友们的出国抉择，她一笑置之，依然坚守着一个知识分子的民族信念与职业追求。然而，在实际生活中，她的日子却十分艰难，微薄的收入，简陋的房舍，工作挤占了几乎所有的时间，连给儿子买一双白色球鞋、给女儿扎一回小辫的机会都没有。而且时不时还要无端忍受世俗力量的旁视及“马列主义老太太”的训导。直到累病之后，她满脑子里想到的还是病人。由此，一个为了工作甘愿清贫，任劳任怨，却不放弃理想与信仰的知识分子形象跃然纸上。然而，这样的“灵”“肉”分离状态，一个人能够支撑多久呢？陆文婷完全病倒了，在昏迷中，只有丈夫反复吟诵那首他们初恋时十分珍爱的情诗的声音，才能唤起她一点点生命的热望。一个人的生命在理想和现实的双重重压下，变得如此虚弱，一个人才的价值就此失去实现的机会。现实的残酷，怎能不激发人们对于知识分子、对于每一个人的现实人生的关注与关怀？人道主义的内涵，不只在于去争取作为“人”的权利，更要保护已有的“人”的权利。在这一点上，新时期文学的“人”的内容无疑往深层更切入了一步。

像陆文婷所遭受的这种现实人生的艰难，在路遥的《人生》的故事叙述中，不仅显得更加触目惊心，而且还打上了更为浓厚的悲剧色彩。农村青年高加林的人生理想，是到城里去工作，拥有一种与“面朝黄土背朝天”的父辈完全不同的新生活。然而，命运是如此的捉弄人：他没有考上大学，只好回乡里作了一名民办教师。接着，教师的职位也被人挤了，他无奈回家当了农民，与村里的姑娘巧珍相爱。一个偶然的机会，他又来到县城广播站工作。为了梦想中的生活，他接受了城市姑娘黄亚萍的追求。然而，不久，因为组织上查明他是通过不正当手段进城的，而被取消公职，再次被打回了农村。此时，巧珍已经嫁人，黄亚萍则远走高飞迁居南方。高加林两手空空，只有哭倒在家乡的黄土地上。理想像高飞的风筝，但牵连的绳索却控制在匍匐泥行的沉重的肉体上。“肉”第一次以战胜了“灵”的悲剧性结局，分明在向我们昭示着真实人生的复杂况味：苦难、奋斗、希望、失落、无奈、困惑等。而对于这种真实人生的现实主义的关注与描述，无疑是新时期“人的文学”越来越贴近现实人生、越来越深化的结果。这种深化，在路遥后来的长篇小说《平凡的世界》中也得到了进一步的拓展。

从“理想”走到“现实”，从“灵”趋向“肉”，新时期文学逐步完成了从抽象的“人”到具体的“人生”的过渡。这种过渡，是历史发展的一种必然趋势，因为理想毕竟是理想，是无法代替现实的。经历了充满理想激情的“人道主义”高歌之后，回复清醒、冷静的对现实人生的思索，是人文理性和历史理性上升到一个更高层次的反映；而且，此时的“人生”思考，因为有理性之光的照耀，已表现出了一种对于“人”的更深层次的价值关怀和哲学思考。这无疑是新时期“人的文学”的深化。

（三）“人”的生存描述

如果说新时期文学在关注“人生”的时期，已经向我们昭示了“人”的价值天平的倾斜，即由理想的“人”向现实处境中的“人”的倾斜的话，那么，现实主义文学在20世纪80年代中后期及90年代的变异、发展，更将这种倾斜变成了最后的“着陆”。理想的余晖仿佛已经褪尽了，现实中每一个个体的“人”的平庸的、灰色的生存状态裸露出来。正如“新写实”作家池莉所说：“现实是无情的，它不允许一个人带着过多的幻想色彩。……那现实琐碎、浩繁、无边无际，差不多能够淹没销蚀一切。在它面前，你几乎不能说你想干这，或者想干那，你很难和它讲清道理。生活，何止是烦恼。”① 这种感受与表现主义小说家卡夫卡的自觉体验是多么相似，又与20世纪西方哲学、文化人类学及文学对人的生存状态的关切及审视的思潮不无相通。

新时期现实主义文学对人的生存状态的关注，主要从两个方向上进行：一是关注人的当下生存状态，二是关注人的复杂历史存在。“新写实”及其具有“新写实”性质的现实主义创作，主要着眼于前者；“寻根”文学及其“现实主义深化”之作，则主要侧重于后者。

“新写实”小说惯以从当下现实社会的凡人琐事中，来表现人的生存处境和生存方式。第一，“新写实”小说中对人的生存处境的揭示，主要体现在对生理层次和感性层面上的更为基本的人性内容的描写上。因而，刘恒的《狗日的粮食》和《伏羲伏羲》分别从“食”与“色”的角度，展示了人的两大生存本能在特定情境中对人的巨大控制和压迫力量。方方的《风景》则将大大小小11口人全部栖身在一个肮脏简陋、只有13平方米的棚户房子里。极度恶劣的生存环境，不仅造成了这家人困苦的生活状态，也造就了他们粗鄙丑陋、野蛮冷酷的性格。于是一幅幅赤裸裸的、触目惊心的现实生存图景便出现在读者面

---

① 池莉．我写《烦恼人生》．小说选刊，1988（2）.

前：粗鲁的父亲以无来由地毒打自己的子女为乐；母亲则一见男人就作少女状，不挨丈夫打就不习惯；孩子们从小在父母的本能宣泄声中长大；棚户里的床板上两个男孩粗暴地强奸一个女孩，等等。在如此的生存困境中，人的理性难以成活，改变命运的理想即使萌发了，也会要么遭到夭折（二哥的死正好说明了这一点），要么已经渗入了恶的基因（七哥就是如此），真正的精神超越几乎不可能。第二，“新写实”小说中对人的生存方式的揭示，则主要体现在对人的日常生存、生活方式的描写中。刘震云的《单位》和《一地鸡毛》，就是写主人公小林怎样从一个脾性自由、精神昂扬的大学生，在公共生存空间——单位里变成了一个规规矩矩、毫无自我特点的小公务员，在私人生存空间——家里变成了一个终日沉溺于鸡毛蒜皮的日常琐事、浑浑噩噩地度时日的凡夫俗子的过程。生存，无处不在地销蚀了小林的个性，抽空了他的“自我”，而他也放弃了自己的挣扎，听任自己的精神世界滑向平庸与贫瘠。人的理性之灯在这里同样暗淡无光。

“新写实”小说虽然以客观、冷静地再现人的生活本相、表现人的生存状态为内容，但这并不是说它就毫无“人性”“人道主义”性质。事实上，展示人的世俗性、人的生存困境的新写实小说，“明显地偏于人性的批判，而且，这种批判超越了一般道德批判的范畴，在认识的前提下，达到了相当人性的深度”①。

关注人的复杂历史存在，早在“寻根文学”中就开始了。如王安忆在《小鲍庄》中对苏北农村的五个家庭和芸芸众生的生存状态的描述，就既写出了他们的仁义道德，又展示了他们的困顿、平庸与愚昧。现实主义的成熟之作《白鹿原》，也以“让原初存在本真地呈现出来”的写实态度，塑造了白嘉轩这个宗法制度下历史本色的族长形象。在白嘉轩身上体现出来的恪守祖训、耕读传家、仁义为本、持身谨严的一面，与他既以一生中娶过七房女人为自豪，又恪守男尊女卑、视妇女为生儿育女和传宗接代的工具的一面，以及他摧残人性、扼杀生命、谋害叛逆者的另一面，全部统合在一个形象中，人性的复杂历史存在由此可见一斑。

从“人”的归返，到“人”的现实突进，再到“人”的生存状态，新时期现实主义的“人的文学”，走过了一个从“形而上”到“形而下”、从普遍的“人”的权利到具体的“人”的生存，从理想的“人”到现实的“人”的道路。在这条道路上，理想人性的色彩越来越弱，但对现实人生、人的生存状态的关切却越来越深。我们不认为，这种变化意味着人文价值的逐渐失落或人文精神的悄然隐遁。事实上，在历史发生变化的时候，“人”的内涵与权利也在变化。只有对于变化中的“人性”“人道主义”的永远追逐，才是真正的“人的文学”的历史使命。

本章小结

现实主义文学创作始终是新时期文学的主要思潮。它一方面在反映社会变幻、反思历史文化的轨道上前行，逐步走过了“伤痕文学”“反思文学”“改革文学”“寻根文学”“新写实文学”“新现实主义文学”等阶段；另一方面在人的文学的主题上不断拓展，从呼唤

① 季红真．新写实支脉．作家，1990（3）．

恢复人的自然属性、人的基本权利和基本价值，推行到揭示人的现实人生矛盾，描述人的当下生存状态和人的复杂历史存在等；同时，现实主义文学又在艺术探索中不断吸收新的文学手段来丰富自身，尤其是对现代主义文学手法的借鉴和运用，使现实主义的表现力得到了很大的增强。这些方面的进展相互依存、盘根错节，共同推动现实主义完成了从恢复、变异到深化的历程。

第一节从新时期文学的复苏、现实主义文学的回归等方面，阐述了新时期初期文学的现实主义选择，以及这个时期的现实主义文学与十七年现实主义文学的关系问题。

第二节在对伤痕文学、反思文学和改革文学的追踪描述中，展示了新时期现实主义文学在恢复期的三个重要浪潮。

第三节着重探讨了现实主义文学变异的重要原因、基本特征及代表性文学思潮——寻根文学，指明正是在对社会政治的逐步疏离、对现代主义的渐次开放中，现实主义文学产生了变异。

第四节剖析了现实主义文学的深化与再“回归”状态，不仅分析了现实主义文学深化的表征及其代表作《白鹿原》，而且鉴别了20世纪90年代“新现实主义”小说与传统现实主义文学的异同。

第五节从“人道主义”论争、“人”作为新时期文学的价值理想和“人”的内涵在现实主义文学中的变化等方面，论述了新时期“人的文学”从“形而上”到“形而下”、从普遍的“人”的权利到具体的“人”的生存，从理想的“人”到现实的“人”的发展脉络。

关键概念

伤痕文学　　反思文学　　改革文学　　寻根文学　　新现实主义小说

思考题

1. 概述现实主义文学从恢复、变异走向深化的过程。
2. 阐述伤痕文学、反思文学与改革文学的基本内涵。
3. 简析现实主义文学发生变异的原因及特征。
4. 分析现实主义的成熟之作《白鹿原》。
5. 简述人的主题在现实主义文学中的发展历程。

第二章 现实主义的理论流变与阐释

众所周知，现实主义的文学创作贯穿着新时期文学的始终，但殊不知，现实主义的文学理论也贯穿着新时期文学理论的始终。往往是现实主义的创作首先推动着现实主义理论的发展，但有时现实主义理论的进展也常常给现实主义创作以诸多的参考与启示。是二者的共同发展，造就了新时期现实主义文学的繁荣与进步。从总体上看，新时期的现实主义理论发展发生过几次大的变化，而每一次变化，都标志着现实主义理论走到了一个新阶段。下面，我们就逐个论述这几次变化。

第一节 现实主义的恢复

新时期伊始的现实主义文学，“写真实”的创作原则首先打破了“文化大革命”“瞒”与“骗”的文学藩篱，开启了新时期文学恢复现实主义创作方法的先河。创作的变化势必带来观念的变革，理论上恢复现实主义的呼声也就随之而起。应该说，当时理论界要求否定“文化大革命”阴谋文艺、恢复现实主义文学的愿望是一致的，但在恢复什么样的“现实主义”的问题上，发生了严重的分歧。

一种观点认为，新时期文学应该走十七年文学的革命现实主义之路，即“社会主义现实主义”或“革命现实主义与革命浪漫主义相结合”的创作道路。在这种观念下，一些人认为，新时期文学一定要站在革命现实主义的“基点”上，“革命现实主义文学决不允许作家把眼光和笔触一股脑儿定在‘伤痕’‘暴露’上，决不允许作家写生活的阴影和心灵的创伤成为一种倾向”，“写这一类东西只能作为写光明、写颂歌的陪衬和辅助”，“文艺对社会生活之能动反映，当应以歌颂光明，歌颂新生事物，歌颂新人典型为主”。即使是揭批“四人帮”的罪行，也不应当以受害者为主人公，过多地描写生活中的“阴影”“伤痕”等消极面；否则，就是“缺德”，就是“怀着阶级的偏见对社会主义制度恶毒攻击”。除此之外，还有一些人继续重申现实主义文学必须“写本质”的观点，认为文学“写本质”的要求是马克思主义对“现实主义”理论的一次“革命性”改造，“从而使现实主义与自然主义在理论上彻底划清了界限”，“在‘写本质’的问题上，作为十七年的主要倾向，无论在理论上和实践上，基本上都是正确的和有成绩的”，问题不在于“写本质”要求的失误，而只是在于对这一要求的“片面理解和强调”①。类似的重申十七年文学的“现实主义”观念的文章还有不少，虽然针对的具体问题不同，但它们共同的特点是新时期文学应该继续歌颂社会主义伟大成就，继续在描写生活真实的基础上达到本质的真实，继续塑造社会主义的典型“新人”形象等，一句话，就是要继续以十七年的“社会主义现实主义”和“两结合”，作为新时期现实主义文学的最高创作原则与方法。

另一种针锋相对的观点认为，必须对十七年的“社会主义现实主义”和“两结合”创作方法做批判性审视、思考，必须还原现实主义的本来面目。持这种观点者，首先以一种反思的眼光，重申了在十七年中被批判、被打倒的一些现实主义观念。如何西来、安凡、田中木的《重评〈现实主义——广阔的道路〉》、吕林的《关于文学艺术的真实性问题——为〈现实主义——广阔的道路〉的基本论点辩护》等文章，重新科学、客观地评价了秦兆阳20世纪50年代中期提出的“现实主义——广阔的道路”的理论。再如洁民的《文学是真实的领域》、敏泽的《关于艺术的真实》、钱谷融的《真实与真诚》等文章，则再次强调了自50年代起就一直被批判的文学“写真实”论。重新被肯定的现实主义观念还有“文学是人学”“干预生活”“现实主义深化”等。其次，持这种观点的人以挑战的姿态，对以往被视为经典的“现实主义”原则进行了重新思考。如对“典型”问题，徐俊西先后发表了《一个值得重新探讨的定义》《一种必须破除的公式——再论典型环境和典型人物》等文章，对十七年中一直推崇的恩格斯的关于典型的论述，提出了质疑。他认为，恩格斯的论述“并不具有严格的科学定义的性质”，不能“把它变成衡量一切文艺作品的唯一标准和一成不变的‘定义’”。再如对“本质真实”问题，张景超的《在“要反映生活的本质真实”的幌子下》、钱中文的《一个曲解文学真实性的公式》等文章，对十七年中那种用“本质真实”来代替“生活真实”，用符合所谓“本质”的“假象”来排斥实际生活中的“真实”的教条，展开了批判，重新确立了现实主义文学的“真实性”原则。还有的文章对“现实主义”与“浪漫主义”两种创作方法能否结合问题，对现实主义与自然主义的“真实”区别问题等，进行了质疑与否定。这些针对十七年革命现实主义所发出的种种批判、质疑和重新思考，无疑是对以往各种笼罩在文学身上的政治迷雾的廓清与扫除，对于新时期文学的现实主义创作原则的建立，起到了积极的推动作用。

新时期初期的“现实主义”讨论，持续时间长，参与人数多，而且大有后浪推前浪、一浪高过一浪的气势。然而，在其涌现的众多讨论文章中，真要找出一个完全不同于十七年革命“现实主义”的、严格界定的、更加科学的定义来，却是一件非常困难的事情。我们只能从中找出一些大家普遍比较认可的基本观点来，以此作为新时期“现实主义”的内核。这些基本观点有：第一，真实性。即现实主义文学应该“写真实”，当然，这个“真实”不再是被“本质真实”腰斩了的、主观化的“生活真实”，也不是自然主义事无巨细、有闻必录的“真实”，而是按照生活本来的样子再现生活，并在生活中寻找客观规律的“真实”。第二，现实干预性。即现实主义文学应该直面现实，直面历史，直面人生，充分发挥其干预时代生活、指导现实人生的功能。现实主义作家应该是最富于社会责任感和历史使命感的人，他们时刻关注历史变化，描写现实矛盾，着力于反映时代精神。他们既可以讴歌，也可以批判，一切本着自觉的历史理性和人文关怀。第三，形式的透明性。即现

① 此处引文均转引自张德祥．现实主义当代流变史．北京：社会科学出版社，1997：219－206.

实主义作品的一切艺术形式都应该为内容服务，本身并没有独立性。虽然新时期初期的“现实主义”讨论，由于亟待廓清的原则性、重要性问题太多，还没有来得及讨论作品的形式问题。但当时文艺理论界对“朦胧诗”的“朦胧”性、对王蒙小说的“意识流”手法等的“现代性”定性，无不在说明当时占统治地位的现实主义作品的形式，依然延续了既往的形式透明性原则。故事性、戏剧化、形象性、语言美等，也依然是现实主义作品的自觉艺术追求和评价现实主义作品艺术成就的习惯性术语和尺度。

应该明确的是，现实主义的真实性、干预生活性和形式透明性的理论内核，并不是在新时期伊始就已经确立了的创作原则，而是在理论与创作的双向掘进中逐步得到明晰的。因此，新时期的现实主义作品表现出了斑驳的色彩。有的作品十七年的创作倾向更浓厚一些，有的已经表现出了对现代主义手法的兼容，然而，绝大多数作品都是在“写真实”“干预生活”和“形式的透明性”的现实主义框架内向前行进。这充分显示了当时现实主义作为文学主潮的声势与气度。

第二节　现实主义的开放

1985年，是新时期文学史上具有里程碑意义的一年。在这一年，随着《你别无选择》《无主题变奏》等作品的问世，中国当代的现代派文学以引领潮流的先锋之势跃上文学舞台，宣告了现实主义文学一统天下局面的结束和一个百舸争流的多元化文学时代的到来。于是，有人惊呼，现实主义“过时”了，文学“告别现实主义”了。而且，许多批评家的眼睛都被形式奇异、内容荒诞的先锋作品所吸引，一些趋新的批评家甚至言必称“现代”“先锋”或“实验”。现实主义文学仿佛一夜之间由“门庭若市”变得“门前冷落车马稀”了。

然而，果真如此么？

其实，人们之所以能够对1985年之后的现实主义形成上述印象，是基于一个深厚的文学背景或基础的。这个背景或基础就是，现实主义在中国的现当代文学史上曾经是无比“强大”的一族，“强大”到“当今无论持什么样的文学观点，追随哪一‘派’，哪一种‘理论’，都很难绕开现实主义不谈，都必须对现实主义传统‘表态’。如果对新文学现实主义历史缺少完整的认识，就不可能扎稳当今文学发展的历史根基”①。所以，在这种“强大”背景影响下的现实主义文学，尽管事实上并没有沦落，深刻、成熟的作品还在不断问世，但在与“昨日”独霸天下的尊贵地位的比较中，今日的“多元”中的“一元”处境，确已使它失落了往日的荣耀。然而，这种“失落”并非坏事，一方面，它意味着现实主义倚仗“政治力量”的时代已经结束，开放的恰恰是一个更自由、更开放的现实主义发展环境；另一方面，“失落”意味着改变，只有不断变化、发展中的现实主义，才会永葆生命活力。

事实上，现实主义创作中不断实践着的突破，早已经使理论界、创作界陷入了对于现实主义本身的思考，并且提出了各种关于现实主义变异的“说法”。如“现实主义主潮”

① 温儒敏．新文学现实主义的流变．北京：北京大学出版社，1988：小引．

说、“多样的创作方法统一于现实主义精神”说、“现代现实主义”说、“现实主义尚未开始”说。这诸多的“说法”，语词不尽相同，内涵则基本一致，即一方面指出现实主义不会过时，现实主义在中国文学中将继续存在下去；另一方面又强调了现实主义的变化，指出其统合多种创作方法于一身的开放性。

一、对现实主义“过时”论的驳斥

在 1985 年之后趋“新”赶“潮”的文学“实验”像漫天黄尘一样铺天盖地而来时，在评论界、创作界乃至媒体上不断响起的现实主义“过时”的喧嚷声中，也有不少作家、评论家在做冷静的分析和理性的思索。著名作家梁晓声曾经说过：“我确信，现实主义，至少在今后十年里，仍将继续它的复归实践，而不是在伤痕累累中彻底倒下。……在中国，文学必将补上‘现实主义’这一课，一切脱离‘现实主义’内容的形式上的‘现代主义’，实在是撑不起中国当代文学的巨大骨架。”① 当时正准备写作《平凡的世界》的路遥也说：“也许现实主义可能有一天会‘过时’，但在现有的历史范畴和以后相当长的时代里，现实主义仍然会有蓬勃的生命力。生活和艺术已经证明并将继续证明这一点。”② 在理论界，不仅同样有人认为现实主义没有过时，而且有人还提出，“与其说现实主义过时了，不如说它还没有真正开始。即使在‘新时期’，它也只是刚刚迈出迟疑的、试探性的几步”③，那种真正称得上是“现实主义”的作品，不是太多，而是太少。当现实主义离成熟还相距遥远的时候，何来“过时”？

虽然这些作家、理论家们坚信，现实主义“仍将继续它的复归实践”，但他们话语中的现实主义的内涵已经发生了变化。这种变化了的现实主义，在梁晓声看来，“不惟是一种‘创作方法’，更是一种文学宗旨——对现实社会与以极大关注，而非故作仪态地逃避的宗旨。”④ 在路遥眼中，“现实主义在文学中的表现，决不仅仅是一个创作方法问题，而主要应该是一种精神。从这样的高度纵观我们的当代文学，就不难看出，许多用所谓现实主义方法创作的作品，实际上和文学要求的现实主义精神大相径庭……而这种假冒现实主义一直侵害着我们的文学，其根系至今仍未断绝。”⑤ 雷达也说，“现实主义发展着，且不断注入新的活力；生活的深刻性和时代精神的渗透，任何时候对艺术创作都是最根本的”⑥。由此可见，笃信现实主义不会过时的作家、理论家们，并不是无视现实主义的变化，也不是盲目地“唱”现实主义的“高调”，而是从文学的变化中他们更加相信，中国的社会现实不是不需要现实主义的表现，而是需要真正的富有“现实主义精神”的现实主义表现。而这种富有“现实主义精神”的现实主义表现，显然不再拘泥于创作方法上的“形似”，而是在“对现实社会予以极大的关注”上，在“生活的深刻性和时代精神的渗透”上，在“对人和人之间关系的深刻揭示”上，达到一种与“现实”、与真正典范的现

① 梁晓声．关于《浮城》的补白．光明日报，1994-03-02.

② 路遥．早晨从中午开始——《平凡的世界》创作随笔//张德祥．现实主义当代流变史．北京：社会科学出版社，1997：289.

③ 高尔泰．话到沧桑句便工．文汇报，1988-06-14.

④ 同①.

⑤ 同②.

⑥ 雷达．民族灵魂的重铸．北京：中国工人出版社，1992：409.

实主义作品的“神似”。也就是说，现实主义作品可以采用各种各样的创作手法，但在作品的灵魂上，必须是“现实主义”的，必须具有真实再现现实、勇敢直面现实、深刻反映现实的特点。因此，在这一点上，这些笃信现实主义不会“过时”的作家、理论家们的理论基点，还是在于现实主义自身的开放、发展。

二、对现实主义“开放”形态的阐述

现实主义正在逐步走向开放，这个在新时期的文学创作中逐渐呈现出来的发展趋势，得到了文学批评界、理论界的敏感把握和多样阐述。

早在1982年的时候，就有人提出“多样的创作方法统一于现实主义精神”的观点，认为，如果“试图确定一种创作方法作为文艺创作的基本准则”的话，那么，“社会主义文学就其实质而言，已经不再是以一种创作方法为标志的文学体系了，而是以多样的创作方法统一于现实主义精神的崭新体系”。当然，这里的“现实主义精神”，还主要表现为社会、政治层面上的“社会性”“真实性”和“向上性”，“多样的创作方法统一于现实主义精神”的目的，也是确立现实主义在社会主义社会的主导或统一地位，因为“我们的社会主义文学较之以往任何时代，它的现实主义都是最充分的，也最有条件占据主导的乃至是统一的地位”。由此可见，这个论述中的政治色彩依然比较浓厚，但它的可贵之处，在于较早地认识到了“多样的创作方法”可以“统一于现实主义精神”的文学融合性特点。虽然，这时“多样的创作方法”中还不包括现代主义的方法，但已经是后来“融现代主义等多种创作方法于现实主义中”的开放性现实主义形态的最初版本了。

1985年以后，现实主义作家在创作中吸收现代派表现手法为我所用，已经蔚然成风。面对这个现象，评论界又提出了“现代现实主义”的说法。黄泽新在《新时期文学的现实主义流向》一文中说，近年来“我国现实主义文学并没有衰退，更没有泯灭，而是在更新、在发展，正处在由传统的现实主义向现代的现实主义蜕变过程中”。在文章的结尾处，作者干脆将今天的现实主义称为“现代现实主义”。直接对“现代现实主义”进行论述的是作家柯云路，他在《现代现实主义论》一文中，将“现代现实主义”的“文学思想及创作手段”概括成九条：一是理性与直觉相结合；二是再现与表现相结合；三是社会批判与深层心理揭示相结合；四是外向与内向相结合；五是切近感与超脱感相结合；六是全局构思的规范性与局部写作的随意性相结合；七是鸟瞰与内窥相结合；八是历史感与现实感相结合；九是综合的、总体的小说。“现代现实主义”的提法，显然比“多样的创作方法统一于现实主义精神”的说法前进了一大步，它不仅敏感地把握住了现实主义的蜕变，较为准确地对现实主义接受现代主义影响的状况进行了概括，而且对现代现实主义的思想及艺术特征进行了较为全面的总结。虽然这些概括有些生硬，也不尽准确，“现代现实主义”的提法也有待商榷，但它对现实主义面向现代主义的开放形态的描述，为我们展示了一幅20世纪80年代中后期现实主义的变化地形图。

“新写实”小说出现之后，王干提出了“后现实主义”的概念。王干在他的《“后现实主义”的诞生》一文中说，“后现实主义的根本任务便是要消解作家对生活的种种主观臆想和理论构造，最大限度、最大可能地实现对生活本相的还原，在还原过程中，作家要逃避自己的意志判断，也就是说在写作的过程中，叙述完全是被动地接受生活所给予的一切，生活本身才是现实的本体，叙述只是努力回到这个本体，而作家是一片真空，一块透明，不带丝毫偏见，不加半点属于自己的杂质，只原原本本地复制生活的原生形态”，“从情感的零度开始写作”，这是“后现实主义最重要的写作原则和基本态度”，“后现实主义”是“一种既对现实主义进行反动，又对现代主义采取逃避的新的小说方式”。与“新写实”小说相关的提法还有“新写实主义小说”“新现实主义小说”以及后来得到大家确认的“新写实小说”等。但无论哪一种提法，都是在“现实主义”基础上的命名，都意味着现实主义的一种变化。雷达甚至认为“新写实”小说是现实主义的“回归”。而张韧说，“新写实小说有着现实主义的明显胎记，它那种面对现实，注重生活画面的逼真和细节的真实，注重写人物故事的特征，都跟现实主义传统一脉相承，然而它在承继中也有疏离和悖谬。新写实小说‘除细节的真实外’，放弃了‘真实地再现典型环境中的典型人物’这一现实主义创作原则”。因而，“新写实”小说也是现实主义的一种发展形态。

从上述种种关于“现实主义”的提法中，我们已经看到了现实主义的多方位开放。从“多种创作方法”到“现代主义”，再到“新写实”，从表现手法的吸收，到现代意味的渗透，再到融多种因素于一体的浑然融合，新时期的现实主义文学一步步地拓宽疆界，一步步地丰实自身，终于走向了自己的成熟，走到了《白鹿原》等“继承了古今中外现实主义、现代主义中最优秀的东西”、昭示着现实主义深化的“辉煌巨制”的出现。现实主义从来没有停止过自己探索、前进的步伐，现实主义的作品的数量与质量也在不断上涨。正是在此意义上，一些评论者认为，“现实主义文学仍然占据着文学的主潮地位，也就是说，现实主义仍然是文学主潮”。

第三节 现实主义的“重构”

1995 年 10 月，山东的《时代文学》和《作家报》联合推出了一组讨论 20 世纪 90 年代现实主义文学发展的文章，这场讨论被命名为“现实主义重构论”。1996 年，随着《大厂》《分享艰难》等一批具有相同倾向的作品接二连三地出现，文坛上又有了“现实主义冲击波”的名词，这些作品也被称为“新现实主义”小说。两个事件，两个批评话题，在如此相近的时间里出现，并引起较为广泛的反应。这无疑在 90 年代中期的理论界也掀起了一股“现实主义”的冲击波。有人认为，这股冲击波意味着理论界“对现实主义的重新命名”。

■ 一、重新讨论“现实主义”的缘起

20 世纪 90 年代中期的理论界之所以会重新讨论“现实主义”问题，大概有两个缘起：一是因为 90 年代的“新写实”“新体验”“新闻小说”等各种“新”字头的文学创作，“虽然确有其创新之处”，但由于“这些‘新’的文学主张所强调的只是孤立的某一个点某一个面的突破”，“都显得过于狭隘。因此，不可能产生出博大、宏阔的作品”，“如果我们的文学按照这样一种状态‘发展’下去的话，每一次‘新’的文学主张的提出其结果最终只能是使我们的文学走向狭窄的一隅。”因而，他们想“调整一下思路”，从一直是新时期文学主潮的“现实主义”切入“重新构建一种同我们的历史文化和社会现实特别是我们的文学现状相适应的现实主义理论，以拓宽文学发展之路”。另一个缘起则是由于当时文学创

作的促动。评论家雷达说，《大厂》等一批作品出现的时间相近，揭示的矛盾和思索的问题竟也像事先预约好了一样地相似，它们在一起就形成了一种阵势，可以称为一股“现实主义的冲击波”。一个是为了“突破”20世纪90年代中国文学的僵局，一个正好是打破了僵局之后的文学的理论“回应”，再加上此后一系列以反腐败和社会改革为题材的长篇小说作为创作实绩的出现，理论界的这次对于“现实主义”的命名可谓恰逢其时。

二、论争的焦点

理论界的这次对于“现实主义”的命名，主要是从两个方面来进行的：一是现实主义“重构论”的提出；二是对“新现实主义”小说的评判。

在第一个方面，论者们认为，首先，现实主义有其固有的范畴，这些范畴在新旧现实主义中是相通的。李广鼐提出，重构现实主义首先是“不放弃现实主义的最基本原则，即严格地忠实于现实，艺术地真实地反映现实”。“文学要关注现实，这是一条颠扑不破的真理”。也正是在这个意义上，雷达赞赏“现实主义冲击波”作品“以较前更全面、更冷静、也更求实的眼光，以不回避的正视姿态，来看待现实关系的复杂性和某些现实问题的尖锐性，没有削平、淡化或回避生活中新出现的重大矛盾，也没有简化现实关系的新的错综状态，从而把文学的真实领域发掘到一个新的层面，扩充到一种新的广度”。其次，二者又有所不同。李广鼐认为，“今天我们倡导重构现实主义决不是原来意义的现实主义的简单回归，也不是几种文学主张的简单归一，而是一种整合和扬弃，一种前进和超越”。那么，这种“整合和扬弃”“前进和超越”即“重构”的具体内涵与表现是什么呢？李广鼐、王光东认为，重构论包括三个方面的内容，简单说来就是：现实精神＋现代理性精神（或现代意识）＋现代叙述话语。也就是说，现实主义重构论一是以“现实精神”为“现实主义文学的内核”。而“现实精神”“从创作主体的角度而言”，“就是作家对人生现实的深切关注和对现实人生的理性审视”。在作品中就是要“见出人物灵魂的深度”和“看出作者真诚、深刻、独立、直面人生的灵魂”。二是以“现代意识”作为“通向‘现实精神’之桥”。而所谓“现代意识”，具体是指“爱的激情、批判精神、理想精神。——如果缺乏这种强健的现代意识，就无法在作品中见出现实精神和灵魂的深度”。三是以“叙述话语”为“现实主义的表述特征”。现实主义叙述语言具有当代性、大众性、客观性等特点，但同时有“绝不意味着对其他各种创作方法的排斥”。孔繁今则认为现实主义“重构”意味着对新时期文学的“现实主义精神”的强调，而这种“着力强调的文学的现实主义精神，不同于现实主义的创作方法，也不同于历史上某一种具体的文字形态，而是一种文学与人类生存之间永久性的关系和承诺。信守这种关系和承诺，文学就有了生命之根”，而对于“文学的现实主义精神”，则更应该强调其“最基本的原则”，即“对于完善人类生存的特殊责任感”，“对于人类的宽厚的爱心”，“对于人类生存现实的独特关注与表现”。由此可见，“现实主义重构论”者们的理论核心基本是一致的，即都是从“现实主义精神”基点上，强调爱、责任感、理想、批判意识等最基本的、永恒的理性精神对文学的观照。

在第二个方面，有两种针锋相对的观点。第一种观点是，批评家们肯定了“新现实主义”小说的“现实主义”特性，认为它们准确地把握了新的社会条件下文学与现实的关系，显示了现实主义文学的深化。雷达在命名“现实主义冲击波”小说时，其核心仍然是文学与现实关系的重新把握问题。雷达强调，“现实主义冲击波”小说贴近生活、干预生活，注重文学的认识功能、教育功能，每一部作品都包含了一个令人深思的“问题”。这些小说更容易让人想起“传统的现实主义”，或者20世纪80年代前期的创作风貌。熊元义认为，当前的现实主义文学有着“对历史的进步和道德的进步的统一的执着追求”，它把握了当前变革历史的真正积极力量，这批作品中的人物直面改革的阵痛和现实的消极方面，自觉地将国家的利益和个人的利益结合起来，“相当真实地表现了这个特定历史时期的人们的追求、希望、痛苦、困惑、挣扎和反抗”，“当前现实主义文学对现实生活的批判力度是前所未有的，绝不是一味地赞美和媚俗。但是，当前现实主义文学对现实生活的批判不是彻底的否定，而是既有否定，也有肯定。也就是说，当前现实主义文学没有操持抽象的理想这类武器否定一切，而是肯定了变革历史的真正的物质力量。这里有着中国悲剧的精神血脉”。王轻鸿则进一步分析道，“当前现实主义小说中的普通群众没有走上生活富足的康庄大道，那些厂长经理、书记镇长等基层的改革者也不是什么救世主，倒是‘无数英雄竞折腰’。改革之舟在沉重的现实中搁浅，没有按照历史的必然要求去直接描写改革的巨大成功，而是正视严酷的现实，体现了作家的一种深沉的悲剧意识”。而且，他还特别有针对性地指出，新现实主义小说既有历史理性，又有人文关怀，还有独特的艺术形式，他说，“当前的现实主义小说的历史理性得益于作家对转型期现实生活的深刻体察”，“人文关怀就体现在正视人生的苦难和不幸，作家以悲悯之心描写了恶对善的征服”。而“当前现实主义小说在表现沉重的现实生活时”，也运用了富于悲剧意识的“喜剧的形式”。因而，“新现实主义”是现实主义“寻着历史理性的逻辑，日益走向成熟的表现”。

第二种观点认为，“新现实主义”小说在反映现实生活时采取一种妥协的态度，没有表现出应有的历史理性和人文理性精神，因而很难称得上是一种真正的“现实主义”文学。童庆炳、陶东风认为，“现实主义艺术精神的核心不是简单的复制现实，它要求以人文关怀与历史理性的思想‘光束’来烛照现实，对现实采取不妥协的和批判的态度。当作家不得不在两极中进行选择的时候，宁可对‘历史’有所‘不恭’，也绝不以任何理由认同现实的罪恶、污浊和丑行，而抛弃人文关怀的尺度”，而“所谓的‘新现实主义’小说一方面对转型期的现实生活中丑恶现象采取某种认同的态度，缺少向善向美之心和人文关怀；另一方面，这些作品的作者虽然熟悉现实生活的某些现象，但他们对现实缺少清醒的认识，尚不足以支撑起真正的历史理性精神”。同时，“新现实主义”小说在艺术形式上也存在着“非审美化与非艺术化倾向”。张韧认为，“当文学凝视现实的时候，不能滞留于现实某一横断面或角隅之中，需要的却是历史的眼光与纵深的把握。这批改革小说的得失因素自然是多方面的，而缺乏历史深度几乎是它带有普遍性的弱点”，同时，它们也缺乏思想深度，这不仅“大大削弱了文学批判功能的力度”，而且影响了作品对“新的伦理、信念和新的思想支撑点”的寻找。陈传才也指出，“这些新现实主义新作，不仅在审美意蕴方面未能把现实主义的批判精神提升到当代文化批判的新水平，而且在审美形式与表现手法上更缺乏新的创造与突破。足见其探索与实践距离‘新现实主义’的命名，还有很长的路要走”。

在上述沸沸扬扬的争论中，其实，无论是“现实主义重构论”的提出，还是关于“新现实主义”小说的论争，都牵扯到一个根本性的理论问题，即新的时代、社会语境下现实主义如何发展的问题。

经过十余年的发展，我们对现实主义从封闭走向开放的事实似乎已基本形成定论，没有什么疑义。也就是说，只要是在真实性、现实干预性等“现实主义精神”的统领下或“现实主义”的总体框架内，不管具体采用什么样的表现手法，或渗透进一些什么样的意味，都是现实主义的作品。这一思想可以说在“现实主义重构论”中重新得到了说明。“现实主义重构论”者除了用“爱”“理想”“批判性”“对于人类生存的责任感”等“现代意识”或“现代理性精神”，代替了20世纪80年代初期的“现实干预性”，显现出文学的进步之外，在其他方面几乎没有什么新的思考。而如果从“重构”就意味着“重新建立文学与现实的关系”的意义上讲，它就“必须要有新的现实观念”，而它“回避‘现实’的多样性、复杂性，试图用一种抽象的精神来整合现实主义，其结果则有可能导向一种新的文学的观念性与理念化”，更何况“爱”“理想”“批判性”“对于人类生存的责任感”等“现代意识”，也并非是“现代”的理性精神，而属于传统现实主义的价值范畴。因而，“现实主义重构论”如果不将“现实主义”导向对文学与现实的新的关系的构建，那么，就没有达到“重构”的目的。

关于“新现实主义”小说的论争，涉及的则是一个现实主义如何表现当前社会现实的问题。赞扬它者，认为它“相当真实地表现了这个特定历史时期的人们的追求、希望、痛苦、困惑、挣扎和反抗”，对当前现实生活的批判达到了前所未有的力度；批评它者，认为它不符合现实主义“以人文关怀与历史理性的思想‘光束’来烛照现实，对现实采取不妥协的和批判的态度”的要求，距离真正的现实主义的距离还很远。二者的出发点都是“现实主义”，都是从文学与现实的关系出发所做的思考。但前者的批判是“新写实”式的批判，即作品对于灰色现实的描述本身就是批判；后者的批判则是“传统现实主义”式的批判，即作品内容中就应当传达出作者的理性观照。孰是孰非？我们现在乃至相当长的一段时间内，都很难做出判断，因为现实主义创作在变化，现实主义本身也在变化。当我们把“新现实主义”小说定位在“现实主义的变异形态”上的时候，“现实主义”的变异也就还没有完成。这无疑再一次印证了现实主义的开放性——永远的开放性，永远的发展空间。

本章小结

新时期的现实主义理论发展经历过从现实主义的恢复、开放和重构等几次大的论争与变化。

第一节介绍了现实主义的恢复。在第一次论争和变化中，现实主义逐步恢复了其本来面目，确立了真实性、现实干预性、形式透明性等基本理论原则。

第二节介绍了现实主义的开放。在第二次论争和变化中，现实主义在理论探索和创作实践中逐步从封闭走向开放，积极汲取现代主义等多种创收手法，最终在海纳百川的襟怀下走向了深化。

第三节介绍了现实主义的“重构”。第三次论争与变化使我们认识到，深化，并不意味着现实主义理论进程的结束，随着“现实主义重构”和“现实主义小说”等新的创作问题、理论问题的出现，现实主义理论仍将继续发展下去。

关键概念

现实主义的恢复　　　现实主义的开放　　　现实主义的重构

思考题

1. 关于现实主义恢复讨论中形成的理论内核是什么?
2. 关于现实主义的开放形态有哪几种理论描述?
3. 简述20世纪90年代中期现实主义讨论发生的原因。
4. 对于“新现实主义”小说的评判主要有哪两种观点?
5. 如何评价20世纪90年代关于现实主义的重新“命名”?

第三章 文学观念的现代转型——关于现代主义的理论论争

20 世纪 80 年代初，随着改革开放的进行，人们的思想日趋活跃，打破禁区，拨乱反正，思考、质疑和探索在整个社会蔚成风气。在这种背景下，新中国成立后至 20 世纪 70 年代被认为是资本主义腐朽没落的颓废文学的西方现代派文艺思潮和文学作品开始被介绍进来，并受到人们的热切关注。随之而来的，就如何看待西方现代派文学、现代化与现代派有没有必然联系、中国要不要现代主义等问题，在文艺界引起了一系列争论。后来人们把这些论争称为西方现代派论争或现代主义论争。

第一节 论争的背景与起因

西方现代派，也称现代主义，是 20 世纪前半期欧美诸多具有反传统特征的文学流派的总称，它同时也涉及绘画、音乐、戏剧、电影等艺术领域，是 20 世纪一种具有代表性的文艺思潮。西方现代派的主要流派有后期象征主义、表现主义、未来主义、超现实主义和意识流等。在 20 世纪 80 年代初，中国文艺界对西方现代派文学介绍的初期，现代派文学的起讫要更宽泛，还包括 20 世纪六七十年代被称为后现代主义的文学，如黑色幽默、荒诞戏剧、新小说等。

西方现代派文学是西方现代工业社会的产物，是动荡不安的 20 世纪欧美社会的时代精神和人的情感的艺术表述。西方现代派作为一个有多种流派组成的思潮，不同的流派往往有不同的主张与特征，但在总体上又有基本一致的共同点。在思想特征上，西方现代派文学具有强烈的反传统精神和文化批判倾向，对西方社会异化现象的表现，如社会与个人、自然与个人、个人与个人、个人与自我关系的异化，是西方现代派文学的一个突出主题。在艺术特征上，西方现代派文学强调表现心理真实，追求艺术表现的深度模式，具有主观性和内倾性。同时，西方现代派文学热衷于艺术技巧的革新与实验，其创作具有形式主义倾向。

西方现代派文学作为一种世界性的文艺思潮，也曾对中国的现代文学产生过影响。

"五四"时期，西方现代派文学如象征主义、唯美主义、表现主义、未来主义等都曾介绍到中国，并对新文学创作产生了影响，如李金发、冯乃超、穆木天等在象征主义影响下形成的中国最早的象征主义流派；再如以洪深、曹禺为代表的表现主义戏剧和以刘呐鸥、穆时英、施蛰存为代表的新感觉派小说。然而，由于20世纪前半期的中国正处于内忧外患、民族生死存亡的危急关头，社会、经济、政治条件与西方各国迥然相异，所以现代派文学在中国现代文学中只是一个支流，没有形成大的气候。在20世纪50—70年代，由于意识形态方面的原因，在我国西方现代派文学被判定为资本主义制度下腐朽没落的文学而不能被介绍、传播与讨论。中国现代文学史中具有西方现代派倾向的作家作品，或是被排除在文学史的内容之外，或是作为被批判的对象而出现。在这种背景下，70年代末随着改革开放大潮的兴起，西方现代派文学被大规模地介绍进中国，立即受到十分热切的关注。其势头之猛烈、影响之广泛，远远胜过"五四"时期。新时期对西方现代派文学的接受热情并不是偶然的，它与中国改革开放的社会、思想背景以及新时期文学自身发展的需求密切相关。

从社会、思想背景方面看，改革开放使中国社会实现了历史性转折，为西方现代派文学的传播与接受提供了可能的条件与氛围。首先，粉碎"四人帮"后，中国共产党把工作的重点转移到现代化建设上来。为了在新的历史条件下发展繁荣社会主义文艺，中国共产党对文艺的战略和政策进行了调整，不再提文艺为政治服务、为阶级斗争服务，提出"文艺为人民服务，为社会主义服务"，并指出要按艺术规律指导文艺实践。其次，由真理标准讨论而展开的思想解放运动，对多年来极左路线的历史进行了深刻反思，拨乱反正，打破禁区，求知、质疑与探索，一时间蔚成风气。文艺与政治的关系、人性论和人道主义等一些新中国成立以来文艺界的理论禁区都被纷纷打破，成为可以争鸣与探讨的问题。这些政策的调整和思想解放运动，使文艺界形成了新中国成立以来最为宽松与活跃的思想氛围，从而也使对由于意识形态原因一直遭封杀的西方现代派文学的介绍和探讨成为可能。从70年代末起，一批西方现代派文学作品和理论研究著作陆续翻译出版，如袁可嘉等编选的《外国现代派作品选》、陈锟撰写的《西方现代派文学研究》、施咸容等翻译的《荒诞派戏剧集》、柳鸣九编选的《萨特研究》、董衡巽编选的《海明威研究》、李文俊编选的《福克纳评论集》等。此外，《世界文学》《外国文艺》、上海译文出版社的"20世纪外国文学丛书"和"外国文艺丛书"以及外国文学出版社的"当代外国文学"丛书都翻译出版了大量的西方现代派作品。同时，在全国各种报刊上有大量以西方现代派文学为评介对象的文章发表，据统计，仅1978年至1982年，就有近400篇。

从新时期文学自身发展需求看，西方现代派文学契合了中国文学界要求突破单一创作观念与模式，进行艺术探索与创新的需求与渴望。在中国文学界，长期以来现实主义创作方法享有"定于一尊"的地位，其他创作方法与模式则受到排斥与压抑，这与丰富多样的创作要求及审美需要形成巨大矛盾。作家王蒙明确声言在艺术上不赞成搞"一元化""定于一"。作家戴厚英也认为，"现实主义的方法——按生活的原来样子去反映生活，当然是表现作家对生活的认识和态度的一种方法。但绝对不是唯一的方法，甚至也不是最好的方法"。在多年的封闭之后，中国的文学创作有一种迫切寻求新的创作观念和方法的饥渴，而对西方现代派文学的借鉴与运用，正应和了这种希望突破现实主义创作方法束缚的需求。20世纪80年代初，新时期文学按自身的发展需求，由最初的"伤痕文学""反思文学”的写什么转向思考和关注怎么写。随着文学话语权力的逐步获得和整个社会政治热情的逐步平息，作家们的兴趣开始从政治向文学自身、从外部规律向内部规律、从历史要求向美学要求转移，这种转移的标志就是对形式和技巧的渴望与关注，而西方现代派文学正满足了这样一种渴望和关注，很自然地成为文学创作寻求新的表现方法和手段的一种主要的资源。80 年代初，冯骥才在给刘心武的信中曾表述了他在创作发展中的“焦虑”：“下一步踏向何处?”冯骥才提出的问题在当时的背景下是有代表性的。因而，1981 年高行健介绍西方小说形式与技巧的《现代小说技巧初探》出版后便受到作家十分热烈的反响，人们争相传阅，交流彼此的心得与感受，这些交流也就成为整个现代派文学讨论的一部分。

随着文学创作环境与氛围的改变，一些具有现代派特征的作品，如朦胧诗、意识流小说、试验性戏剧开始在文坛出现。通常人们把新时期初期注重表现自我，具有象征、隐喻、通感等现代诗歌技巧特征的诗称为朦胧诗，朦胧诗是新时期文坛最先显露出现代主义气息的文学流派。这些诗摒弃了空洞的表达和陈腐的套式，探索新的题材、表现方法和风格，“对权威和传统的神圣性”提出挑战。同时，这些诗运用了隐喻、暗示、象征、幻觉、变形等西方现代派诗歌的表现技巧，以意象的朦胧性和主题的多义性代替以往诗歌中形象的明确性和主题的单一性，以情感的立体多向代替平面单向，以不规则、灵活多变的诗体形式代替和谐匀称美。这些艺术特征，使朦胧诗与以往的诗歌迥然相异，令人耳目一新。代表作者有北岛、舒婷、顾城、江河、杨炼等。继朦胧诗之后，文坛出现了一批运用西方现代派小说技法创作的小说，如茹志鹃的《剪辑错了的故事》、王蒙的《蝴蝶》、宗璞的《我是谁》、李陀的《自由落体》等。这些小说具有较复杂的思想内涵，崭新的审美视角和现代派小说的表现手法。茹志鹃的短篇小说《剪辑错了的故事》采用打破时间顺序的结构方式，通过主人公老寿的意识流动，穿插表现解放战争时期和“大跃进”时期两个历史阶段的生活事件。这种“剪辑”式的心理结构，作为现代派小说表现手法的最初尝试引起了文坛的关注。在这批探索性的小说作者中王蒙是最具代表性的一位。他连续发表了《春之声》《海的梦》《布礼》《蝴蝶》一组主要写人物心理的中短篇小说。在这些小说中，王蒙没有沿用传统小说人物、情节和主题的模式，而是借鉴西方意识流小说的技巧，运用自由联想、时空交错等手法，把人物心理的意识流动、人物在特定环境中的复杂心理和情绪作为小说的主体。与小说领域中的探索同时，具有现代派特征的探索性戏剧也在新时期的戏剧舞台上出现。其中影响较大的有马中骏等的《屋外有热流》，高行健的《车站》，高行健、刘会远的《绝对信号》《野人》等。《屋外有热流》尝试将中国传统戏剧艺术的写意手法与西方表现主义、象征主义和超现实主义的戏剧技巧结合起来，剧中没有完整贯穿的故事情节，而是侧重表现人物的心理世界，特别是揭示内心深处的隐秘。舞台采用透明或半透明的布景装置，让大哥的幽灵穿墙入室，在弟、妹的现在与过去、现实与梦幻间来去自由。《绝对信号》是一部具有创新意识的心理剧。剧中围绕一列货车行进中守车与劫车的戏剧冲突，充分展示了人物在特定环境中的心理世界。在结构上，它把对中心事件的描述降到次要地位，而让灯光、音响、道具等舞台装置将人物的心理活动外化为直观的舞台形象。在时空运用上，它采用无场次的形式，突破了中国话剧传统的“四堵墙”模式，以心理逻辑取代叙事逻辑，扩展了舞台表现的时空，加强了演员与观众的交流。这些在新时期文坛出现的具有现代派色彩的作品，无论是诗歌、小说、戏剧，在习惯了传统创作手法的读者看来是“朦胧”“怪异”“看不懂”的，也就引发了有关这些作品的批评与争议，其中最有代表性的是关于“朦胧诗”的争论。

总之，新时期以来，西方现代派文学被大规模地介绍与传播，文艺创作中也相继出现了具有现代派色彩的作品。在长期的思想文化封闭之后，对这些无论是西方的现代派还是中国的现代派，人们的反应是不同的：有的赞赏和肯定，有的迷惘和困惑，也有争议和批评。正是在这样的背景下，出现了关于现代主义的论争。

第二节　关于现代主义的论争

一、论争概况

20 世纪 80 年代初文艺界开始有关西方现代派文学的讨论，主要围绕如何评价西方现代派、现代化与现代派的关系、中国要不要现代派、社会主义文艺的方向和道路等问题而展开，前后持续三年多时间。

最初关于西方现代派的讨论是由一些从事西方现代文学研究的学者在专业范围内进行的。在 1980 年前后，他们先后集中发表了一批介绍西方现代派文学的文章。如袁可嘉的《欧美现代派文学概述》《我所认识的西方现代派文学》、朱虹的《荒诞派戏剧评述》、陈锟的《漫评西方现代派文学》、柳鸣九的《现当代资产阶级文学评价的几个问题》、伍蠡甫的《西方文论中的非理性主义》、汤永宽翻译的《略论当代美国小说》、施咸荣翻译的《萨罗特谈“新小说派”》等。这些文章介绍了西方现代派文学的沿革、思想和艺术特征，就如何评价西方现代派文学提出了各自不同的看法，使重新评价和探讨西方现代派文学的问题提到学术界的日程上来。然而这些外国文学领域的探讨受到了文艺界和社会的关注，其影响越出了专业范围。与此同时，文学界就当时“朦胧诗”及小说中借鉴西方现代派表现手法的问题也出现了争论，从而使外国文学领域有关现代派的讨论与中国当下的文学创作交织起来。随着讨论的延续，争论的焦点逐渐转移到如何看待新时期以来有现代派色彩的文学创作及中国文学未来的走向等问题上。

1982 年由徐迟的《现代化与现代派》一文引发的是一次较为激烈的争论。《外国文学研究》1982 年第 1 期发表了徐迟的《现代化与现代派》一文，编辑原打算以此作为该刊自 1980 年以来开辟的“关于西方现代派文学的讨论”的总结，从而结束已长达两年的争论。但徐迟的文章非但没有使讨论告一段落，反而引发了更为激烈的争论。徐迟在文章中认为，现代化与现代派文学之间有着必然的逻辑关系。《文艺报》在 1982 年第 11 期转载了徐迟的文章，并于同期发表了理迪的《〈现代化与现代派〉一文质疑》，对徐迟的观点展开争论。紧接着，全国许多报刊纷纷发表文章展开关于现代派问题的讨论。

关于现代派文学的讨论在 1981—1982 年围绕高行健的《现代小说技巧初探》的通信讨论中达到高潮。1981 年 9 月花城出版社出版了高行健的《现代小说技巧初探》，书中介绍了西方现代派小说中使用的意识流、怪诞与非逻辑、艺术抽象等创作手法，是新时期最早介绍西方现代派小说理论的论著。这本书一出版，就引起了文艺界极大的兴趣与关注。《上海文学》于 1982 年第 6 期发表了冯骥才、李陀、刘心武的三封通信，即冯骥才的《中国文学需要“现代派”》、李陀的《“现代小说”不等于“现代派”》、刘心武的《需要冷静的思考》。在三位作家的通信中，冯骥才把高行健的书比作“寂寞空旷的天空”突然出现的“一只漂漂亮亮的风筝”。在信中，他们提出“中国文学需要‘现代派’”，“热烈地欢迎中国‘现代派’文学作品”。此后，许多人撰文对他们的观点进行商榷，如刘锡诚的《关于我国文学发展方向的辩难》等，《文艺报》为此还专门举行了座谈会，从而形成现代派文学讨论的又一次热点。

20 世纪 80 年代初文坛曾出现关于“朦胧诗”的争论，虽然现代派文学不是其争论的中心，但由于后来的研究者经常将“朦胧诗”、王蒙的“意识流”小说及宗璞、茹志鹃的一些小说看作是“现代主义”在中国的又一次登陆，而在“朦胧诗”的争论中，诗歌及文学创作如何借鉴西方现代派手法是争论的一个重要方面，因而有研究者把关于“朦胧诗”的争论视为现代派文学讨论的“一个主要的副本”。“朦胧诗”论争起因于 20 世纪 70 年代末批评界对于一部分青年诗人如顾城、舒婷等创作倾向的关注。评论界及读者对于“朦胧诗”的评价产生了严重分歧。全国一些主要报刊都纷纷发表文章参与论争。谢冕的《在新的崛起面前》、孙绍振的《新的美学原则在崛起》、徐敬亚的《崛起的诗群——评我国诗歌的现代倾向》是三篇在后来的争论中被称为“三个崛起”的文章。这三篇文章提倡以宽容的态度支持和理解这些青年诗人的创作，认为他们创作中表现出的“不屑于作时代精神的号筒”“强调自我表现”及“与传统的艺术习惯做斗争”的艺术创新精神代表着一种新的美学原则，他们的创作是应该给予充分肯定的“现代文学潮流”。而反对者认为，“朦胧诗”在思想倾向上强调个人情绪和自我感受，脱离人民群众的思想感情和时代精神，在艺术表现上则晦涩难懂。老诗人艾青、臧克家先后发表数篇文章，对“朦胧诗”及其支持者的观点提出批评，希望诗人们不要“一味埋头写人家看不懂的诗”，甚至认为“朦胧诗”“是诗歌创作中的一股不正之风，也是新时期的社会主义文艺发展中的一股逆流”。

■ 二、论争要点

关于西方现代派文学的讨论主要围绕如何评价西方现代派文学、现代化与现代派的联系、我国新时期文学发展方向等几个问题进行，其焦点是中国要不要现代主义。

（一）如何评价西方现代派文学

在现代派文学的讨论中，如何认识和评价西方现代派文学是一个首要的问题，因为如何看待新时期具有现代派色彩的创作与对西方现代派的认识和评价密切相关。在讨论中，一种意见认为，西方现代派并非洪水猛兽，而是西方现代社会发展的产物，是西方社会现实在精神上的一种反映。因此，应该摒弃长期以来形成的对西方现代派文学的偏见，摆脱苏联的日丹诺夫视西方现代派文学为“堕落”“衰颓与腐朽”的观点。徐迟在《现代化与现代派》一文中认为，西方现代派文学“作为西方物质生活的反映”“确乎倒是相当地适应了它的”，“它在文艺样式和创作方法上的创新，又很有些卓越成就”。而且他预言：“我们可以相信，西方现代派文艺也将创作出有利于人类进步的信心百倍的理想主义的作品。”徐敬亚在《崛起的诗群》一文中认为，“正如资本主义经济的兴起带来了文艺复兴一样，现代艺术的出现，是现代生产方式和生活方式的必然结果”。他还指出，“过去，我们总是强调它是资本主义走向没落时的精神产物，对它艺术上的合理性几乎没有进行研究和分析”。

在争论中，另一种意见认为，西方现代派文学尽管在某些方面丰富了文学的表现手法，但其思想体系属于资产阶级意识形态范畴。理迪的《〈现代化与现代派〉一文质疑》从多方面反驳了徐迟的观点。他认为，西方现代派文学“主要是反映了社会中小资产阶级及其知识分子的心理状态、思想感情和生活内容”，并非如徐迟所说西方现代派文学也是“来源于人民生活的源泉”。因而，“现代派文艺，虽然作品的数量很多，但真正深刻地揭示了现实生活的作品为数并不多”，“而其脱离群众的程度”，他引美国艺术史家的话说“在艺术史上从未有过”，所以，西方现代派文学不可能反映“时代的社会生活面貌和本质规律”。李准在《现代化与现代派有着必然联系吗?》一文中认为，“现代派文艺中，虽然有些作品在思想内容和艺术上有着一定价值，但总的讲它们缺乏正确的思想指导，不能给人指出正确的道路，鼓舞人去斗争，而是追求畸形、病态的美（有些甚至以丑为美），并且是以少数资产阶级和小资产阶级知识分子为主要读者对象。所以，现代派不只是创作方法的问题，它的整个性质、任务、功能与社会主义文艺都有着原则的差别，它属于资产阶级文艺的范畴”。

应该说，西方现代派文学是十分错综复杂的文艺现象，对其全面肯定或全面否定都是片面的，而应从实际情况出发进行具体研究与分析，肯定它有价值的方面，摒弃其不合理的因素。就西方现代派与西方社会生活的关系来说，西方现代派文学有其存在的历史合理性。资本主义进入垄断阶段，西方现代社会动荡不安，种种危机和矛盾极大地改变了人们的思维方式和价值观念。人与社会、人与人、人与自然、人与自我的矛盾日益尖锐和复杂，由此带来的荒谬感、虚无感及怀疑、否定的情绪困扰着整个西方社会。作为时代精神和情感表达的西方现代派文学有着强烈的反叛精神：怀疑、否定既有的文化传统乃至整个人类文明，有意打破既定的艺术规范和传统，追求新颖独特的艺术形式，注重心理世界的描写，强调艺术想象的创造性，运用意识流、象征、变形、荒诞、超现实等形式技巧，来丰富和扩展文学表达的内涵和能力。因而现代派文学以其特有的艺术形式反映了西方资本主义社会及人类自身在发展进程中的危机与矛盾，表达了西方当代社会人们的种种心理与感受，并改变了传统的艺术思维模式，促进了艺术形式的全面革新。从总体看，其艺术成就是主要的。然而西方现代派文学的思想内容和艺术形式也都呈现出十分复杂的状态。西方现代派文学对传统文化及现代文明的批判有其十分深刻和尖锐的一面，但也有走极端的现象，表现出虚无主义倾向。在艺术表现上，西方现代派文学提倡“以丑为美”，大量描写丑的事物，使其对社会、特别是人性的表现和开掘上达到了超过传统文学的较深层次。但由此带来的对人性美与崇高的消解和否定，是不无消极意义的。此外，西方现代派文学对形式技巧的追求，使文学的表现方法得到了丰富与拓展，但往往又把形式革新推向极端，走向形式主义。而且，现代派文学在形式与技巧上的革新与试验并非都是成功的，一些作家追求新奇，抛弃和破坏文学最基本的标准与特性，从极端的标新立异走向违反和破坏艺术规律的反艺术。

（二）现代化与现代派的联系

持肯定观点的论者认为，现代派的出现是历史的必然，它代表着文学艺术的未来。叶君健在《〈现代小说技巧初探〉序》中提出，小说技巧的演变是受时代的生产方式和生活方式影响的。他说：“蒸汽机发明后，人类历史发生了很大的变化，文学艺术也起了很大的变化。19 世纪的欧洲文学，无论从表现形式或思想内容方面就与 18 世纪的文学不同。”“我们人类的历史现在已经又跨进了一个新的历史时代——电子和原子时代。……人们对事物的认识也跟着起了很大的变化，因此表现这种认识的方式也与蒸汽机时代不同，在文学艺术上从而也就有许多不同的流派、表现形式和风格出现。”冯骥才在《中国需要“现代派”》中认为，中国社会要现代化，文学必然出现和需要现代派，这是“社会和时代的需要，即当代社会的需要”。徐迟在《现代化与现代派》一文中预言：“我们将实现社会主义的四个现代化，并且到时候将出现我们现代派思想感情的文学艺术。”

上述观点引起了激烈争论。针对叶君健的观点，刘锡诚在《关于我国文学发展方向问题的辩难》一文中说：“把文学区分为蒸汽机时代的文学和原子或电子时代的文学，而且把原子或电子时代的文学——也就是现代派——捧到天上，把蒸汽机时代的文学——主要是批判现实主义文学——贬到地下，把宣传和鼓吹现代派文学说成是‘充分掌握当前世界文学潮流’……这样的说法，是不是过分简单、过分机械甚至未免显得褊狭和谬误了呢?”李准在《现代化与现代派有着必然联系吗?》一文中，从马克思主义历史唯物主义的角度出发，对徐迟把生产力的发展水平与文学艺术精神生产机械联系起来的观点表示质疑。他指出，现代化与现代派有着必然联系的观点，“看起来似乎很‘唯物’，实际上却离开了辩证唯物主义和历史唯物主义的轨道”。科学技术的发展、生产力的提高，可以促进文化的发展，但不能直接派生出文艺流派和文艺思潮。他指出，“从总体上说，物质生产力的发展对于整个历史发展有着终极原因的性质；然而，直接决定包括意识形态在内的上层建筑的，则不是通常说的‘经济发展’水平即生产力发展水平，而是由生产关系构成的科学含义上的‘经济基础’”。“每一种文艺流派、文艺思潮的产生和发展，都是以特定的社会根源（包括经济制度、政治制度及其沿革，人们的社会实践状况）和思想根源作为直接原因，而物质生产力的作用和影响则是间接的。”“把经济（物质生产）发展对历史变迁的终极决定作用绝对化、简单化，抛开生产关系即社会关系对意识形态的直接决定作用和政治以及哲学对文艺的直接影响，抛开人们的社会实践活动，单纯用生产力特别是科学技术的发展水平来解释文艺的发展变化，这实际上就走进了‘经济唯物主义’理论的轨道。”

应当说，将科学技术和物质生产力的发展与文艺思潮、文学流派直接联系起来，确是失之简单和机械的，而反对者也正是抓住这点进行反驳的。一种文艺思潮、文学流派产生的原因总是多样而复杂的，不会是某个单一原因的结果。而生产力和经济的发展对文学的作用和影响也总是以间接的方式进行的。但客观地说，将这种观点等同于对现代化与现代派的联系持肯定态度的观点的全部内容，也将是失之简单，同时也是不符合实际的。肯定现代化与现代派的联系，本身并不错，现代化并不是一个单纯经济和生产力的概念，而是有着经济、政治和文化的多种内涵。从创作实践看，现代派讨论后不久，随着改革开放和现代化建设的进行，1985 年前后出现的具有现代派性质的“先锋派”及 20 世纪 90 年代后的“新生代”创作，并非像有些观点认为的，仅仅是某种思潮的影响或是某种创作模式的模仿，而无疑与整个社会的现代化进程有着内在的联系。因此，从实际情况出发，从多种角度着眼，才有可能对文艺思潮、文艺流派做出正确的解释和分析。

（三）我国新时期文学发展方向

上述两个问题的论争必然导向对我国文艺发展方向的探讨。徐迟在《现代化与现代派》中认为，随着我国逐步实现社会主义的现代化，我国文坛将出现表现现代派思想感情的文学艺术，即现代派的文艺将是中国文学的发展方向。他甚至提出“应当有马克思主义的现代主义”。徐敬亚的《崛起的诗群》是一篇系统倡导现代主义文学的理论文章。在文章中他明确指出，新诗的出路就在于发展现代主义倾向，“现代倾向要发展成为我国诗歌的主流”，这种“带着强烈现代主义文学特色的新诗潮正式出现在中国诗坛，促进新诗在艺术上迈出了崛起性的一步，从而标志着我国诗歌全面生长的新开始”。对现代派文学的倡导实际意味着对长期以来创作中现实主义的一统天下的冲击。戴厚英便直截了当地说：“现实主义的方法——按生活的原来的样子去反映生活，当然是表现作家对生活的认识和态度的一种方法。但绝对不是唯一的方法，甚至也不是最好的方法。”

这种把现代主义视为一种“新的美学原则”，并当作中国文学发展方向而加以倡导的理论，在1983年清除思想战线的精神污染的运动中，受到了主流意识形态的严厉批判。同时，这种观点在文艺界也引起了激烈的争论。持反对观点的文章认为，中国的现代化是在社会主义思想指导下的现代化，因此中国文艺只能以革命现实主义为主导方向，现代派文学的方向不符合中国文艺发展的实际情况。那种不顾中国的国情和文学传统，把现代派文学当作中国文艺发展方向的观点是错误的。雷达、晓蓉在《坚持文学发展的正确道路》一文中指出，“西方现代派文艺与我们的社会主义文艺，在性质、任务、功能、对象上，有着根本的区别，它不可能成为我国文学发展的道路”。刘锡诚认为，“革命现实主义是最好的一种艺术方法”。对于“马克思主义的现代主义”的说法，刘锡诚认为，“作为一股文艺潮流，现代派文艺的世界观、艺术观和马克思主义的距离是很遥远的”。“我国要创造和发展的是具有社会主义内容和民族特点的新文艺……是向着社会主义、共产主义目标的提高，绝不是要提高到现代主义的文艺王国中去。马克思主义和唯心主义、直觉主义在思想体系上是根本不同的，不可能捏合在一起。提倡什么‘马克思主义的现代主义’，那就不可能有什么真正的马克思主义，只能用现代主义取代马克思主义。”理迪在文章中指出，西方现代主义文艺与马克思主义是根本不同的两种思想体系和世界观，在现代派文艺前加上“马克思主义的”“我们的”等限制词，并不能改变资产阶级艺术思潮和流派的内容和性质，“提倡‘马克思主义的现代主义’，实际上不过是提倡西方现代主义文艺罢了”。

我国文艺的性质是社会主义文艺，因此，我国文学发展的方向无疑是社会主义文学，是“为社会主义服务，为人民服务”的文学。至于创作方法和模式，则应是多元并存的。既不以现实主义为“独尊”而排斥其他包括现代主义在内的方法和模式，也不是以现代主义为新潮而取代其他方法和模式。现实主义与现代主义不应是对立的你取代我、我取代你的关系，而应是互补并存的关系。而且不仅是现实主义和现代主义的多元并存，而是多种创作方法和模式的多元并存。

当年现代派文学讨论的背景是在多年文化上的封闭自守之后，中国文坛介绍及借鉴西方现代派文学的初期，论争的焦点是在中国要不要现代派文学或现代主义。通过这些讨论，西方现代派文学成了一个可以争论和探讨的问题，并在不同程度上得到承认与接受；而中国的现代派文学，通过这些讨论，事实上进一步取得了存在与发展的空间。今天，现代派文学或现代主义在中国文学创作中的存在和参与，不仅早已是一个不争的事实，而且已经深刻参与并影响了新时期的文学。现代派文学对中国文坛的震撼和冲击，改变了长期以来文学创作中现实主义一花独放的局面。因此，尽管新时期文学的主潮仍然是现实主义，但先锋派文学、寻根文学、新写实小说、新历史小说、新生代创作等文艺思潮和创作流派纷纷登场亮相，使中国文坛出现了流派纷呈的多元化格局。20世纪90年代后，作为一种现代派文学流派的先锋派文学在文坛已不复存在，但现代派文学的美学原则、创作精神、表现手法和技巧，却为中国作家广泛借鉴和运用，融会和渗透到包括现实主义在内的各种创作方法和艺术流派之中，改变了中国文坛的面貌。在这个意义上，现代派文学对中国新时期文学艺术的影响无疑是深刻而广泛的。

具体来说，新时期文学中具有现代派色彩的文学流派，如“朦胧诗”、意识流小说、先锋派文学等，给中国的文学创作领域带来了一系列的深刻变化。例如：第一，这些创作中体现的现代主义精神对传统的文艺观念形成冲击，这种冲击是强烈而且全方位的，使文学创作发生了从再现转向表现，从社会转向心理，从内容转向形式，从叙事转向表意的转折性变化。如意识流小说对人物心理的开掘与展示，先锋派小说对文体的自觉和形式的试验。第二，突出强化了作家艺术家的主体意识，“人的文学”的观念，“自我表现”说等艺术观念渗透到创作实践中，使文学的主体性和生命意识普遍高扬，文学彻底反叛了从属政治的“工具论”，文学领域也不再是“反映论”的一统天下。对创作者主体意识的强调，极大地激发了作家艺术家的创造力和想象力，使众多不同的个性创作成为可能。第三，对艺术形式及表现方法的重视和不断创新成为作家艺术家普遍的自觉意识，并在此后成为推动新时期文学创作不断发展的重要动力之一。作家艺术家在艺术表现方法上取得了许多突破和创新，意识流、象征、荒诞、变形、梦幻、隐喻、时空交错、超现实等现代派表现手法的借鉴和运用，开阔了创作者的视野，大大增强了文学艺术的表现能力。

但是，这些具有现代派色彩的文学流派在给文学创作带来积极影响的同时，也带来了一些不容忽视的负面影响。例如：第一，创作中审美理想的衰颓。在创作中表现为厌恶表现社会的审美理想，否定人性的真善美，专注于挖掘生活中的丑恶与荒谬，表现出“非英雄化”“非理想化”“非崇高化”的倾向。第二，形式主义倾向。在强调艺术创新的同时，由于对形式的过度迷恋，往往把形式革新推向极端，认为形式就是一切，因此，创作中表现出形式主义倾向。如一些先锋派文学作品的极端化的形式和文体试验。总之，我们应正确认识和审慎分析现代派文学对中国当代文学的影响，认真总结经验与得失，以推动社会主义文艺的健康发展。

三、关于“伪现代派”的争论

20 世纪 80 年代初关于中国要不要现代派的争论，无论对现代派文学是批评、责难还是肯定，作为一股文艺思潮，现代主义在中国仍然难以阻挡地发展起来。1985 年前后，中国文坛出现了具有鲜明现代主义倾向的先锋派小说、“新生代”诗歌和探索戏剧，现代主义思潮成为中国文坛最有活力和创造精神的探索力量，现代主义的影响也日益广泛。特别是年轻一代的作家艺术家，更为普遍地寻求新的文艺观念和表现手法，一时间，学习借鉴现代主义成为时尚。1985 年前后中国文坛出现了具有现代派色彩的文学作品，如以刘索拉的《你别无选择》、徐星的《无主题变奏》为代表的现代派小说，以高行健的《车站》，陶骏、王哲东的《魔方》为代表的探索戏剧。有人据此认为，中国新时期文学终于有了自己的“现代派”。但也有不同意见，认为中国没有真正的现代派文学，所谓的现代派，只是一种“伪现代派”。那么，中国文坛是否真的出现了现代派文学？如果回答是肯定的，中国的现代派与西方的现代派有何异同？又如何评价新时期的现代派文学？1986 年李洁非、张陵在《被光芒掩盖的困难——新时期文学十年之际的一点怀疑》一文中提出了“伪现代派”的问题。1988 年《北京文学》开辟专栏讨论“伪现代派”问题，“伪现代派”作为一个讨论话题便被广泛引用。由此“伪现代派”问题被作为80年代初现代派讨论的一个延续，使现代派问题再次成为中国文坛的一个热点。不过，这次讨论的焦点，已经不是中国要不要现代派的问题，而是中国新时期有现代派色彩的文学是真现代派还是“伪现代派”、新时期文学究竟有没有真正的现代派。

（一）新时期文学有没有现代派

李洁非认为的“伪现代派”主要是指中国作家对西方现代派文学的效仿。李洁非对中国作家对西方现代派的学习并不持异议，他质疑的是中国作家学习得“不尴不尬，不伦不类”，这种借鉴实际上变为一项纯技术的活动，不含有任何生命的意味。而在李洁非看来，现代派不仅是“具体作品、艺术原则和经验，而且是一种精神——锐意革新，突破传统的进取心；‘伪现代派’恰好违背这种精神”。这样，“伪现代派”作品就出现了大量的“矫情”和“玩文学”倾向，“它正逐渐使中国文学走向虚伪造作、忸怩作态，使阳刚之气尽除”。季红真则认为中国没有真正的现代派文学。她在《中国近年小说与西方现代主义文学》一文中明确指出：新时期文学尽管受到西方现代派的广泛甚至深刻的影响，但中国文坛并没有出现严格意义的现代派作品。她认为，“在我国当代的特殊历史条件下，也很难产生严格意义的现代主义作品”，将来能否产生现代主义，也仍可质疑。对此，她分析说，阻碍中国出现现代主义作品的原因是多方面的，这里既有物质生活水平的限制，也有缺少现代主义文学产生的哲学土壤的原因，还有文化心理机制的障碍。这些都使得现代主义之于中国文学，只能是一种参照和借鉴。西方现代主义对中国近年小说并不是没有影响，但这种影响主要是心智的启发、风格的暗示与形式技巧等方面的借鉴。但邹平的看法则与之相反。他认为，那种认为产生于后工业社会的西方现代主义文学，不可能在处于发展中的中国新时期文学中出现的“文化落差”论，是根本站不住脚的。虽然中国的经济发展水平与西方存在明显的差异，但由此断定中国“很难产生严格意义的现代主义作品”，却未免机械搬用了马克思主义关于文学随社会发展而发展的基本原理了。在他看来，“文化落差不但不会成为中国产生现代主义文学的障碍，反而是现代主义文学在中国得到新的生机的一块深厚土壤，一如它在拉美当代文学中衍生出魔幻现实主义一般”。

我们认为，不能因为中国的国情与产生西方现代派的西方国家有明显差异，而否认中国文坛存在现代派文学。的确，现代派文学是在欧美发达的工业化国家产生的，而20世纪80年代的中国刚刚从“文化大革命”的封闭状态中解放出来，还是一个发展中国家。然而，改革开放和思想解放的时代潮流，使中国作家发出“中国文学需要现代派”的呼声，现代派文学迅速在中国文坛争得一席之地，也是不争的事实。因此，试图以“伪现代派”的称呼取消现代派在中国生存的合法地位，显然低估了中国现代派文学存在的意义，同时也流露出对某种“真正的现代主义”批评标准的依赖，是文化上缺乏自信心的表现。

（二）对于“伪现代派”概念的质疑

黄子平在《关于“伪现代派”及其批评》一文中，分析了“伪现代派”这一概念的基本内涵及其由来，并对这一概念的用法和文化—心理背景做了有力的辨析。他认为，“伪现代派”是“当代中国文学系统的一种‘声明’（statement），它的意义不是一成不变的，它是一种功能（function）。它的意义在于运动之中”。在他看来，这个概念的后面蕴含了一种根深蒂固的观念，即认为存在着一种“正宗”“正统”“纯粹”的现代派文学，可以作为引进是否成功的明确参照。许多人并不同意“伪现代派”的说法。张首映认为，说中国真有现代派文学也好，还是仅有“伪现代派”也好，主要参照是西方现代派文学及其理论。用西方现代派文学的尺度测试中国当代文学，必然会出现悖论：中国当代文学没有正宗的现代派文学。既然它本来就不是西方现代派文学，真伪由何而来呢？他指出，“认为当代文学只有走向西方现代派，才是中国新文学的希望，那么，这种批评充其量只是在‘等待戈多’”。吴炫则认为，中国文学必须摆脱对西方各种现代主义的模仿和照搬，向世界提供一种可以涵盖东方文化神韵的、文化与文学相一致的现代主义，即向世界贡献我们自己的现代主义。

这次“伪现代派”的讨论，实际是在中国文坛的现代派文学已经既成事实的情况下，对现代派的“真”“伪”性质之争。所谓真现代派或伪现代派，其评判标准都是遵循西方现代派的尺度而制订的。用这样的标准来评判，不论得出“真”或“伪”的结论，都不是对中国当代现代派文学所做的令人信服的评价。因为任何思潮的产生，都只能到特定的社会生活环境和精神生活的发展变化中去寻找原因。如前所述，中国新时期现代派文学的产生，是和中国改革开放的社会背景、思想解放的时代潮流以及新时期文学自身发展的需求密切相关的。在这种背景下出现的中国新时期现代派文学，从严格意义上讲，并不是西方现代派的翻版，因此，无须用西方现代派的尺度来评判其“真”“伪”。事实上，一些中国作家在 20 世纪 80 年代初发出“中国文学需要现代派”的呼声，是由于不满中国文坛僵化、封闭、保守的状况，以此打破长期以来现实主义一统天下的格局。从创作实践看，王蒙、宗璞等现代派小说的探索者并没有全盘西化，只是在现实主义传统基础上，融进了现代派的艺术手法和技巧。刘索拉等的现代派小说和高行健等的探索戏剧，虽然表现出强烈的现代意识倾向，试图从形式到内容对现代派进行全方位的借鉴，但与西方现代派全面否定人类文明的虚无主义和荒诞观念，仍有明显的区别。在 80 年代中国社会转型期特定现实环境中诞生的中国现代派文学，具有鲜明的时代印记和特定的社会生活内容。在这个意义上，我们可以说，中国需要现代派，但它应是扎根于民族土壤的中国式的现代派，是反映中国的时代脉搏、具有独特的现代意识和现代表现手法的现代派。对中国作家来说，引进和借鉴西方现代派的目的，既不是以西方文艺取代民族文艺，也不是用现代主义取代革命现实主义的主导地位，而是丰富和发展有中国特色的民族艺术，促进中国当代文艺的现代化。

本章小结

本章主要介绍了 20 世纪 80 年代初发生在文艺界的关于西方现代派或现代主义的理论论争。

第一节介绍了论争发生的社会、思想及文学自身发展要求等诸方面的原因。从社会、思想背景方面看，中国社会改革开放的历史性转折及思想解放运动为西方现代派文学的传播及其后的讨论提供了可能的条件与氛围。从文学自身发展需求看，西方现代派文学契合了新时期文学迫切要求突破单一现实主义创作观念与模式，进行艺术探索与创新的需求。此外，新时期文学创作实践中尝试运用西方现代派手法的作品的出现，也要求对西方现代派文学及与中国文学创作的关系给予理论上的回应。

第二节介绍了现代主义论争的内容。具体分为三个部分：第一部分介绍了论争的概况。在近三年的讨论中，由徐迟的《现代化与现代派》一文引发的讨论是其中较为激烈的一次。在围绕高行健的《现代小说技巧初探》一书的讨论中，现代主义的论争达到了高潮。文坛关于“朦胧诗”的争论，由于涉及诗歌及文学如何借鉴西方现代派手法，而被认为是现代主义论争的“一个主要的副本”。

第二部分介绍了论争的要点。现代主义的论争主要围绕如何评价西方现代派文学、现代化与现代派的关系、我国新时期文学发展方向等问题进行，其焦点是中国要不要现代主义。我们认为，中国文艺的性质是社会主义文艺，其发展方向是社会主义文学，但创作方法和模式应是多元并存的。中国文学长期“独尊”现实主义而排斥其他包括现代主义的创作方法与模式，对文学创作的发展是极为不利的。在这个意义上说，中国需要现代主义，也需要其他创作方法和模式，以形成互补并存的关系。

第三部分介绍了关于“伪现代派”的论争。“伪现代派”的讨论，是在中国文坛现代派文学已成既成事实的情况下，对现代派的“真”“伪”性质之争。所谓真现代派或伪现代派，其评判标准都是遵循西方现代派的尺度而制订的。其实，中国的现代派并不是西方现代派的翻版，在 20 世纪 80 年代中国社会转型期特定社会环境中产生的中国现代派文学，具有鲜明的时代印记和特定的社会生活内容。这次讨论已不是中国要不要现代主义，而是中国需要什么样的现代主义或现代派文学。中国需要的应是扎根于民族土壤的、反映中国时代脉搏、具有独特的现代意识和现代表现手法的现代派。

思考题

1. 现代主义论争发生的社会、思想背景及与文学创作发展的关系是什么？
2. 现代主义论争主要围绕哪几个问题进行，各方的主要观点是什么？
3. 怎样看待西方现代派文学与中国文学创作的关系？
4. 怎样理解现实主义与现代主义及其他创作方法与模式的关系？
5. “伪现代派”争论与现代主义论争的关系及意义是什么？

第四章 先锋文学：追求文学自主性的现代主义文学思潮

第一节 先锋文学的产生和发展

在新时期文学中，先锋派文学是最自觉地追求文学自主性、有着最鲜明现代主义精神的文学流派。先锋文学通常是指在中国文坛20世纪80年代中后期出现的，在创作思想和形式技巧上都呈现出强烈的西方现代主义文学气息的创作流派，主要表现在小说创作中，也被称为“新潮小说”或“试验小说”。先锋文学无论在题材范围、思想主题、形式技巧和创作理念上都借鉴和模仿了西方现代主义文学，表现出与中国传统文学迥然不同的特征。先锋文学的代表作家主要有马原、残雪、苏童、格非、余华、叶兆言、孙甘露、北村等人。文学界一般把20世纪80年代中期以刘索拉、徐星为代表的，也具有现代主义文学色彩的小说称为“现代派”小说，以与先锋小说相区别。这种区分的根据是“现代派”小说更多表现了对于小说精神气质的关注，而先锋小说则有着更鲜明的文体试验的指向。

先锋文学的出现与新时期社会文化的发展变化及文学的内在创作演变有着紧密的联系。第一，从文学与社会政治的关系看，20世纪80年代中后期，文学与社会政治的关系不像80年代初那样呈“黏着”状态。一方面意识形态的整合功能弱化，不可能有权威的话语来维系文学的统一；另一方面，作家、读者对文学作为政治意图和观念载体的方式，也不再持普遍的肯定态度。从社会的思想文化环境来看，80年代中期以后，社会对西方文化的态度也不再像80年代初那样困惑和恐惧。西方文化，包括文学、社会、哲学的影响，无论从幅度还是对社会大众的影响力上，都是空前的。拉美“魔幻现实主义”在国际上的被认可，马尔克斯获得诺贝尔文学奖，更激发了中国作家学习西方文学的愿望和热情。应该指出，先锋作家向西方现代主义的学习并非简单的模仿，也是一种精神和思想的共鸣。产生于两次世界大战后的西方现代主义文学及其相关的思想与哲学，源于战后西方人内心世界的失落与迷惘，而与从“文化大革命”的荒诞与乌托邦幻想中走出的先锋作家的生活经历与感受有着某种相似与沟通。

第二，从文学发展的内在需求看：一方面，使文学摆脱意识形态的控制与影响，从而取得更加独立的地位，成为文学自身发展中越来越强烈的要求；另一方面，艺术创新与形式变革的要求一直是新时期文学创作的一种自觉力量。长期单一的现实主义创作，使突破现有陈规，在艺术思维、艺术方法上有所创新，不仅是许多作家的迫切愿望，也是文学自身演变发展的必然趋势。如新时期初期的"朦胧诗"和以王蒙为代表的意识流小说的艺术探索。而新时期文学对艺术创新突破的这种寻求到80年代中后期变得更加突出。

先锋小说在开始阶段重视的是"文体的自觉"，即小说的"虚构性"和叙述方法上的意义和变化。马原发表于1984年的《拉萨河的女神》是新时期文学第一部将叙述置于重要地位的小说。他的小说所显示的"叙述圈套"在那个时间成为文学创新者的热门话题。后来他陆续发表了《冈底斯的诱惑》《西海无帆船》《虚构》《康巴人营地》等作品。马原被批评家看作是先锋小说的起点。"其实，'先锋小说'应该说同时从马原和残雪那里得到启发：马原的叙述的自觉，和残雪的以非现实的意象展示'恶''暴力'的能力。"[①] 残雪这一阶段的作品有《苍老的浮云》《黄泥街》《山上的小屋》等。洪峰被认为是马原的追随者，他的《奔丧》《瀚海》《极地之侧》被看作依循马原写作路线的作品。到1987年，这种写作成为一股潮流。除了马原、洪峰外，这一年先锋小说的重要作品还有余华的《十八岁出门远行》《四月三日事件》，格非的《迷舟》、孙甘露的《信使之函》、苏童的《一九三四年的逃亡》、叶兆言的《五月的黄昏》。在此后的几年里，这些作家作为先锋文学的主要力量发表的代表作品还有：余华的《现实一种》《世事如烟》，苏童的《罂粟之家》《妻妾成群》，格非的《褐色鸟群》，孙甘露的《访问梦境》《请女人猜谜》等。在20世纪80年代末，先锋文学发生了某些变化，形式方面探索的势头明显减弱，故事与古典意味从叙事中浮现出来。到20世纪90年代，先锋文学陷入困境并全面退却。从外部因素看，意识形态的变化和商品经济的发展使先锋文学的生存环境极为不利。一方面，20世纪80年代末，中国的意识形态发生了某些变化，先锋、形式主义、现代主义、个人经验等都被认为是脱离人民的资产阶级自由化倾向。另一方面，90年代的中国社会是经济和文化急剧转型的时代，物质、金钱在社会和大众生活中的作用和影响日益突显，包括先锋文学在内的纯文学被"边缘化"的趋势日益明显。另外，从内部因素看，先锋文学的前卫性、创新性及形式实验的极端化倾向，注定了它在现实中的发展是脆弱和艰难的。它的贵族化倾向使它与大众趣味有着天然的距离，越来越为读者所离弃。相比外部因素而言，内部因素可能是导致先锋文学溃败的更主要原因。由于上述诸种原因，进入20世纪90年代后，先锋作家很快分化，他们的创作也不再作为有突出特征的潮流被描述。

第二节 先锋作家与先锋小说

马原被文学界认为是先锋小说的起点。有批评家认为，"他是中国当代第一个真正意

① 洪子诚．中国当代文学史．北京：北京大学出版社，1999：337.

义上的形式主义者，他第一次在实践意义上表现了对小说的审美精神和文本的语言形式的全面关注，并把文学的本体构建当作了小说创作的绝对目标。”① 并对其创作实践的意义给予了充分肯定：“马原的形式主义小说向传统的文学观念和传统的审美习惯作了无声而强有力的挑战。从这个意义上说，马原的形式主义小说，乃是新潮文学最具实质性的成果。这种形式主义小说的确立，将意味着中国新潮文学的最后成型和中国当代文学的一个历史性转折的最后完成。”②

如果把先锋小说的艺术探索分为叙事革命、语言探索、生存状态三个方面的话，马原是叙事革命的代表人物。1984 年 8 月《西藏文学》发表了马原的《拉萨河的女神》，1985 年 2 月《上海文学》发表了马原的《冈底斯的诱惑》，为其后的先锋小说革命拉开了帷幕。但在当时一片“寻根”的热潮中，马原小说的革命意义没有引起太多的关注，直到 1987 年马原的意义才为文学界普遍关注。马原以他的文本要求人们重新审视“小说”这个概念，他试图消除小说“形式”与“内容”间的区别，他第一次把如何“叙述”提高到一个小说本体的高度，他在叙述方面的探索形成了著名的“马原的叙事圈套”。

在中国当代文学史上，马原第一个把小说的叙事因素置于比情节因素更重要的地位，他广泛地采用元叙事的手法，有意识地追求一种亦真亦幻的叙事效果。这使他不仅瓦解了经典现实主义的“似真幻觉”，也创造了一种对现实的新的理解。元叙事手法的运用是马原小说不同于传统小说写法的一个突出特征。所谓元叙事是指作者在小说中直接出现并揭露小说的虚构性。在马原的作品与小说理论中，他明确表示了自己对于小说的认识，他把虚构作为小说性质的最大特点与小说叙述的首要原则。“我就是那个叫马原的汉人”这句叙述语式成了当代文学最为影响深远的一个经典句式。在马原的小说中，作者及其朋友经常直接以自己的本名出现在小说中，并直接告诉读者小说的虚构性。比如，在他的《冈底斯的诱惑》第 4 节中，第一级的叙事者“我”直接向读者声明这里的故事不是爱情故事；在第 15 节他又站出来与读者直接讨论小说的“结构”“线索”与“遗留问题”，如顿月为什么莫名其妙地断线，为什么不给他的未婚妻写信？然后这个叙述者告诉读者，顿月“入伍不久就因公牺牲了”。他承认这样设置结局是出于小说技术上的考虑。这种有意识地暴露小说虚构性的技法便产生一种间离效果，明确地告诉读者，小说是虚构，不能把小说当作现实。马原通过元叙事的手法反讽了传统现实主义小说的情节连贯性以及现实的整体性与真实性，动摇了传统小说的“似真幻觉”。

拼贴式结构是马原小说结构的一个常用手法。他在小说中经常把几个没有必然因果联系的故事拼合或组装起来，然而这种结构安排并非仅有纯形式的意义。比如在《冈底斯的诱惑》中，几个人物各自讲了一个故事：老作家讲了自己的一次神秘经验；第二人称“你”讲述了猎人穷布打猎时的神秘经历；而第三人称叙述者讲述了陆高、姚亮去看“天葬”的故事，并转述了顿珠、顿月的神秘故事。在这些看来各不相关的故事中，都牵涉到神秘、未知的因素。但作者最终并未告诉读者这些神秘因素到底是什么，它们是否真的存在，抑或只是人的幻觉与臆想。尽管这种种疑问在小说中都没有结果，但看似并不相干的几个故事块通过主题连接起来，即它们共同质疑了经验的整体性与确实性。

---

① 吴义勤．中国当代新潮小说论．南京：江苏文艺出版社，1997：11.

② 李劼．论中国当代新潮小说．钟山，1988（5）.

因而，虽然马原的小说革命是从形式角度切入的，但其意义绝不仅仅止于形式。“全知的叙述者与现实幻觉的消退不仅仅是一个小小的艺术技巧的变革。传统的权威意识形态不仅有解释生活的能力，而且有组织经验（甚至最个人的经验）使之成为明晰清楚、条理一贯的叙事的能力。《冈底斯的诱惑》这样的小说是权威意识形态不再具有普遍意义后的一种表征，它预示了一个不再有明晰清楚、条理一贯的整体叙事赋予个体经验以现实性与意义，只剩下暧昧不明的似真似幻的个体经验与个人叙述的时代的到来。”① 在马原之后的短短几年里，一批先锋小说家迅速成长起来，达成了 20 世纪 80 年代小说革命最直接也最辉煌的成果。从这些先锋小说家的叙事技法中，我们几乎随时都可以发现马原的影子。

虽然有时残雪会被看作“现代派”作家，但应该说先锋小说是同时从马原和残雪那里得到启发。与马原的极端文体试验不同，残雪是在寻求表达自己的感觉方式时特别显示出其先锋性的。残雪 1985 年发表第一篇作品，主要作品有《山上的小屋》《苍老的浮云》《我在那个世界里的事情》《阿梅在一个太阳天里的愁思》《黄泥街》等。被称为“女巫”的残雪把 80 年代初王蒙开创的小说“向内转”的倾向一下子推向极端，其文本重心完全从外部世界转向了内心，使表现人的内心状况几乎取代了小说中描写的事件。但残雪不是采用“意识流”，而是让叙述人用超验的、变态的心理去看世界。

残雪的小说世界堆积着恶与丑的意象。如《苍老的浮云》中那些猖狂飞舞的蚊虫、像人头一样大的怪蕈、长着人发的枯树、天花板里伸出爬满蜘蛛的脚、排满纤细芦秆的透明的胸腔、吐出泥鳅的嘴，以及毒蛇、蚯蚓、蝎子、产卵的蛾子、交媾的苍蝇等。在残雪的眼睛里，不仅物的世界是恶与丑的，人的世界也是恶与丑的。在《苍老的浮云》中，母亲令女儿发疯、同学互相攻击计算、婆婆监督媳妇、父亲听说女儿的婚姻出了问题幸灾乐祸；《阿梅在一个太阳天里的愁思》里，儿子从不叫母亲“妈妈”；在《天窗》里，弟弟像猿猴一样爬行。在这里，环境是令人厌恶的，人性是丑陋的，人与人之间是对立、冷漠和充满敌意的，即使在以血缘、亲情为纽带的家庭成员中也是如此。残雪的世界是令人惊悚的。

残雪对丑恶事物的表现不是以再现的方式呈现事物的本来面目，而是以扭曲变形的方式来表现的。残雪内心中神秘的生命冲动、失控的激动情绪、对阴暗的超凡的体验力以及对直觉、幻觉的扭曲的表达，使她冲破了理性的束缚，走进超现实主义，用文字描绘出一个怪异世界中的荒谬。在《山上的小屋》中，“我家屋后的荒山上，有一座木板搭起来的小屋”，每天晚上，都能“听见那个被反锁在小屋里的人暴怒地撞着木板门，声音一直持续到天亮”，但当有一天，“我”爬上山顶，却发现山上根本没有小屋；在去往山顶的路上，“每一块石子都闪动着白色的小火苗”；“父亲每天夜里变为狼群中的一只，绕着这栋房子奔跑，发出凄厉的嗥叫”；而“母亲披头散发，手持一把笤帚在地上扑来扑去”，当“她伸出一只胖手搭在我的肩上，那只手像被冰镇过一样冷，不停地滴下水来”。这些乖张的扭曲、变形和幻觉映现出世界的荒谬与疯狂，在这些荒诞不经的表象后面是残雪对生活的感受和直觉判断。

因为残雪的小说是非写实的，因而很难用日常生活经验来理解和把握她小说的人物、情节和意象。把它们理解为某种情绪和感受的表达，也许更能接近她小说的本身。无论如

---

① 陈思和．中国当代文学史教程．上海：复旦大学出版社，1999：297．

何，残雪的小说常常是不安、神经质和令人困惑的，她“那若即若离的独行气质难以归类，然而，残雪以她冷僻的女性气质与怪异尖锐的感觉方式，不仅与此前的中国女性的写作诀别，而且与同代的男性作家分庭抗礼”，她“打开了一扇隐秘的窗户，破除了一些清规戒律，她预示了一个似乎超离现实的幻想世界在文学中的存在”①。但也有评论家认为，“残雪的世界的范围和深度是有限的，特别是从对人的生命、人性等的发掘的角度去衡量时，更是如此。”② 残雪的创作个性及其独特，不仅与其他流派的作家迥然不同，即使在先锋作家中，也无人与她相似或重复。

在先锋作家中，格非可说是具有浓厚“先锋性”的一个。格非于1986年发表第一篇小说。他的作品常让一般读者感到晦涩难解，他也致力于叙事迷宫的构建，但他的方式与马原不同。马原是用一些并置的故事块搭成近于“八阵图”的小说，在每一个路口加上一些让人误入歧途的指标；而格非却很善于在故事的关键部位设置“空缺”从而使故事变得扑朔迷离。在他早期的小说《迷舟》中，主人公萧去榆关到底是去递送情报还是去与情人杏相会？这个在传统小说中不可或缺的情节在小说中却被有意地省略了，使整个故事的关键部位出现了一个“空缺”。这样，不仅萧的丧命成为一个难解的谜，整个故事的解释也成为一个难解的谜。这种叙事方式十分典型地体现了先锋小说对传统小说叙事的颠覆与挑战。尽管这种“空缺”十分明显是从博尔赫斯那里借用来的，但格非的运用却十分圆熟到家。此后的写作，格非便沿着这一“路线”展开，即以小说结构构成的特点与主题表达的互证，持续地思考人的生存等一系列令人困惑和难解的问题。

然而，格非小说结构、形式上的变革同时表达出强烈的主题的形而上意味。结构的“空缺”与形式的失序传达着历史与生活的不确定性。小说《青黄》叙述了“我”对一支40年前消亡的妓女船队九姓渔户的考察经历。民间传说中“青黄”一词的含义与妓女船队的历史密切相关。像格非的许多小说一样，妓女船队生活中最不幸的环节恰恰成为小说叙述的“空缺”。在这次失败的考察中，“青黄”一词是妓女船队历史的一个象征，“青黄”到底指代什么？是“一个漂亮少妇的名字”，还是一条狗的名字？是一部记载船队妓女生活的编年史，还是一种“多年生玄生科草本植物”？“青黄”与船队的历史一样，不同的记载与不同的人有着各种迥然不同的叙述与解释，叙述者根本无法判断孰是孰非。在这种叙述中，伴随着考察的过程，是“真实性”的瓦解与丢失，历史与世界都变得恍惚起来，最终成为不可考证之物。

《褐色鸟群》被认为是当代小说中最玄奥的作品，格非把关于形而上的时间、实在、幻想、现实、永恒、重现等哲学本体论的思考，与重复性的叙述结构结合在一起，表达出在回忆与历史之间、幻想与现实之间，没有一个绝对而清晰的界限。在《褐色鸟群》中，“我”与女人“棋”的几次相遇似真似幻，既仿佛是同一个“棋”在不同的时空出现，又仿佛是有着几个各不相关的几个“棋”，每一个“棋”都对前一个“棋”起着解构的作用。这标志着格非对现实的怀疑。而小说中“我”向“棋”讲述的“我”与“穿栗树色靴子女人”前后相遇的故事，仿佛是“我”与“棋”相遇的一个“镜像”，也是同样的似真似幻。同一小说中这样两个相似的情节无疑加强了主题的表达：即现实的不确定性。正如同格非

① 陈晓明．表意的焦虑——历史祛魅与当代文学变革．北京：中央编译出版社，2000：88.

② 洪子诚．中国当代文学史．北京：北京大学出版社，1999：342.

所说："在这样'错位'式的情景中，人物仿佛已变成了若有若无的鬼魂，身历的事件则比传闻还要虚缈，人就是处在这样的从未证实过而又永远也走不出'相似'的陷阱的一种假定状态中。"① 在格非的小说中，这不是生活的偶然，而是世界的常态。《大年》是一则关于唐济尧和二姨太故事的谜语，它隐藏在丁伯高和豹子的死亡的背后，永无解释；在《青黄》中，你越想了解"青黄"的真实含义，它就离你越远；而历来最为人们迷惑的《迷舟》和《褐色鸟群》，一个指向历史的传说，一个隐喻现实的存在。在小说中，一个事件引向另一个事件，一个故事派生出另一个故事，但一切都没有终结，都无法确定。在这样一种描述中，不仅描绘出外部世界的缥缈无定，实际也映现出置身这一世界的主体的迷惘与失落，而这正可视作现代人精神境况的真实图解。

形式的革命与形而上的玄想并不妨碍格非的小说表现出富于沉思与抒情的韵味。像《风琴》这样表现战争的小说，描写日本军队对中国村庄的袭击和游击队对日本军队的伏击，在这本该紧张、快速而连贯的叙述中，格非不断插入人物的大段联想、回忆和抒情的冥想，这些想象的潮水几乎淹没了故事与情节的进行，从而使小说成为一个散漫、恍惚和抒情的文本。王标率领的游击队正等着伏击一支日本军队，却遇上了一支迎亲的队伍。王标只好让新娘唱一首歌来应付这意外的事件。这戏剧性的时刻却被王标的遐想所打断，并掩盖了新娘的歌声和眼前的现实。由于格非的知识分子背景，以及叙述方式上沉思与抒情的品质，他的小说被有的批评家称为"知识分子式叙述"。

苏童1983年开始发表作品，但到1987年发表了《一九三四年的逃亡》才受到注意。他的主要作品有《罂粟之家》《妻妾成群》《红粉》《园艺》《离婚指南》，长篇小说《米》《我的帝王生涯》等。他的创作以短篇小说为主，也以其见长。他的小说大多取材历史，但他并无意描绘历史，而只是将历史作为小说的背景与框架来描述他想讲述的故事。他只是借用一种历史氛围、情调和历史话语方式，在生命存在的体验上来展示人物的命运，以现代意识把对现实生命存在的思考放在假定性的历史框架中来表现。苏童无疑属于想象型的作家，尽管被认为是无历史记忆的一代，但他的历史题材小说总是胜过他的现实题材小说。他说："我没见过妻妾成群的封建家庭，我不认识颂莲、梅珊或者陈佐迁，我有的只是'白纸上好画画'的信心和描绘旧时代的古怪激情。"② 历史是他的道具，是适宜放置他的故事和人物的环境，而他所真正感兴趣的是颓败的生活与人的悲剧命运，特别是女性的生活与命运。苏童小说的读者绝不会注意不到苏童对女性形象的偏爱，他认为"女性身上凝结着更多的小说因素"，而且事实上应该说，他是十分善于把握女性形象的。

苏童写得最出色的女性形象无疑是那些旧时代的女性形象。他常常在时间之河的流逝中写出人物的命运与悲剧。《妻妾成群》写了在一夫多妻的旧式婚姻中颂莲、梅姗不幸的一生；《红粉》虽然是写社会巨变中妓女秋仪、小萼的一段生活，但通过这段生活仍是写出了她们悲剧性的一生；《妇女生活》是写娴、芝和萧祖孙三代女性的人生，在更长的时间之维上展现她们的生存状态与命运。《妻妾成群》中的颂莲与"五四"时期许多受过教育的"新青年"不同，她自觉地走进一个旧式家庭，做了陈佐迁的第四房姨太太，但最终被那种牢狱般的变态的生活所逼疯，成为旧式婚姻的牺牲品。在这个家庭的不幸女人中，

① 张清华．中国当代先锋文学思潮论．南京：江苏文艺出版社，1997：25.

② 苏童．苏童文集：婚姻即景．南京：江苏文艺出版社，1993：序.

梅姗的命运最为惨烈。她以通奸的方式反抗婚姻，但遭到被投井的残酷惩罚。这个家庭中的女性各个不同，但她们的悲剧是共同的。这个故事取材于旧时代的封建婚姻，但它主要关注的不是时代与制度，而是时代与制度中的文化与人，形成与推动小说的动力是作为性别的人的悲剧，也就是女人的悲剧。

《红粉》的背景是新中国成立后，关闭妓院，对妓女进行劳动改造。喜红楼的秋仪在被送往劳动营的途中跳车逃走，而一直受她关照、与她情同姐妹的小萼留在劳动营中缝麻袋。秋仪走投无路中削发为尼，入了尼姑庵。完成改造后的小萼在一家玻璃厂做了女工。因为吃不了苦，小萼找到秋仪当年钟情的男人老浦，并与老浦结婚。秋仪得知老浦与小萼的消息十分悲愤，而尼姑庵知道了她的身世将她赶出庵门。秋仪无路可走，嫁给了驼背冯老五。小萼不满婚后窘迫的生活经常与老浦吵闹，老浦因而贪污了公款被枪决。小萼失去依靠无法生活，跟了一个北方男人，临行前她把与老浦所生儿子托付给秋仪。与《妻妾成群》一样，《红粉》写的仍然是女人的悲剧，但在性别的悲剧之中所蕴含的命运的无常与捉弄，已不仅仅是女性的，而是人的命运的悲剧与人生的无奈。老浦的人生也是悲剧的。小说结尾，小萼儿子手中的胭脂盒绝不是一个偶然的设计，当年小萼在喜红楼用过的这只胭脂盒，多年后在她托付给秋仪的儿子手中玩耍，而他对自己的父母及身世一无所知。胭脂盒是人世沧桑、物是人非的历史见证，表达出作者对人生的俯视与慨叹。

《妇女生活》更是一次在时间的蔓延中对女性命运的纵观式的展示。生活在 20 世纪 30 年代的娴因偶然的机缘做了几天电影演员，同样因为偶然的原因成为一个没有父亲的孩子的母亲，从而注定了她一生的命运。娴的女儿芝生长于 50 年代，在平淡的婚姻中她盼望有一个孩子，但不幸被判定没有生育能力。绝望的芝患上了行为古怪的忧郁症，成了废人。80 年代，芝领养的女儿萧长大成人结了婚。萧怀孕四个月时丈夫有了外遇，结婚一年后丈夫提出离婚，萧藏了刀准备乘丈夫熟睡时下手的计划，最终因意外的原因而搁浅。苏童在一个短篇中描述了三个女人的一生，虽稍显粗糙，但仍不乏苏童式的精致细节。从篇名《妇女生活》可见到作者试图通过个体的女性生活概括普遍生活的用心。小说所展示的女性生活依然是悲剧性的，而且这种悲剧性是超越具体历史时空的，它们的表现形态虽然不同，但她们失败而悲剧的命运是相同的，并不因时代、社会不同而有所不同。小说传达的人生意味是，她们的悲剧不是偶然的、暂时的，尽管有时以偶然性的方式显现出来，而是命定的，女性的心理与命运是永难解读的人生之谜。苏童由妇女而对人生的表现充满了宿命与虚无的气息，散发着浓郁的末世情调。正如许多人所指出的，苏童对女性命运的表现带有明显的传统文人的态度，淡淡的伤感，与伤感之下的把玩与超然。

在苏童描写的女性的及人生的各种悲剧中，欲望常常被视为人物行为的动力和原因。人生总是被欲望所摆布，而最终被欲望所毁灭。《罂粟之家》中，地主刘老侠的最大欲望是金钱，他天性吝啬，堆着满屋子的米却不让儿子吃饱，连自己弟弟的最后一块坟地也要买下来。为了家族和财产的延续，他明明知道儿子沉草是妻子与长工偷情所生，却装聋作哑，并听任沉草杀了自己的亲骨肉演义，因为演义几乎是一个白痴并和仇视自己的弟弟站在一起。长工陈茂是一个性的追逐者，他与刘家的妻子偷情，又因强奸刘家的女儿被自己的亲生儿子所杀。苏童既写出了欲望所唤起的生命的力量，更展示了这种力量最终为欲望所击毁。

苏童的小说，既注重现代叙事技巧的试验，又善于使用“古典”的故事性，在故事叙述的流畅、可读与叙事技巧的实验中寻求和谐。他的小说十分善于“意象”的运用，叙事中伤感衰颓的情调富于悠长的韵味。《妻妾成群》无论就题材、主题、意象及叙述方法上都可以作为苏童的代表作。但应该指出，从《妻妾成群》开始，苏童“先锋性”的试验成分已明显削弱，已经带有回归传统的意向，尽管这篇古典意味很浓的小说在语言感觉和叙事上仍显示着先锋性的叙事方法。这个并不新鲜的故事之所以给人深刻印象，便在于苏童那种富于韵味的叙事、纯净透明的语言感觉、刻画得异常鲜明的故事情境及衰败而感伤的气息。正是这些流畅而优雅的叙述风格，熟悉的题材性质，和《妻妾成群》《红粉》被改编成电影等诸种原因，使苏童在先锋作家中拥有最多的读者。

比起 20 世纪 80 年代的许多小说家，余华作品的数量并不多，他对写作持以谨慎的态度。余华 1983 年开始发表作品，开始一段时间并没有引起注意。直到 1987 年《十八岁出门远行》和 1988 年《现实一种》才令人刮目相看。如果把先锋小说的革命分为叙事革命、语言实验和生存状态三个方面，余华可说是探索人的存在的一个代表。

以一种冷静的笔调描写死亡、血腥和暴力，在此基础上揭示人性的残酷与存在的荒谬是余华早期小说的一个突出特点。在这些小说中，余华设计了一个冷漠的叙述者，用余华自己的话说：“我寻找的是无我的叙述方式。”这个叙述者总是将残忍的故事与血腥的场面不动声色地讲述出来，那些对于暴力和死亡精确、冷静的叙述，使许多读者感到震惊。在这方面《现实一种》可算最具代表性、也是最常为人们所提起的。小说描写了人性中的暴力倾向。山岗的儿子皮皮只有四岁，毫无来由地对他的还是婴儿的堂弟充满了攻击的欲望。他拧婴儿的脸，哭声竟使他“感到莫名其妙的喜悦”，他打婴儿耳光，哭声使他十分激动，然后他卡婴儿的喉咙，卡了又松开，使自己“一次次的享受那爆破似的哭声”，直到最后失手摔死婴儿。婴儿之死成为后来一系列暴力的导火索。婴儿的父亲山峰逼着皮皮和嫂子舔干婴儿留在地上的血迹，然后踢死了皮皮。皮皮的父亲山岗为了复仇打死了弟弟山峰，自己则被判处死刑。在小说描写的现实中，在暴力面前，几乎每个人都是丧失理智的。在这里暴力不是一种意外的爆发，而是根植于人性之中。小说结尾，山岗身上的大多数器官被移植都没有成功，生殖器官的移植却成功了，死者的生命种子仍然极其荒谬地延续下去，象征着混乱与暴力仍然会绵延不绝。

这样的认识和表现方式在余华的早期创作中不断出现。像《河边的错误》《往事与刑罚》《古典爱情》中对暴力与死亡的冷漠展示已成为当代文学中的经典描写。《古典爱情》中柳生与自己朝思暮想的小姐的重逢，竟是目睹小姐被肢解得血肉淋漓。在小姐请求下，为了解除小姐的痛苦，柳生最后用刀结束了小姐的生命。《古典爱情》是对传统叙事中古典式爱情中才子佳人、温柔富贵的浪漫传统的强有力解构。

《世事如烟》被认为是余华最好的作品之一。在《世事如烟》中，余华不再是描写某一种邪恶，而是将暴力、阴谋、变态、罪孽多种邪恶做了集中而普遍的展示。在小说描写的那个怪异的世界里，时间与空间、实在与幻觉、善与恶、常态与非常态的界限被拆除，阴谋、暴力与死亡成为生活的日常内容。小说中用 2、3、6、7 等数字符号和“司机”“接生婆”等一般名词取代人物的姓名，用人物怪异的、不能解释的行为取代性格的发展与内心的冲突，这样便抽去了小说的现实实在性而赋予了象征和虚指性，从而使小说表现的主题超越了具体的社会生活与人物个体，成为一种普遍性的存在。《世事如烟》中，余华对世界和人生做了一次最为灰暗、也最令人迷惘的表现。相比较《现实一种》等其他作品，

《世事如烟》所表达的内涵更为复杂与普遍，并散发着浓厚的宿命与虚无主义的气息。

由于这些描写，余华被认为是一个迷恋暴力和邪恶的人。其实，这在一定程度上是对余华的误解。余华对暴力等人性恶的表现与他对生活“真实”的认识密切相关。余华的这些描写是为了表达他所认为的“真实”，这种“真实”不是“被日常生活围困的经验”，不是以往创作中被一再展示的那种正面的、积极的生活“真实”，而是另一种“真实”，是一种“作家眼中的真实”，是将日常生活所遮盖的世界与人性中黑暗的另一面展示出来。余华说：“到《现实一种》为止，我有关真实的思考只是对常识的怀疑。也就是说，当我不再相信有关现实生活的常识时，这种怀疑便导致我对另一部分真实的重视，从而直接诱发了我有关混乱和暴力的想法。”① 在余华的这些小说中，都“显示出一种强烈的解释世界的冲动，仿佛一个少年人突然发现他掌握着世界的秘密后迫不及待地要将之到处宣讲，他表面模拟的老成中夹杂着一种错愕”②，正是在这种错愕中，余华发现了被日常经验和传统叙述所遮蔽的另一面。《现实一种》的小说描写中并没有什么观念化的议论，然而从小说的题目和情节布局都可以看出一种解说观念的意图。同样，从《世事如烟》的篇名到作为人物姓名指代的数字，直到人物与性格、行为动机脱节的设计，都显示出余华试图对世界与人生做出整体性的概括与把握。正如批评家所说，这些小说“是一种观念性的解释世界的冲动和为世界制造一次性的图像模型的艺术理想的复杂混合”（郜元宝语）。《现实一种》《世事如烟》等作品的形式可能是极端和某种程度的观念化的，用余华的话说，是“虚伪的形式”，然而借助这种“虚伪的形式”，余华对他发现的生活与世界的“另一部分真实”做了成功的表现。当然，因为他表现这种发现的欲望十分强烈，他的这种表现有时显得过分强调和夸张。

从 20 世纪 90 年代初，余华与现实及“日常经验”的“紧张”关系开始有了缓和。他意识到，作家的想象力和对于真实的揭示，并不一定都要采取与日常经验相悖的方式。这种变化来源于他对现实态度的调整。他说，“长期以来，我的作品都是源出于和现实的那一层紧张关系”，“我在很长一段时间里是一个愤怒和冷漠的作家”。“随着时间的推移，我内心的愤怒渐渐平息，我开始意识到一个作家的使命不是发泄，不是控诉或者揭露，他应该向人们展示高尚。这里所说的高尚不是那种单纯的美好，而是对一切事物理解之后的超然，对善和恶的一视同仁，用同情的目光看待世界。”③ 因而在余华 20 世纪 90 年代的小说《活着》《许三观卖血》中，“日常经验”不再被置于与他所追求的“真实”相对立的位置。他的叙述依旧是冷静、朴素和极有控制力的，但加入了悲天悯人的因素和含而不露的幽默与温情。小说透过现实的混乱和丑陋，从普通人的苦难经历和内心中，发现生活的简单而完整的理由，小说表现出的普通人的苦难主题和人文关怀唤起了读者的亲切感。在表现形式上，余华也改变了过去创作中抽象化和寓言式的方式。余华多次说他写作《活着》和《许三观卖血》时找到了如履平地的感觉。这两部小说完全回归了传统小说的故事、人物以及明晰的时间顺序。在《活着》中，读者看到了一连串的、在余华前期的创作中很少有的真实的历史背景，从解放战争到土地革命、“大跃进”和人民公社、20 世纪 60 年代的荒

① 余华．虚伪的作品//余华作品集．北京：中国社会科学出版社，1994：281.

② 陈思和．中国当代文学史教程．上海：复旦大学出版社，1999：301.

③ 余华．灵魂饭·为内心写作．海口：海南出版社，2002：220－222.

年以至“文化大革命”。作品中的时间也从消失和断裂重新变为线性。余华的这种变化不仅是他个人的一种改变，有着他自己思想与创作上的原因，同时也是先锋小说出现变化和走向衰落的一个表征。

第三节 先锋文学的特点与对先锋文学的评价

先锋文学是以对现实生活与传统写作的反抗与叛逆姿态出现的。先锋文学主要借助西方 20 世纪文学所提供的经验，寻求创作题材和艺术方法上的各种可能性及“永恒意味”的生存命题。主题上对于具体现实社会及政治问题的超越，艺术上摆脱“写实”方法的拘囿，以追求“本体意味”的形式。虽然先锋文学的最直观的引人注目之处在于形式的创新，但它与以往中国文学最实质的差别还是体现在作品表现出来的思想、主题和对生活与艺术的观念上。

■ 一、先锋文学的文学观念

先锋文学对文学真实性的认识与以往文学有很大的不同。在长期作为中国新文学创作思想主体的传统现实主义文学观念中，文学是对于现实的再现，是否接近、再现了现实成为作品成败的最重要标准。文学真实性的含义就是对于客观的生活状貌的再现。而在新中国成立后的社会主义现实主义文学阶段中，文学的真实性往往事实上成为掩饰生活真相的代名词。新时期开始的文学潮流曾对这种文学真实观进行了不同程度的挑战，但先锋文学在这方面的挑战应该说是最具实质性的，在某种程度上先锋文学重构了文学的真实观。

余华在《虚伪的作品》一文中提出他对真实性的认识，他要在文学的世界中表达的是一种“心灵的真实”。而马原则更进一步，明确表示“虚构”是小说的最大特点和小说叙述的首要原则，从而把文学客观真实性要求放逐出了文学。与马原的“虚构”理论相一致，其他先锋作家也不再把客观性再现作为文学的准则，而把作家的主观真实作为文学真实的首要原则。文学真实观的重构，使先锋文学不再如传统文学那样以再现生活为目的，他们笔下的生活往往是虚幻、扭曲和变态的。在这方面最具代表性的是残雪。她的作品为人们描绘了一幅幅畸形的、如同噩梦般的文学世界，这个世界可能并不能与现实生活同构，但这是她“心灵”中的“真实”世界。

追求文学的自主性、强调文本与语言的独立自足是先锋文学反抗并挑战传统文学的另一重要方面。在先锋作家看来，文学真正应该关注的不是“写什么”，而是“怎么写”。对叙述视点、独特的感觉方式、鲜明的语言风格、故事的特殊处理方式的强调，成为公认的写作准则。他们不追求文学的现实来源和现实意义，认为文学是个人心灵的产物，而不是生活的附庸。在文学与现实的关系上，他们坚持视文学为独立自足的世界，视文本和语言为文学的生命。残雪、余华、苏童、格非等作家的创作都具有强烈的形式自足意味。他们拒绝再现现实生活，拒绝现实意义的表现，以及对于文学形式的不懈追求，使他们的作品既体现了对于文学形式的探索，也包含着他们对于文学本体的思索。一些作家不再把文学形式看作传达内容的媒介，而认为文学形式有其自身独立于内容的价值，形式即根本，即目的。马原小说的形式试验和孙甘露的语言追求是其中突出的代表。孙甘露的作品完全脱离了传统文学的故事范畴，他的小说语言已不是表现情节和人物的工具，语言自身的展示即是目的。可以说，在大部分先锋作家看来，文学无疑是一个独立而自足的世界。这种文学观念与传统的“载道”观和意识形态文学观完全不同，体现了先锋作家对文学独立性的追求。

二、先锋文学的基本主题

生存的虚无与人生的荒诞是先锋文学作品表现的一个普遍主题。通过对历史的重新叙述表现历史的不可捉摸与不可知，最终表现世界与生存的不可确定与虚无是先锋作品的一个普遍路径。历史是先锋作家普遍涉及的一个题材领域。但先锋作家对历史的叙述，目的并不在于再现历史，而只是对历史的一种借用，历史只是他们演绎故事和理念的工具。在格非的《迷舟》中，不是历史的必然而是个人的偶然行为决定了历史的发展与走向，从而揭示了历史的荒诞与虚无。主人公萧的死因成为一个不可破解之谜而永远沉入历史黑暗的虚无之中。格非的《青黄》则充分展示了历史的不可捉摸与虚幻。正如“青黄”概念的无可考证，历史的真相也是不可确定和无法重现的。透过具体的历史的碎片，先锋作家意在表达生存的虚无与人生荒诞的本体性主题。而在余华的《世事如烟》中，他已不再借用历史的外衣，而直接将人物命名为抽象的数字和普通名词，从而表现出寓言式的普遍主题。在《世事如烟》中，生存的过程是混乱而盲目的，生命的结局是宿命的。世界与人生都是不可理解与把握的。从这些谜一般虚幻的表象背后可以看出，先锋作家对生存的认识是虚无、悲观的，并带有浓厚的非理性主义色彩。

在先锋作家经常表现的荒谬、暴力、死亡、性、欲望、罪恶等主题话语中，暴力与死亡是最为普遍与突出的。暴力是先锋文学重新阐释人时所发现的一个重要的主题话语。在过去的文学描写中，暴力主要与对恶人的描述相关联。但在先锋文学中，暴力成为一种普遍意义上的生存景观，它不仅是那些社会规范之外的恶人的行为表征，也不是人的偶发的意外的行为，而是几乎所有人都或明或显存在的一种普遍人性。在余华的《现实一种》中，无论男人、女人，还是成人、儿童，都表现出可怕的暴力倾向。余华不断地写到暴力，使惊骇的读者看到暴力是人生存世界的坚硬事实。在苏童的长篇小说《米》中，通过五龙闯荡都市的人生经历刻画了以暴力对抗暴力、以罪恶对抗罪恶的恐怖图画。先锋作家对暴力的关注与表现，体现了他们对人性恶的认识。

在先锋文学的主题话语中，死亡无疑是另一个出现频率相当高的词汇。中国文学中从来没有像先锋文学这样充满了“死亡”的气息。几乎所有先锋作家都迷恋死亡，死亡在先锋文学中具有特殊地位。先锋文学对死亡的描写与以往文学完全不同。以往文学对死亡的描写大约可分为三类：第一类是正常的死亡，如人的生老病死；第二类是价值框架内的死亡，如英雄主义的、崇高的死亡，或正义的伸张和对邪恶的惩罚，这是以往文学中最为常见、也最受关注的死亡；第三类是被迫的死亡，如描写政治、战争、灾难时的死亡描写。而在先锋文学笔下，死亡常常是非正常的，是横死、暴死、失踪式的死；同时，先锋文学一般不对死亡做价值的定位和判断，而把死亡描写为轻易发生的、日常的事件。先锋文学描写死亡的目的最终还是对于人的生存问题的探询。如同前面对历史题材的使用，死亡也是他们思考生存问题的材料。余华的《世事如烟》中司机和灰衣女人的故事表达出死亡是一种必然的宿命。司机开车时总是遇到一个灰衣女人，算命先生让他遇到灰衣女人便把车停下来。尽管司机竭力避免与灰衣女人相遇，但最终仍无法逃脱与灰衣女人相继死去的宿命。在《河边的错误》中，余华让警探们在一连串的死亡面前无能为力，完全陷入被动，以说明死亡是不可知、不可把握的。不像以往文学中死亡往往是象征着某种价值实现或毁灭的行为，先锋文学中的死亡常常是任意的和无价值无意义的。如余华的《现实一种》中两兄弟山岗、山峰及他们两个孩子的死。先锋作家对死亡的态度是轻蔑和冷漠的，表达着一种"后悲剧时代"的感觉。而在苏童的小说中，死亡往往源于对欲望的追逐。在《罂粟之家》中，苏童描写了财富和性的欲望对人的扭曲和毁灭。"罂粟"是小说的基本意象，它象征着人的欲望，既表征着对人的诱惑，也表征着对人的毒害，它是欲望之花，也是死亡之花。苏童的人物总是为情欲所驱使，但最终事与愿违，走向自己的悲剧命运。无论是宿命的死亡、不可知的死亡还是欲望中的死亡，先锋文学对死亡的不同描写表达的是对世界、人生的相同认识，即生存的荒谬与虚无。浓厚的死亡气息使先锋文学散发着衰颓的末世情调。

■　三、先锋文学的形式追求

由于对文学自主性的追求，先锋作家都有着十分鲜明的文体意识，重视"叙述"是先锋文学开始最引人注目的共通之处。他们关心的是故事的"形式"，即如何处理这一故事。他们把叙事本身看作审美对象，运用虚构、想象等手段进行叙事方法的试验，甚至把试验本身直接写进小说中。与传统小说努力创造与现实世界对应的"真实"幻象相反，马原声明他的小说都是一种编造，"我就是那个叫马原的汉人"是经常在小说中出现的句子。《虚构》是他一篇小说的题目，里面具体交代了小说材料的几种来源。在《冈底斯的诱惑》中，他明确告诉读者小说所描写的纯属虚构，并与读者直接讨论小说的"结构""线索"。这种叙事方法不关注人物的实际存在，人物随时可能被符号化。他们更乐于采用第一人称叙述，叙述人强调的是在整个叙事中起决定作用的叙事策略，如苏童的"叙事动机"和格非的"叙事空缺"。苏童善于在叙事中运用动机来组织、推动故事的发展，在那些看似客观化的叙事中，他的叙述始终隐藏在那些恰当展开的动机背后，如《罂粟之家》中"罂粟"的象征意义起到的动机作用。格非善于在叙事中造成中断和空白，而且还善于使这种"叙事空缺"与小说表达的主题构成隐喻关系。各种"叙事圈套"的设计是先锋作家最乐于殚精竭虑的形式因素。

先锋文学的各种叙事试验大大扩展了小说的表现力，强化了作家对于个性化的感觉和体验的发掘。由此先锋文学创造了一个多样而奇异的感觉世界。先锋文学的这种独特感觉并不仅仅在于奇异的题材和主题，也不只是表现在叙事风格上，更在于感受和把握事物的特殊感觉方式，这种特殊的感觉方式用语言形式表现出来，便是独特的语言风格。如余华语言中那种冷静、克制的感觉，苏童纯净明朗的小说情境，格非沉思俊逸的抒情风格及残雪奇特乖戾的小说意象与氛围等。

先锋作家都很重视语言，在语言试验上走得最极端的是孙甘露。其实，孙甘露对传统文学的反叛并不仅仅表现在语言上。"在向传统小说文体规范挑战的诸多探索中，孙甘露无疑是最极端的挑战者。他的每一次写作都是一次'反小说'的语言智力游戏，在把小说的叙事功能转变为修辞风格的同时，孙甘露最大可能威胁到小说的原命题。”① 孙甘露的小说彻底斩断了小说与现实的联系，而专注于幻象与梦境的虚构，但这些幻象和梦境都只是一些缤纷的碎片，无法构成一个条理贯通的虚构世界。传统小说的禁忌和规则都被孙甘露打破，他以个人自我表白的话语替代了意识形态的话语，个人表白和词语崇拜成为写作的最高规范。在他的《信使之函》《访问梦境》《请女人猜谜》和《我是少年酒坛子》中，反复的语言游戏和自我表白传达着作者对语言的迷恋和冲动。孙甘露着力于使小说语言诗化的探索，词语以一种意想不到的方式搭配起来，语言不再有一个指向意义的所指，而是从惯常的组合中解放出来专注于自己。这些小说中的语词不再指向现实，也不具有主体赋予的象征或隐喻意象，它们从表意功能中滑脱，成为一些自由的语象，在文本中自在地游走。在《访问梦境》中，那些梦境只是辞藻的世界，孙甘露在词语的无限铺排中享受快乐。在《信使之函》中，“信是焦虑时钟的一根指针”“信是耳语城低垂的眼帘”“信是锚地不明的孤独航行”等几十个充满诗意的梦呓式的对“信”的述说，在每一句述说下摘录一段信使所送的信中的段落，这些段落同样华美、富于诗意而又没有现实或象征的寓意。“信是……”这一句式在小说中不断被重复和开掘，作为词语的“信”被最大限度地定义，“信”充满无限增值的功能。但“信”又是永远不能被信使拆阅的，它对信使是永无止境的神秘诱惑，信使便利用想象去解读信。这些解读使语言在小说中成为信使的家园，同时也使语言在现实中成为作者的家园。

■ 四、先锋文学的价值与意义

（一）文学的独立与自律

先锋文学在使文学摆脱意识形态的控制，走向独立和自律上，其贡献是巨大的。在思想内容的表达上，先锋文学对于传统“内容”“意义”的解构，对于性、死亡、暴力等主题的关注，揭开了以往被意识形态遮蔽的生活与人性的侧面，并努力发掘到其深处。这对于中国文学的发展与成熟有着十分重要的意义。但更为重要的是从先锋文学开始，中国文学才真正摆脱意识形态的控制，走向独立与自律。对于中国文学，尤其是经过了新中国成立后十七年和“文化大革命”之后的中国文学来说，最迫切需要的就是文学的自律，是摆脱意识形态的束缚，在文学的艺术表现等自身发展上取得突破。正是在这一点上，先锋文学取得了它不可忽略的文学史地位。以往的文学都要求文学表现现实，为现实利益服务。但先锋文学的创作对之进行了有力的挑战和拒绝。在文学观念上，先锋文学之前的新时期文学对传统的文学观念也有突破与发展，但其幅度和力度都是远远不够的。在先锋文学之前的新时期文学，无论是伤痕小说、反思小说、改革小说还是寻根小说，都没有从根本上脱离服务文学的老路，只不过服务对象从一种政治转向另一种政治，或由政治转向文化等其他对象。先锋文学对文学自律的要求和主张，使新时期的文学自主性向前迈进了一大步，文学不再是某种外在者的工具而具有了自己的独立性。正是从先锋文学开始，中国文学才正式自觉地、大规模地脱离意识形态的轨道，走向对自我的清醒自律与追求。也许，从长远的文学史意义上来说，先锋文学的这一贡献，要超过他们在文学思想和艺术形式上的贡献。

---

① 陈晓明．表意的焦虑——历史祛魅与当代文学变革．北京：中央编译出版社，2000：111.

但先锋文学在追求文学自主性的同时，在创作实践中也带来了新的值得注意的问题。先锋文学的艺术观念，无论就其对生活的认识，还是艺术形式的实验与创新，都有极端化的倾向。在努力摆脱对意识形态和现实生活的依附时，也出现了脱离、回避现实的倾向。许多先锋文学的作品不关注现实生活中人的现状，过度关注自我的感觉。大量的文本转向历史叙述，即使写现实题材，也没有现实的敏感问题。先锋作家认为，小说不是世俗的艺术，而只是个人的冒险和经验。因而先锋作家的感受和表达都打上了贵族化的印记，他们叙述的生存经验是远离人间烟火的，是先验、形而上的。这种脱离现实、自我封闭的倾向成为后来先锋文学失去读者关注的重要原因之一。

（二）形式试验与创新

先锋文学在借鉴西方现代主义文学的形式与技巧，而进行艺术的实验与创新方面是卓有成效的。在借取和运用西方文学的形式技巧上，先锋文学在整个新文学中是最系统也最全面的。它冲破了许多以往艺术表现形式的禁区，丰富了艺术表现方法与技巧，无论在叙事方式、语言表现和个人风格等方面都为文学提供了一批成熟的范本，有力地推动了中国文学在艺术表现上的探索与发展。应该说，在艺术表现形式的创新和探索上，先锋文学的贡献是十分突出的，它从整体上提升了中国文学的艺术形式与技巧水平。在先锋文学之后，对艺术形式与技巧的关注，成为任何个人的和流派的文学创作都不可回避的问题。而且应该指出，先锋文学对形式的试验和探索，其意义并不仅仅局限于形式本身。如马原的叙事革命对传统叙事似真幻觉的破坏，以及拒绝思想与内容的纯形式试验中暗含的对意识形态的抵制，打破了以往宏大叙事对个体经验的整合与控制，在形式的自由表现中，使得充满个性与主观性的现实凸现出来，并使极端个人化的写作成为可能。但在先锋文学对形式的试验与探索中，也同样有走极端的情况。如孙甘露的极端主义的语言试验，对语言与外部关系的彻底斩断，对自身感觉的过度沉溺，都表现出先锋文学的“自恋”本性与形式主义倾向。

总起来看，应该充分肯定先锋文学的意义。王蒙曾说过：“没有先锋没有怪胎没有探索和试验就没有艺术空间从而也是心灵空间的扩大，空间的扩大正是先锋艺术大获全胜的标志——正是先锋的胜利使先锋不再成其为先锋了。”[①] 的确，尽管先锋文学在20世纪90年代经过分化与转向，已不再被作为一个完整的有突出特征的文学流派被描述，但它对其后文学的影响是不可低估的。与先锋文学差不多同时的“新写实小说”以及20世纪90年代的“新历史小说”都直接受到它的影响和启迪。90年代出现的“新生代”创作，更是直接从先锋文学的探索中受益。甚至可以说，90年代文学能够呈现丰富多彩的局面，能够以“个人化”成为其突出的标志，其中都可以看到先锋文学的痕迹与影响。

本章小结

第一节介绍了先锋文学产生的原因及发展脉络。先锋文学产生于20世纪80年代中后期，意识形态整合功能的弱化、西方文学及思想文化的影响、文学自身发展中摆脱意识形

① 王蒙．先锋文学就要失败了么？//今日先锋：第2辑．北京：生活·读书·新知三联书店，1994：4.

态影响的要求及艺术创新、形式变革的要求是先锋文学产生的外部和内部的原因。进入20世纪90年代，由于社会文化的急剧转型及先锋文学自身的原因，先锋文学走向衰落。

第二节介绍了先锋文学的主要代表作家与作品。马原以形式试验为中心的叙事革命，余华对人性及人生存状态的探索，苏童在故事的流畅可读与叙事的技巧试验之间的和谐，格非形式的革命与形而上思索的融合，残雪对怪异世界、乖戾感受与心理的表达，以及孙甘露汪洋恣肆的语言试验等，都从不同方面代表着先锋文学卓有成效的艺术探索。

第三节概括了先锋文学的特点及先锋文学的意义与不足。先锋文学的特点主要表现在它的文学观念、主题表达和形式追求三个方面。先锋文学的文学观念主要表现为不追求文学对现实的客观再现而追求作家主观的心灵真实和追求文学的自主性、文本与语言的独立自足性；先锋文学的基本主题主要表现在生存的虚无与人生的荒诞、暴力、死亡等几个方面。先锋文学形式追求的表现是对叙事与语言的重视、对个性化感觉和体验的开掘及表达等。先锋文学的价值与意义主要表现在追求文学的自主性，使文学摆脱意识形态控制走向独立与自律，以及艺术表现形式和技巧的全面探索与创新等方面。先锋文学在脱离现实、过度关注自我的感觉及形式主义倾向等方面表现出其自身的不足与局限。

思考题

1. 先锋文学产生的外部原因和内部原因是什么？
2. 先锋文学的主要代表作家与代表作品有哪些？
3. 先锋文学的文学观念的主要内容是什么？
4. 先锋文学的基本主题主要体现在哪几个方面？
5. 先锋文学形式追求的主要内容是什么？
6. 简述先锋文学的意义与不足。

第五章　新写实文学思潮

第一节　新写实文学的缘起与发展

■　一、新写实文学产生的总体背景与表征

1987年至1989年是新写实文学的孕育与形成期。众所周知，任何一个文学思潮的产生都不是随机与偶然的，必定是特定的社会思潮、社会心理、文学传统等多种因素综合作用、彼此合力的结果。

第一，相比较而言，1987—1989年是新时期社会的动荡期。这是因为，一方面，自1984年底，改革的重心由农村转向了城市，由此拉开了全面推进改革的序幕；1985年，国家又推行了物价等一系列重大改革举措，此后，改革的力度不断加大，这些都不能不影响到处于变革时代中的每一个人。比如，在1988年，国民经济出现了比较严重的停滞与通货膨胀局面，最典型的体现就是物价的飞涨："全年上涨18.5%，其中12月比上年同月上涨26.7%。"这场影响深远的改革运动不仅仅是经济的改革，不仅仅是纯粹的物质建设过程，它同时还是文化、观念、心理的改革，是一个重塑精神与认识的建设过程。由于我们的社会在相当长一段时期内一直处于超稳定状态，人们形成了一种求稳惧变的社会心理与思想认识模式，对眼前发生的一切还缺乏足够的精神与心理的准备，同时对改革的理解与认识大多数情况下还没有站在历史的高度与理性、客观的角度来分析和把握，把衡量改革好坏的标准仅仅建立在个人或行业的当下得失上，因此，形成了一种情绪性与非理性的社会心理。这一时期流传的"老大靠了边，老二分了田，老九上了天，不三不四赚了钱"以及"工人乐，农民笑，知识分子光着屁股坐花轿"等民谣就形象地表明了不同群体与阶层的复杂心态。另一方面，由于改革是一项全新的事业，只能在摸索中前进，体制、政策上的不健全为少数投机分子大发不义之财提供了机会。同时，少数干部经不起金钱的诱惑，腐败风气在社会中有所蔓延。这一切都引发了人民群众的极端不满。前一时期社会上洋溢着的自信、乐观、轻松的精神氛围被某种浮躁、焦虑，甚至悲观、失望情绪所代替。总之，广大的人民群众在领略改革带来的欢乐与欣悦的同时，也在咀嚼着它所带来的阵痛

与苦涩，精神与心理都处于一种矛盾的状态。这些就为新写实文学的产生提供了深厚的社会背景与心理基础。

第二，从文学自身看，文学也需要进行新的开掘与突破。总体看来，新写实文学既是对传统现实主义的叛逆，也是对文学新潮如“先锋文学”的扬弃。对传统现实主义而言，早在1984年，反映改革生活的作品就面临着无力跨越老题材、老主题、老人物、老结构、老手法这一“五老峰”的困境，作品对生活的描写与大众对生活的感受具有相当的距离，这最终导致了大众对改革文学的冷落，传统现实主义文学失去了昔日的辉煌，失去了轰动效应。到了1985年、1986年，传统现实主义文学又忙于“寻根”，对现实生活的描写几乎成为空白；文学新潮在这一时期专注于构筑形式本体世界，营造语言迷宫，同样冷落了现实生活。在这样一个文学的生态环境中，一批作家在现实生活的感召下，在“寻根”与“先锋”的夹缝中，把手中的笔伸向了身边的日常生活。此外，这一时期的报告文学、纪实文学也对新的文学潮流的问世产生了促进作用。无论是20世纪80年代初期的刘宾雁式报告文学、80年代中期的全景式报告文学，还是纪实文学，都表现出一个共同特征：格外关注现实生活中普通人的日常生活，尤其是他们的物质生活境况，这一特征在新写实文学中得到了充分体现。

第三，1987年，方方的《风景》(《当代作家》第3期)、刘震云的《塔铺》(《青年文学》第7期)、池莉的《烦恼人生》(《上海文学》第8期）相继发表，这标志着新写实文学思潮的孕育。在1988年，又相继出现了《新兵连》（《青年文学》第1期)、《白涡》(《中国作家》第1期)、《纸床》(《中国作家》第4期）等，初步形成了令人关注的新文学思潮。对这一自发形成的、具有群体性特征的文学现象，需要从理论上给予及时而准确的概括与说明。一些研究者尽管在这一时期也在理论上给予了关注，但所依据的美学原则、创作尺度与评价标准，都还是传统现实主义那一套叙事话语，因而，未能开掘出新的文学潮流所体现出来的精神内涵与艺术追求。也有部分理论工作者敏锐地捕捉到了这一新的创作思潮的精神走向，如雷达在1988年3月26日的《文艺报》发表的《探究生存本相，展示原色魅力——论近期一些小说审美意识的新变》就将其命名为“新现实主义”；再比如，吴秉杰在1988年7月23日发表的《面向生活的一种调整——评若干新近作家的创作》。但是，真正从理论上对其进行命名，同时加以自觉引导与推动并被广泛接受，则是到了1989年。

■ 二、新写实文学思潮的发展

《钟山》杂志于1989年第3期卷首语这样写道：“所谓新写实小说，简单地说就是不同于历史上已有的现实主义，也不同于现代主义‘先锋派’文学，而是近几年小说创作低谷中出现的一种新的文学倾向。这些新写实小说的创作方法仍然是以写实为主要特征，但特别注重现实生活原生形态的还原，真诚直面现实、直面人生。”“虽然从总体的文学精神来看，新写实小说仍可划归为现实主义的大范畴，但无疑具有了一种新的开放性和包容性，善于吸收、借鉴现代主义各种流派在艺术上的长处。”“它减退了过去伪现实主义那种直露、急功近利的政治性色彩，而追求一种更为丰厚、更为博大的文学境界。”同年10月，该刊还和《文学自由谈》(天津）联合召开“新写实小说”讨论会。在其后的两年中，该刊以主要篇幅刊发“新写实”作品，并于1990年举办了“新写实小说”评奖活动。随后，出现了一批有影响的作品，如《一地鸡毛》《桃花灿烂》《行为艺术》《太阳出世》《万家诉讼》等。被归入这一群体的作家非常广泛，包括刘震云、方方、池莉、范小青、刘恒、李晓、扬争光、赵本夫、周梅森、朱苏进等。《烦恼人生》《风景》《一地鸡毛》通常被看作新写实文学的代表作。需要提及的是，对新写实作家及作品的归类和划分，历来存在着不同的意见与主张。

随着创作思潮的涌动，理论界开始对其进行“命名”：张韧、吴亮称其为“新写实”小说；雷达称其为“新现实主义”；王干称其为“后现实主义”；陈骏涛称其为“现代现实主义”；徐兆淮、丁帆称其为“新写实主义”。英文“realism”在新文学运动中最初被译为“写实主义”，为避免混同于自然主义，于1930年代改译为“现实主义”，此后就一直沿用这一术语。新写实主义和新现实主义的英文名称都是一个词“new-realism”，况且，这两个术语早在新文学运动中就已存在。诚如温儒敏所说：“虽早在‘革命文学’倡导之前，就有人写文介绍过苏俄文艺论争中的‘新写实主义’，但所指的主要是文体和技巧，和后来所说的‘新写实主义’是两回事，真正把‘新写实主义’作为一种创作方法加以倡导，是1929年下半年以后的事。”[①] 它是在“革命文学”陷入革命＋恋爱、公式化、概念化、宣传化的背景下，由创造社、太阳社借用日本臧原惟人的“新写实主义”理论对此加以纠正，注重创作规律，注重艺术性。但“‘新写实主义’毕竟还只是一种对无产阶级文学发展的构想，它传入后，还没有来得及引起理论上的探索，也没有出现真正体现这一理论宗旨的文学作品，还只是一个比较空泛的口号，最终被‘唯物辩证法’创作方法所取代了”[②]。至于“新现实主义”，也早在20世纪30年代由苏联的渥伦斯基提出。由此看来，作为一个理论术语，无论是新写实主义还是新现实主义都不存在创新问题。这些概念名称的提出，是理论先于创作，是一种构想和预测，这次则是创作先于理论，是一种概括和总结。因此，对这股文学思潮的命名本身并不重要，重要的是切实从创作现象出发，经过分析，总结出其新的特质来。基于上述理由，我们还是按照大多数的命名方式，称之为新写实文学思潮。

1992年邓小平“南方谈话”、十四大的召开不仅对社会的政治、经济，而且对文学产生了巨大而深刻的影响。相对而言，20世纪80年代末90年代初，中国社会出现了瞬间的停滞、徘徊，苦闷、彷徨的社会心态时有流露。这时青年的T恤衫也赫然印着“烦着呢，别惹我”“真累”等字样。当建设社会主义市场经济体系的宏大目标明确后，人们对未来社会的走向的认识即刻就由朦胧转为明晰，全社会处于不可逆转的转型之中。一时间，人们由等待、观望走向了迅疾的行动。经商下海热呈一时奔涌之势，与1988年相比，有过之而无不及。“十亿人民九亿商，还有一亿待开张”以及T恤衫上的“有钱就是不一样”等字样，都是这一社会心态的形象写照。下海狂潮也波及了文学，“体制”内的作家在如此形势面前，也呈分流状态。有的随潮而去，弃文从商，有的栖身影视，有的赶制通俗读物，也有的在苦守最后一片虚弱的宁静天地，总之，作家从中心退到了边缘。这时的文学给人一种被滚滚商潮淹没与物化的强烈印象。于是，以1993年《上海文学》刊发的《旷野上的废墟》一文为肇端，展开了一场声势浩大的人

① 温儒敏．新文学现实主义的流变．北京：北京大学出版社，1988：111.

② 同①119.

文精神大讨论。在这种新的时代氛围中，一些文学刊物有意识地推出一批新字号小说，以企形成新的文学潮流，如“新体验”“新状态”“新市民”“新文化关怀”等；理论批评界推出一批“后”字牌批评理论：“后现代主义”“后新时期”“后殖民主义”等，一句话，创作与理论呈现出一种“追新逐后”的特征。从某种意义上讲，这种现象体现了转型时期的文学仍处于一种浮躁的状态中。凡此种种都对有待继续发展的新写实主义文学思潮产生了某种消极影响，尽管新写实的文学精神依然流淌在这一时期的文学大潮中，但作为一种文学思潮渐趋衰落。

与此前的文学思潮相比，新写实文学思潮在发展过程中，体现出了一个新的特点，这个特点成为此后的文学思潮的一个较为普遍性的特点，这就是文学刊物与大众传媒对文学思潮发展的“推波助澜”作用开始彰显，开始由“幕后”走到“前台”，成为推动文学思潮形成的主导性力量。新写实文学思潮的兴盛很大程度上得益于《钟山》等文学刊物与传媒的倾力倡导，比如，首先在刊物提出一个新的理论目标，接着在刊物上设立“新写实小说大联展”栏目（自 1989 年第 3 期到 1991 年第 3 期，共举办了 8 期），之后再举办新写实小说评奖活动以及有关新写实小说的讨论会，随后通过现代传媒的大力传播，形成具有广泛影响的新的文学思潮。在某种程度上可以这样讲，在文学思潮的形成、兴盛过程中，文学刊物与现代传媒由原来的幕后走到了前台，成为一个不可或缺与不容忽视的重要因素。同时，我们也要看到问题的另一面，即“成也萧何败也萧何”，新写实文学思潮的衰落固然有多方面的原因，但与文学刊物急于推出新的思潮如“新状态”等有一定的关系。

我们认为，从广义角度看，新写实文学还是属于现实主义这个大范畴的。不过，与 20 世纪 80 年代以来的现实主义相比，它已经发生了某种裂变，形成了自己相对独立的文学精神与美学品格，与 80 年代的现实主义只具有“家族相似性”。在一些关键概念与核心理论内涵的理解上，比如“现实”“客观性”“典型性”等都出现了巨大的差异，“现实”在“现实主义”中的价值性被重新考量：“艺术避免不了同现实打交道，不管我们怎样缩小现实的意义或者强调小说家所具有的改造或创造的能力。‘现实’（实在）同‘真理’‘自然’或‘生活’一样，在艺术、哲学以及日常用语中都是带有价值观念的词。”① “‘典型’对现实主义的理论和实践都极为重要，因为‘典型’构成现在与未来、现实与社会理想之间的桥梁。”② 客观性“典型尽管有其说教和令人模仿的含义，却仍然同客观社会的观察保持着十分重要的联系。‘客观性’确实是现实主义的另一个主要口号。客观性……不相信主观主义、不相信浪漫主义对于自我做出的高度赞扬：在实践中客观性往往排斥抒情主义和个人情趣”③。新写实文学之“新”，就在于它更新了传统的写实观念，即改变了传统现实主义文学作品对现实生活的理解与认识，以及由此引发的真实观、人物塑造与情节设置的非典型化原则、叙述视角与叙述方式的诸多变化。下面我们就围绕这几个特征具体展开论述。

---

① 勒内·韦勒克．批评的概念．杭州：中国美术出版社，1999：216.
② 同①232.
③ 同①237.

第二节　新写实文学思潮的总体特征及对文学的影响

一、彼岸的逃遁与此岸的凸现——日常生活的首要位置

新写实文学继承了传统现实主义关注现实生活、反映人生疾苦的文学精神，不过新写实文学对现实的认识也发生了“革命性”的变化，这意味着文学思维方式的巨大转变。前者体现出一种激进的超越性、拒绝性姿态，后者则表现为彻悟人生之后，无奈的接受性、认同性姿态。传统现实主义为我们描绘的是一个二元世界：立足现实，指向未来；新写实文学为我们展示的是一元世界：立足现实，直面现实。前者认定，在现实人生之外必有一个理想的人生境地，必有一个完美无缺的日常生活图景，现时所做的一切都是为了这一宏大的目标，当下的现实与日常生活不过是奔向理想彼岸的驿站，在追赶、超越的过程中，人的一切行为都显得极为神圣与崇高；对后者而言，现实与日常生活是我们所能拥有的唯一真正存在的世界，根本就不存在一个理想的、尽善尽美的彼岸世界，脚下的土地、周围的生活组成了现实世界的全部。新写实文学认为，彼岸、理想、完美全是虚构与自我安慰，要求人们把全部的激情与渴望都倾注在现实生活中，而不是徒劳地、“无中生有”地为人们找回一个虚幻的乌托邦。

传统现实主义对日常生活的超越有两种方式。第一种，也是最主要的一种：通过批判、改造来达到这一最终目的。“五四”时期的现实主义具有浓厚的理想色彩，以鲁迅为代表的现实主义文学旨在振兴民族、重铸民魂，改造“国民性”则是具体的解决办法。社会主义现实主义更是以改造社会、改造人生为己任，作品的理想色彩更加突出。正如高尔基所言，革命的浪漫主义可以作为社会主义现实主义的别名，“其目的不仅仅是批判地描写过去，主要还是促进当前革命成就的巩固，并促进对社会主义未来的崇高目标的清楚认识”。因而，“它在履行职责中所持的是强烈的理想主义的态度”。十七年的“三红一创”无不具有上述特点。新时期现实主义摆脱了极左政治话语的禁锢与束缚，以知识分子话语来改造现实、变革日常生活、改造人的精神与灵魂，人性、人情、人道主义、民族振兴意识就成为知识分子指引大众的明灯。正如一些研究者所指出的那样，与十七年，特别是“文化大革命”时期的文学相比，新时期文学在揭示日常生活和内心世界的复杂性上，显得勇敢得多、深入得多了。但是，在多数作品中，作家对主人公的饮食起居、天伦人情、生活琐事等的描写，都是为了使人物性格得到升华而做的巧妙的铺垫与补充，对主人公“弱点”的揭示也是为了突出其性格的完美高尚。因此，传统现实主义关注的依然不是现实与日常生活本身，而是指向其外，现实与日常生活仅仅只是为了某种提炼与升华而存在，仅起一个铺垫、陪衬、对比、烘托的作用。从这个意义上讲，此岸与彼岸的关系是“筌”和“鱼”的关系，“筌”只是手段，“鱼”才是目的。

第二种方式：不变革、改造现实与人生，而是将现实与人生诗化、艺术化、审美化，使其成为诗意融融、情趣盎然的美的世界的象征。诗化现实、美化日常生活是我国文学的一贯传统。陶渊明、王维、孟浩然等笔下的现实与人生是审美与移情的结果，是人格操守的象征。这一传统在20世纪30年代的废名、沈从文等人的作品中也有集中体现。在新时

期则表现在汪增祺、史铁生早期作品以及阿城等人的作品中。生活的艰辛、人生的磨砺全被作家的审美容器过滤掉了，奉献给读者的是纯而又纯、至情至性的人生画卷。他们同样不关注日常生活本身，日常生活只是他们闲适、冲淡、洒脱、自得等人生情怀的一种隐喻与寄托，具有十分明显的士大夫情调。由此看来，无论是改造现实还是诗化现实，传统现实主义始终追求的是一种理想的人生图景，因而作品体现出此岸—彼岸这一典型的二元结构特征。

新写实文学展示给我们的现实生活图景是一元的。它既无意于诗化日常生活，更无意于改造日常生活，它只是中立性地将经验形态的日常生活描述出来。如果把现实生活简单划分为非日常生活与日常生活两大类，我们就会发现传统现实主义往往侧重于现实生活的非日常性，而新写实文学则关注现实生活的日常性。前者侧重人的精神追求，具有终极关怀特色；后者侧重人的物质生存境况，具有当下情怀。与传统现实主义张扬人的精神与意志力相比，新写实文学注重对人的物质生存艰难境况的书写，在对其书写过程中不再赋予它额外的意义与价值，比如《狗日的粮食》与《伏羲伏羲》对“食色”的描写，就是突出生命的繁衍与维持，此外别无意义；《纸床》中伤心的母亲叠了一张纸床为至死都没有自己的床的女儿送行，等等。再比如，对苦难的描写不再像传统现实主义的宏大叙事描写那样，激起改造眼前现实的雄心壮志与悲壮行为，只是默默地承受、无奈地忍受。

“好好过日子”（池莉语）成为新写实文学的精神旗帜。在这面大旗下，“理想”被放逐，“崇高”遭调侃，“爱情”的神话被轰毁，所有附着在日常生活上的精神饰物被涤荡得干干净净。

（一）对理想的放逐

对传统现实主义文学来讲，生活与人生不能没有理想，理想是明灯，能照亮现实生活的价值。对新写实文学来讲，生活是由无数的“鸡毛”组成的，散漫、凌乱，它的分量永远超不出一斤豆腐的重量。面对如此生活，你无法将其提炼与升华，无法将其安排得井井有条，无法预测一个完美的结局，无法以理想之光来穿透它。正如这些作家所言，“一本书，我翻开它，就能告诉你下面是怎么回事。可生活，只能走一步、看一步”。“出于某种道德的驱使把这些过程因果关系化，这样解释生活是简单化的。”“生活是严峻的，那严峻不是让你上刀山下火海，上刀山下火海并不严峻。严峻的是那个日复一日，年复一年的日常生活琐事。”我们无法逃离这样的日常生活，就如同我们无法揪住自己的头发离开大地一样，只能接受它、忍受它，它是我们赖以生存和进行生存证明的标志。日常生活的本真状态是平庸，不言而喻，传统现实主义的理想与崇高就成了对它的虚假描写，因此，放逐理想、解构崇高就成了新写实文学面临的首要任务。《烦恼人生》这样写道：“少年的梦总是带有浓厚的理想色彩，一旦进入成年便无形中被瓦解了。印家厚随着整个社会流动、追求、关心……关心火柴几分钱一盒了？他几乎从来没有想过是否该为少年的梦感叹。他只是十分明智地知道自己是个普通的男人，靠劳动工资而生活。哪有工夫去想入非非呢？”谁会想到《一地鸡毛》中的小李“这位安静的富有诗意的姑娘，会变成一个爱唠叨、不梳头、还会夜里滴水偷水的家庭妇女呢？”“两人都是大学生，谁也不是没有事业心，大家都奋斗过，发愤过，挑灯夜读过，有过一番宏伟的理想……哪里会想到几年之后，他们也跟大家一样很快淹没在黑压压的千篇一律千人一面的人群中呢？无非也是买豆腐、上班下班、吃饭睡觉洗衣服、对付保姆弄孩子，到了晚上你一页书也不想翻，什么宏图大志、什么事业理想、狗屁，那时年轻时候的事。”“那是幼稚不成熟”。小林们、小李们的精神心理变化反映了日常生活对人的“塑造”与“教育”。小林的大学好友小李白放弃了诗歌创作，做起了板鸭生意。当被问：“你还写诗吗?”得到的回答却是：“狗屁，那是年轻时不懂事！诗是什么，诗是搔首弄姿混扯淡，如果现在写诗，不得饿死!”精神遇到了物质不再飞扬，理想碰到了生活的坚实大地即刻被碾得粉碎。日常生活的诗情与理想遭到了消解，所能体验到的是生存的艰辛与生命的无端损耗。但我们不能就此就简单断定新写实文学缺乏理想，正如他们所言：“咱们这一代人，说实话，哪儿能没有理想啊？我对真正的理想是珍视的，我不允许别人用这种东西来诱惑我。”他们反对的是对日常生活不仅无益反而有害的那种夸夸其谈、华而不实、不着边际、空洞无物的精神鸦片，即伪理想。新写实文学的美学品格表达了其关注世俗生活的理想。新写实文学作家并不像有些论者所说的那样没有人生理想，相反，他们把理想生活化、世俗化，这种文学精神与美学追求本质上是一种民间理想，而传统现实主义则把现实观念化乃至政治化，使生活失去了它那绚丽多姿的迷人风情，丰富多彩的生活情趣，最终沦落为干瘪思想的代名词。

（二）对崇高的调侃与解构

崇高这一历来被传统现实主义奉若神明的美学理想在新写实文学的笔下却遭到了无情的流放。崇高是个人精神的深度与力度的内在标志，能使个人心灵得到一种近乎神圣的生命体验。但是，新写实文学作品向我们展示了崇高在日常生活面前、在生存境况中如何苍白、柔弱与乏力。在这样的生活中，谁选择了崇高，谁就拒绝了生命的存在，就拒绝了日常生活，也就拥抱了死亡和地狱。《风景》的“语文老师”对经常去偷煤的“二哥”和“三哥”说：“我知道你家里很困难，但人穷要穷得有骨气。”得到“父亲”的回答是：“什么叫没有骨气，叫它来过过我们这种日子，它就明白骨气这种东西能值多少钱了。”“父亲”全家因为选择了日常生活，自然也就无法拥有崇高；“医生”“语文老师”以及“二哥”选择了崇高，同样也无法拥有日常生活。崇高与日常生活处于一种绝对的对立，成为一种不是你死便是我亡的对抗性存在，因此，在日常生活的天地间，永远不会有留驻崇高的任何栖息之地。从这个意义讲，作品对日常生活的审视与描述过程，也是对原有理想与崇高的放逐、解构过程。新写实文学如此描写，意在赋予日常生活以新的精神内涵。在他们看来，生存就是崇高，真正的崇高不能动辄以牺牲肉体、无限扩张意志与精神为标尺，真正的崇高蕴涵在人们的日常生活中，在看似平淡无奇的人生经历中唱响生命的最强音，在艰难困苦的生活磨砺中来呈现生命的坚韧与执着。这体现了一种新的崇高理念，它与日常生活具有内在的关联性，具有更多的世俗生活意蕴，也更加贴近对大众对人生的理解与感受。对现实与日常生活的不同理解促成了一种新的文学精神的形成。其实，新写实文学的这种文学精神同样体现在其他文学思潮如以王朔为代表的大众文学思潮中。与大众文学思潮对伪崇高的肆意嘲弄与夸张式的反讽相比，新写实文学采取了一种不露声色的手法，达到了相同的文学效果。对文学精神的不同认识，也反映在此后的“人文精神大讨论”中。

（三）爱情神话的轰毁

在文学传统中，爱情历来都是文学描写与讴歌的永恒主题。爱情的本质是自由，是幸福人生的完美象征。相比较而言，爱情的自由是以真诚、圣洁的情感为基础的，而婚姻则意味着一种责任、一种价值规范。人们追求的幸福生活就是建立在爱情基础之上的婚姻生活。因而，爱情必然与某种时代精神、文化传统不可分割地扭结在一起，成为时代与民族心理的某种折射。一个家庭就是一个完整的世界。家庭是社会的细胞和纽带，家庭生活组成了人们日常生活的主要内容。林林总总的大千世界，错综复杂的社会生活，光怪陆离、色彩斑斓的人间万象都能在家庭生活中得到完整体现，对家庭生活的不同描写自然就构成了不同文学对生活本身的不同理解与体验。传统现实主义对爱情与婚姻的描写是为了表现其宏大主题，新写实文学则是为了传达日常生活的精髓与神韵。只要略加思考，传统现实主义的爱情描写，哪一个不是与它改造社会或诗化人生的宏大主题紧紧联系在一起。《伤逝》中涓生与子君的结合与分离，《青春之歌》中林道静和余永泽的决裂，无不激荡着时代风云，体现着理想人生、革命人生的远大追求；陆文婷与傅家杰、罗群与冯晓岚等的爱情描写无不与重大的社会问题联系在一起。新时期现实主义恢复阶段对爱情的描写是与那个时代呼唤人性、人情，肯定人道主义这一思想解放潮流紧密联系在一起的。爱情给人一种神圣、庄严、圣洁之感。社会发展到这一历史阶段，张洁“爱是不能忘记的”那深情的呼唤到了池莉就来个“不谈爱情”的断然拒绝，再到张欣笔下就成了“爱又如何”的反诘。对爱情的怀疑甚至否定，昭示着一种新的时代精神的产生。

传统现实主义的爱情被还原为新写实文学的婚姻。那种诗意的光辉，那种理想的光环，那种政治激情与革命精神全淹没在琐碎的日常生活世界中。恋人之间、夫妻之间没有浪漫的情调，没有精神的幻想，有的只是清醒、冷静、务实的生活态度和行为。庄建非之所以拒绝出身高知家庭、能谈会唱、能写会画的同学加同事——王珞，因为她始终驰骋在“词语和思想的天空”，从未真正跨进日常生活的大门；他最终选择了“地地道道的汉口小市民”吉玲作为人生伴侣，是因为她懂得如何把日常生活安排得更好。“爱情是什么？它在生活中仅仅是一种人生装饰，一旦生活暂时蒙上一层阴影，它总是最先被牺牲掉。”爱情在新写实文学的笔下失去了以往文学作品中那激荡人心、幸福甜蜜的诗情画意，相反，爱情成了一种美丽的谎言，一种刻意的人生虚构，一种自我创造的精神鸦片。如果说，爱情在传统现实主义的作品中是一种人生追求，一种精神境界的寄托，是对当下生活的一种烛照，不管这种寄托和烛照的内涵是情感性的还是革命性的，那么，在新写实文学作品中爱情就成为日常生活的绊脚石，有了它就意味着生活的悲剧。因此，谁拥有了爱情，谁就游离在日常生活之外；同理，谁拥抱了日常生活，谁就自然消解了虚无缥缈的精神神话。不谈爱情是因为这世界根本就不存在爱情，那又有什么呢？婚姻。从新时期初期的呼唤爱情、讴歌爱情到这一时期的怀疑爱情、拒绝爱情，也成为一种具有群体性的思想潮流。这种倾向不仅体现在新写实文学中，在一些先锋作家的文学作品中也有不同程度的体现，比如叶兆言的《艳歌》、苏童的《什么是爱情》。这种倾向在某种程度上体现出这一时期人们精神与心理的务实，与真正的生活更加贴近而不是越走越远。

新写实文学消解传统现实主义的理想、崇高和爱情这三大美学原则并不是自己的最终目的，最终的目的是浮现生活的本色本相（借用现象学的一个术语“还原”）——平庸。消解的过程就是还原的过程，消解意味着把包裹当下生活的精神饰物彻底粉碎，还原就是在消解的基础上让真正的生活走进人们的生存视野，让自然本真的人生浮出海面。概言之，新写实文学的美学理想不在于给当下的人生与现实增添点什么、创造点什么；它要求人们去发现，即用一种没有先入之见的新眼光、不受感染的纯洁的心灵去重新审视、再度感受生活，从而真正彻悟人生的真谛。

那么，新写实小说到底给了我们一幅怎样的人生本相呢？它不是传统现实主义的“本质真实”，而是平庸。琐碎与争吵则是平庸的两种具体表现形态。买豆腐、吃饭、看孩子、送礼、上班、下班、找保姆、找房子等组成了日常生活的世界，现实主义所描写的那惊天动地、震撼世纪的宏大事件和人物的悲壮行为在此不见任何踪迹。如果说，先锋小说对人生的艰难困苦的描写还局限于想象的历史，对新写实来说，它实实在在地存在于当下的生活里。对生活琐事津津有味、细致入微、不厌其烦地着力描述，绝不是以此表现人生的无聊和空虚，更不是以此反映人的麻木与颓唐，恰恰相反，它旨在表明人对日常生活的极度眷恋和热爱，体现人们专注此岸世界的人生追求。同样，争吵也构成了日常生活必不可少的一项内容，因为它是人们解决具体生活问题的极端形式。如果说，琐碎是日常生活的外在形式，那么，争吵就是日常生活的内在动力。争吵赋予日常生活以生命，为其灌注生机与活力，没有争吵的生活就会使生命陷入一片死寂，有了争吵，日常生活就会显得生机盎然。因而，争吵在新写实的笔下就成为日常生活发展的主动力，改善生活境况的助推器，生命活力的象征。小林与小李（《一地鸡毛》）、李胜天与赵小兰（《太阳出世》）、朱芸与杨泊（《离婚指南》）、秦可馨与沈伟（《爱又如何》）这些人物都在争吵，为什么争吵？为日常生活琐事。在传统现实主义的笔下，争吵具有另外的寓意和内涵，通过争吵，就吵出了大是大非，吵出了理想、崇高，吵出了人生的意义和价值，同时，争吵的过程也是对大众实施教育与改造的过程，比如林道静与余永泽的争吵以至决裂就非常典型地体现了这一特征。传统现实主义的争吵往往具有革命性、悲剧性，以告别现有生活方式为结局，新写实的争吵往往具有破裂性、喜剧性，以恢复原有生活秩序为结局。因此，真实对 20 世纪 80 年代现实主义意味着日常生活“典型化”，对先锋意味着对生活的一种想象性体验，对新写实而言，它意味着对个人切身经历的如实描述，是一种本色真实，具有亲历性、不事雕琢性等特征，正如一些论者在评论刘震云作品时所说：“从某种意义上说，这已经接近生活本质了。他把我们这种波澜壮阔的历史全部庸俗化了，是不是不真实呢？我觉得更真实了。……就是说他把生活中原本无意义的东西还原为无意义了。这种无意义的东西往往打扮得很有意义，带着很多的珠光宝气……这些全被他的作品还原了。其实生活就是这么一回事。由此给我一种深刻感。”

■ 二、新写实文学的真实观——人生本相乃平庸

“写真实”是各种各样的现实主义高举的一面旗帜，它与客观性、典型性等理论范畴共同构成经典现实主义质的规定性。新写实文学同样在“写真实”，由于对现实生活的体验与认识不同，体现出了与以往现实主义真实观迥然相异的特征。人们不再相信现实是具有唯一性，不可变革的本质规定性，而认为现实是一种话语的建构与再造，反映了特定时期人们对自身生活世界的理解与把握，正如西方学者所说：“我们称之为现实的东西是人类发明的一连串形象，而人类的个体存在必须加以肯定，而后他才能进行发明。现实是人为的，制造现实者也是制造形象的人，是诗人。”换言之，现实并非固定不变的，更非唯一的，而是具有多种多样的现实，文学对现实描写的真实性只能以特定历史时期某一社会群体刻骨铭心的人生体验为标准，因此文学的真实性也就具有了某种历史性。

其实，从文学发展的历程看，因理论、视角、方法等的不同，不同的文学思潮都会形成不同的文学真实观，比如现代主义的真实观就不同于传统现实主义的真实观。总体看

来，在对真实的理解上，曾经有过两种极端倾向：一是自然主义的绝对客观真实，二是超现实主义追求的绝对主观真实。前者要求创作主体镜子般地再现生活，科学般地精确复制生活，追求一种绝对的客观性，这种客观性更多具有科学精神的内涵；在创作过程中，要求创作主体要像科学家那样尊重自己的研究对象，创作主体的才能主要体现在对对象的认知力与观察力，以及态度的公正等方面。后者则认为，创作的过程，总是“我在观察”“我在感知”“我在体验”，因此，特别强调面向内心进行下意识的写作，梦呓、想象就成为创作的最高品格。现实主义在中国化的过程中，受到的主要影响既不是实证主义和科学主义，也不是现代主义，而是马克思主义哲学。具体而言，传统现实主义真实观偏重对革命理想与政治激情的强调，具有格外突出的政治理想主义色彩；这种真实往往具有浓厚的理念色彩，它不是依据观察、感受、体验进行文学创作，而是基于某种政治信仰与革命理想，通过分析、议论等手段来进行创作；它要求“透过现象看本质”，要描写出生活的必然走向，要探究出现实生活的内在规律。具有革命传统的现实主义所强调的客观性与真实性，更多地被赋予了意识形态色彩，因此这种客观性与真实性更多体现出权力话语对生活与现实的既定解释。对新写实而言，现象背后无本质，现象即本质，因而，对生活不提炼、不升华，也不贬抑、丑化，只需将人的体验中立化地叙述出来即可。换言之，创作主体摈弃了某种先在的理论话语对生活的既定解释这种“先入之见”，注重个体心灵对当下生活的真切体验与感受，正如一些作家所言：“只有生活是冷酷无情的。它并没有因为我把它编成什么样子它就真的是那种样子。……我终于渐悟，我们今天的生活不是文学名著中的那种生活。”“而我接触的生活，我觉得只要把它们描述出来就足够了。所以写的时候我极力抹杀自己。我不想把自己的东西加到生活中去。……我不希望由我发现某种新东西。”新写实文学的真实描写消解了原有的深度模式，它所追求的真实是经过个体生命体验过的原生形态的真实，是未经提炼与升华的、具象化的经验真实，它有别于自然主义追求的客观真实，有别于超现实主义的主观真实，也有别于传统现实主义过分政治化与理念化的本质真实。新写实文学对生活真实的艺术描写没有一种明确的哲学思想与革命理想等作指南，对生活没有进行一种“俯视”，而是对生活进行一种“平视”，将当下的人生体验与心理感受“如其所是”地传达。在我们看来，没有一成不变的真实观，艺术表现的真实总是与特定历史时期人们对自身生存状况的体验，与特定的文化状况与精神特质等紧密联系在一起的，正如法国作家莫泊桑所说：“制造真实意味着按照事实的普通逻辑，提供真实的全部幻象，而不是把它们乱七八糟地照录下来。……作家的使命就是用他学到和具备的一切艺术手法忠实再现这个幻象。”新写实文学的真实观是 20 世纪 80 年代中后期至 90 年代初期，意识形态整合功能弱化，社会逐渐世俗化过程中，人们精神与心理的艺术呈现。

■ 三、人物描写与情节组织的非典型化原则

第一，新写实文学作品在人物描写过程中，对传统现实主义的“典型”人物做了不动声色地深度消解：从英雄到普通人，从大写的人到小写的人，从抽象的个体到具体的个人的蜕变。张思远、乔光朴、李向南、丙崽、李顺大等英雄群像被印家厚、小林、吉玲等芸芸众生所代替；革命者、改革者、思想者、探索者被普通的工人、机关职员、股民、小商人、个体户等小人物所代替。传统现实主义文学极少关注作品人物的物质生存环境与条

件，更多关注的是人的内心世界、人的灵魂，新写实文学作品中人物的精神生活极为平淡，没有前者那种恢宏的气度与博大深沉的人生境界；相反，表现出人在生活面前的无奈、苦闷与烦恼，呈现出一种沉闷、灰色的格调。这表明两者对人的描写具有不同的切入视角：前者是宏大叙事，侧重人的精神层面，如个性的张扬、灵魂的升华、思想的超越等，因此，作品的各种生活场景、情节的组织与安排都围绕人物性格展开，突出“我在粉碎现实的一切障碍”这一主旨；后者主要关注的是人的物质生存境况，把人的生存艰辛、生存挣扎、生存本相作为表现的中心，突出人在生活面前的被动性、不可超越性，突出“现实的一切都在粉碎我”这一思想内核。传统现实主义对人物的刻画，着力于典型人物的塑造，注重人物性格的有机发展，将形象的鲜明性、生动性、完整性与性格的复杂性、深刻性进行深度融合，人物体现出个性与共性、普遍与特殊相统一的美学追求。新写实文学没有这样的典型，只有“类型”，这种类型往往是某一行业、某一阶层的生活写真，只有共性，没有个性。印家厚是当时中国产业工人的缩影，小林则是机关工作人员生存状态的写照，正如作家所言：“对于中国产业工人的现状我注视已久，他们的生存状态、生存环境绝不是‘叶尔绍夫兄弟’式的，也不完全是大庆工人式的，他们谁也不是，史无前例，就是当代中国产业工人他们自己。”从某种意义上可以这样讲，传统现实主义的非日常生活中，始终活跃着一批具有远大政治抱负与人生理想的英雄群体，而在新写实文学的日常生活中，则生活着不得不应对当下生活不断磨损的小人物们。新写实文学作品在描写这些小人物的过程中，没有按照传统现实主义的典型化原则，进行某种提升与升华，而是自然而然地、原原本本地将人物的方方面面描述出来，让生活本身和人物本身的行为来传达人生的意义，来传达人生的艰辛，比如，在《风景》中我们可以看到这样一幅刻骨铭心的生活场景：全家十余口人挤在一间肮脏不堪的13平方米板壁房子里；父亲无故地毒打自己的子女，母亲旁若无人地剪脚皮，等等。

第二，在情节问题上，新写实文学既不像传统现实主义那样，在情节链中设置一个贯穿始终、有因有果、环环相扣、层层推进、张弛有序、跌宕起伏的中心情节，也不像先锋文学那样无中心、无情节，而是通过生活的自然流程来安排作品。在新写实文学作品中，无中心情节，情节与情节之间不存在“起承转合”的内在必然性，不存在扣人心弦、动人魂魄的高潮与冲突，相反，它是生活的自然流淌、事件的有序变化，平平淡淡；新写实文学的情节设置散漫、零乱、无头无绪，找不出内在的逻辑线索，捕捉不到生活的必然走向。新写实文学的情节之所以会出现这样的组织形态，从根本上讲是与它对所描写的现实生活的整体把握分不开的：生活本身无情节。在新写实文学看来，传统的情节模式将日常生活戏剧化、人为化、因果化、简单化，遮蔽了生活的无序、杂乱、非逻辑化等本真面目；所有的情节都是并列的、平行的，不存在谁统摄谁、谁服务谁的问题，送孩子入托，请保姆与送礼，你能说孰轻孰重、谁大谁小、谁高谁低？正如一些论者所言：传统现实主义的“生活总是存在于一种情节模式中，这个模式用因果的链条把事件串作一条似乎是清晰、连续的线索，它循序渐进，从开头到高潮到结局，好像严谨而无断裂，因而这个编织出来的情节好像是那么自然，那么无可置疑地发生着。多年的培养习惯……还以为这就是生活”。只有在新写实文学的作品中，日常生活才真正由神圣化走向了世俗化，由革命化走向了生活化，生活才还原了其“本来面目”。王蒙对此有极为精当的评论：“我写的每一个人，每一个人的命运，都和政治关系密切。我深深希望不要搞得这么多，但又没有办法。因为我自己的经历，从13岁就深深地投入了革命，以后就再也分不开了……我不善于写那些更世俗的生活。……人，没有像其他作家所描绘的那种世俗情调。”因此，新写实文学在情节的安排与组织上主要以时间的自然流程来组织情节，按各种事件在生活中出现的先后次序来进行，这种方式被称为生活流程式，比如，《烦恼人生》从凌晨3点多一直写到晚上11点36分主人休息为止，其间的所有生活场景都是按时间的流程来处理的。

同时，我们也应看到，新写实文学的这种生活流程式情节结构也是一种“刻意为之”的结果。如果说传统现实主义情节结构是围绕人物性格而展开，新写实文学的情节结构则是围绕人的物质生存境况而展开，作品的情节一开头就定下了整体的风格与基调，如《烦恼人生》开头就是“早晨是从半夜开始的……”作品在有条不紊、不紧不慢地向人们诉说一天所发生的一系列事件。《一地鸡毛》则以“小林家一斤豆腐变馊了”作为作品的起首句，向人们叙述一系列的生活琐事。因此，有什么样的主旨表达，就有什么样的情节模式。同理，这种状况也体现在其叙述态度与叙述方式上。

四、叙述态度与叙述方式

正如一些研究者指出的那样，写作者的立场发生了某种变化，新写实文学作家在书写生活时，摈弃了现实主义的“启蒙话语”和先锋的“个人话语”，不再以某种政治激情、某种思想观念为先导，去俯视、分析、解释、评判生活，而是隐匿“主体性”，采用“民间话语”，担当民间话语的转述者，以民间意识去感悟、体味、咀嚼生活，让生存本身的艰难困苦浮出海面。换言之，在叙述态度上采取的是一种“非人格化叙述”，追求一种冷静、中立式的叙述风格，这种叙述方式是对现代西方小说叙述理论的成功借鉴。具体而言，创作主体尽量将主体性、个人性的东西隐匿与遮蔽，尽量不对所描写与反映的对象进行外在的、直接的价值评判，以达到最大限度的对生活本相的呈现与展示。传统现实主义的叙述者无论是某种权力话语的传递者，还是知识分子启蒙话语的表述者，对大众而言都是一个“贤哲”与“导师”的形象，对生活是一种“俯视”；新写实文学对生活则是一种“平视”，注重从个人的立场来理解生活。比如，池莉说：“正因为我深知我自己所知有限，所以不敢对我不知的一切妄加评说。所以不敢以我有限的个体生命去轻率地承诺重大的质问。所以在任何时候我都不愿意失去现实的分寸感。所以我从来都蔑视没有事实背景的激情与崇高。我的写作仅表达我个人以为的对于生活的准确感知。”何顿说：“我觉得作家只要对自己负责就足够了，用不着想那么多，想多了反而写不好。我觉得你如果抱着写一部可以达到教育一代人去‘前进前进再前进’的作品，那一定写得臭不可闻。因为我感到用小说去教育人的年代已经过去了……”不过，需要指出的是，新写实文学的个人化不同于先锋派的个人化，前者明确地抑制个人特色在作品中的流露，它充当的是大众话语转述者的角色，表达、传递的是大众的情感愿望，这种叙述态度是冷静而非冷漠，是温和有加而非冷若冰霜，更非所谓的“情感的零度”。

就叙述态度而言，创作主体在叙述过程中，或多或少、有意无意、自觉不自觉地都会流露出某种情感，表示出某种价值判断，正如美国学者韦恩·布思在《小说修辞学》中所指出的那样：“作家的判断总是存在的，对那些知道怎样发现这种判断的人来讲，它的痕迹总是明显的……纵使作家可以在一定范围内选择他的伪装，他决不可能使自己消失。”新写实文学叙述态度所包含的这种情感与价值指向也是显而易见的。对待现实的那份温情与从容，那份无奈与愁绪，与以往传统现实主义的那种激昂高亢，那种黄钟大吕式的激情之作形成了鲜明的对比。这种叙事风格的变化也体现在作品的叙述方式上。

现代小说的叙述视角大致有如下三种方式：叙述者＞人物，叙述者＝人物，叙述者＜人物。一些研究者也把前一种称为全知视角，后两种称为限制视角，或称外视角与内视角。从新时期文学来看，伤痕、反思文学等多采用全知视角；在西方现代主义思潮影响下，20 世纪 80 年代中后期的诸多作品多尝试采用限制视角。新写实文学绝大多数采用内外视角相结合的叙述方式，这是新写实文学对新时期文学的贡献之一。全知全能视角又可以分为编辑性与中立性两类。前者是传统叙事理论最通用的一种方式，这个叙述者是洞察一切、俯视一切的“上帝”，这个“上帝”在传统现实主义作品中是一个好动感情、好发议论的情绪性叙述者；后者主要是新写实文学采取的叙事立场，这个叙述者是一个极讲分寸、极讲节制，冷静沉着的旁观型叙述者。因此，作品没有像此前的传统现实主义作品那样，体现出鲜明的批判立场与价值指向，比如，《风景》就较为典型地体现了新写实小说在叙述态度与叙述方式的特征，作品舍弃了传统现实主义作品惯有的道德评判与情感认同。这种叙述视角与新写实文学的叙事立场、叙述态度相得益彰。

此外，在叙述语言上，新写实文学也体现了一种新的审美倾向与艺术追求。新写实文学在语言上追求力避诗化，多采用散文化、口语化的叙述语言，以前被视为有伤“大雅”的方言俚语、尚未进入规范的现实“流行”语以及日常生活中的粗话俗语，都被引入作品，这就使作品与大众间的距离又靠近一步，与先锋文学的陌生化追求形成鲜明的对比。同时，作家们还很注意语言的“结构”功能、“造型”功能、“生成能力”和“画面感”，这对于提高语言的审美表现力，也是一种积极的尝试。这些都与它所追求的文学的整体目标相一致，提升了作品的表现力与感染力。

五、新写实文学对新时期文学的影响

作为新时期文学发展过程中一个重要的文学思潮，新写实文学丰富了现实主义文学的内涵，拓宽了人们对现实生活、对典型化等方面的认识，为文学的发展提供了诸多的启示与多方面的影响。比如，新写实文学对现实生活的描写、对人物形象的塑造与刻画、对情节结构的设置与安排、叙事立场与叙述视角的精心选择等，都体现出了其新颖独特之处。由于这些方面我们在前文已有较为详细的论述，在此就不再赘述。我们在此着重论述的是新写实文学对新生代的昭示与开启，这可以从积极与消极两个方面来探究，因为这两方面都对新生代产生了极为深远的影响。

第一，新生代承续了新写实关注世俗生活的文学精神与美学理念，如韩东、何顿、刁斗等对都市生活的描写，都具有浓郁的新写实的神情风貌。所不同的是，新写实文学主要是从生存的艰辛着眼“描述”当下的日常生活，在其作品中充满了对人生愁苦的展示，即使有对生活的温情与欢乐的描绘，也是以哀伤与凄迷作底色的，因此作品的整个人生基调是一种无奈与灰色，缺乏那种明快、活泼的审美情趣，使人在看罢作品之后，对人生自然生发一种难以去怀的虚无感、破碎感甚至幻灭感。这是因为从 20 世纪 80 年代走过来的新写实文学作家大多数出生于 20 世纪 50 年代，经历过“文化大革命”等重大历史事件，受到过特有时代精神的洗礼，历史的情愫、理想的光环不时萦绕心际；同时，世俗化的新时代浪潮又每每翻涌在心头，两种思想、两种人生体验处于激烈的碰撞中，必然会产生这样

那样的犹豫、彷徨。与此相反，以朱文、邱华栋、东西等人为代表的新生代作家绝大多数出生于 20 世纪 60 年代，新写实文学作家的亲身经历对他们而言已成为宏大的历史远景，他们直接就生活在世俗化的社会中，历史的重负、传统的羁绊对他们来讲已显得格外陌生。因此，新写实文学对世俗生活的接受显得有些无奈、有些消极也在情理之中，新生代则要主动、积极得多，而且对世俗生活进行不遗余力地讴歌与赞美，与新写实文学形成鲜明的对照。

第二，众所周知，在选材上，传统现实主义作品多以农村生活为重心，并且往往选择具有改天换地意义的非日常生活事件；新写实文学不仅有意回避非日常生活，以日常琐事为题材，而且往往以现代都市生活为主要描写对象，这一写作原则也为新生代作家们所继承。

新写实文学作为文学思潮虽然已经远离我们，但其成败得失却给了我们诸多的启示。把文学世俗化、审美生活化无疑是新写实文学对文学的主要贡献，但在对世俗生活的认识与理解、文学理应具有的价值指向等方面还存在着明显的不足。因此，在社会生活日益市场化、商业化的今天，文学世俗化、审美生活化更是文学发展的必然趋势，对理想的世俗生活，对日常生活的意义以及两性情感究竟应如何理解，怎样才能写出日常生活的真与美，这些都是每个创作者无法回避的问题。

本章小结

第一节对新写实文学思潮的缘起与发展做了概要性的论述。新写实文学思潮的缘起取决于以下几个因素：

其一，当时社会发展的总体状态、社会心理的整体变化是“外因”。

其二，新写实文学也是文学自身寻求突破与超越的结果，既是对当时的寻根文学与先锋文学的双重扬弃，也是对当时的报告文学与纪实文学关注日常生活这一文学精神的承传与深化。新写实文学缘起的具体标志是：1987 年，方方的《风景》（《当代作家》第 3 期）、刘震云的《塔铺》（《青年文学》第 7 期）、池莉的《烦恼人生》（《上海文学》第 8 期）相继发表。

其三，刊物与传媒的倡导也是不可或缺的重要因素，在《钟山》等文学刊物与传媒的倡导与运作下，形成了具有相当影响力的文学思潮。

第二节是全章的重点部分，对新写实文学的特征做总体性的概括，主要围绕以下五个问题展开：

其一，在对现实生活的理解与认识上，新写实文学把日常生活作为描写的首要对象。新写实文学不再像传统现实主义那样“改造”和“诗化”现实来超越日常生活，而是在些许无奈中认同与接受现实，体现了一种新的美学追求，认为日常生活的本相是平庸。在具体论述过程中，主要通过对理想、崇高、爱情、琐碎、争吵等几个关键词的分析与阐释来论证。

其二，在对真实的理解上，新写实文学不追求传统现实主义的“本质真实”，而追求一种本色的“体验真实”。

其三，在人物处理上，不追求典型环境中的典型人物这一美学规范，不着力塑造具有典型性格的英雄人物，而是通过诸多日常生活场景的描写，来体现小人物的生存境况；在情节设置上，以“生活流程”统摄各个生活场景。

其四，在叙述态度与叙述方式上，采取民间的叙事立场，中立化的叙述方式。

其五，新写实文学对文学的影响，有其积极的一面，同时也有其消极的一面。

思考题

1. 简述新写实文学思潮产生的原因。

2. 你对“新写实文学思潮的兴盛得益于文学刊物的成功运作”这一观点如何认识？

3. 结合具体作品简论新写实文学是如何理解日常生活的。

4. 新写实文学的情节结构与以往的现实主义作品有什么不同？

5. 在叙述立场与叙述方式上，新写实文学与以往的现实主义有什么区别？（结合具体作品）

第六章　新历史主义文学思潮

在 20 世纪 80 年代中后期到 90 年代中后期，在文坛出现了一股引人注目的重新书写历史的创作思潮，这种创作思潮主要体现为一批与传统革命历史小说完全不同的历史小说创作。这种思潮被称为新历史主义思潮，这些小说被称为新历史小说。这些小说主要取材于民国时期的非党史题材，在创作观念与视角上，有意识地拒绝政治权利观念对历史的图解，以一种民间的、个人化的立场来书写历史。如果说新写实小说是通过对“纯态事实”、生活本相的呈现，来清除观念形态对现实生活的遮蔽，消解强加在生活现象之上的所谓“本质”，那么，新历史小说就是通过对以往历史的重新叙述，试图还原一个未经意识形态解释、加工处理的历史。与 20 世纪五六十年代的史诗性和 80 年代初期的政治反思性相比，新历史小说更重视个人的经验和命运。新历史小说以现代主义的史学观、存在主义与结构主义、文化人类学等新的史学哲学方法为思想基础。以往的历史哲学方法都强调历史的总体性发展观，认为历史的发展有客观的规律可循，这一规律支配着历史进程，并容许做长期的社会预测。这种历史观在 20 世纪受到严峻挑战。新的史学哲学观念认为，不可能有一部真正如实表现过去的历史，只能有各种历史的解释，而且没有一种解释是最后的解释，每一代人都有权利做出自己的解释。历史是业已逝去、不可重现与复原的，人只能找到关于历史的叙述，强调历史的文本性与文本的历史性的相互交织性，即被阐释和编织过的历史。没有一种历史的叙述是唯一的，人们只是选择自己认同的某种被阐释的历史。余华曾坦言创作《往事与刑罚》是因为当时看了伽达莫尔的文章。伽达莫尔认为，“客观主义的历史观是不存在的，一个人不可能摆脱自身时代的限定性而进入另外一个时代”①。同时，80 年代中后期至 90 年代中国社会转型中社会现实的急剧变动，使许多作家难以把握现实生活，以及这一时期中国意识形态整合功能弱化也都是新历史小说出现的社会背景。

新历史小说的作者一部分是新写实作家，如刘震云、方方等，另一部分是先锋作家，他们的许多历史小说在很大程度上都是新历史小说，如格非、余华、苏童、叶兆言等。与寻根小说、先锋小说、新写实小说大多以中短篇为主不同，新历史小说的许多重要作品都是长篇小说。新历史小说的代表作品有莫言的《红高粱》、苏童的《妻妾成群》、刘震云的

---

① 林舟．生命的摆渡——中国当代作家访谈录．深圳：海天出版社，1998：162.

《故乡天下黄花》和《故乡相处流传》、叶兆言的“夜泊秦淮”系列小说等。

第一节　反思“民族的秘史”

新历史小说是相对于传统历史小说和革命历史题材小说而言的，其“新”主要不在题材之新，也不在党史题材与非党史题材的区别，而在于它表达的新的历史观念、历史叙述方法和艺术表现方法。新历史小说的内涵其实十分庞杂，在解构传统意识形态历史观的共同倾向之外，不同作家和作品的价值取向、叙述视角和表现方法都不尽相同。其中，刘震云的《故乡天下黄花》和《故乡相处流传》、阎连科的《日光流年》等作品仍以宏大叙事的表现形态，或从文化角度、或从历史循环的角度，对民族与国家的历史给予整体的思考与把握。

《灵旗》是较早以不同方式和立场来叙述革命历史题材的。经常被人们视为新历史小说打头作品的《灵旗》单纯从题材看仍属党史题材，但它的创作观念和视角与以往此类作品完全不同。作品描写了红军长征中第一次大的战役湘江之战。作品仅用 2 000 多字概述了战役的过程，大部分篇幅则是写战役后蒋军、桂军、湘军、民团，乃至普通百姓对流散红军的残杀，以及曾当过红军号兵、后为民团成员的青果老爹的复仇。《灵旗》的意义在于，它对中国现代史上的一段历史提供了另一种观察角度和叙述方法。作品对湘江战役的叙述，没有停留在简单的善恶二元对立的政治评判的层面，而进入到人性、历史的反思。

刘震云在《故乡天下黄花》中，把历史描绘为一部循环往复的权力斗争的流血史。《故乡天下黄花》描绘了马村民国初年、1940 年、1966 年、1996 年近乎闹剧的历史。小说一开始描写了孙老元和李老喜两个家族为争夺村长职位而展开的相互谋杀。李家为夺回村长席位雇用外乡枪手勒死了村长孙癞元，从此揭开了权力斗争和家族复仇的序幕。之后，孙老元为报杀子之仇，指使干儿杀死了李老喜。一轮又一轮的仇杀由此开始。在小说中，刘震云采用删繁就简的结构方式，利用夸张和反讽的艺术表现手法，将一部中国现代史演绎为一部你方唱罢我登场的权力交替史和权力争夺史。在马村的历史舞台上，时代在不断更替，但社会的权力结构却丝毫未变，走马灯似的上场人物仿佛只是历史权力结构图上的一粒棋子，时间、人物不同，但他们所起的作用都如出一辙。无论是在当权者还是服从者的位置，无论是李氏家族的成员还是孙氏家族的成员，抑或是农民出身的赵刺猬、癞和尚，都不会改变马村的权力运作原则。用赵刺猬的话说：“人家剁了咱的脑袋，咱就把权交给人家；要是剁不下咱的脑袋，咱还掌权，就把他的脑袋给剁下来。”这种成者为王败者贼的历史现实还培育出一批年轻的像卫东、卫彪那样主张“该翻脸就得翻脸”的权力觊觎者。

在 20 世纪八九十年代的中国小说创作中，立足于民间文化立场叙述中国现代史成为一种极普遍的现象。在《故乡天下黄花》中，有一次八路军、中央军、土匪联合打鬼子的战役。但三股力量怀着各自的目的打鬼子，鬼子未杀几个，倒引来了鬼子的疯狂报复，鲜血染红了整个马村，倒霉的是普通老百姓。表现出在矛盾错综复杂的时势里，各种社会力量为了自身的生存和发展，常常以损害普通百姓的利益为代价。这一描写鲜明地表现出民间立场对历史的评判。刘震云的《温故一九四二》也是站在民间立场对历史回顾的文本。小说在大量原始资料的基础上，追述了1942年河南的大灾荒。灾荒致使300万人饿死。叙述者描写到，当时中国的国内形势，哪一个问题，国内正面战场、陕甘宁边区、国、共、日、美、英，都比300万人对蒋介石统治地位的影响更为利害相关。所以蒋委员长心里清楚灾情严重，嘴上却轻描淡写。水深火热中的老百姓整连整连地缴除国军的武装，使得日本军队仅用六万人便歼灭了30万中国军队。显然，在小说中作者的情感是倾向于下层民众的。但这种民间立场并不是民粹主义式的，而是富于理性的。比如，刘震云、张炜等作家对群众运动和暴行的描写，就与传统的革命历史题材小说有很大的不同。在《太阳照在桑干河上》《暴风骤雨》等作品，群众的暴力行为都被赋予了有仇报仇、有冤申冤的合理性而被合理化，被意识形态赋予了革命性的意义。在《古船》《故乡天下黄花》中，作者对农民对于地富分子的滥施暴行给予了人道主义的关注，作者通过赵刺猬的“锣未残战斗队”、赖和尚的“偏向虎山行战斗队”、卫彪的“捍卫马列主义、毛泽东思想战斗队”的组建过程和相互争斗的描写，将“革命”旗帜下群众运动的异化彻底暴露了出来。《太阳照在桑干河上》《暴风骤雨》等作品中常见的诉苦大会在这类作品中就转化为狂欢节式的群众娱乐活动，在诉苦大会上，赵刺猬的控诉被吹鼓手的吹打、李守成半真半玩笑的指正带来的大笑所冲淡。这些描写都将读者引入对历史的检讨和反思之中，历史得到了重新书写。

阎连科的《日光流年》是从生存角度对中国农民命运的观照与表现。小说描写了豫中山区农民的苦难命运。由于水土含氟和其他因素，近百年来，三姓村村民大量死于喉堵症，人均寿命不到40岁。为了治病，从30年代至今，男性村民去卖皮，把身上的皮割下来，卖给烧伤医院换钱治喉病，而女人则出外做娼妓，出卖肉体赚钱医治家人的不治之症。但多年来几乎没有人被治愈。为了改变命运，村长司马蓝带领村民从60公里外的灵隐河挖渠引水。村民相信，喝了灵隐水能延年益寿。历时数年，死伤几十人，终于水渠挖成通水。但引来的河水却臭不可闻，灵隐河水已严重污染，村民最后的生存希望也破灭。小说笔法冷峻，不留余地，把苦难无助的生活写得触目惊心。它与那些表现社会主义农村欣欣向荣的作品，与那种叙事模式所表现的“现实”大相径庭。在小说的题词里，作者写道：“谨以此献给我赖以存活的人类、世界和土地，并作为我终将离开人类、世界和土地的一部遗言。”从更深的意义上看，小说试图写出一个民族受难的历史寓言，从这一意义上说，阎连科像是对乡土中国的苦难进行了一次绝望的书写。但这部小说也反映出宏大的集体历史意识与个人及时尚的美学趣味的矛盾。小说中那些夸张铺陈的叙述，有意渲染死亡恐怖的自然主义描写，以及反复玩味女人卖淫的生活细节，这些基于个人审美趣味和对当代流行趣味的投合，与小说试图表现的巨大的人类历史苦难和历史悲悯呈现出不协调的状态，这种矛盾和不协调是宏大历史叙事在当代文化语境中遭遇困境的一个表征。

第二节 作为历史叙述的家族小说

在新历史小说中，家族小说是其中十分突出的一个类型。家族小说主要是通过对家族历史的回溯与表现这一特定角度来进行历史的叙述与反思。在一定程度上，家族小说可以看作20世纪80年代寻根小说的一种延续和转化。80年代中期，新时期小说在经历了伤痕小说、反思小说、改革小说之后，开始沿着两个完全不同的方向发展：一是在西方现代主义文学影响下发展而来的先锋派文学；二是寻找民族文化之根的寻根文学。寻根文学的代表作家韩少功说："万端变化中，中国还是中国，尤其是在文学艺术方面，在民族的深层精神和文化物质方面，我们有民族的自我，我们的责任是释放现代观念的热能，来重铸和镀亮这种自我。"在寻根小说中，作家的视角从原来社会、政治、道德的范畴开始转向自然、历史、文化与人的范畴。小说的文化色彩特别是地域文化色彩增强了，创作主体表现出较为自觉的历史意识，创作的历史纵深感得到明显的加强。新历史小说中的家族小说虽然也是向历史的回溯与寻根，但与寻根小说主要趋向于寻找文学之根与文化之根不同，家族小说主要是从更为宽泛的角度关注个人和家族的命运，从中开掘其历史、文化、生存与人性的内涵。

莫言的中篇小说《红高粱》被认为是新历史小说的代表作。由于侧重点的不同及其他原因，《红高粱》是归入寻根小说还是新历史小说，人们的意见不尽一致。这里把它作为新历史小说来分析。《红高粱》淡化和消解了寻根小说文化分析和判别的主题，进一步使历史成为审美对象和超验的想象领域，在观照历史的时候更倾向于边缘的家族史和民间化的历史。小说以抗日战争为背景，把政治势力之外的民间武装、民间社团作为主要描写对象，刻意突出充满生命力的民间世界的理想状态，把一种充沛饱满自由自在的民间情感作为作品内在的精神支撑。

在表现新历史小说拒绝政治权力观念对历史的图解，以民间立场阐发和叙述历史的倾向方面，《红高粱》是十分有代表性的。《红高粱》是站在民间立场讲述的一个抗日故事。这种民间立场首先体现在作品的情节框架和人物形象两个方面。在中国当代文学中，对于抗日战争的表现很多，但与以往革命历史战争小说主要描写政治力量领导下的革命武装和革命战争不同，《红高粱》把全部笔墨用来描写由土匪司令余占鳌组织的民间武装，以及发生在高密东北乡这个乡野世界中老百姓的民间故事。小说的主要情节由两条故事线索交织而成：一条是民间武装伏击日本汽车队的起因与过程，另一条是"我爷爷""我奶奶"即余占鳌和戴凤莲的爱情故事。前一条抗日的故事线索，从戴凤莲家的长工罗汉大爷被日本人残酷剥皮而死开始，到余占鳌愤而拉起土匪队伍在胶平公路边上伏击日本汽车队，于是发动了一场由土匪和村民参加的民间战争。整个战斗过程体现出一种民间自发的为生存而战、为生存所激发的暴力欲望，在很大程度上弱化了历史战争所具有的政治色彩，将其还原成一种自然主义式的生存斗争。后一条故事线索是，余占鳌在戴凤莲出嫁时做轿夫，一路上与她调情，并率众杀了一个想劫花轿的土匪。在戴凤莲回门时他埋伏在路边，把她劫进高粱地里野合，两人由此开始激情迷荡地欢爱。接下来余占鳌杀死戴凤莲患麻风病的丈夫，拉起了土匪队伍，并与戴凤莲生活在一起。这条线索始终洋溢着一种生命的激情，它包容了对性爱与暴力的迷醉，无视正统社会的行为规范与观念，以狂野不羁的野性生命力为其根本。这些描写逾越了政治意识形态和正统社会的伦理道德观念，对民间社会及民间精神给予直接的观照与自由的表达。概括起来，《红高粱》在情节构成上摆脱了主流意识形态的观照，依照着民间自发的、原生形态的故事和主题模式，尽管它讲述的是抗日的故事，但其凸现的是民间世界中的暴力和性爱内容。

新历史小说对传统革命历史题材小说模式的解构和对民间精神的张扬也体现在《红高粱》的人物形象塑造上。《红高粱》在人物形象塑造上，摆脱了传统意识形态二元对立的正反人物概念，把"我爷爷"余占鳌写成身兼土匪头子和抗日英雄的双重身份，并着重渲染他性格中粗野、狂暴和富有生命激情的民间色彩。在传统革命历史题材小说中出现过的类似草莽英雄，总是中心的、正统的英雄人物的陪衬或次要人物，而余占鳌是小说突出的中心与英雄，他的草莽缺点和勇武气概都未经过任何政治标准的评判和校正，而以其性格还原出民间本色。这些特点也体现在对“我奶奶”和罗汉大爷等人物的刻画中。如“我奶奶”的那种丰腴、泼辣、果断的女性的美，罗汉大爷的忠诚、坚韧的农民秉性，以及“我父亲”小豆官的莽撞与冲动，都有一种民间的放纵和生气充盈其中。这些形象特征都鲜明地表达出一种向民间价值尺度认同的倾向。正是建立在民间崇尚生命力与自由状态的价值取向上，作者描写“我爷爷”的杀人越货，“我爷爷”和“我奶奶”的野地欢爱，以及其他人物粗野不驯的性格与行为，都表达出一种不受束缚的生命激情，创造出一种强劲与质朴的美。

《红高粱》在现代历史战争题材的创作中开辟出一个生动鲜活的民间世界，在某种意义上，这部小说描写的其实并不是历史战争，而是作家在民间话语空间里的某种寄托。叙述者在小说开头有一段充满激情的感叹，他赞美他的故乡和他的那些豪气盖天的先辈，并称先辈的所作所为和他们的英勇悲壮“使我们这些活着的不肖子孙相形见绌，在进步的同时，我真切感到种的退化”。叙述者所赞美和怀念的是一种民间的理想的生存状态，这种状态是一种自由自在无法无天、生机勃发热情奔放的状态，是民间社会敢爱敢恨、敢精忠报国也敢杀人越货，充满激情的原始生存境界和人生状态。叙述者以这样一种民间的理想状态来对比现实生活，便感到遗憾，并引发出文明进步的同时隐含种性退化的感慨。这种站在民间立场上来看历史发展与社会现实的态度，在现代历史题材创作中显然引入了一种与意识形态及知识分子传统都全然无关的，一种民间的历史评判尺度。

但也应看到，《红高粱》在把民间世界描绘为一种理想状态时，同时也使其粗鄙的一面变得自然起来。如小说中有关人物粗俗性格、粗鲁行为的描写，有关残酷杀戮、血腥暴力的描写，都反映出民间文化粗鄙的一面。这种倾向在《红高粱》中还能因为作品的生命激情具有一种震撼和冲击，但就新历史小说后来的走向而言，一些作品对民间粗鄙形态不加选择的表现方式显现出低俗的趣味。一旦失去民间理想的支撑，这类描写很容易便堕为作者感官刺激的自我放纵，而丧失了向民间认同所应具有的人文意义。

《红高粱》因其绚丽多姿、富于艺术感染力的艺术表现手法而为人们所称道。《红高粱》借鉴了西方意识流小说的时空表现手法和魔幻现实主义小说的情节结构方式，小说几乎完全打破了传统的时空顺序与情节逻辑，故事的讲述十分自由散漫，但这种看来任意的讲述却是在作家主体情绪的统领之下，与作品中生机勃勃的自由精神暗暗相合。同时作者奇丽狂放的艺术想象，富有质感的意象铺陈，以及对中国古代小说和民间传说故事、场景的使用，又都表现出作者对本土文化资源的学习与运用。此外，莫言在这部小说中还显示了他驾驭汉语言的卓越才能，他运用了大量充满想象力但违背常规的比喻、通感等修辞手段，形成了瑰丽神奇的语言特点。

莫言后来将中篇小说《红高粱》扩充为长篇小说《红高粱家族》，后者再现了前者的人物、情节和主题，强化了以“红高粱”为中心意象的“种的退化”的隐喻。莫言将国民人性的异化与萎缩比喻为高密乡土地上纯种高粱的消失，而杂种高粱的漫野疯长隐喻着“种的退化”。在一定程度上，莫言后来的长篇小说《丰乳肥臀》也可以看作是《红高粱家族》的一个续作。只不过，在《丰乳肥臀》中，“我”母亲取代了“我爷爷”（余占鳌）、

"我奶奶"（戴凤莲）成为新的传奇人物。从小说的时空跨度和作品篇幅，《丰乳肥臀》都超过《红高粱家族》。虽然《丰乳肥臀》还能见出《红高粱家族》中的才情，但这部也以第一人称"我"叙述的家族史并没有多少新的创意，而是露出了自我复制的痕迹。小说中的人物关系和情节设置已超出了历史虚构的合理限度，表现出想象力及叙事冲动的任意与放纵。比起《红高粱家族》，《丰乳肥臀》不能说是一次成功的创作。

有代表性的以第一人称"我"讲述家族史的还有王安忆的《伤心太平洋》和《纪实与虚构》。莫言的《红高粱》家族史将20世纪80年代的文学寻根转变为一种家族的"我"个人的寻根。但莫言这里的"我"在某种程度上仍是集体的一个代称，指代的是"这一代人"或"现代人"。与莫言不同，对个体生命和历史的探询是王安忆叙述历史的真正缘由与动力。其中，《伤心太平洋》侧重父系家族史的叙述，《纪实与虚构》则是对母系家族史和叙述人个人成长史的交叉叙述。在《纪实与虚构》中，叙述人交代了她的叙述动机起源于"我"的内在根源的匮乏。作为一个作家，"我"特别需要故事作为创作的素材，而她新旧故事都没有。作为现代城市人，"她没有过去，只有现在"。作为"革命同志"的后代，"我"很少见到亲眷，她的活动圈子局限在革命的大家庭中，从小与别的孩子相比，便不曾拥有属于自己的家族传说。而"家族神话是一种壮丽的遗产，是一个家庭的文化与精神的财富，记录了家庭的起源。起源对我们的重要性在于它可使我们至少看见一端的光亮，而不至于陷入彻底的迷茫"。

《伤心太平洋》通过"我"对父亲出生地的寻访，讲述了一个迁徙到新加坡的华裔家族的历史，力图写出新加坡这样一个岛屿国家的特点，并由此赋予"我"爷爷家这样的移民家庭的特有气质。太平洋中的岛屿处于永远的漂浮状态，时刻面临着沉没与冲击。而"我"爷爷家的成员也总是处于漂流的境地，总有着一种惊慌不安、无所适从的心情，形成一种典型的游移不定的游民性格。"我"父亲和"我"叔叔分别成为革命者和浪荡子，看起来所走的道路南辕北辙，实际上都由漂流的岛屿性格所决定。《伤心太平洋》的意义在于，它从题材上弥补了抗战时期华侨青年奔回大陆、投身抗日根据地的历史，并对这种人生选择给出了不同的心理解释，同时还通过"我"父亲、叔叔的故事，展示了人类永恒的漂浮命运。

《纪实与虚构》在容量和篇幅上都比《伤心太平洋》更大，也更丰富。小说的第一、三、五、七、九章叙述了"我"母亲家族的历史，第二、四、六、八章则叙述了"我"个人成长的历史，形成十分对称整齐的结构。小说以交叉的形式分别叙述两个世界，家庭的历史展开"我"的纵向血缘关系，个人成长史展开"我"的横向社会关系。王安忆20世纪90年代后的创作往往强化创作主体，"我"作为叙述者在作品中处处留下自己的痕迹。这在《纪实与虚构》中尤为明显，作品中既有形象并具体的叙述话语，也有一套相对抽象、用作议论与评说的非叙述话语，对作品中故事的含义、来源、寓意及创作技法做出解释、说明和评论。《纪实与虚构》堪称20世纪90年代最早也最典型的个人化写作之一，并流露出作者自觉的寻根意识。"我"循着母亲言谈中提供的蛛丝马迹追溯母系家族的历史，依据星星点点的史料和自己的想象构筑了"茹"姓的辉煌历史，而实地寻查的结果却最终证明，"我"家族根本不是什么"状元及第"之家，而是以箍桶为生。"我"寻找家族史的过程是一个"去神圣化"的过程，小说中所澄清的茹姓家族史揭示出历史叙述虚妄的一面。然而，尽管"我"的祖先不是"状元及第"而只是箍桶匠，但并不能否定家族史的意义。王安忆在散文《茹家楼》中写道：“种族与血液好像是一个不灭的火种，在没有尽头的生命长河里相传，火光熊熊地照亮了今天，过去和将来则冥在黑暗之中，祖先们努力留给我们一点消息，暗示我们短促的生命，其实已走过了漫长的路途。”在《伤心太平洋》和《纪实与虚构》中，作者关注的不是民族、国家、集体的历史，而是家族的、最终落实到个人的历史，王安忆将20世纪80年代的民族文化的“寻根”转化为真正个人的寻根。通过对逝去的历史的寻找和叙述，“我”试图寻求在历史与自己之间建立某种联系，但这种寻求的目标最终是对“我”自身的理解和把握。与莫言的“我”相比，王安忆家族小说中的“我”是一个更纯粹的自我的个体。

与莫言的高密东北乡的“红高粱家族”相似，苏童的小说中有一个虚拟的枫杨树乡村的家族故事。这个乡村家族故事的叙述者也是一个第一人称的“我”，但这个“我”没有莫言笔下的“我”对现代文明的不屑与抵制，对乡村文化也没有那么强烈的回归、认同意识，他对枫杨树故乡及家族的态度是模糊、暧昧的，或者说是一种审美的态度。苏童讲述家族史故事的动机更多地来自小说创作的需要，他叙述的历史只是故事的一个背景，是他为故事的人物选择的舞台。苏童与王安忆的家族小说也不同，王安忆家族小说中的“我”无论向后回溯多远，最终必定返回到自我，而枫杨树系列小说中“我”对家族历史的叙述，仿佛是一个旁观者对历史的回忆与遥望。像苏童的大多数小说一样，他的枫杨树故事的底子多半是陈旧、黯淡的，阴柔的调子里布满了甜蜜的忧伤。枫杨树的故事是乡村颓败、浪子回头的故事，充满了灾难、瘟疫、生殖与死亡。这里没有莫言笔下那种“最英雄好汉最王八蛋”的人，没有“最爱喝酒最能爱的人”，这里有的是败家子、浪荡子、逃亡者和充满情欲的人。莫言高密东北乡的传奇和苏童枫杨树故乡的故事分别表达了北方的豪迈和南方的忧郁。相应地，生机勃勃的红高粱的意象是属于高密东北乡的，而红罂粟则是枫杨树故乡的象征：绚丽、邪毒而颓唐。

第三节 先锋文学的历史叙事

先锋作家一直热衷于把历史作为自己的创作题材，对历史的叙述是先锋小说取材上的一个突出特点。他们所叙述的历史像新历史小说一样，摆脱了主流意识形态所建构的历史模式，因而先锋小说中的这一部分历史小说也被归入新历史小说。但与陈忠实、刘震云等的历史小说不同，与莫言、王安忆等的家族小说也不同，先锋小说的历史叙述有着自己的特点。

先锋小说历史叙事的突出特点是将以往貌似客观的历史改写为主观形态的历史，将线性的、完整的历史改写为断裂的、非逻辑的历史，将集体经验的历史改写为个体经验形态的历史。无论是陈忠实将历史描述为传统文化变迁衰微的历史，还是刘震云把历史描述为重复与循环的历史，尽管他们所描述的历史的面貌并不相同，但他们都把历史看作可以认识、把握与触摸的。但先锋作家质疑这种历史观，他们质疑真正的、客观的历史的存在，他们认为真正的历史是无法确定，是不可知的。余华的《往事与刑罚》便是将这种历史观寓言化的一篇小说。一封来历不明的电报将主人公“陌生人”带上返回往事的途程。途中他遇到了等待他的刑罚专家。经刑罚专家的提醒，他发现自己前往的方向与他想要返回的往事正背道而驰。刑罚专家向他讲解了与不同历史时段相对应的各种刑罚，并告诉他还有两种未试验的刑罚，其中一种“腰斩”是留给“陌生人”的。接受刑罚后“陌生人”便可与过去的往事“重新团聚”。想到可以重返往事，“陌生人”愉快地接受了刑罚专家的邀请。理论上滔滔不绝的刑罚专家在实施刑罚时却无从下手，从而使刑罚半途而废。接着刑罚专家在剩下的另一刑罚的实验中自缢身亡。刑罚专家的死亡使“陌生人”再无重返往事的可能。余华通过“陌生人”重返往事而不得的经历象征性地表明，真正的历史随着时间的逝去而永远消失，人无法重返历史。李晓的小说《叔叔阿姨大舅和我》也表达了同样的观念。夏叔叔一夜之间卧床而亡，五天后他的妻子叶阿姨又在医院中神秘死去，这是小说开头的悬念。但直到小说结束，也没有弄清楚叶阿姨的确切死因，也不能确定当年叶阿姨是投奔革命，还是受命潜伏以破坏赤石暴动。历史总有无数疑团有待澄清与解释，乃至永远得不到解释。像皖南事变、赤石暴动这样的历史事件绝非个人的讲述或小说、教科书所描绘的那样简单。特别是对于人的行为、动机与心理，有些是永远不可得知的历史之谜。后人对历史的叙述，既由历史对象本身所决定，也由叙述人的目的、意愿和偏见所决定。因而，无法找到真正的历史，只有叙述态的历史。

在把历史表述为不可确定和不可认识的同时，先锋作家还突出强调了历史的偶然性和非逻辑性。常常一个细小的、不经意的因素便改变了人物的命运和历史的走向。偶然性因素成为这些小说中改变历史面貌和秩序的决定性因素。须兰的《月黑风高》在月黑风高日、持刀夜杀人的神秘恐怖中，叙述了革命者施明武的失踪之谜。李晓的《相会在 K 市》描写了“我”对从上海奔赴抗日前线的知识分子刘东死亡之谜的调查和寻访。与以往革命历史题材小说中革命者的壮烈牺牲不同，施明武、刘东的死都失去了惯有的光辉，他们都是在茫然无知中落入偶然所设置的圈套而走向死亡的。不像传统革命历史小说把历史描述为乐观主义地对某种历史观念的演绎与证明，这些小说中对历史中偶然因素的强调，表达出人在历史面前的无力感和人无法把握自己命运的宿命意识。

对历史偶然性、非逻辑性的发现与表现意味着作家对历史的必然性与偶然性做出的深层思考及对历史的多角度的反思，他们发现历史原来具有多种可能性，有着多种发展方向和广阔的选择空间。历史可能是这样，也可能是那样的。李晓在《叔叔阿姨大舅和我》中对叶阿姨的真实身份做了可能这样、也可能那样的各种推测；格非的《青黄》通过对有争议的名词“青黄”含义的追寻，象征性地表达出历史的多种可能性。在“我”对历史的目击者和当事人调查采访之后，不仅没有澄清“青黄”的歧义，反而增加了它的歧义。“青黄”可能是传说中“一个漂亮少妇的名字”，可能是“一部记载九姓渔户妓女生活的编年史”，也可能是一条狗的名字，还可能是一种“多年生玄参科草本植物”。历史如同对“青黄”的解释一样，具有多种可能性，同一个历史对不同的人有着不同的面目，也有着不同的意义。这反映出人对自身力量的怀疑和反省，同时也是对那种自以为客观、必然的历史元叙述的深刻质疑。与历史的多种可能性相对应，对同一种历史便有着不同的叙述。在格非的《大年》里，“革命”不再呈现为一个进步的神话，而是表现为一个人为的文本。关于豹子的死，小说叙述的前因后果是一种事实，小说结尾在村中张贴的布告所叙述的是另一种事实。人很难抵达真正的历史，人能够得到的只是关于历史的叙述。因而格非并不标榜自己的作品是历史的忠实记录，如他在《大年》题记中所说，他只是“想描述一个过程”，描述自己对一个特殊时代的想象，而他的想象与叙述也是属于他个人的。

与刘震云等对历史的真切关注不同，格非、余华等作家的历史叙述，常常只是出于对叙事的需要，是通过对历史外形的借用，做形而上的对世界的思索与对人生内涵的领悟。与他们的历史观念，即历史的不确定、不可知及历史的偶然性相对应，他们小说的结构常呈现出空缺与断裂、重复与循环等特征。特别是那些以“目击者提供证据”为结构的小说，目击者和当事人的叙述和阐释，既相互联系、互为补充，同时由于叙述者的不同，其叙述、阐释又彼此差异与冲突。事实由于被不同的人不断叙述而形成结构上的重复与循环，又由于叙述的差异与冲突而形成事件叙述的空缺与断裂。这些小说的历史观念和历史叙述方式，使作品往往散发着神秘恍惚、似是而非的、虚无而怀疑主义的气息。

第四节 新历史主义小说的创作特征

一定时期的历史小说创作与当时人们对历史的理解及创作观念的变化密切相关，从而使历史小说的创作具有鲜明的时代特征。新历史小说的确立是以传统历史小说，更确切地说主要是以传统革命历史小说为参照物的，新历史小说在历史观念、创作立场、小说主题、人物形象及叙事特征等方面都表现出与传统革命历史小说完全不同的特征与风格。

■ 一、消解意识形态化的历史小说传统

在中国当代文学 50—70 年代的传统革命历史小说，如《红旗谱》《青春之歌》《暴风骤雨》中，主流意识形态为历史叙事提供基础、规定方向并设定限制，作家的创作是在意识形态支配下对历史的建构与阐释。在某种程度上，传统革命历史小说就是主流意识形态的历史叙事话语。新历史小说在处理历史题材时，则有意拒绝对主流意识形态的图解。如《灵旗》对红军长征中的湘江之战这段历史所给予的与以往革命历史小说完全不同的观察与叙述；《故乡天下黄花》中，无论是民国初年、解放建国的 1949 年、“文化大革命”中的 1966 年，还是当代的 1996 年，历史的变迁在小说中都被描述为权力争夺与交替的历史，与主流意识形态的叙述与评价大相径庭；在《白鹿原》中，鹿兆麟与朱先生、鹿兆海与白灵之间的倾心交谈与思想交锋，构成对同一历史事件的叙说和评价的“多声调”。无论朱先生将国共合作的破裂判为“公婆之争”的断言，还是白灵对共产党的辩护，在小说中都未构成占统治地位的“独语”。

在摆脱了主流意识形态对历史的绝对主义阐释之后，新历史主义进入了一个相对主义的、个人化的历史叙述状态。作家或者以传统文化的立场观照宏观的历史，如《白鹿原》；或者以纯粹个人化的视角进入私人的历史，如《纪实与虚构》、叶兆言的“夜泊秦淮”系列小说；或者对历史及历史观念做形而上的思考与表现，如《青黄》《往事与刑罚》；或者主要从叙事需要的角度来使用或借用历史的材料，如苏童的《妻妾成群》《红粉》。在这些各个不同的视角和立场中，以民间立场对历史的关注在新历史小说创作中显得十分突出和醒目，如《红高粱》中把民间社会作为理想生存状态的叙述、《故乡天下黄花》以民间立场对“正史”的解构与重述和《温故一九四二》从平民立场对历史事件的表现与评价。总之，再没有整齐划一的共同准则，没有一统天下的历史权威，这种众声喧哗的叙述为历史小说创作拓开了自由而开阔的天地。但也应看到，新历史小说在消解了意识形态对历史的僵硬、刻板的剪裁和评价的同时，也在某种程度上表现出作家凭借话语对历史的任性摆

弄，暴露出绝对个人主义的倾向。

应该指出，在新历史小说与传统革命历史小说仿佛仅存的共同之处——取材上，其实二者在材料的具体选择上也有着很大的不同。传统革命历史小说往往取材重大历史事件，而新历史小说关注的不再是重大的“正史”题材，而是带有“野史”性质的民间家族史、村落史、个人生活史，公共性历史话语转变成了私人性话语。刘震云的《故乡天下黄花》、刘恒的《仓河白日梦》、李锐的《旧址》、苏童的“枫杨树乡村系列”、叶兆言的“夜泊秦淮”系列都体现了这一特点，表现出题材由“大”到“小”、由公共性到私人性、由宏大叙事到小型叙事的转变。或者说，新历史小说是在“正史”的背景下书写个人或家族的命运，新历史小说更多关注的往往是时代主潮外的那些乡镇村落、家族和个人的故事，是一场场卑琐的世俗戏剧，展现的是民间的世态习俗、宗法血缘、人情人性。新历史小说家专注于自己感兴趣的琐屑之事，以零散、琐碎、平庸的生活取代了传统革命历史小说中神圣、崇高、重大的历史事件。这些都表现出新历史小说在非意识形态化之后的世俗化、边缘化特征。在传统创作中，这些世俗化、边缘化的生活内容一般不会成为小说的聚焦点，而被当作无关紧要的枝节从历史中删除。而新历史小说使这些被遮蔽的历史内容成为小说的主体，为历史恢复了本应有的丰富性。

二、对历史客观性、真实性的质疑

传统历史小说是立足于历史普遍原则的写作，即作家把历史作为一个自足的整体加以表现，历史有确定的规律可循，并且人可掌握历史的规律，因而作家叙述的历史是一个充满必然性的、有序的历史。这样的历史才被认为是客观真实的历史。但在新历史小说中我们看到的却完全不同，在这里，历史背景错综复杂，事件发展变幻莫测，在历史中行动的人物如同穿行于迷雾之中。历史是破碎的，而不是如历史教科书叙述的那样完整；历史的单一事件尚扑朔迷离、难以确定，更遑论贯穿历史发展变化的客观规律？所谓历史的真实也就无从谈起。新历史小说家对历史的理解，受到20世纪西方史学界历史观的影响。20世纪之前，历史通常被认为是构成人类往事的事件和行为，历史学家的任务就是发现历史发展的客观进程，还历史的本来面目。但20世纪的西方史学观认为，由于时间的流逝，人们不可能与历史事件本身打交道，后人所能接触的仅仅是对历史事件的记载。这些记载下来的历史，不仅是过去发生的事件，还包含着历史学家的叙述及渗透其间的个人倾向。这表明，历史是历史学家选择后的历史，由于时代的不同和个体的差异，不同的历史学家会有不同的历史，不同的历史时代也会有不同的历史。因而历史的叙述永不会完成，历史的意义也不会固定下来。这种历史观指出历史的多种可能性和历史叙事的个人化特征，不再认为有唯一的、固定的历史，而认为历史是多元和动态的。

新历史小说对历史的客观性与真实性表现出深刻的质疑。李晓的《叔叔阿姨大舅和我》中，叶阿姨到底是早年投身革命队伍的革命者，还是潜伏在革命队伍中的敌人，最终也无法弄清；格非的《青黄》中，对“青黄”一词的确切含义随着对历史的追寻不仅没有澄清，反倒更歧义丛生；历史史实的不确定性使历史的客观性、真实性自行解构。传统革命历史小说中，写出历史的必然是创作的基本要求，即使表现历史中的偶然性，也是体现着必然性的偶然性。但在新历史小说中，历史的进程充满了偶然性，而且这种偶然性常常决定了历史的面貌、方向和个人的命运。与传统革命历史小说那种剔除了偶然性、对历史规律性、历史本质真实的表现，新历史小说往往显得更为真实可信。《白鹿原》中鹿兆海和白灵靠投铜钱来决定参加共产党还是国民党；《故乡天下黄花》中孙屎根本来想参加国民党，但因仇家先他一步加入了国民党，他便转向共产党，成为了革命者。新历史小说对历史不确定性、偶然性的发现与表现，在质疑传统历史观的客观性与真实性的同时，也是对客观、真实历史的一种探索，它所呈现的另类历史形态和样式，是对历史真实认识的丰富与深化。但新历史小说往往过分强调历史进程中的不确定因素和偶然因素，使历史成为一个虚无的幻影和不可知物，从而使历史和自身都陷入相对主义和虚无主义之中。新历史小说中意义缺失、主体意识弱化及现实批判立场的缺席都与自身的这种困境相关联。

■ 三、英雄神话的颠覆

对杰出英雄人物的塑造是传统革命历史小说创作的一个重要追求。在 20 世纪 50—70 年代的革命历史小说中，这些英雄人物不仅有惊天动地的英雄业绩，还有勤劳、勇敢、忠诚的崇高品质和超人能力。这些小说叙述中的中国 20 世纪是一个英雄辈出、充满了英雄业绩的时代。但这些小说在塑造英雄人物时，有时会拉大普通人与英雄人物之间的距离，成为高、大、全式的形象，将英雄人物神化。新时期以来，文学创作中一直不同程度地存在着“非英雄化”倾向，将英雄人物作为普通人来写，写出英雄的凡人性格与性情。而在新历史小说中，“非英雄化”成为一种反英雄，英雄神话被彻底解构。在新历史小说中，高、大、全式的英雄形象被平民化的英雄形象和边缘化的人物所取代。《红高粱》中的“我爷爷”余占鳌既是土匪头子又是抗日英雄，既杀人越货又抗击日寇，是一个完全不符合传统政治标准和道德规范的人。在李锐的《传说之死》中的六姑婆，早年参加共产党，是银城第一个女共产党员。但她并不理解共产党和革命的意义，她参加革命只是为了和弟弟在一起。刘恒的《冬之门》描写一个窝囊、卑琐的男人如何成为抗日的“英雄”，更加彻底地颠覆了英雄神话和英雄主义。谷世财是一个替日本军队做饭的伙夫，天生胆小怯懦。他爱上了美丽的抗日女战士顺英，想做出惊天动地的事让顺英看得起他。在他的求爱遭到顺英的拒绝后，为了洗刷自己的羞辱，他在给日军做的汤中放进了白砒，结果毒死了大批日军，他则踏响了日军雷区的地雷而死去。这样一个与民族大义、爱国主义并无关联的行为，在日后的传说中便被讲述为一个英雄主义的神话，谷世财也成为一个勇武超人、杀人如麻的抗日英雄。新历史小说的反英雄倾向体现出新历史小说作家对人及人性的理解。他们认为人的本性是恶的，人生来是渺小的，受着种种卑琐欲望的驱使与支配，英雄不过是人们为了需要而创造出来的关于人自身的神话。无论一个英雄被塑造地多么完美高大，最终都会暴露出他的渺小来。

新历史小说在平民化的英雄之外，更多的其实是在主流意识形态边缘、处于社会底层的人物。平民百姓、土匪强盗、小妾、姨太太、妓女常常成为新历史小说的主人公，形成与传统革命历史小说完全不同的人物形象系列。与这些凡夫俗子、市井细民的身份、性格相联系，小说所展现的也多是妻妾争宠、叔嫂偷情、复仇械斗等卑琐的世俗闹剧。新历史小说在大的历史背景下，关注的是小人物的生存状态。在新历史小说家看来，人总是受自己卑琐情欲的驱使，而这种欲望是人性暴虐和丑恶的根源。苏童的长篇小说《米》便是一个关于卑琐欲望的故事。主人公五龙是一个饱受欺凌的流浪汉，为了改变自己的处境从乡村来到城里的米店帮工，最终成为米店老板，占有了原来老板的女儿，并成为黑社会的头目。五龙的故事并不是一个传统革命历史小说中压迫与反抗的故事，而是一个为卑琐的欲望所驱使的复仇故事。对于自己的“成功”，五龙说：“靠的就是仇恨，这是我们做人的最好的资本。你可以真的忘记爹娘，但你不要忘记仇恨。”五龙所说的仇恨并非主流意识形态所通常表述的穷人对富人的仇恨，被压迫者对压迫者的仇恨，而是一种“凭什么他有我没有”的仇恨，一种疯狂的占有欲。值得注意的是，新历史小说家并不认为这种卑琐的欲望仅仅属于某个人或某些人，而认为是一种普遍的人性。比较传统革命历史小说中人物形象常有的简单化、类型化倾向，无论新历史小说的反英雄，还是边缘化人物，都表现出丰富、生动的个性特征，提供了与传统革命历史小说迥然不同的人物形象，特别是新历史小说对小人物和边缘人物的关注，表现出历史平凡、琐屑、大众化的另一面。但也应看到，新历史小说对人物的描写有将人物卑俗化和丑陋化的倾向，从中可看出新写实小说关注琐碎、卑微人生的写作风格。

四、庄重的历史书写风格的消解

首先，新历史小说在叙事上表现出明显的虚构特征。传统革命历史小说往往以历史上真实发生过的、重大的历史事件为对象，而新历史小说所描写的常常是那些无法考证的、虚构的历史事件与人物。新历史小说家，如苏童、叶兆言等，他们真正关注的往往并非真正的历史，而是历史过程中的人，历史只是人的背景与舞台。其次，注重故事性是新历史小说的又一叙事特点。新历史小说家都是讲故事的能手，擅长把各种不同的故事讲得生动有趣，如苏童的缠绵悱恻的妇女故事，叶兆言秦淮河边小人物的悲欢离合，都是其中具有代表性的。新历史小说家中有一批来自先锋作家，他们许多人是在遭遇形式试验的疲惫和困境后转入新历史小说创作的。在新的创作中，他们选择了更为平易的讲述故事的方式，从而解决了创作上的困境与危机。再次，传统史诗性风格的消解是新历史小说叙事风格的另一特点。新历史小说的叙事风格与传统革命历史小说最常见的史诗风格相较，已有很大变异。这种风格的变异与小说的主题、题材、人物、作家的叙事态度等一系列因素相关。新历史小说民间的、野史的取材特点，平民化、边缘化的小说人物，浅薄、卑微的人物动机，怀疑主义、虚无主义的主题表达及小说家平民化、个人化的叙述立场都瓦解了史诗风格产生的基础。传统革命历史小说所推崇的史诗性风格已被绝大多数新历史小说家所放弃。在消解史诗新风格的同时，新历史小说家也表现出不同的、个性鲜明的叙事风格，如苏童的“意象”和精致的细节描写，叶兆言低回惆怅的末世情调，刘震云犀利、谐趣的反讽与隐喻等。最后，作品中作家主体意识的弱化也是新历史小说叙事风格的一个特点。新历史小说中，作家在文本中的价值定位和精神追求发生了重大变化。传统的革命历史小说中，作家以人民、民族等集体“代言人”身份与立场参与到文本的创作中，作家的精神、情感都会在小说中得到鲜明的表达，并成为小说的一部分。而新历史小说中，作家主体往往已转换为纯粹的“说话人”，在这种似乎纯技巧的形式表达之下，实质是作家或者放弃、或者没有信心和能力向历史发言，与历史对话，这种作家主体意识弱化和现实批判立场缺席的现象，表现出作家价值观念的迷惘和对自我的怀疑。

本章小结

本章主要通过新历史小说介绍了新历史主义文学思潮。新历史小说主要是与传统革命历史小说相比较而确立的。新历史小说的主要倾向是拒绝主流意识形态对历史的图解，以民间的或个人的立场进行历史的书写。20 世纪西方哲学、历史观念的影响、20 世纪 90 年代中国社会意识形态整合功能的进一步弱化及作家对急剧转型中的社会难以适应与把握，都是新历史小说产生的背景与原因。

第一节主要介绍了新历史小说中仍从历史整体角度把握和叙述历史的一类小说，如《白鹿原》《故乡天下黄花》等。这类小说虽仍有与传统革命历史小说相同的外形，但在对历史的叙述与阐释上都已脱离了主流意识形态的框架。

第二节主要介绍了新历史小说中的家族小说《红高粱》等。某种程度上家族小说可看作寻根小说的一种延续与转化。家族小说主要是通过对个人家族史的回溯与表现，从更宽泛的角度关注家族与个人的命运，开掘其中历史、文化、生存与人性的内涵。

第三节主要介绍了新历史小说中来自原先锋小说家的历史小说。这些小说的主要特点是对历史的客观性、真实性表示质疑，强调历史进程中的偶然性、非逻辑性，表现历史的多种可能性及相应的对于历史的多种叙述。

第四节从四个方面概括了新历史小说的创作特征。第一，新历史小说消解了意识形态化的历史小说传统，在摆脱和拒绝了意识形态对历史的绝对主义阐释之后，进入了一个相对主义的、个人化的历史叙述状态。第二，受 20 世纪西方哲学、历史观影响，与传统革命历史小说追求客观、真实表现历史的乐观主义不同，新历史小说质疑历史的客观性与真实性，认为人无法得到真实的历史，而只能得到关于历史的叙述。第三，新历史小说颠覆了传统革命历史小说中的英雄神话。平民化的英雄、反英雄及边缘化的人物是新历史小说人物形象的特点。与传统英雄具有的优秀崇高品质不同，新历史小说用人的卑琐欲望来描写人的心理与行为动机。第四，新历史小说从以虚构的历史事件与人物为主要创作题材、注重故事性、消解传统历史小说的史诗性及主体从作品中的消隐消解了传统革命历史小说的庄重叙事风格。

思考题

1. 20 世纪西方哲学、历史观怎样影响了新历史主义文学思潮？
2. 《红高粱》从哪些方面解构了意识形态化的历史小说传统？
3. 新历史小说怎样表现了对历史客观性、真实性的怀疑？
4. 新历史小说在人物形象上的特点是什么？
5. 简述新历史小说的叙述风格。

第七章　大众文学思潮及文学的雅俗之争

第一节　大众文学思潮

一、什么是大众文学

“大众文化”英文为 popular culture 或 mass culture，有人译为大众文学、通俗文学、俗文学、民间文学、大众文化。这些概念有什么不同？自从“五四”运动以来，大家都各取所需，随意使用，似乎从来没有人给予过确切的定义。

早期的大众文学更多地可以理解为文学的大众化，服务于作为社会主导文化的单一化的政治文化。从 20 世纪 70 年代末期开始，就出现了对社会主导文化带有超越性的“纯审美”文化精神的倡导，从而在文化发展的辩证法作用下逐渐增加着文化中的感受性与愉悦性。到 80 年代后期，尤其是进入 90 年代以来，文化格局的重大变化，文学的大众化发生了文学的文化化转向，大众文学中的“文学”已经完全突破了以往单纯的文学边界，当代的多种文化样式中，如流行歌曲、卡拉 OK、迪斯科、武侠言情小说、电视肥皂剧、商品和广告、时装发型、居室陈设、健身方式、新潮时尚与礼仪等，既是社会的文化样式，又浸淫了大众文学性的因子，互为混融。换言之，大众文学在当代正以大众文化的形态呈现自己。文学的文化化“是社会转型期的巨大文化变革的必然现实。它确实一方面表现了旧的文学范式的无可奈何的失范，但另一方面文学的多元发展与广阔前景又恰恰生发于这一‘抛离’之中。文学的边缘化位移，也许正使文学找到了作为文学自身最为合宜的栖所”[①]。

面对文学的大众化转向文学的文化化，对边缘化位移的大众文学的界定，我们更多的是研究、批判与“挪用”国外相关的文化理论，其中主要是法兰克福关于“文化工业”理论。文化工业就是依靠现代科技手段大批量地复制和传播商品化了的、非创造性的文化制品的娱乐工业体系[②]。相类的定义很多，诸如：大众文化是指那些通过科技产品生产出来

① 金元浦，陶东风．阐释中国的焦虑——转型时代的文化解读．北京：中国国际广播出版社，1999：152.

② 霍克海默，阿多尔诺．启蒙辩证法．重庆：重庆出版社，1990：139.

的、可以无限复制的、适合大众品位的、通俗的流行的文化产品；大众文化是“一种都市工业社会或大众消费社会的特殊产物，是大众消费社会中通过印刷媒介和电子媒介等大众传播媒介所承载、传递的文化产品，其明显的特征是它主要是为大众消费而制作出来的，因而它有着标准化、拟个性化的特色”①。其他的界定还可参见陈刚的《大众文化与当代乌托邦》、周宪主编的《世纪之交的文化景观》、戴锦华《隐形书写——20 世纪 90 年代中国文化研究》、邹广文《人类文化的流变与整合》、廉静和王一川主编的《娱乐文化研究丛书》总序、王德胜的《文化的嬉戏与承诺》、王皖强和蔡骐主编的《现代西方大众文化丛书》总序等论著中。

金元浦则在《定义大众文化》一文中，对大众文化的定义进行了简要系统的梳理。有广受欢迎或者众人喜好的文化；来自广场而非庙堂的民间的文化，威廉姆斯称“不登大雅之堂的文化”；无产阶级的、革命的、普及的、面向工农兵的大众文化；受资产阶级的国家意识形态操纵的文化工业产品；次标准文化或剩余文化，即去除了高雅文化之后剩余的那部分文化产品与文化实践；批量生产的、“有意迎合大众口味”的商业消费文化；“美国特有”的“不安分守己”传播到世界各地的通俗文化；社会统治集团通过精神和道德领导的手段赢得被统治群体赞同而形成和产生的文化；来自于人民群众积极创造的民间文化；伴随着城市化、工业化的出现而产生的城市工业文化；在后现代消弭了高雅文化和通俗文化差异之后形成的当代文化形式；以当代电子高新科技为传播媒介的，在时间和事件上同步的全球化的文化。

到底大众文化是什么？面对发展变化的处于未完成状态的大众文化，要加以一劳永逸的定义那将是自讨苦吃。但定义总是被迫为揭示本质而设，我们试图以与大众文化有共生性的精英文化、主流意识形态文化为潜在参照系，从哲学认识论、价值论以及心理学、传播学、审美论、功能论、生产消费和内在构成等 8 个维度来切入大众文化的本质。

第一，从哲学认识论角度看，大众文化是现代工业社会和市场经济社会的产物。

第二，从价值论角度看，大众文化是对一元化政治社会和传统伦理社会进行文化反拨的多元文化，借助媒体和市场，彻底解构文化的阶级等级和官方主导文化对文化的垄断，大众真正确立了自己精神生活主体性的地位，文化真正实现了社会共享。

第三，从心理学角度看，大众文化是大众社会满足大众多元化审美享受需求的抚慰性文化形态。它积极肯定和关注人的现实物质生活而疏于对“原生态”生活作价值理想的苦思冥想。遵循现实关怀和投大众所好是其出奇制胜、广结人缘的策略。

第四，从传播学角度看，大众文化是借助现代传媒技术，对受众实施持续影响的文化。大众文化与现代传媒的联姻，在传送文化的同时扩大文化的影响，大众文化的影响无处无时不在。

第五，从审美角度看，大众文化在发展的现阶段，是一种文胜质的文化，是一种高度形式化的仿像文化或是影像文化。制作的每一个细部，在技术上都精细到极致。

第六，从功能角度看，大众文化背靠市场这棵大树坦然地追求利润最大化，而大众也在自由支配的私人时间中有效地完成精神修复。

第七，从生产消费的角度看，大众文化的生产目的与手段，与工业生产方式相似，市

① 杭之．一苇集．北京：生活·读书·新知三联书店，1991：141.

场行情和经济效益是大众文化生产的原动力，打破了艺术不创造剩余价值的古典经济学的成规。

第八，从内在构成看，大众文化是符号通过配方拼贴创生的，一切事物在艺术符号化过程中审美化了，日常生活的每个地方，都已被现实的审美光晕所笼罩，艺术像空气一样无处不在，给人强烈的视觉冲击。合而化之是为大众文化。

二、大众文学的产生与发展

今日的大众文学，是在思想解放运动促进下，在人学的张扬和自我的虚席中，在大众传媒的先进技术推动下，在经济运作的市场之手作用下和新兴的平民阶层对文学的渴求中产生的。

（一）思想解放运动的促进

一直以来，建立在国家权力基础上的主流文化，具有无可置疑的权威性和强制性。新时期以来，伴随思想解放运动，言论出版自由的保障和社会观念的普遍开放，为当代文化转型提供了政治条件，由此开启了文化的“狂欢化”历程，使大众文化第一次获得了空前的大发展。

对当时的文化社会思潮，一些学者有生动的描述：相当多的人以亲身感受表明了对“斗争模式”的厌倦和心理拒斥，进而发展为理想主义“乌托邦”的破灭，人生信仰的逐步丧失或改变，启蒙主义热情的消退和利它主义崇高感的消解。在道德准则上，一批人已经历了由传统集体主义向个人主义、后个人主义的转化。由崇尚精神完善到崇尚物质实惠的转化。人们的物质消费的欲望日益高涨，享乐型的生活期望日益膨胀；人们往往不再关注政治历史的伟大推动者和伟大主题，而只关心生活和身边的“小型叙事”；人们不再关注哲学文化的形而上的终极探寻和未来世界的“辉煌远景”，转而关注自己，关注当下，关注所谓的“生活质量”。这一转变带来了中国百年来审美风尚的一次根本性的变化。由以崇高为形态的审美道德文化向审丑的、享乐的消费文化转化。长期以来居于文化正堂的史诗、颂歌、悲剧、交响诗悄然遁形，通俗歌曲、小品、流行音像制品、通俗小说赫然居于文化正堂。在我国当代审美风尚中一直隐身幕侧的滑稽、调侃、谐谑、反讽、戏仿、畸趣成为审美文化的主形态或主范畴①。

一开始，港台文化充当上阵的急先锋，美国的电视连续剧《加里森敢死队》、港台的电视连续剧《上海滩》、邓丽君的流行歌曲以及金庸、梁羽生、古龙等港台作家的武侠小说和琼瑶的言情作品“抢滩登陆”；而后本土制作的影视、音像、文字作品便如洪水泄闸，汹涌而至，以崔健《一无所有》等引发的城市摇滚音乐，以《黄土高坡》等开先河的“西北风”流行歌曲，以张艺谋《红高粱》等率先倡导的娱乐电影，以《渴望》《编辑部的故事》《北京人在纽约》等发端的电视连续剧，与此同时，传媒和出版商对文学事件也进行了大规模的炒作，琼瑶热、金庸热、汪国真热、王朔热、散文热、梁凤仪热、留学生文学热、文稿拍卖热、文学改编热、性文学浪潮、布老虎丛书等，都以各自的身姿与声音宣告了大众文化在中国社会文化舞台上的正式登场。此后，大众文化经历启蒙主义、革命、消费主义到后现代，日益发展壮大，构成20世纪末中国空前的文化时尚。对神圣的戏谑和

① 金元浦，陶东风．阐释中国的焦虑——转型时代的文化解读．北京：中国国际广播出版社，1999：17.

权威的解构，20 世纪 90 年代的“红太阳”系列唱片迅速红及大江南北就是一个很好的例证。

（二）大众传媒的推动

文化生产方式是划分文化时代的基本尺度，而新的文化生产方式的出现，就意味着一个新的文化时代到来。从口耳相传的口头文学到建立在近代印刷革命上的书面文学；从报刊发展引起的连载小说的风行到影视繁荣导致影视文学的兴盛，都证实了这点。大众文化正是借助于几种现代传媒的强有力推动，终于迎来它的时代。

普及率高、覆盖面广的大众传媒带给文化艺术创造的推动是多样的。几大传媒各具优势，彼此携手，相互渗透，产生大量崭新的文化艺术新形式，如电视艺术、电脑艺术、网络艺术等。艺术生产样式多样翻新，还表现在好莱坞电影和乡下大秧歌同时并存，《科学的历程》与《麻衣相法》同陈一个书摊，芭蕾舞剧和摇滚音乐同台演出，麦当劳快餐和正宗川菜同街竞争，老牛车与奔驰车同驰于一条公路，《二泉映月》和《心太软》同一频道播出。一是传媒时代的文学形象创作的不断成熟，调动艺术各种表现方法，语言的、音像的、色彩的、画面的等手段，加强形象语言的视听质感，同时对人物刻画情节表现语言叙述，从根本上改变了过去将小说改变成电影给人的感觉：电影没有小说好。相反，小说由于电子媒介的介入，形象创造更直观生动，情节表现曲折紧凑，语言叙述简洁平易，更为广大受众欢迎。二是在文学的审美价值评判上，由过去的把“雅俗共赏”视为文学的最高审美标准，到今天承认雅与俗可以殊途、分立，可以各有其旨趣、规范及读者群体。读者可以为主流文化服务的贺岁片喝彩，也可以为“还珠格格”的故事而叫好。尽管纯文学有过的辉煌不可能再现，但仍有它存在的空间，而且仍是文学发展追求的审美目标。

先进技术支撑的电子媒介对于大众文化的意义，不仅仅表现在各大媒体携手作为艺术创生的动力，剪辑组合式生产批量性成为现实，还体现在文化的传播、消费、反馈这整个过程。艺术可以借助文化产业的形式和外壳，提高进入市场的能力，促进艺术的普及。比如，各种地方文艺或者说边缘文艺借助媒体得以彰显，古典音乐通过商业演出及影视、音像等载体，得到了广泛传播。还有像新时期不断边缘化的文学，与影视携手，通过被电影和电视改编获得了发展的新生机。钱钟书 20 世纪 40 年代旧作《围城》在 1990 年被改编成电视连续剧后，小说正版销量逾百万。而《红高粱》《妻妾成群》和《活着》分别被改编为电影并获国际电影节大奖的事实，对莫言、苏童、余华之成为当红名家，甚至国际知名作家关系甚大。影视以它的视觉化特征和它的日常化传播方式“贴近”公众的日常生活了，尤其是电视、网络。当然，被影视改编后能否一定实现热销，也取决于文学艺术自身。正如一些学者所指出的那样，如果认为文化媒体革命仅仅只是传播方式变革，无疑是极大地贬低了这次革命的重大意义。因为它同时带来了文化本体革命，实现了从纸媒质文化向电子媒质文化的变革。单从文化生产、传播、消费的途径上来看，伴随大众文化的技术手段发生的历史性变革，电子化技术不只是目前以压倒的优势超过了口头、文字，成为大众文化活动的主要手段，因为技术手段的发展是一个无尽的过程；而且，还打破了昔日单向性的从创造性的文化精英到受动性的文化受众的文化生产—接受模式，社会大众不仅能够自主地选择和接受文化，而且也直接参与了文化创造活动。换言之，媒体革命不仅创造了崭新的文化产业，带来了旧的传播媒体的更新发展，形成了专业化、现代化、全球化的大众传媒全新格局，更重要的是在消除文化集权的同时，为个体的全面发展提供了更广阔的可能空间，使不同性别、年龄、职业、阶层、受教育程度、趣味的人，都有权利、有可能参与大众文化的生产、传播和消费，大众作为精神生活的主体的实现有了真正的现实基础。所以，如果说中国20世纪初叶的新文化运动实现了中国文化的新旧置换，是一场具有历史意义的文化本体革命，那么，以电子媒质为代表的现代大众传媒的升级换代和创新发展，使人类文化具有了崭新的传载形式，不仅实现了人类文化史上继纸媒质发明之后又一次深刻的文化媒体革命，同时也创造了崭新的现代文化，实现了文化本体的更新发展和创新扩容，是具有世界历史意义的文化革命。

（三）市场之手的作用

进入20世纪80年代以后，实施了市场经济体制，商品的生产、交换及消费形式实实在在地反映到文化领域，文化的生产既然旨在满足大众的文化消费需求，也就无法摆脱商品规律的制约。

大众文化以市场为中心、以满足大众精神需求为目标的运作方式及功能，使得它的产品的制作、流通及消费均处于一个开放的体系中。经营内容和形式占有巨大的市场份额，文化的商业成功就非常明显地体现了商品生产方式对文化生产的影响。

社会文化的真正的根本性转型是进入20世纪90年代计划经济向商品经济、市场经济的转变加快后，“我国的文化市场逐步建立，文化产业迅速兴起，大众文化以前所未有的态势迅猛发展，影视媒介文化、广告文化和信息传播业异军突起，日见勃发，在国民生活中愈益显示出某种举足轻重的地位”①。市场经济的发展，有力地推动大众审美文化的普及发展，改变人们的审美文化观念。

经典文学通过触电，在形态更新的同时，也正是借助商业的成功，扩大自己的影响。再如民间文艺由边缘走向中心，往往经由文化制作人的商业谋划，将自己的文化产品通过传媒甚至权威传媒推向社会，从而以新的面貌出现于文化市场，以多样的创新样式，为大众提供喜闻乐见的精神食粮，在进入读者视野之际，文学其他社会功能也得到了发挥，影响人们的思想行为、价值观念、审美情趣等。

新时期文学多次的所谓文学论争中，既起因于对同行作品有惊人商业业绩的酸葡萄心理，又借助论争产生的效应推动开辟各自作品的商业业绩。如余秋雨之被余杰“拷问”或被朱大可“贬斥”，都是起因于余秋雨作品有着惊人的市场覆盖面和“消费价值”。一方面，《文化苦旅》装入某某人手袋或武侠小说宗师成为“神圣不可侵犯”的偶像，已经显示出消费文化的强大；另一方面，挑战余秋雨和挑战金庸者，甚至连挑战“余秋雨和金庸的挑战者”也因而走俏，再也没有别的现象能更好地说明消费文化对于当下社会文化的生产传播作用，让人真正识见到它那无可抵挡的魔力！

事实上，商业社会与大众文化是审美互动的，文学给商业社会提供想象的快乐，而商业社会又为文学的挪用、重建提供现实的依据；大众文化的商业性，使大众文化这一文化产品有效地大规模地进入大众生活，并对大众生活“按照自己的形象”进行相当彻底的改造，在不断壮大大众文化接受群体，实现经济利益最大化的同时，提高市场经济领域里生产者审美趣味；而文化的商品化，又在相当程度上促进市场经济朝着合理的、和谐的方向发展，即促使作家更多地考虑人们日益增长的审美精神活动需求，考虑社会大众的欣赏口

① 金元浦，陶东风．阐释中国的焦虑——走向文化的世纪．北京：中国国际广播出版社，1999：68.

味和兴趣。

（四）新兴的平民阶层对审美的广泛需求

社会所有制结构的变革导致了社会结构的重大改变和社会阶层的剧烈分化，一个新的社会群体——平民阶层在中国土地上正重新聚合。这个博大庞杂的平民群体有自己独立的价值体系的集合群，对权力控制有着某些讨好的迎合和某些朴素的反抗，冷漠、疏远、鄙夷、抗拒和热衷、接近、赞颂、介入的情绪交织，他们的思想趣味对世纪之交的中国社会的影响是潜在的、巨大的，已经渗透到社会生活的方方面面，尤其是文化生活各方面。而某种意义上，他们的倾向又是商业社会的一个“卖点”，是经济得以拓展的手段。因而作为具有非现实性、想象性、制作性特征的大众文化，在当下由弱势文化的地位一跃成为主导文化话语也势所必然了。其中有成长中的新兴平民阶层的引导，又有世俗化渴望更人性生活的时代回应。

新兴的平民阶层对高质量生活的渴望，从日常生活的审美化开始。渴望当下置身其中的日常景观，从饮食服饰、居室装修到休闲、旅游、卡拉 OK 甚至坐便器，被审美的光晕所笼罩，而大众文化无所不至的审美目光将它们统统尽收眼底，“在移情化的自我想象中它们转瞬之间就变成了艺术作品”。上述的“红太阳旋风”的红火，同样，也不能简单地理解为是民众的一种怀旧情绪，它更是转型时期一个新兴的平民阶层的心理写照。对红太阳的怀念歌颂，是因为新兴的平民阶层在商业化浪潮中，感觉到被时代抛到了一边，内心深怀无措、没有依托以及被冷落和遗弃，生活变得像一朵柔软的棉花，让人沉沦，虽没有尖锐的痛苦，却又难以改变。“红太阳旋风”的出现，抚慰了这一代人的失落。

审美享受的多元需求，产生多样的文化形态、多种的文化样式；丰富而杂驳的文化生产，对多元审美价值的肯定，较以往任何时候都真正地更大地满足了大众文化多元化这一社会需求。适合绝大多数社会大众的口味，既包括社会上层的某些成员，也包括大量的文化层次较为低下的大众接受者。但也正是这种矛盾运动，推动文化的发展，满足大众无尽的渴望、抚慰大众无奈的人生。

三、大众文学的特性

处于西方后现代主义、现代主义等思潮交织的当代，作为大众文学的当代形态——大众文化，它的生产接受，由于采用市场运作和技术的制作传播，较以前的大众文学有了很大的不同，有自己鲜明的特征。我们可以从它的产生与它的功能两方面加以论述。

（一）大众文学生产的特性

第一，参与的广泛性与质量的参差性并行。与近现代印刷术相伴相生的文化精英主持的印刷文明比较，当时的大众文学只能处于边缘状态。而今天有特殊的商业包装，有现代传媒的推波助澜，大众文化彻底冲破以经典为主的文学体制为大众文学设定的位置，也彻底冲破了诸如权力和舆论对大众文学的等级限制，换言之，写作者大量参与文学生产、传播和消费，实现了真正意义的“大众文学”。所以本雅明说：“区分作者和读者就开始失去了根本意义。这种区分只成了一种功能性的、对具体情形的区分。读者随时都准备成为作者。”[①] 众所周知的网络写作，成为人人都可随心所欲之事。伴随着网络这种新的文学载体

① 本雅明．机械复制时代的艺术作品．北京：中国城市出版社，2002：44.

的进步和变革，一次文学普泛化的过程业已形成。作者与读者之间的间隔被消解了，变成真正的一体化了。

与广泛的参与性相伴的是质量的参差性。写作者的大量参与，并不意味着人人的写作被大众认可，今天的写作要被纳入大众关注的视野，从众声喧哗中脱颖而出，筛汰的标准变了，少了以往的意识形态性，而增添了大众的趣味性和商家的营利性。标准的变化，又意味着从众声喧哗中脱颖而出的也未必就是精品，更多的作品只落个“昙花一现”的命运。

参与的广泛性还指生产互动性机制本身要求创作者转变观念，给读者留下广阔的参与创造的想象空间。我们知道，英雄传奇的人物往往是性格单向，善恶分明；作家以鲜明的态度写，读者以鲜明的态度读。金庸中后期的作品则在此大框架中出现了不同程度的意味含混人物，如李莫愁、周芷若、阿紫等。文本没有提供完全明确的价值指向，从而为读者阅读留出了介入的空间。

第二，生产和消费的双向互动性。这种双向互动性就生产方式而言，生产创造自己的消费者；就消费而言，消费也创造出新的生产的需要，两者的有机统一构成了艺术活动的重要内容。

在文化市场中，生产者与消费者的关系发生了根本性的转变。文化消费者的直接参与是大众文化生产、创造的根本条件，他们的自觉自主性，对文化产品文本或意义的再创造有着极为重要的意义。文化文本的意义就是在大众视听、参与的基础上才形成的，也就是文化生产和接受真正实现了双向互动。这种特征在影视剧的创作中体现明显。金庸小说的影视改编、宫廷戏的经久不衰等表明，读者的趣味不只促进影视的创作，还催生了这类作品文字版的市场畅销，读者就处在生产中消费，消费中生产的循环中心。正如英国文化研究学派的约翰·费斯克所指出的，消费者在使用文化产品的过程中，不只是在消费文化商品，也是在利用和改换它；文化商品不只是消极接受的对象，更是民众可以利用的资源和材料①。只有民众参与其中进行“社会意义的生产和流动”，才是真正的大众文化。

消费和生产双向互动的实现，一方面，它极大关注和把握大众这一世俗文化群体对日常生活的各种趣味、价值观念、生活态度等，以大众文化具有的强大包容和应变能力，引领大众进入“生产性公众领域”参与意义的生产、流通和享用，进而以文化的共享性形成大众文化的群体意识，以“大众的无所不在的创新行为扩展了他们的社会文化空间，使得他们有可能按照自己的想法去重新分配各种权力，开拓多元化的文化生活局面”②。另一方面，大众本身是有知识有文化受教育的广大群体，因此大众文化这种世俗性意识和要求既规定着文化产品的制作内容、形式及欣赏趣味，又对整个社会生活产生极大的影响。

第三，艺术的拼贴与艺术的创生同步。托多罗夫指出，大众文学的杰作时常是某种模式的化身。这些模式的兼并、组合时常制造出某些更为复杂的编码方式。大众文学却常常利用这些模式将人们所关注的材料组织成熟悉的故事。大众文化产品通过模仿模式，适度地配方、拼贴方式来制作，这就为文化生产的创新提供了可能和不可能。

---

① 徐贲．走向后现代与后殖民．北京：中国社会科学出版社，1996：257.

② 潘一乐．大众文化的三种理解．浙江学刊，1999（1）.

首先，艺术创新源于对传统的承继和革新，表明了对原有模式的利用中有潜在的创生可能。模仿是对原有模式的利用，对模式中相同因素的不同搭配，或者在旧有模式的诸多因素中加入不同因素，是创造的基础。

重新装配的创造性是多种多样的，比如，把小说、散文、诗、日记、法律文件等多种文体融为一体，就产生跨体文学。多家文学刊物在1999年进行过这种跨体式变革的尝试，以适应来自文学体制和现代大众传媒机制这一“文化工业”层次的变革要求。《作家》杂志在小说、诗歌、散文和报告文学四种文学分类之外开辟新栏目“泛文学”；《青年文学》打破文体界限，倡导“模糊文体”，把小说叙事、散文闲说、诗歌抒情及报告文学纪实等因素汇为一体；《山花》和《莽原》不约而同地为“新文体”实验开辟窗口。在文学文本中，由拼贴创生的样式就更多了。苏童的《驯子记》用当下生活的符码，以传统的小说手法，讲述一种既古老又现代的亲情伦理。传统的文化观念、传统的叙事技巧与现代的生活形态的拼贴，三元素之间形成的张力，构造了这篇小说的审美和文化的价值。广西青年女作家杨映川的《逃跑的鞋子》，这个题目就不由让人想起“水晶鞋”的故事，是“灰姑娘”模式的当代版。故事讲述歌女贺兰珊，面对无数的金钱、物质诱惑不为所动，追求纯粹爱情，奔赴绝对真实和忠诚的爱情，结果理想破灭。她一再重复那个逃跑的童话，可童话的现实化无一例外地是理想的破灭。这个演绎古旧童话的现代小说，揭示了女性返回精神家园的现实不可能。金庸武侠小说中，也有“众女恋一男”这种带点模式化的因素，但一经不同的组合搭配，掺以真实的人生体验，他就成了在模式化镣铐束缚下的一个美轮美奂的舞者。

组合时常制造出某些更为复杂的编码方式，这些更为复杂的编码方式本身即拼贴制作的创造物，是对原有各种艺术表现方式功能的极大发展，会产生大规模效应，这种探索对应对复杂生活的表现和对大众审美能力的提高都有极大作用。虽然影视艺术中，不可否认存在传统故事模型的借用，致使内容单薄如绉纸的问题；但色彩、音乐、画面和人物，每一个细节都达到极致，这一切综合给人强烈的视听冲击，使涂抹在薄纸上的一切显得自由而美丽。《泰坦尼克号》《英雄》高利润的创造，主要在于制作的“形式美”。《英雄》将有意味色彩的审美意味作用做了相当高水平的发挥，人们被这种炫目的形式意味撞击，色彩的意味得到最充分的呈现。陈晓明说这是以美学的暴力遮掩了暴力的美学，则从另一个角度证明了美的规模效应的巨大魔力。

其次，“艺术的拼贴”必然导致趣味的趋同化和制作的模式化等现象的出现。大众文学往往是以娱乐性消遣性为指归，以商业性时尚性为外表，以现实性及时性为内涵，它的迅速崛起是与以市民阶层为主体的普通大众的欣赏趣味与文化需求相适应的。在艺术的拼贴过程中，趣味的趋同和故事的模式化可以更多保留一份感动读者的因素，这样多一点人间烟火气，多点真诚，多点对现实生活实实在在的关注，为文化赢得市场，却未必为文学赢得创造。

大众文学强调趣味性与适当深度的结合。紧张的情节，曲折的故事，欲罢不能的悬念，释卷之后洞悉谜底的快感以及毫不含糊的价值判断，这一切均可以视为大众文学生产的基本框架。我们知道，如果没有金庸对毫不含糊的价值判断的突破，也就不可能产生意味含混的让读者久久回味的人物形象。趣味的趋同和制作的模式化的确会限制艺术的创造，要不也就不会出现大众文化传播中“传媒过剩”现象了。当然，趣味的趋同于创造是限制，但它也守护了一些被人们广为接受并长期坚持的价值观念。

（二）大众文学的特征

大众文化除了引进西方现代文化、后现代文化之外，还直接从精英文化、民间文化中获取资源和养分，有极大的包容性。多种文化在矛盾冲突中融合的特征，影响了受它影响生产且产生的大众文化的特征，呈现出对立面的互补与融合的悖论式特点。

第一，自我独立与自我消解的双重变奏。自 20 世纪 80 年代以来，由于个性的解放和主体性的张扬，人们的自我意识、实用观念和利益动机这些在以往时期曾一度受到排斥的价值选择和行动取向，正逐渐地获得了合法性并表现出进一步强化的趋势。如价值取向从过去的仅强调集体到现在的也强调个人，从过去的仅重视理想到现在的也重视实际，从过去的仅注重义务到现在的也注重利益，这种理性化的社会行动渗透到社会生活的基本层面。表现在写作中，一方面，从集体话语的束缚下寻求失落了的文学主体，确立人在文学中作为历史的主体与创造者的主体地位。另一方面，社会文化世俗化促进了社会价值观对于现世生活层面的关怀，在肯定主体的世俗化生活的同时，却解构了主体对自我的解放。王朔的《一点正经没有》对写作主体知识分子有充分形象的描述。其中有主人公方言对安佳谈文学时的一段对话："非得教人民学好么?"片刻，安佳打破沉默问。"非得!"我说，"我是铁了心要宣传人民教育人民鼓舞人民，叫他们都别管自个积德行善这辈子倒霉下辈子享福。""你这是不是有点玩世不恭?""那我不这么着又怎么着啊? 仔细想呵，要不号召大家奉献，让自甘吃亏蔚然成风，我怎么占便宜?"前边义正词严的慷慨陈词和接下来的想自己占便宜，对作家作为代言人存在的价值，进行了彻底的颠覆。一个受到肯定的、有崇高意义和价值的意识形态，却成了人类自我压抑异化的虚假产物。主体追求自我的觉醒、解放和实现自我的价值显出了它的可笑性。

个人从文化传统意识形态中解放出来，走向独立的历程，在"踏入后现代境况以后，文化病态的全面转变，可以用一句话来概括说明：主体的疏离和异化已经由主体的分裂和瓦解所取代"①。情感无所寄托，被分裂成碎片。在中国当下沿海许多发达的大城市里，作为个体的人，在文化幻想安抚中体味获得独立的同时又感到迷惘，主体仅仅是芸芸众生中的一名凡夫俗子，具有的只是小人物式的卑微与凡俗，人本身被零散化、空心化、平面化。叶秀山曾把过去的人比作阿那克萨哥拉的"同类体（种子）"，而把"后现代人"比作德谟克利特的"原子"，相应的是人际间情感的疏松化②。主体人格的整一性，被现实各种矛盾观念的冲突撕裂了，经济人与道德人、社会人与自然人的对立与冲突交战同一主体，这一点在艺术作品中也有典型表现，从戴厚英的《人啊！人》到柯云路的《新星》，再到徐星的《无主题变奏》和王朔的《千万别把我当人》《看上去很美》，从《年轻的朋友来相会》到《橄榄树》，再到《一无所有》《最近比较烦》，可以看出，主体自我人格，从走向自我、考虑调协如何超越小我至大我的责任感和使命感，到个性的呼唤和张扬与放弃对社会、对未来的承诺矛盾的克服，转向个人主义的自我迷恋与对人生价值意义的不甘放弃，且又无奈的苦闷、迷惘，分裂一步步加深。

人的自我独立和自我消解的二重变奏这一特征，在目前最先进的传媒——计算机网络

---

① 詹明信．晚期资本主义的文化逻辑．北京：生活·读书·新知三联书店，1997：447.

② 叶秀山．没有时尚的时代？．读书，1994（2）.

中得到最集中体现。在网络上，一切仿佛都由手中的鼠标操纵，其个体参与的现实性，对话空间的开放性、个体间交换意见的自主性，主体立场持守的可能性、快捷性超出许多人的想象，为人们提供了更多的文化自由。但同时，网络上有句名言：网络上没有人知道说话的是一条狗。自我独立的同时自我的消解也就开始了。文学主体性的张扬与消融就这样并行于大众文学生产的时代。

第二，人的解放与人的控制的双重交织。大众文化的世俗化促进了社会价值观对于现世生活层面的关怀，唤起了不同社会群体对于自身物质利益的追求，激发了社会成员实现自我潜能与价值的动机。这一切在具体化为社会行动的过程中都将成为参与社会生活、推动社会发展的强大动力。这里所说的社会行动，可以界定为社会成员以个体或群体方式介入社会系统与文化系统的再生产，尤其是创新性再生产过程。进入 20 世纪 80 年代以来，凸现着合理性取向的社会行动已经出现，而且其范围将不断扩大到经济、政治、社会、文化以及日常生活的各个方面，在现实层面上有鲜明的表现。

“大众文化的功能必然是诉诸广大的人群，形成一种群体意识，因而也就必然淡化个体作者在社会传媒结构中的特殊地位。”① 相对于压抑人的肉体欲望，片面弘扬人的道德价值和精神追求的时代，大众文化对感性欲望的刺激与满足极大地丰富和改善了人的生存状况，提高了人的生活质量，促使人们从神圣的政治、宗教的世界中解放出来。一种开放性、宽容性的共享文化空间的形成，激发大众强烈的参与愿望和体验的热情，导致人的生存价值与生存意义的自觉生成。正如一位学者所说：以审美的活动方式，不断创造新的文化生存空间，不断打破旧有的不适合人性发展的文化规范与生存格局。促使人的生活及生存状态不断发生新的变异、融合、转型与发展，呈现出无限开放的趋势，这是当代人的生存和发展所特别需要的一种过程和方式，即文化的世俗化带有进步的现代意义。

共享文化空间中政治及文化精英的意识控制和监护失效，“大众”成为唯一真实的主体，日常成为最真实的生活，反叛与挑战被油盐酱醋锅碗瓢盆吞噬，任何超越与反抗均被琐碎的日常流程消解淹没。弥漫温情的表象和洋溢温馨的现实取代了价值观照与文化批判；文学带有的某种神性的向度和诗性的思维被日常的场景模糊了，让作品与现实世界一样实在可感、丰富具体，因而作品中诗性的生活渐行渐远，历史的使命感显得不合时宜，纳入不到还原写作的视野中，意义成为一个流浪汉，在无人喝彩的世俗旷野中游荡、放逐。大众文化消解神圣性的方式，马尔库塞在批判资本主义时代文化使人丧失批判力和否定能力时做过分析，他说：“艺术在把美作为当下的东西展示的时候，实质上是宁息了反抗的欲望，与其他文化领域一道，艺术奉献了一种把解放了的个体弄得如此服帖的伟大教育成就，即对个体说，新的自由业已带来新的束缚形式，他还不如忍受社会生存的不自由。”② 大众的私人空间“已经被技术世界的现实所侵犯和削弱，大规模生产和大规模分配要求对个人的全部占有。结果，个人的自由随着社会控制的无孔不入而成为明日黄花”。伊格尔顿认为，后现代主义消解中心和对不确定性的偏好，使它放弃了终极价值，然而，它绝不是纯净的游戏，而是以否定面孔出现的意识形态，与以往不同的是，新意识形态往往通过大众文化的网络钳制人们的思维方式和行为准则。媚俗的大众文化通过世俗的甜腻

---

① 徐贲．走向后现代与后殖民．北京：中国社会科学出版社，1996：298.

② 马尔库塞．现代文明与人的困境．上海：上海三联书店，1989：157.

意趣填充当代人苦涩的心灵，不给人留下反思的空间，并使人将纸醉金迷的逢场作戏当作现实生活本身，从而以“公开的谎言”掩盖了权力统治的实质，以幸福的允诺瓦解了人们批判和否定能力，平息了人们反思的冲动。

第三，平面化与“另一种”深度相伴。文学远离意识形态，解构传统神圣的崇高性，当下的文学创作显现出历史深度的缺席。事实是，因为远离，文学获得了自身发展的时间和空间，文学回到文学有了现实可能；同样，因为远离，可以更客观更冷静地观察与思考生活。换一个视角审视，可以说，也就是因为远离，才有与生活的贴近，和以前相比，文学更为个人、平实，更为丰富和自由，更富有人情味。我们鄙薄大众文化趣味的低俗，可我们就生活在这样的落俗中，逢年过节精心挑选那些印有所谓最“俗不可耐”诗句的、于己又觉得挺贴切可爱的贺年片分送亲朋好友即一例。所以，我们不能否认它代表了一种实实在在的、与我们息息相关的生活方式。这是与日常所说的，和平面相对的深度不同的另一种深度。

至少，目前看来，这种真实消解了我们以往用文字建构起来的关于世俗日常生活的神奇神话。较以往的浪漫主义式的自我抒情写情感真实，到现实主义式的让场面和情节说话，作者的观点越隐蔽越好的表现现实，它则是还原生活的“零度写作”；还有作者不时现身，告诉读者写作方法的真真假假的叙事，这种对方法运用的从知其然到知其所以然，到这一方法可能的发展的探索以至最后有所改变，这是一个艺术自觉的过程，这是可以肯定的。这样一种表现方法的改变，为表现市场时代消费社会的文化真实又提供了一种新的可能，这也同样是可以肯定的。

“现在很多人，特别是知识分子，都愿意把农村作为他们的精神家园，作为一种乌托邦，那是对农村不了解……我觉得乡村生活对于我来讲，不是一个家园式的，不是一个乌托邦，不是精神的家园、最后的归属，这些概念都和实际上的农村生活没有关系。农村嘛就是空气比较新鲜，然后就是种的蔬菜，自己种自己吃，挺新鲜的，这个对身体有点好处吧，没有所谓的什么力量的源泉。”[①] 韩东的叙述，代表了当代一大部分作家对真实的理解，是对传统文学关于乡村生活的诗意描述的消解，有着破除幻想后清醒的现实之痛。但正是这种还原生活的“零度叙事”，拓宽了日常化写作的叙事领域，使文学的日常化写作开始参与了构造世俗日常生活神话的社会文化实践，也是文学对它产生的社会文化条件做出的能动的反应。

还原生活的“零度写作”，某种程度上是作者在机械复制时代，在技巧上追求写作的原真性复制的尝试，是寻求艺术和生活、艺术和艺术、艺术与读者对话展开的书写实验。新生代作家对个体日常经验和境遇的表现，是通过对物质化、欲望化的日常经验和场景的拼贴完成了，作者仅仅是将他/她的领会展现。将人们注意的各种材料的重组和利用，是艺术与生活对话展开的前提。艺术试图“真正”敞开世界，能让世界（经由作品）自己说话，让作品以这种非常新的没有倾向的语言响亮地回应完全转变了的语境的现实，免于作者过多的干预和价值评判影响读者对世界的进入。而且这种对真实的理解，有着相当大的代表性，演变成为新时期的一种流行的叙事范式。这也是基于现实对人们认识的影响和人们对真实认识的变化。

---

① 汪继芳．断裂：世纪末的文学故事．南京：江苏文艺出版社，2000：210.

进一步讲，更客观、冷静地观察与思考生活，以还原生活真实的方式抒写生活是否一定与深度虚席相伴？这一问题也还是可以探讨的。其实，目前存在于文学的庸常化平面化，恰恰是源于某种矫枉过正式的对于政治、理想、道德的有意无意的疏离，以一种“反崇高”的姿态探求生活的另一种真实，无聊、琐碎、荒诞、无意义、偶然。片面的真实其实仍然是另一种的不真实。远离人的自大构造的意识形态性，不是让人走进琐碎、偶然的生活，这也是一种被想象力改造的真实。新历史小说写作问题，在对被遮蔽的历史复现的方式再造历史，以此表现出一种新的历史观念和话语方式，而二元对立的历史观使它们的深刻成为不可能。所谓的“被遮蔽的历史”就是作者着力的偶然事件，妓女、土匪、民间的芸芸众生所经历的偶然事件何以担当历史真实的重任呢？阎连科《耙耧天歌》描写了一个母亲以自己的血肉、骨头和脑浆治愈她的呆痴的孩子的故事。作者构想的乡村生活，虽然远离诗性的“乌托邦”，同样坠入了另一种他自己构想的愚昧、狭隘、封闭、残忍的生活。简单地用当下生活的一些符码去置换过去的带有明显的政治、运动标记的符码，在文学远离意识形态神话的同时却步入了世俗神话的制造。写作要返回的更重要的另一种深度，是祛除加在生活上的任何想象，引领人回到本真的诗性生存状态，去聆听海德格尔的“命运”之声。

第二节　精英文化与大众文化的关系

文学从它产生的最初就有雅俗之分。最早的《诗经》中的“雅”“颂”基本上是当时统治者肯定的“雅文学”，而“国风”中的大部分和“小雅”中的小部分，则是普通百姓的民歌，可以说是地道的俗文学。经孔子删定成“经书”，则又成了“雅文学”。文学有雅俗之分，但可以互相转化。转化的前提是产生雅俗的历史条件的变化。最初的雅俗之辨是由阶级的差异带来的，而今天雅俗的产生更主要的是由于人们的文化素养、民族传统、习惯爱好和审美趣味等差异造成的，显然这种差异中，由阶级差别造成的部分依然延续并发挥作用。文学的雅俗之分演变为今天的精英文化与大众文化之分。

如果说雅俗的对立是潜在的阶级差异的体现，潜隐着有产阶级对无产阶级的鄙视，伴随阶级对立的消失，沿用精英与大众的对立就不妥当了。因为从大众文学的沿革历史这一过程看，最初的作家与民间构成的不平等关系、启蒙者与被启蒙者关系也发生了转变。作家与民间的距离由于双向互动关系而日渐缩小，彼此的对立已经日益消除并模糊了，文学的雅俗界限也在这一过程中日渐模糊。精英的大众化与大众的精英化是互动的，将两者对立是知识分子不肯割舍的情怀的体现，是知识承继的历史惯性作用。

古代文学中，来自民间、流传于民间的文学，由于作家的修改、加工或重新创作，从而成为雅文学，这种局面延续到“五四”。而自延安文艺座谈会以来，雅俗地位的变化，与知识分子的命运息息相关，与两种不同身份人在社会斗争场阈中的历史地位的沉浮相一致。作家的绝对权威到被大众的颠覆，作家走向民间，大众渴望提升，彼此靠拢；在这动态流动的过程中，两者间彼此的差异也在发生变化。

早期表现出的是纯文学与俗文学的差异，具体为：一个是提供思考，一个是提供消费；一个是着力于提高的文学，一个是着力于普及的文学；一个是作者的文学，一个是读者的文学；一个是侧重表现人们发展需要的文学，一个是侧重表现人们基本需要的文学；一个要开启异于现实的维度，一个要拓宽日常现实的叙事；一个强调文学的独创性，一个讲究配方的调和性；一个注重心理描写、性格刻画，一个强调故事性、情节性。以上所论及的差异均是两极情形，事实上，两者之间有着极为宽广的中间地带和模糊区域。这是因为，一方面，纯文学探索的积极成果，往往被通俗文学所借鉴，也使通俗文学水准有所提高；另一方面，通俗文学的某些技巧又为纯文学所接受以增强纯文学的可读性。因而，在不同社会背景下，两者常有相互混同的地方。具体的文学作品往往由两者矛盾张力构成，从而兼具两者的特点。金庸凭借学者的素养、世袭家书的才华，把武侠小说和历史小说结合起来，使其作品有相当强的知识性。写武侠不是变相地论武，而是从中国传统哲学（尤其是佛道哲学）出发，具有浓厚的学者化倾向；而且，在文字功夫、人物刻画等方面也相当出色。琼瑶小说对情愫的细腻刻画，良好的道德感，作品中的诗情画意，都具有纯文学的特征。

文学的高雅与低俗的论争，很大程度上是基于理论的二元对立的思维方式的惯性作用、无视现实发展的互为作用。市场经济的商业运作与大众审美趣味高下并不是必然对立的，从长久的发展看，应该是互为影响、互为促进的。

市场运作机制本身，无论是短期利益的，还是长期利益的获取，当市场经济将大众审美文化领域当作一个重要战场时，市场经济也在一定程度上更加“人性化”、更加“审美化”。因为，市场经济的生产者若要大有作为，就离不开人学的掌握，就离不开美学的导引。不排除商品原则一旦渗入审美文化领域，美、艺术与金钱以及个人的欲望便难分难解，以至于某些时候，文化产品彰显更多的是金钱与欲望这负面的一极，文化的商品原则发挥着更大的作用，而这恰恰从反面表明了市场经济发展的不充分和美学原则向市场经济渗透的不充分。文化的商品原则效应要得到最充分的发挥，是和这一时期受众的审美现状相适应的，而充分发育的市场经济培育的是挑剔的消费者，消费者的挑剔也迫使商品不断提升自己的品位和档次。发展过程中的局限不是我们否定大众文化的口实，也正是因为发展过程中的不足需要从事创作与消费的群体，在保持文化发展活力的同时给予改进提高。

从理论上讲，各种文化总是在互相作用、互相吸收中互相促进和互相发展。而文艺的现实却是复杂错综的。目前，一方面，大众文化对精英文化、主导文化构成了强大的冲击力，大众文化不断地侵占其他文化的市场、掠夺其他文化的资源、收编其他文化的生产者、俘虏其他文化的受众，使得这些文化在和大众文化的竞争中表现出明显的力不从心。比如，民间通俗文化现在已经逐渐被大众文化所控制和吸收，尽管一些理论家仍然在理论上固守民间文化的特殊性本质，强调民间文化的强大生命力，但不可否认的是民间文化已经基本上成为现代大众文化的一种资源和形式了。正是在这个意义上，一些理论家抱着不同的心态谈论着“大众文化霸权”、文化上的“三权分立”、“知识精英话语边缘化”等。另一方面，大众文化和其他文化间互为影响、相互借鉴、共同发展的关系也存在。大众文化的发展为其他文化的发展提供了新的发展路径和机遇，精英文化、主导文化等都从大众文化中吸收了有效的资源，为自己的发展注入了新的活力。比如，精英文化和主导文化都吸收了大众文化的创作方式、传播方式，广泛地借用大众传媒、商业途径来发展自己，扩大影响，电视剧《钢铁是怎样炼成的》就充分说明主导文化可以在一定程度上利用大众文化的运作模式进行发展。

存在更多的是文学生产与消费的多层性导致严肃文艺、高雅艺术与通俗文艺的差异对立及其转化的关系。这是与当代文化（文学）观念、形态的多元和文学创作（生产）与欣赏（消费）的多层性密切相关的。王朔小说拆除雅、俗二元对立的写作方式的意义得到不同程度的认同。的确，在王朔的作品中，读者强烈感受到作家对文学通俗化的理解和倾向于大众文化消费的取向，尝试作家同普通百姓一道探索文学与人生，因而他的作品一改过去那种以精英文化的代表自居，与那种以读者的导师面目出现的精英文化相比，委实要亲切、轻松得多。其实，在转型期的文艺嬗变中，何止一个王朔，越来越多的人文知识分子，面对新的人生与文学处境，必然反思自身的文化批判的天性，即往往苛求大众文化也像自己一样，一味追求形而上精神文化品位，忽视大众文化的娱乐性与消闲性也是构成社会审美文化的重要组成部分；而且进一步认识到，只有不断走向大众的精英文化，才能找到审美与娱乐、形而上与形而下的人生关怀的契合点，才能繁荣市场经济条件下的精英文化和高雅艺术。这一点，只要剖析 20 世纪 90 年代出现的“新写实”“新体验”“新状态”小说，以及一批被称之为“现实主义新冲击波”的作品，就不难发现，随着作家走向“雅”“俗”沟通之途，并定位于“边缘”或“民间”叙述立场时，就不仅仅是出于叙事策略的考虑，还暗示着作家自我社会角色意识向普通大众趋同，从而以一种兼具个体思想者与大众生活参与者的姿态注视着凡夫俗子的平庸人生，对底层百姓的生存策略、生活态度及其民间话语的价值取向，更多地采取理解、认同的态度，少了一些浪漫气息却多了几分现实的生气。他们的作品真正为小人物提供了演绎着自己的喜怒哀乐和生活的酸甜苦辣的舞台，并以民间价值为支点，关注、描绘底层百姓的生存状态，宣扬民间生活的审美价值，肯定富有人情味的世俗生活的文化和审美意义。

大众文学，经过了近 20 年的实践以后，它不再满足于停留在盗版和欣赏琼瑶的水平上，通俗文学的创作也逐步摆脱了初级阶段的粗俗口味和色情暴力。相反，大众文学所能达到的最高成就是文学性的高雅读物，往往在知识分子的积极参与下得以提升。以图书市场的畅销书和排行榜为例，最成功的流行读物总是作家学者参与的制作。近十年来，从《废都》等“陕军东征”到“布老虎丛书”吸引名作家写通俗文学，从余秋雨大散文系列的成功行销到“草原部落”推出青年学者为“黑马”，几乎是书商、作家（学者）、传媒几方面共同制作的结果。甚至连批评都可以被传媒操纵，如王朔骂金庸和“二余”捉对厮杀，都已经离开了文学与学术本身，成为一种传媒津津乐道的“事件”。这当然与读物的行销有关。考察 20 世纪 90 年代知识分子与传媒结合的现象，最典型的是余秋雨现象。余秋雨先生几乎是自觉地实践文人与现代传媒结合，致力普及“高雅”文化。他的散文是传播文人品格与获得商业效应两方面同时成功的少数例子之一。他的《文化苦旅》《山居笔记》有许多令人读之难忘的作品，本来是属于知识分子人文精神的薪火传承的工作，他却能够使之轻松地走进寻常百姓家，使作品成为畅销读物。他的成功很像 20 世纪 30 年代风行一时的林语堂，开拓了现代都市文化中一个特殊的读者市场：在知识分子精英文化与追求色相的粗鄙文化之间，还存在着大量的追求“高雅”生活趣味的市民阶层文化，而从林语堂到余秋雨所创作的流行读物，正是满足了这一阶层的精神需要。当然，当大众文学缘了一批作家入盟而得以提升时，并不能忽视作家们在大众趣味与传媒制约下付出的代价。以 20 世纪 90 年代的另类小说创作为例，从 60 年代出生的新生代到 70 年代出生的“新新生代”的作家们，一来是因为置身体制以外，经济上需要市场的支持，二来也是因为青春期的寂寞，需要传媒来增加他们的知名度，所以，或多或少都接受了市场的包装和传媒的热炒。但是这样一来，他们创作中标榜的“另类”文化就变了质，因为另类本来的意义就是反主流的文化现象，根本不为社会道德所容忍，它要自在地生活只有远离尘嚣，注定在沉默与孤独（还可能是贫穷）中保持另类理想的完美性，一旦它进入市场与流行文化合流时，另类也可能成为作秀的另一个名词，其立场终难坚持下去。

目前大众文化的生态环境极其复杂，利弊相生，如目前在学界争论最激烈的重视“当下生存关怀”与重视“人文关怀和终极关怀”两大观念。从现实看，“现实关怀派”更适合今日国情，却难逃“急功近利”之嫌；从长远看，“终极关怀派”似乎更有用，却带有“不食人间烟火”之弊。在世俗的消费社会中，艺术不再是独立的现实，它进入了社会生产和消费的运作过程，因而一切事物，即使是日常事务乃至平庸的现实，都可以归于艺术的符号之下，从而都可以成为审美的对象，以至于日常生活的每个地方，都已被现实的审美光晕所笼罩，艺术因此像空气一样无处不在。当审美意识不再局限于艺术，而是遍及到日常生活的各个领域时，审美意识的世俗化趋势也就同时发生了。日常生活审美化与审美意识世俗化便以双向扩张的运动形态，消解艺术与日常生活之间的传统界限，拆除精英文化与大众文化之间的历史分野，所以，当日常生活审美化成为一种普遍的审美意识和方式时，它必然会冲击文学艺术的传统规范和审美认知范式，必然会对文学艺术提出一种历史诉求：铲除艺术符号的等级制度，使审美从艺术的垄断中“解放”出来，成为世俗社会和日常生活的直观“镜像”和感性证明；同时也就消解了审美的神圣化原则。

对大众文化中多种矛盾因素的消长过程及最后的走向，我们持乐观态度，相信当代大众文化对人性总体上持肯定态度，并为人性的充分发展提供了现代化的技术和物质手段，应该是促进人性更发展、更进步，尽管目前人性中物性的极大丰富是以人性中神性的相对丧失或萎缩为代价。而且，人只有在精神生活中并通过精神追求，人的自我存在的丰富性和价值性才能全部呈现出来。人如果不是一种精神性的存在，人便不会体验到生存的焦虑和空虚，不会有生命不能承受之轻的沉重困惑，也不会有“烦恼人生”的无奈以及“欲望人生”的痛苦。所以，人之为人所遭遇的生存境况最终也是精神所遭遇的生存境况。人的精神和思想，不仅要保护他在日常生活中“活着”，而且还要提供如此“活着”的生存理由和思想。换言之，对人的现实关怀和对人的终极关怀是一致的，割舍了对人的现实关怀，终极关怀就无从谈起。然而舍弃了对人的终极关怀的所谓的对人的现实关怀，同样是值得怀疑的，这不是真正对人的现实关怀。文学的终极目标是提高人们的思想、道德、精神境界，对人类命运、人生价值应该有终极关怀，而不是单纯投合世俗的、消费的需求。但也不简单地拒绝读者和市场的世俗的、功利的、消费性的需要。我国的文学在这之间自觉或不自觉地选择了一条由与商业化对立到与之安静相处的路径。文学接受了商业化作为文学生存的现实背景和条件，同时也容忍了商业化部分地改变纯文学的艺术品质。随着作家心态的逐步调整和成熟、对商业化规律的逐步把握，他们的作品在理想与现实之间找寻平衡点，而且充分利用了商业化给文学带来的新的生存境况，使纯文学的生气绵绵不息。

本章小结

第一节介绍大众文学思潮。主要从三个方面对大众文学做了简要论述：

第一，什么是大众文学。对大众文学的沿革历史做了简要梳理，并从八个方面对大众文学做了界定。

第二，大众文学的产生与发展。在这一部分，分别从思想解放运动的促进、大众传媒的推动、市场之手的作用、新兴的平民阶层对审美的广泛需求四个方面论述了大众文学产生的总体性原因。

一是思想解放运动的促进。一直以来，建立在国家权力基础上的主流文化，具有无可置疑的权威性和强制性，新时期以来，伴随思想解放运动，言论出版自由的保障和社会观念的普遍开放，为当代文化转型提供了政治条件，由此开启了的文化的“狂欢化”历程，使大众文化第一次获得了空前的大发展。

二是大众传媒的推动。文化生产方式是划分文化时代的基本尺度，而新的文化生产方式的出现，就意味着一个新的文化时代到来。先进技术支撑的电质媒体对于大众文化的意义，不仅仅表现在各大媒体携手作为艺术创生的动力，剪辑组合式生产批量性成为现实，还体现在文化的传播、消费、反馈这整个过程。艺术可以借助文化产业的形式和外壳，提高进入市场的能力，促进艺术的普及。大众文化正是借助于几种现代传媒的强有力推动，终于迎来它的时代。

三是市场之手的作用。大众文化以市场为中心、以满足大众精神需求为目标的运作方式及功能，使得它的产品的制作、流通及消费均处于一个开放的体系中。经营内容和形式占有巨大的市场份额，文化的商业成功就非常明显地体现了商品生产方式对文化生产的影响。

四是新兴的平民阶层对审美的广泛需求。社会所有制结构的变革导致了社会结构的重大改变和社会阶层的剧烈分化，一个新的社会群体——平民阶层在中国土地上正重新聚合。这个博大庞杂的平民群体有自己独立的价值体系的集合群，对权力控制有着某些讨好的迎合和某些朴素的反抗，冷漠、疏远、鄙夷、抗拒和热衷、接近、赞颂、介入的情绪交织，他们的思想趣味对世纪之交的中国社会的影响是潜在的、巨大的，已经渗透到社会生活的方方面面，尤其是文化生活各方面。

第三，大众文学的特性。

其一，大众文学生产的特性：参与的广泛性与质量的参差性并行；生产和消费的双向互动性；艺术的拼贴与艺术的创生同步。

其二，大众文学的特征：自我独立与自我消解的双重变奏；人的解放与人的控制的双重交织；平面化与“另一种”深度相伴。

第二节介绍精英文化与大众文化的关系。主要内容如下：

文学有雅俗之分，但可以互相转化。转化的前提是产生雅俗的历史条件的变化。最初的雅俗之辨是由阶级的差异带来的，而今天雅俗的产生更主要的是由于人们的文化素养、民族传统、习惯爱好和审美趣味等差异造成的，显然这种差异中，由阶级差别造成的部分依然延续并发挥作用。文学的雅俗之分演变为今天的精英文化与大众文化之分。

思考题

1. 什么是大众文学？将大众文学的当代形态界定为大众文化，对此你如何看待？
2. 文化的商业运作对大众文学的生产、消费产生怎样的影响？
3. 简述大众文学生产的特征。
4. 大众文学的特征是什么？
5. 你怎样理解艺术的拼贴与艺术的创生的关系？

第八章　“人文精神”的理论争鸣与评析

1993年6月号的《上海文学》，在“批评家俱乐部”的栏目下发表了王晓明、张宏、徐麟、张柠、崔宜明等5人的对话《旷野上的废墟——文学和人文精神的危机》，对当下的文学危机和人文精神的失落进行了激烈的抨击。随后，在知识界颇有影响的《读书》杂志，在“人文精神寻思录”的总题目下接连发表了几组论争文章，把文学、历史、哲学乃至经济界的专家学者卷了进来，讨论得到了强力的传播，并引发了《文汇报》《上海文化》《东方》《作家报》《光明日报》《中华读书报》《探索与争鸣》等多家报纸和刊物的参与，论争的声势顿时强大起来，以至于在时间上一直持续到了1995年夏秋。此间，文坛上“愤怒的二张”——著名作家张承志、张炜的“以笔为旗”、为“理想”而战的“抗战文学”行为也纳入了这场论争之中。而这些争论又与洪子诚、谢冕这两位北京大学著名的当代文学教授对当代文学的严厉批评，和他们组织的“关于当代文学的理想”的讨论，遥相呼应起来，终于形成了一场波及整个知识领域的声势浩大的理论争鸣。这就是20世纪90年代著名的“人文精神大讨论”。

第一节　“人文精神大讨论”的缘起

■　一、社会经济向“市场”的转型

“人文精神大讨论”的发起，正是在邓小平“南方谈话”之后、中国全面建设社会主义市场经济的时期。商品化大潮以前所未有的强劲势头席卷着中国大地，“房地产热”“股票热”“经商热”“集资热”等社会热点风起云涌，而每涌动一次就意味着有一批人成为“暴发户”。金钱，以巨大的力量驱动了一次中国历史上从未有过的“全民经商”大潮。这股大潮不仅激发了全民致富的欲望，也以巨大的能量渗透到了社会的各个领域。不可否认，市场经济因素的注入，使我国的经济走上了发展的“快车道”，产品生产迅速由卖方市场转向买方市场，社会商品得到了极大的丰富，人们的生活水平得到了迅速的提高。但无法忽视的是，市场经济意识的广泛渗透也带来了许多社会问题。比如，片面强调“把教育推向市场”“把文化艺术推向市场”“把人文科学研究推向市场”“把学术著作出版推向

市场”，甚至提出把各级政府的“服务”推向市场。把市场经济意识不加限制地扩大到社会精神活动领域，让道德、教育、文学艺术、人文科学研究等这些凝结、体现并发展着真、善、美价值的东西，在市场竞争中、在商品交换中实现其价值，势必导致极大的思想混乱和社会混乱。现实社会中所出现的“钱权交易”“有偿新闻”“无影灯下的交易——红包现象”，甚至“有偿救人”等触目惊心的事例，不能说不是市场经济意识泛化的恶果①。而拜金主义、超前消费、游戏人生等观念的急剧膨胀，色情服务、迷信活动的卷土重来，贪污腐化、假冒伪劣之风日益猖獗等，都使得社会风气不断恶化，人们道德水平普遍下降，使社会曾经稳定的人文生态环境得到了破坏。这些负面影响不可能不引起很多有识之士的忧虑。

二、审美文化的商业化、大众化倾向

市场经济的力量，也摇撼了一向以建设“精神文明”为根深蒂固原则的文化艺术大树。文化事业被推向市场，市场销路开始成为衡量一个文艺单位、一篇文艺作品分量的决定性因素。于是，在 1993 年这样一个标志着市场经济全面进入中国社会生活的年份里，大量的严肃文学刊物向市场“转向”，大量的报纸向生活性、纪实性、大众化的内容扩版、创刊，还有许多质量不一的文稿在拍卖场上敲槌竞卖。大众文化以前所未有的汹涌之势淹没了文坛。在这股势头下，文艺创作和文艺创作队伍也发生了很大的变化，“一方面既有所谓的现代主义转入所谓的后现代主义，同时，又由‘写实’转入‘新写实’，并逐步形成某种潮流，说故事的手法再次受到了重视，但它和过去的大众化截然不同，这一次带有明确的商业目的。这种变化，不只限于文学领域，还包括了音乐、戏剧和美术。‘快餐文化’行世，良莠不齐的白话版经典新译、世界名著缩写和泥沙俱下的爱情诗选、散文选、情书选，以及意图暧昧的禁书大观、趣味不高雅的幽默笑话，纷纷出笼。由于个体书商的全力豢养，同时由于部分作家的加盟，出现了一支庞大的队伍——‘写字儿的’。因之，地摊上有了坚决拒绝降温的老‘热点’（色情、暴力），也有了不断变换的新‘热点’（武侠、演义、玩股、逃税、风水、看相、卜卦、人际关系、特异功能、高层秘闻、社会黑幕等）。‘写字儿的’一族已然成了气候，他们的座右铭是，‘一瓶胶水一把刀，抄了剪，剪了抄，红蓝墨水舍得浇’。”作家公刘的这篇描述 1993 年文艺界现象的“立此存照”式的文章，向我们充分展示了当时文艺领域里的大众化、商业化倾向。正是由于有了这种文艺大众化、商业化的背景，又有了知识分子对这种倾向的不同的认识，才引发了“人文精神大讨论”的发生。

第二节　“人文精神大讨论”的论争焦点

盛行一时、众声喧哗的“人文精神大讨论”，主要围绕着以下几个理论焦点展开。

---

① 张琼．略论市场经济意识的泛化．求是，1995（1）．

一、“人文精神”是否失落

市场经济环境下社会风气的改变，文艺的大众化、商业化倾向，为每一位知识分子所注目。尤其是文艺的大众化、商业化倾向，对它的认识，意味着对当时文艺发展的整体评价，意味着对整个社会人文精神状况的评价，因而更是知识分子重点思考的问题。围绕着这个问题，论争中形成了两种对立的观点。

一种观点认为，文艺的大众化、商业化，表明文学和人文精神在当下已经出现了危机。这是“人文精神”论者的立场。王晓明说，“今天，文学的危机已经非常明显，文学杂志纷纷转向，新作品的质量普遍下降，有鉴赏力的读者日益减少，作家和批评家当中发现自己选错了行当，于是踊跃‘下海’的人，倒越来越多。……今天的文学危机是一个触目的标志，不但标志了公众文化素养的普遍下降，更标志着整整几代人精神素质的持续恶化。文学的危机实际上暴露了当代中国人人文精神的危机，整个社会对文学的冷淡，正从一个侧面证实了，我们已经对发展自己的精神生活丧失了兴趣”。于是，在“人文精神”论者这种立论下，王朔的作品成为文学“媚俗”“痞子化”的典型代表而受到抨击，认为它那“调侃的姿态，迎合了大众的看客心理，正如走江湖者的卖弄噱头”①；张艺谋的国外获奖电影被视为既玩弄技巧又存在着“价值取向上的陈腐性”的作品而受到批判，“能像《大红灯笼》那样引起东西方人对对方陈腐性的互相欣赏的作品是非常罕见的，如果这里有为张艺谋所追求的好莱坞精神的话，那么这正是人文精神的全面丧失”②；即使是1987年以来的“先锋”或“前卫作品”，“也暗合了知识界从追究生存价值的理想主义目标后撤的思想潮流”，而“新写实主义”作家“平静冷漠的叙述态度”里“也同样反映出作者精神信仰的破碎”，至于“这两年流行的以嘲讽亵渎为特色的小说和诗歌，就更是赤裸裸地显露出”了一种对“文学的神圣性的背叛”。这些从各个方面表现出来的危机，在“人文精神”论者看来，显示了“一种共同的后退倾向，一种精神立足点的不由自主的后退，从‘文学应该帮助人强化和发展对生活的感应能力’这个立场的后退，甚至是从‘这个世界上确实存在着精神价值’这个立场的后退”。与人文精神的“失落”相关的说法还有“遮蔽”说，高瑞泉认为20世纪的中国人文精神“既有失落的一面，也有生成的一面（包括古代人文精神的发掘、阐述和对西方人精神的汲取、效法）；但是这些生成的东西，如多云之夜的星辰，时常受到重重遮蔽，以至于成为一个相当严峻的问题”。袁进也同意这种说法，指出，应“划清道德价值与人文精神的界限”，“从古至今，中国的‘道德关怀’始终没有失落……但是近代以来，作为文化主流，‘终极关怀’却失落了，即使有个别人提出‘终极关怀’，也处于被‘遮蔽’的状态”。张汝伦进一步阐释道，“‘遮蔽’在这里有两个意思。一是始终处于文化主流之外，遭冷落、受批评、被否定。二是指为主流倾向所支配的思想史对这部分内容进行了排斥形解读，从而又添一层遮蔽”。显然，无论是“失落”说，还是“遮蔽”说，都昭示着在当前乃至更久远的时候，文学和人文精神就进入了危机状态。

另一种观点认为，文学的大众化、商业化，并不意味着文学和人文精神的失落。王蒙首先对“人文精神”论者的人文精神“失落”说提出了质疑，他问道：“是市场经济诱发了悲凉的失落感么？是‘向钱看’的实利主义成了我们道德沦丧、世风日下的根源了么？如果现在是‘失落’了，那么请问在‘失落’之前，我们的人文精神处于什么态势呢？如

①② 王晓明，等．旷野上的废墟——文学和人文精神的危机．上海文学，1993（6）．

日中天么？领引风骚么？成为传统或者‘主流’么？盛极而衰么？……一个未曾拥有过的东西，怎么可能失落呢？”接着，他又郑重指出：“很难断言市场正在吞噬高雅的或严肃的文化事业。在市场推出了大量趣味性实用性的通俗出版物的同时，近一两年，我们看到了《读书》杂志的订户大幅度增加，《东方》杂志的创刊及它的从内容到形式的高水平高质量……我们看到了许多大型的、成龙配套的丛书、文库的出版。我们看到了一些企业正在慷慨地资助演出以及出版事业。我们看到对于文物保护的投入正在大幅增加。我们看到中国仍然是全世界独一无二的严肃文学期刊大国，《收获》《当代》《十月》《花城》《钟山》……始终保持着一定的质量并正在做出新的努力。金字塔的塔尖无须因为塔基的面积广大而感到不平衡，正如塔下的一切对于高高的塔尖也只能仰视和发出赞美。”因而，当前的文学现状是正常的、合理的，也是可以理解的。作为被批评对象的王朔则反唇相讥，他在《选择的自由与文化态势》的对话中称那些“人文精神”论者是“假崇高道德主义理想主义者”，并认为，“我对有些人所讲的文学和文化上的滑坡很感怀疑，也不以为然。我认为，我们恐怕在历史上压根就没有辉煌过。……1985年以来文学出现多元化之后，才有了比较大的发展”，“有些人大谈人文精神的失落，其实是自己不像过去那样为社会所关注，那是关注他们的视线的失落，崇拜他们的目光的失落。哪是什么人文精神的失落”，“有些人呼唤人文精神，实际上是要重建社会道德，可能还是一种陈腐的道德，这有可能又成为威胁人、窒息人的一种武器，如果是这样的人文精神，那我们可以永远不要”。其他几位对话者也认为，人文精神“就是人立于现实去追求理想，实现信仰。因而对于有追求的人来说，人文精神始终是题中应有之义。从这个意义上讲，什么样的外在环境都不会妨碍、影响人文精神的存在”。

在追问人文精神是否失落的讨论中，还有一个声音值得注意，那就是王一川的发言。他认为，“过去的人文精神已经衰落了，而新的人文精神还没有生成”，也就是说，“在90年代新的文化语境中，那由80年代审美文化支撑起来的人文精神，必然失去其固有土壤，变得水土不适，从而不可避免地走向衰落。而另一方面，与这新的审美文化相适应的新的人文精神，还没有生成”。因为这其间的历史空档，人文精神的危机就显露出来了。

■　二、何谓“人文精神”

判断当下文学和人文精神是否失落的基本标准，是“人文精神”。因此，什么是“人文精神”，也就成了论争中最经常提到的问题。其实，论争的双方都没有对“人文精神”下一个严格而确切的定义，但从他们虽然众所不一而又有相近之处的论述中，仍可以大致看出各自对“人文精神”的基本理解。

一种观点认为，人文精神是人类对一些形而上的永恒价值的思索与追求，属于人的终极关怀，具有普遍性。正如肖同庆所说：“‘人文精神’作为一种‘意义领域’，一般指的是人对自身命运的理解和把握，是对人的价值、尊严、权力，亦即人的生存意义的关注，它着眼于对人类命运与归宿，痛苦与解脱，幸福与追求的思索。它的功能便是以艺术、文学或仪式的象征系统去体现诸如死亡、爱情、痛苦、孤独和悲剧等这些人类永远面对的‘不可理喻性问题’，往往成为人类情绪宣泄和精神的寄托，这是‘人文精神’讨论中比较能达成共识的前提。”袁进也认为：“我理解的‘人文精神’，是对‘人’的‘存在’的思考；是对‘人’的价值，‘人’的生存意义的关注；是对人类命运，人类的痛苦与解脱的思考与探索。人文精神更多的是形而上的，属于人的终极关怀，显示了人的终极价值。它是道德价值的基础与出发点，而不是道德价值本身。现在呼唤人文精神，当然不能和社会问题割裂开来，但是它作为道德的基础应该是超越问题层面，具有终极关怀的性质。”许纪霖也指出，“我们可以将人文精神理解为一种新的‘道’，这种‘道’不再期望以意识形态的方式将学术和政治‘统’起来，它只是在形而上的层次上为整个社会的文化整合提供意义系统和沟通规则。这种新‘道统’与学统和政统的关系是平等的、积极的、互动的。人文精神为政统世界提供终极性的合法性资源，而后者又以制度化、体制化的形式保证人文理想在现实生活中有条件的实现。”

另一种观点认为，人文精神作为一种追求人生意义或价值的理性态度，具有历史性和民族性。王一川指出，“所谓‘人文精神’，主要指一种追求人生意义或价值的理性态度，即关怀个体的自我实现和自由、人与人的平等、社会和谐和进步、人与自然的同一等。这种精神并不能仅仅停留在心理领域，而必须从具体而客观的文化过程体现出来……‘人文精神’并不是恒定不变的或始终如一的，相反，它应当被视为一个历史性概念。……‘人文精神’诚然存在某些一致方面，但即便是这些一致方面，在不同民族或时代的特殊历史条件下，都可能呈现出自身的独特风貌，从而显示‘人文精神’的变化、多样、丰富和复杂性，即所谓历史性。而按照这种历史性概念，就我们的论题来讲，如果说 90 年代具有不同于 80 年代的相当特殊方面，那么，‘人文精神’也就应当具有相当不同的风貌。如此，固守于一成不变的‘人文精神’，就必然无视新的历史变化”。王蒙则指出，“我不认为人文精神就是一种高了还要更高的不断向上的单向追求，我不认为人文精神、对于人的关注就是把人的位置提高再提高以至‘雄心壮志冲云天’。对于这种强调，我们太熟悉了。‘大写的人’，‘英雄’，‘新人’，‘历史的主人’，‘喝令三山五岳开道，我来了’！‘身在茅屋，胸怀世界’等等，众多的豪言壮语带来的并不是一个人文精神的理想天堂。反过来说，一味地贬低和污辱人也为识者所不取。窃以为，人文精神应该承认人的差别而又承认人的平等，承认人的力量也承认人的弱点，尊重少数的‘巨人’、也尊重大多数人的合理的与哪怕是平庸的需求”。

由于过分强调普遍性，容易导致人文精神走向道德专制；而由于过分强调实践性，又会导致一些终极人文价值的遗失，因而便有了第三种观点。这种观点认为，人文精神必须有一个非常重要的限定，即“一个普遍主义的人文原则，在实践中却必须是个体主义”①。也就是说，“实践必须是个人的，这一方面意味着他有选择的自由，正是这种选择决定了他将成为什么样的人；另一方面也意味着他要对自己的行为负责，即他不能不面对超个人的社会公理的批判。当然，社会公理也好，实践理性也好，本身并非是超历史的，但对于产生它并接受它的那个社会共同体来说，则具有普遍的意义。它是决定个人实践行为意义的前提和基础，没有具有普遍意义的实践理性原则，将不会有公理，正义和是非，就不会有真正意义的人类社会”②。

三、知识分子的沉沦与拯救

由于认识到“人文学术也好，整个社会的精神生活也好，真正的危机都在于知识分子

①② 张汝伦，等．人文精神：是否可能和如何可能．读书，1994（3）．

遭受种种摧残之后的精神侏儒化和动物化，而人文精神的枯萎，终极关怀的泯灭，则是这侏儒化和动物化的最深刻的表现”①，因此，人文精神的讨论很快转到“知识分子的沉沦与拯救”主题上来。

张炜、张承志以他们激愤的笔尖，直捣知识分子的精神世界。张炜愤怒地质问：“诗人为什么不愤怒？你还要忍受多久？快放开喉咙，快领受原本属于你的那一份光荣！你害怕了吗？你既然不怕牺牲，又怎么能怕殉道?!”张承志则猛烈地抨击道：“一个像母亲一样的文明发展了几千年，最后竟让这样一批人充当了文化主体，这真是极具讽刺和悲哀的事。我不承认这些人是什么作家，他们本质上不过是一些名利之徒。他们抗拒不了金钱和名声的诱惑，是因为他们根本没有抗拒的愿望和要求。就这样一批无原则、无操守的文人，居然不但占据了文坛，还利用各种关系联络了电视台、报刊、形成了一种称霸文化领域的‘势力’，控制了这个12亿人口大国的文化空气，还有什么比这更荒唐可怕的吗?”

愤怒的“二张”笔下的那些“诗人”“作家”们的精神状态，被理论家们延伸为知识分子的“痞子化”倾向。“对于知识分子总体而言，痞子化的趋向已是一种客观存在。即使真正在嘴脸上成为痞子的还为数极少，但精神世界里的‘痞’——丧失人格、渴望堕落、厚颜无耻、出卖原则、逐利投机、亵渎神圣、蔑视理想……已不能不说相当普遍。精神的痞难道不是比嘴脸的痞更接近痞的实质吗?”②“值得深思的是，精神上的危机竟然是以一种畏畏缩缩、可怜巴巴的物质欲求和物质恐慌来反映，甚至是前者竟然几乎全部转化成后者，这种精神向物质的转换，是不是表明当代知识分子丧失了感受精神危机、承担精神危机的能力？物质欲求有其天然的合理性，但在此情此景中的物质欲求却让人看到了知识分子卑琐的一面。”③

而知识分子作为支撑整个社会的精神结构，他们的精神状态无疑会直接影响到整个文化的发展和文化生态的平衡。王岳川指出，“中国当代文化危机实质上是中国知识分子的危机和价值情怀的危机。文化和知识分子的制衡作用，在由计划经济转向市场经济时期，并不是可有可无不关大局的事，相反，在社会全面转型时期，知识分子及其文化活动在起着总体调节的制衡作用。可以说，一个健全的市场经济应有人文精神作背景。如果知识分子弱化和虚脱化、痞子化，那必将会造成大规模的社会心理变态和整个民族性格和生命观念的变形，从而出现意义世界与现实世界的裂隙”。因此，知识分子应该也必须进行自我“纯化”、自我拯救，必须在物欲横流的世界里，担当一个“文化守望者”的角色，“成为福柯所言的‘新知识分子’。他既保持对‘知识’和自我的批判与反思，绝不认定自己发现了真理，而是不断思索；又对目前的文化景观进行批判和反思，提供新的认识。他不在十字路口警察式地为人们指明道路，而是在文化的立交桥边守望，提供自己的见证”④；或者确认自己的“岗位意识”，即知识分子不仅要有敬业精神，而且要“在自己的岗位上接通知识分子的人文传统”⑤。在这个意义上，“重建人文精神，从最切近的目的上说，是今

---

① 张汝伦，等．人文精神：是否可能和如何可能．读书，1994（3）.

② 王力雄．渴望堕落——谈知识分子的痞子化倾向．东方，1994（1）.

③ 张新颖．当代知识分子的价值规范．上海文学，1993（7）.

④ 张颐武．“分裂”与“转移”——中国“后新时期”文化转型的现实图景．东方，1994（2）.

⑤ 同①.

天知识分子的自救之道，是寻求再生之道”①。

■ 四、人文精神的重建

既然有人文精神的失落，有知识分子的沉沦，就必然有人文精神的重建。但如何来进行人文精神的重建呢？作为重建人文精神的建设者，知识分子又该采取一种什么样的姿态呢？在这个问题上，也有两种相互对立的观点。

一种观点认为，知识分子进行人文精神重建，必须“以笔为旗”，进行“抵抗”。两位作家首先发言：“此刻我敢宣布，敢应战和更坚决地挑战，敢竖立起我的得心应手的笔，让它变作我的反旗。”理论工作者中也有不少人持此种观点，费振钟认为，“人文精神只有与世俗的社会功利需求相对抗，才能得到彰显和阐扬。要在这个意义上，强调知识分子对于承担人文精神的责任；也要在这个意义上强调知识分子的生存选择和价值立场”。王干也指出，“人文精神主要就体现为知识分子独立叙事的程度、独立叙事的力度，看它能否和物欲横流的社会划开界限。我们现在的知识分子感到一种困境，就在于没法和这个世界划开界限，于是也就找不到自己的状态。知识分子在叙事时必然会混淆于其他社会角色，被其他的社会声音所淹没。知识分子独立叙事这样一种存在是人文精神得以存在的先决条件，否则人文精神的重振就是一句空话”。张汝伦也以为，“面对政治经济双重压力的现代知识分子，自由的文化创造和独立的文化领域的营建不仅构成他们批评和抗议的坚实基础，也是他们在这个为金钱与权力统治的世界中体现自身价值的唯一途径”。

另一种观点认为，知识分子必须首先认同社会，与大众“合谋”，才能寻机谋求人文精神的重建。肖同庆认为，“知识分子的选择不能只是寻求超越于世俗社会心理之上的形而上的价值关怀，而是要在参与、体验、认同社会转型过程中，寻求引导、启示和转化的契机。也就是说目前人文精神需要的不是否定现实前提重建，而是承认现实前提的整合，是如何在价值和历史进程之间寻求更具实践性的文化依托”。王德胜认为，“知识分子要想真正获得自身的文化话语权，就必须做一项工作，就是如何同大众、大众文化更好地‘合谋’。这种‘合谋’乃是一种文化上的联合，其中必定会产生出一些意识形态的问题”。吴富恒、狄其骢指出，“如果说人文精神的失落是由现代化实践造成的，那么人文精神的回归也须从实践中来解决。文化建设不能用回避和冷淡来抵制市场经济，而要满腔热情地投入进去，把人文精神的回归和重建与社会主义市场经济的建立协调一致起来”。王一川则指出，“面对 90 年代审美文化的分化境遇，人文精神需要呈现新的面貌，这就是沟通。……沟通，或称话语沟通，是人文精神在 90 年代的具体体现。如果说，人文精神意味着人与人之间的相互尊重、同情、理解和泛爱，那么，沟通正是这种人文精神的实现”。“永恒而历史的人文精神正在‘沟通’中寻求新的生成”。

第三节　关于“人文精神大讨论”的评析

发生在 20 世纪 90 年代的这场人文精神大讨论，具有自己独特的理论贡献，同时也存

① 费振钟．我们需要怎样的人文精神．读书，1994（6）．

在一些缺憾。

■ 一、首次呈现了一种纯粹的学术论争的形态

在中国学术论争史上，政治因素的渗透与干预曾经是司空见惯的事情。且不说十七年时期三番五次的文艺批判，大都以政治宣判而告终，就是 20 世纪 70 年代末以来的“现实主义”论争、“文艺主体性”论争等，哪一次不也是打上了或多或少的政治色彩？那当然与整个时代环境的政治性含量有关，但人文精神大讨论，同样作为一场理论争鸣，却遭遇了与以往论争截然不同的时代境遇，这不能不说是中国社会的一大进步。这种进步使得“人文精神大讨论”呈现出与以往论争的一个最大区别是，“它是纯粹的民间性的，在知识分子自身的范围内展开。辩驳也好，反诘也好，都是纯学术性的，是文人自己的事情。虽然它无法彻底摆脱一切外来的干扰，却也把政治因素与文化论战区分开来，是几乎不带有多少政治色彩的”①。而这样的论争，无疑是有了很大自由度的思想交流，是充分的个人己见之间的碰撞，也是不需要最终定论的开放性的理论探索。它或许最终并没有解决什么实质性问题，却打开了人们的思维视野，使人们既看到了许多曾经被“遮蔽”的东西，又看到了现实与未来的多种可能性，还有什么比这更好的呢？倒是那种一心指望通过一次争论就得出一个公认的结果的想法，在很大程度上还带有既往“大一统”政治思路的痕迹。因此，在某种意义上可以说，“人文精神大讨论”本身，就是 20 世纪 90 年代社会经济向“市场”转型之后社会公共话语空间初显的产物。

■ 二、及时关注了社会转型期中国人文精神的状况

中国社会由计划经济向社会主义市场经济的转型，势必带来中国社会思想倾向、价值观念、生活方式等多方面一系列的变化。这种变化其实早在 1985 年崔健唱出《一无所有》时就开始了，而现代派文学在中国的出现，先锋文学在形式上的不断实验以及王朔狂欢般地对“革命”语词的调侃，还有翻唱“革命”老歌的《红太阳》歌带在全国的风靡等，无一不在表明，旧的红色理想破灭了，新的时代理想还没有建立起来，人们的精神世界突然间空出了好大一块。那么，这一大块空缺靠什么来弥补呢？“怀旧”不过是暂时的安慰，而真正的需要正好与扑面而来的、由市场经济所煽动起来的致富愿望、享受欲望不谋而合。于是，一个像脱了缰的野马似的商业化、世俗化浪潮滚滚而来。应该讲，商业化、世俗化倾向的出现，必然带来民主、法制、人民自由权利和自由空间的拓展，这对于中国社会的发展来说，是一个巨大的进步。只是当前市场经济的正常运行秩序还未建立起来，旧有的计划经济的根基还很深，再加上中国的文化传统中落后的封建残余思想的影响，人们思想观念、伦理道德的混乱现象可想而知。在这时，人文精神大讨论的发生，可谓恰当其时。它充分反映了作为社会“良知”和精神支撑的知识分子，对于时代变化的关注，对于人文理想、精神信念的追求。而它所关注的结果——人文精神的失落，的确是抓住了时代文化发展的症结；而它对人文精神重建的思考，也的确给予了新时期的文学、文化建设以诸多的启示。尤其是对人文精神重建规则的重要限定，即“一个普遍主义的人文原则，在实践中却必须是个体主义”，充分显示了知识分子既高扬人的终极价值追求，又关怀现实

---

① 张志忠．1993：世纪末的喧哗．北京：人民文学出版社，2001：247.

人文价值实现的高度理性精神。这种理性精神无疑是避免民族重蹈文化专制、道德专制悲剧的重要武器，它的启示意义应该是深远的。

■ 三、深化了知识分子的自我反思与批判

知识分子的自我反思早在伤痕、反思文学中就开始了。秦慕平、章永璘们的忏悔，我们至今记忆犹新。然而，那种忏悔是知识分子在完全有着思想和智慧的自信基础上的对于自己某种特定行为的审视与批判，它比起 20 世纪 90 年代人文精神大讨论中的知识分子批判，无论在深度还是广度上，都有很大的差别。在“人文精神”讨论中被讨论的知识分子，不仅是指一部分已经“下海”“堕落”的人，而且直指在整个知识分子群体中普遍存在着的一种“痞子化”心理取向：丧失人格、渴望堕落、厚颜无耻、出卖原则、逐利投机、亵渎神圣、蔑视理想……这无疑是将整个知识分子群体送上了道德与理想的审判台，在知识分子心灵中引起了很大的震撼；而在讨论人文精神的重建时，对知识分子的社会角色、历史使命的再三强调，对于知识分子实施人文精神重建的各种实践路径的构想，无疑又给社会转型期的知识分子以极大的警醒、启示作用。一个社会的人文精神危机，就是知识分子的精神危机；一个社会的文化的振兴，就是知识分子精神的振兴。这种观念的建立，表明中国的知识分子正在寻找、探索自身在中国现代化进程中的应有位置，正在逐步确立自身的现代性。而这一切，又无不在表明，中国的知识分子渐渐开始有了自身相对独立的话语空间。

■ 四、自身存在的明显理论缺陷

第一，强烈的道德、理想化色彩。虽然有王蒙等人从“过来人”角度对当时人文精神的现状进行了历史性的估量，虽然“人文精神”论者确实对当时的人文状况切中肯綮，但是，讨论中的道德、理想化色彩依然十分浓重。不少人全然不顾当时正在转型中的中国历史、现实境况，只是一味抽象地去呼唤形而上的终极价值、人文关怀，去强调知识分子对于现实的抵抗，这无疑陷入了极端的理想主义立场。当其中一些人在现实中再也找不到理想的依托之地的时候，他也就只能遁入到宗教或极端的自我世界中去。譬如张承志就是如此。然而，这样的“遁入”对于整个社会的人文精神重建，又能有什么作用呢？另外，还有许多“人文精神”论者，将人文精神的失落与当下的道德败坏等同起来，将人文精神的呼唤与重建也等同于社会伦理纲常的建构，这固然揭示了人文精神的一个重要方面，但若仅限于此，人文精神的丰厚内涵就会变得浅显、庸俗化了。显然，人文精神的重建必须既立足于现实的人文关怀，又着眼于终极的精神追求，才能真正地在现实社会的土壤中生根、发芽。否则，人文精神的建设就只能是一句空话。

第二，鲜明的精英化立场。人文精神大讨论，主要是在人文知识学者之间展开，讨论的又都是一些远离普通大众、具有哲学意味的话题，因而带有鲜明的人文知识分子的精英化立场。这种立场，使他们“虽然关怀现实人生，但关怀之所及不是普通老百姓的现实疾苦，不是中国当下发生的改革进程，而是虚拟化精神化的心灵痛苦和失落感。人文知识分子往往愿意把这种痛苦和失落感神圣化、普泛化，视之为整个人类悲剧精神的体现，从而能够自居为人类的‘良心’，实现一种崇高的价值定位。如果说 80 年代人道主义人性大讨论是人文知识分子通过拯救世界来拯救自身，那么，90 年代人文精神大讨论则是人文知

识分子通过拯救自身来拯救世界。这种不断退化的精英立场日益疏离民众，导致自身的孤立”①。而这种“立场”和“孤立”，注定了这场讨论的影响范围，只能在人文知识分子的圈子里，而不会波及普通民众中，成为具有广泛社会效应的文化争鸣。

第三，舶来的理论话语。人文精神大讨论的发生，虽然源自于中国社会的现实状况，但讨论者们用于论争的理论话语却来自西方的“人学”资源。如他们对工具理性、大众文化的批判，直接沿用了西方法兰克福学派的社会批判理论；人文精神的“遮蔽”说则与海德格尔的基本存在论有关等。这种舶来的理论话语的使用，极有可能导致西方理论与中国语境的错位现象，从而使批判变得无的放矢，甚至批错了对象。事实上，“人文精神”论者在大力抨击社会的世俗化、商业化和大众文化时，已经自觉不自觉地忽视了它在中国社会改革进程中的进步性，造成了一种似乎是社会主义市场经济带来了人文精神失落的印象。在这里，王蒙的发问：“是市场经济诱发了悲凉的失落感么？是‘向钱看’的实利主义成了我们道德沦丧、世风日下的根源了么？如果现在是‘失落’了，那么请问在‘失落’之前，我们的人文精神处于什么态势呢？如日中天么？领引风骚么？成为传统或者‘主流’么？盛极而衰么？”显然更加令人深思，也更加符合中国的历史发展状况。不是根据中国的具体语境来寻找富于针对性的理论批评话语，这大概也是盛极一时的“人文精神大讨论”最终没有形成广泛的社会性影响、不了了之的原因之一吧。

人文精神大讨论作为中国社会转型之后的第一次大的理论争鸣，其缺陷是明显的，但其价值也是鲜明的。它对“人文精神”旗帜的高扬，它对知识分子价值规范的寻求，以及它对世俗化、商业化文学与文化的批判，都在给中国社会初步呈现一个制衡世俗化、商业化极端发展的批判维度。如果这个维度能够得以建立并保持的话，那么，它将成为中国知识分子价值得以最大实现的见证，成为人文精神旗帜永远飘扬的标志。当然，这还只是个目标，但有了目标，就会有为这个目标而进行的努力。人文精神大讨论，就是中国知识分子走向这个目标的第一步。

本章小结

人文精神大讨论是发生在20世纪90年代中国社会转型时期的一次文学、文化论争。本章首先分析了人文精神大讨论发生的主要原因，认为它的发生与经济向“市场”的转型、审美文化的商业化和大众化倾向紧密关联；其次对人文精神大讨论的论证焦点进行了梳理，初步概括为“人文精神”是否存在、何谓“人文精神”、知识分子的自我沉沦与拯救、人文精神的重建四个问题；最后对人文精神大讨论的理论贡献与缺陷进行了评析，认为其理论贡献表现在首次呈现出一种纯粹的学术论争的形态、及时关注了社会转型期中国人文精神的状况、深化了知识分子的自我反思与批判三个方面，其理论缺陷则体现为强烈的道德与理想化色彩、鲜明的精英化立场、舶来的理论话语等。在讨论中，虽然各方意见不一，讨论也不够深入，但它对“人文精神”旗帜的高扬，它对知识分子价值规范的寻求，以及它对世俗化、商业化文学、文化的批判，都在给中国社会初步呈现一个制衡世俗

① 陆贵山．中国当代文艺思潮．北京：中国人民大学出版社，2002：160－161.

化、商业化极端发展的批判维度。

关键概念

人文精神　　人文精神大讨论

思考题

1. 人文精神大讨论发生的时代与文化背景是什么?
2. 简述人文精神大讨论的理论焦点。
3. 简述讨论中有关“人文精神”内涵的几种观点。
4. 简析人文精神重建中知识分子应该扮演的角色。
5. 分析人文精神大讨论的理论贡献与不足。

第九章　女性文学思潮

第一节　女性文学及其发展

■　一、什么是女性文学

在美国女作家伊丽莎白·詹威看来，女性文学“是那些从妇女的内心世界描写她们经历的女作家”的作品，“严格意义上的妇女文学的作者认识到妇女的生活道路与男子的不同，她们想调查这些不同之处，至少她们下意识地知道需要用一种不同度数的镜子才能清楚地看到它们，需要有一套不同的语义系统去表现它们”①。换言之，女性文学是作家立足女性的观点、态度，采用女性的话语、措辞对女性的历史状况、现实处境和生活经验进行探索、研究、描写，这是以创作主体的性别为依据的。这样的界定，将男性作家立足女性角度的创作和男性作家塑造的女性形象排除在外，与现实情形的丰富复杂对比，显现出它的以偏概全。因为女性写的作品未必就有女性意识，男性写的就未必没有女性意识。

被历史遮掩的女性文学创作，是在对文化中男权意识的揭露中彰显的，是在对文化中男权意识的发现中体认的。女性文学的主要意义就是通过对男女两性关系的现实表现影响读者，以改变过去文学中存在的对妇女的歧视与偏见，改变传统的性别文化观念，对既成的传统审美标准进行批判，建立一个全新的包容女性和男性文化经验，具有普遍意义的文学世界和现实世界。缺少了对男权意识批判的力度和揭示的深度，同样会影响女性文学创作，因而一个文本是不是女性文学，看它是否和男权意识相对的女性意识相联系。所以，弗吉尼亚·伍尔夫在《女性与小说》一文中指出，女性小说可以有两种理解：一是关于女性与她们写的小说，一是指女性和关于女性的小说。我们在谈女性写作时，指的是第一种含义，即关于女性与她们写的小说。

女性文学产生之初，是为人的解放、女性的政治解放取得发言权的努力，因而与发生在思想和文化领域的旨在消除性别歧视，结束对女性压迫的女性主义有天然的联系。

---

①　丹尼·霍夫曼．美国当代文学．北京：中国文联出版公司，1984：154.

虽然女性写作未必是女性主义写作，但作为女性文学主体的女性作家更有责任和义务把写作当作一种文化使命，用一种新的写作方式和话语方式，注重性别意识，打破以往外在的文体规范并将之内化成为文体意识，进而在文本写作中寻求和发展适合抒写女性的女性文体，改变以往女性文学的艺术形态，重新建构区别于男性的有自己文体意蕴模式的叙事诗学。尤其在对女性生活作现象学还原的今天，这一维度的重提是女性文学的应有之义。

二、女性文学的发展过程

盛英在《中国女性文学新探》中指出，新时期的女作家们，“她们或从历史深处走来，或后起于新时期文坛，都高举起‘人的自觉’和‘女性自觉’两面大旗，继承和发扬‘五四’以来女性文学的光荣传统”。由“女人与社会”，渐次拓展为“女人与男人”“女人与自我”“女人与女人”的关系中，全方位展开女性作为女人的言说。新时期女性文学随着对人的全面性的理解，对女性自我实现的追求，思想艺术风貌发生了质的变化，可以粗略地划分为以下四个发展阶段：第一阶段，与人的解放相应的女性文学，表达对一种新的人际关系的理想渴望，如戴厚英的《人啊，人》。第二个阶段，以张洁的《方舟》为起点，妇女解放问题从人的解放问题中抽离出来，妇女问题从此成为女性写作探索的重点。第三个阶段，是 20 世纪 90 年代初出现并活跃至今的真正个人化女性话语时期，以陈染和林白为主要代表。卫慧、棉棉、魏微等一批 20 世纪 70 年代出生的“美女作家”，是发展中的女性文学的代言人，反映的主要是都市里新人类的生活。

第一阶段涌现了张洁、铁凝、王安忆、陆星儿、张欣、舒婷等一批具有自觉的主体意识的女性作家。她们集体登场，承传了“五四”新文学传统，激情满怀地表现对爱与美的呼唤、对本体生命的张扬、对精神理想的讴歌。由于重塑了女性的温柔、体贴、善良、无私的母性，才结束了此前文学抒写的无性时代。她们的作品，在风格上具有女性书写的天然标志如观察细致、敏感等，但在意识上她们不是“女性作家”。这是因为多数女作家都自觉地关心社会和“人”的命运，她们是用个人触摸社会，因而“当一位优秀的女作家在她的笔下再现自己所体验的世界时，她所表现的不仅是自己属于的这个被淹没的失声集团的声音，也会同时表现出主宰集团的声音”。张洁的《爱，是不能忘记的》、张抗抗的《爱的权利》和《北极光》、宗璞的《弦上的梦》、谌容的《人到中年》、茹志鹃的《草原上的小路》、刘真的《黑旗》等名篇，不只具有鲜明女性意识，而且“更关注那些人类性的和社会性的普遍问题”①，标志着在封建积淀与“左”倾思潮双重压抑下的女性意识开始苏醒。那时对女性太强调其人道的、启蒙的、伦理的意义，将母性与人性、主体性作为启蒙话语混同使用，以致女性意识还是没有得到全面的觉醒。

沐浴着人的解放、思想解放的时代春风，其中有些女作家，出于自觉的女性意识，创作渐渐发生了变化，以较多的关怀注视着“女人”的命运，传递着一种新的女性意识，她们的作品中出现了“爱”，甚至开始有了“性”的吟唱。如张洁的《方舟》《红蘑菇》和《无字》以及她的《上火》和《她吸的是带薄荷味的烟》，张抗抗从《爱的权利》到《隐形伴侣》和《赤彤丹珠》再到《情爱画廊》，王安忆的“三恋”、铁凝的《麦秸垛》等，我们

---

① 艾晓明．当代中国女作家的创作关怀和自我想象．广东社会科学，1992（2）．

可以看到她们创作上的变化。而变化的核心是女性意识的加深加强，增多了女性“私人化”的“欲望”成分。她们的突出特点是，从个人体验出发，对启蒙意义上的女性意识加以解构和弱化，而强调女性在社会体验、身体经验、文化构成、心理特征上皆有别于男性，肯定女性的独立性及其人文诉求。她们非常注重女性的性别身份在社会中逐渐形成并受到压抑的过程，即女性成长主题，尤其注重对视为禁忌的性别体验的描绘，传达女性被抑压在深层的另一种呼声，表现出她们在与男权、男性为中心的冲突中追求自我实现和寻求平等的女性意识。

作家队伍的扩大，几代人同堂。20 世纪 80 年代的佼佼者张抗抗、铁凝、王安忆，到了 90 年代仍是时代的宠儿，她们分别创作了各自的代表作：《情爱画廊》《大浴女》《长恨歌》，她们的创作仍保有较为厚实的历史内涵和人性内涵。

20 世纪 90 年代，西方的女权主义理论泛滥于中国文坛，女性主义也从潜隐的话语转变为公开谈论的话题。新的社会语境强化了文学的性别意识，女性主义成为很多女性作家的自觉意识。许多女作家都不讳言女性主义对自己直接或间接的影响，并自觉或不自觉地在意识上由“作家”的立场向“女作家”位移，执着地展示作为女性的个人愿望与理念，加之女性写作人数的增加和创作上出现的私人化倾向，使中国女性文学创作异常活跃起来。代表作家有陈染、海男、林白等。这是一个重新书写母性史的阶段，作者们从风格、情节、人物、视角等对男性立场、男权话语进行集体的颠覆性解构，从女主人公成长中的个人记忆、个人命运的起承转合中寻找时代与社会对女性压迫的种种原因。陈染的《私人生活》、林白的《一个人的战争》、海男的《女人传》等大多带有回忆和揭秘的自传作品，具有强烈的女性意识和扩大的女性欲望，具有真正的女性主义特征。“个人化写作”“私人化写作”“女性写作”这些概念的提出，是对当时女性激越姿态的概括，更是积极凸现女性作家强烈的个人书写气质和独特的创作诉求。

20 世纪 70 年代的卫慧、棉棉等人，基本上是一群天然自在的“个人化”写作者，在她们的作品里，强势的个人表现与稀薄的社会生活构成了强烈的反差。这和描写对象的“个人化”位移相关联。女性作家又以善讲故事、敏于感觉、长于煽情的文学技艺，把“个人化”叙事文学从内容到形式都推向了极致，使“个人化”文学创作由个体的自出机杼而达到整体的花样翻新。这些女性作家，对于所置身的环境氛围，看起来很少去思索、拷问，但都包孕有相当丰富的社会和文学的内容。

几代女性作家在中国文坛上的辛勤耕作，终于在当代的文坛上支起了文坛半边天。女性文学创作开始了真正多元并存的时代。20 世纪 90 年代审美意识出现了剧烈的变化，以“性别语言”为代表的叙述姿态，打破了大一统的主流话语方式，进一步拓展了个人、个性化的精神空间。众多纯粹女性主义式的写作文本出现了，女性文学创作获得大面积丰收。华艺出版社的丛书“风头正健才女书”、河北教育出版社的“红罂粟丛书”“蓝袜子丛书”以及“金蜘蛛丛书”都向人们大量介绍女作家的作品。“70 年代女作家”的命名更使这个年代生长的女作家成为 90 年代文坛一道奇异的风景线。

各类文体的抒写佳作迭出，张洁的《沉重的翅膀》和《只有一个太阳》、柳溪的《功与罪》、霍达的《穆斯林的葬礼》、宗璞的《南渡记》和《东藏记》、马瑞芳的《天眼》、王旭烽的《南方有佳木》（《茶人三部曲》之一）、迟子建的《伪满洲国》、范小青的长篇、陈祖芬和李玲修的报告文学、凌力的历史小说、方方和池莉的新写实小说、石楠的传记文学等，作家队伍几代同堂，除了上述还有叶文玲、戴厚英、王小鹰、赵玫、程乃珊、残雪、陆星儿、黄蓓佳、唐敏、竹林、乔雪竹、胡辛、张欣、叶广芩、裘山山、林子、傅天琳、张烨、王小妮、刘索拉、陈慧英、王英琦、李天芳、马丽华、斯妤、韩小蕙、叶梦、梅洁、皮皮、赵凝等作家的创作，还有以陈若曦、聂华苓、於梨华、赵淑侠、琼瑶、三毛、张晓风、李昂、朱秀娟、廖辉英、苏伟贞、萧飒、龙应台、张曼娟、吴淡如、西西、施叔青、亦舒等为代表的港台女性作家方阵的创作，女性书写以集团化和群体化的方式并呈文坛。她们有的严肃高雅，有的通俗多情，有的端庄高贵，有的活泼可爱，共同建构了中国女性文学的美丽天空。20 世纪 90 年代的女作家们，真正在历史的“空白之页”上把自己刻入了历史。

女性主义理论译介与理论论争也是浪潮迭涌。早期以译介评述为主，朱虹在 1981 年发表的《〈美国女作家作品选〉序》，一般被认为是最早向国内介绍女性主义的作品。1984 年有王逢振译的丹尼尔·霍夫曼主编的《美国当代文学》，其中的《美国当代女性文学》，大约是较早译介进来的西方学者关于女性主义和女性文学的专论。1986 年西蒙·波伏娃的《第二性》出版，这是国内出版的第一部早期女性主义者的专著。同年，还翻译出版有罗里·赖安等编著的《当代西方文学理论导引》、贝蒂·弗里丹的《女性的奥秘》、伍尔夫的《一间自己的屋子》等女性主义的经典著述。1989 年由英国女批评家玛丽·伊格尔顿编的《女权主义文学理论》出版，这是第一部翻译过来的女性主义批评理论专集。20 世纪 90 年代以来，西方女性主义的理论著述被大量翻译辑集出版，如莫依的《性与文本的政治——女权主义文学理论》和米利特的《性的政治》《当代女性主义文学批评》《妇女：最漫长的革命——当代西方女权主义理论精选》和《社会性别研究选译》等。运用女性主义批评理论来研究文学，从 1988 年开始。这方面的专著约 20 部，其中较具代表性的有：孟悦、戴锦华的《浮出历史地表——现代妇女文学研究》，刘思谦的《“娜拉”言说——中国现代女作家的心路历程》，康正果的《女权主义与文学》，陈顺馨的《中国当代文学的叙事与性别》，刘慧英的《走出男权传统的樊篱——文学中的男权意识的批判》，王绯的《睁着眼睛的梦——中国女性文学书写之召唤》，戴锦华的《镜城突围——女性·电影·文学》，林丹娅的《当代中国女性文学史论》，林树明的《女性主义文学批评在中国》，陈惠芬的《神话的窥破——当代中国女性写作研究》，徐坤的《双调夜行船——90 年代的女性写作》，盛英主编的《20 世纪中国女性文学史》。她们有的是运用社会—历史批评或美学—历史批评，特别注重中国女性文学发展的实际，并以自身的生命体验，加入中国当代女性文学批评和研究的建构；有的则倡导女性主义批评，以多学科的研究视野对女性文学的历史和现状进行考察，将女性文学批评推向多学科的研究境界；有的则从文学向文化领域延伸，多以双性视角或超性别视角来关照女性文学的历史和现状。

纵观中国女性文学思潮的形成，整个过程呈现的态势是舒缓渐进的。经由女性作家们一个世纪的创作实践，渐渐于 20 世纪末形成一道蔚为壮观的女性潮，这期间不乏波澜起伏，蜿蜒曲折，潮起潮落。即便是“对男权话语的颠覆阶段”，也是对女性写作总体努力的结果的描述，整个过程却是平和曲折，女性意识在顺应主流意识形态中以各自的异质不时介入或偏离主流意识形态，在介入偏离中创新并遭受压抑，并在顽强而富韧性的不懈坚持中，涓涓细流终于孕育出滔滔江水。

第二节 女性文学创新的特征

一、女性个性的张扬与失落同步

(一) 女性意识的自觉彰显与误读暧昧

女性写作即是关于女性的，其中女性意识是女性相对独有的一种深层的有别于男性的观念，这种观念往往受着性别的制约。“女性意识”的核心包括“女性经验”，而“女性经验”包括行为经验和心理经验，即女性最初对异性的心态、初潮、性心理、恋爱、结婚、做爱、妊娠、分娩、哺乳、母性、“相夫教子”等。这些经验虽为女性独有，但是它们又有社会性。“经验”因人而异，不同的人和不同的环境造就不同的“经验”。这些经验和观念一旦融入作家的血液和灵魂，自然就有属于自己的“女性意识”。这些经验和女性意识作为原料，最后酿造出女性作家们对社会、历史、人生的不同观念、文字和艺术风格。

张洁、张抗抗、铁凝、陈染、林白、海南等都是20世纪后20年中国文学中“女性意识”话语的代表作家，在她们的作品中所展示的女性观念和经验，也包括她们对“女性文学”“女性意识”的看法，却存在明显的阶段差异性。可以把“走向女人”的历程概括为：由“女性自我意识”觉醒，到“女性主体意识”觉醒，再到“女性群体意识”觉醒，从而使每一个“我”都意识到自己应该为所有女人的成长和发展作自助、互助的现实努力。事实上，由于她们都是社会发展中的具体人物，各有各的生长环境和人生遭际，因而，女性意识在女性的历史复现、女性的现实境遇、女性的私语空间中各呈不同的表现形态。在创作中所表现出来的女性意识也是千差万别、各具特色，实际情形则是当代女作家们的女性意识的自觉彰显和误读暧昧是同步的。

20世纪80年代女性的解放，目的是提高妇女社会地位，核心是争取男女平等，女人像男人一样生存。这种特定时期的女性审美意识，不仅体现在作家创作的人物形象外貌的塑造上，如张洁长篇小说《沉重的翅膀》中的女记者叶知秋，连外貌也和男性靠近，面部线条坚硬，黑发“又粗，又多，又硬”；还体现在女性作者以女性敏锐的意识，对变动着的中国现实予以细腻考察与热心关怀方面。张洁的长篇小说《沉重的翅膀》，显现了女性对现实生活反映的敏捷和视角的独特，用文学表达了自强自立的现代知识女性对“尚未实现的理想渴求”，对中国改革的期望、焦虑和忧愁。

但这样的女性化写作却被冠以“非女性意识”和“雄性化”写作，这是一种僭越历史语境的评价。当时女作家存在的意义，就在于她们以女性特有的敏锐和性别话语，寻求女性的社会解放和建构男女平等的美好理想，特别突现出女性作为一个“人”的基本存在。女性“主体性”的彰显，才有了女性从时代大潮与社会洪流中的分离，从被历史社会遮蔽的场景中的浮现。正是思想解放中的女性主体性主题的张扬，使女性创作汇入当时的思想解放大潮中，不是因为她们没有突破“男性中心”的传统观念，而是因为处于当时的宏大历史背景下，作家在创作上都较看重对艺术社会价值的追求。

铁凝、林白、陈染们创造了一个真正个人化女性话语世界。女性作家把目光从对男性的申诉转向对自身世界的探索，以个体生存体验表达女性集体的生存经验，把某个人的鲜活生命意识和人性表现从隐秘处突现出来，引起人们对个体生存处境的关注。以开放的辩证的眼光看，它既呈现出以性别立场为特征的女性意识，又呈现出对女性意识的超越。同样值得质疑的是她们的写作乃是一种极为纯粹的几乎与社会、政治不发生什么联系的女性经验和女性故事的评价。

铁凝的《玫瑰门》挖掘的是在传统文化环境的制约下女性的原欲世界。作者在善恶交织中抒写人性的复杂。残雪在冷峻的审视中，重塑现代的女性人格，显示现代女性的心灵力度。这对于越出男性审美趣味强加给女性书写行为的种种限制，是不可省略的。《一个人的战争》描述了一个少女成长过程中所经历的痛苦考验，揭示灵肉必须合一的信念加诸女性在性爱追求中将承受的更多痛苦与磨难。即使遭受颇多非议的棉棉、卫慧等人的性描写，依然执着地言说着权力与禁忌。棉棉以“享受痛苦”来顺应这种关系，卫慧与周洁茹则在假想中，让女人通过吸引与拒绝，控制了男人的欲望，并以此获得权力欲的满足。女性个人化叙事的核心是对男性叙事的反叛，即抗拒男性叙事对女性的权利欲望化书写，从而把自我躯体由被动的欲望对象改写为主动的欲望主体（如陈染《私人生活》中女主人公的同/异双性欲望的表达）。卫慧等人是“革命”得更为彻底的一代。她们与社会、政治发生联系的方式发生了根本的变化。她们以其良好的艺术素养和涌动的生命活力昭示都市的存在，在冷静与癫狂的叙述中，寻求一种新的美学原则，提供并建立一种新的反秩序、反神圣、反异化的感觉方式，以表现审美碎片化的都市生存生活。她们关注被庞大叙事轻视的一切：气味，呼吸，色彩，内心的疼痛，身体的神秘变化，质感的肌肤之亲，每一段不可漠视的生命经历，无法抓住又确实存在的自由的风……遗憾的是女性个人化叙述的反叛，由于采取的是身体化写作策略，在读者的目光下，它所具有的反叛不可逃避地再度被消解了。女性写作这种表现自我意识的最终丧失是菲勒斯主宰的历史现实带给女性写作的宿命。女性作家写作中女性意识的自觉彰显与误读遮蔽是同行的。从中我们也不难体味到女性作家选择的无奈，女性主义者殚精竭虑地排除男权话语围追堵截境况的艰辛。

（二）女性情感的解放与压抑

作为女性作家，自身的情感经历和心路历程往往成为写作中最自然的契入口。新时期的中国文学以讲述爱情来开启人们的情感世界，以“爱情”主题为导引开拓思想解放的道路，如张洁的《爱，是不能忘记的》。即使是由爱的主题向性的转化，在新时期也可以看到它在精神领域产生的冲击力，它是和人的解放，和个性、自由、人性论等启蒙主义命题联系在一起的。到了 20 世纪 80 年代后期，基本上“不谈爱情”，90 年代，文学创作对性的直接表现达到高潮，“人们直接书写欲望，但很少写作爱情。确实，在一个没有爱情的年代，文学又如何去谈情说爱呢?”①

当爱情的神圣性被解构之后，性的抒写与自由选择就合法化了。紧接着是对婚姻的反省与思考，对城堡的蔑视与突围将是无法避免之事。婚姻，成了人们幻想中守护情感的城堡，成了对城堡中人的情感的保护，但又是束缚。对这类题材极端化的处理，在文学领域大量展现的是婚姻内外两性对待爱情（婚姻）与责任、与道德、与两性角色之关系的态度：坚守还是挑战，围绕着婚姻、家庭、爱情、性、子女是忠诚还是背叛等展开。坚持“我的责任”还是追求“我的快乐”，解构爱情同时开始解构婚姻。以社会道德视角观照的

① 陈晓明．表意的焦虑——历史祛魅与当代文学变革．北京：中央编译出版社，2002：163.

结果，陈染、赵玫、林白、海男等笔下，传统的贞操、忠诚、义务等早已如敝屣被弃置，有的女主人公在丈夫之外有多个情人，有的甚至根本就拒绝婚姻，如林白的《飘散》。无论如何不丧失自我是这类女性形象的生存哲学，她们不以社会的道德来束缚自己，如张抗抗的《银河》；不以男性的标准来衡量自己，如黄蓓佳的《婚姻变奏》；更不以他人的快乐为指归，如徐小斌的《吉耶美与埃耶美》。其实所谓的女性不以社会的道德束缚自己的另一方面，对许多女性而言，有着不只是爱的权利，甚至连人之为人的生存权利都没有的惨痛，有着太多生活的无奈和爱的绝望，女性写作作为策略写作的具有双重革命性：向男性文化宣战，呈现姐妹之为爱的权利和人之为人的权利，在新一轮情感解放的大潮中又一次丧失的境遇，在她们消解婚姻的神圣性的同时也被解构了。而且现实的商业运作和男性对文本的目光，更多聚焦女性生活中温馨而糜烂、温情而龌龊的一面，结论只能是女性写作作为一种写作策略是以“性”为旗，以躯体语言为口号，以女性隐私为武器向男性文化宣战，只能是在私人性的是非标准下的自我辩护或自怜不已。女性个人化体验的描写，对自己活生生的体验与流动着的生命感的传达，文本具有的象征隐喻，大多数女性作家创作的探索意义和严肃性，疏离中心话语的方式，撕破历史的谎言、重新创造和发现被看似合法的历史掩埋的女性心性，这一切努力都被彻底解构了。

（三）女性身体的发现与遮蔽

女性写作中的身体写作从王安忆开始。女性身体的发现是女性自觉采用我写我身的方式，传达自己活生生的体验与流动着的生命感，揭示被历史合法化遮蔽的女性受压抑的历史以及在现实语境中赎救的可能；而现实往往是女性身体写作在商业的操作和男性的误读中，再次沦为被看的对象，即身体的遮蔽。

王安忆也说：“我认为，如果写人不写其性，是不能全面表现人的，也不能写到人的核心，如果你真是一个严肃的、有深度的作家，性这个问题是无法逃避的。”① 她在她自己的艺术创作中也严肃地实践着。她的“三恋”，有对生命成长过程中少男少女的性的欢愉的生动描述，更有女孩对性的沉溺的恐惧，这种女性潜意识中传统对女性压抑的强大，使女孩在感受生命的快乐同时又试图以死亡来抗拒诱惑。最后是母性的本能超越了性和死亡，超越了男性在现实面前退守到传统和与现实的认同。王安忆让我们感到即使女孩被人骂为放荡的破鞋时纯洁崇高依然。

用身体写作，实在是这一代女作家破坏男权文化霸权的反抗。张抗抗曾说：“‘女性文学’有一个重要的内涵，就是不能忽略或无视女性的性心理；如果女性文学不敢正视或涉及这一点，就说明社会尚未具备‘女性文学’产生的条件，女作家未认识到女性性心理在美学和人文意义上的价值。假如女作家不能彻底抛弃封建伦理观念残留于意识中的‘性＝丑’说，我们便永远无法走出女人在高喊解放的同时又紧闭闺门、追求爱情却否认性爱的怪圈。”②

这种面对身体肉体的实际状态的写作，无疑是女性作家所理解的真实世界和生命意义。它的意义不只是全身心地写了自己生命的真实空间，同时如晚生代作者韩东在谈到小说的性描写时指出：“性与爱有联系，但的确是两码事。通常人们习惯将二者混淆等同起

① 王安忆，陈思和．两个69届初中生的即兴对话．上海文学，1998（3）．

② 张抗抗，刘慧英．关于“女性文学”的对话．文艺评论，1990（5）．

来，似乎和异性联系在一起，和情人、配偶在一起就是爱了。爱被降至性的层次上。爱这种伟大的情感显得多么廉价？它被作为一件漂亮的衣裳用来遮掩人的羞愧。”① 这与过去温柔浪漫如梦似幻般地细腻抒写相比，具有了双重性：撤去遮羞掩人的梦幻是清醒残酷后的痛；目光聚焦于身体，则多了一份臆想的身体抚慰。后者对女性身体的遮蔽大于发现。“女性身体”的文化规定性已经内在地限定了女性写作的展开，它自然导向“欲望化”阅读这一极。聚焦的目标与关注的兴趣，或者说这一词本身的社会性内容已经将“女性身体”和我们日常的生理现象如吃和喝分离了，而与“丑恶”相关的价值评判联系在了一起。关注身体又鄙视身体，这就是承续道统的现实语境对身体阅读的遮蔽，聚焦身体又羞于面对，除了得到臆想的抚慰还能希望什么呢？我们不能否认身体写作的冲击力和破坏力，同样也可以感受到这种以刁诡的美颠覆了压抑开出的恶之花的解构颠覆的力量同样强大。而且以女性的方式，开采自己的精神空间，不只是身体写作一条道。存在于批评和随笔中的当代女性写作，已经为开拓女性书写做出了极为有意义的探索。如戴锦华的文学批评写作、何清涟的经济批评写作、李银河的社会批评写作、崔卫平的思想随笔写作等，都包含着从事物的表象切入实质，从而提升文化内涵的深刻思考，从她们身上，我们可以看到一个正在日益精彩的女性精神空间。在这个“他/她者”的世界里，我们既强调走出“自己的屋子”，进入广阔的社会天空，争取生活的自由度，更强调思想在开拓女性写作中的源泉作用。思想的存在是人性的希望，智慧和思考是拓展精神空间的重要保证。

■ 二、语言探索的创新与无奈

对于存在的认识，都是由语言来完成的。“语言是存在的家园。”“语言，凭借存在物的首次命名，才指明了存在物源于其存在并到达其存在。”福科的话语理论也表达了类似的观点：话语不仅仅是思考和产生意义的方式，而且决定它所力求控制的主体的身份的本质、意识与无意识思想及情感生活。身体和思想感情都不能外在于它们的话语的描述而拥有意义。没有语言的呈示，女性生命本体只能处于黑暗的遮蔽状态，缺乏生存的根基和栖息的家园。女性只有自己写自己，才能将自己从被历史遮蔽的压抑当中浮升出来。写作，这是一个生命的问题，它延伸生命，倾听生命，铭记生命。这也是个拯救的问题，它消除隔阂，摧毁等级，破除戒律。“女性文学，说到底，无非就是争得一份说话的权力。”②

新时期女作家们，一方面，在文本中明确表达着对话语权力的渴求与呼唤；另一方面，努力谋求另类表达。所谓另类的表达指女性对“性”的言说的禁忌的突破和表达，诸如“破开”“疼痛”“一个人的战争”“私人生活”等，将笔触伸展到人类生活最隐秘之处。由此可见，另类表达不仅仅是女性在创作姿态上呈现出的惊世骇俗，更是对作为女性有别男性的源于身体的心理体验的大胆直面的抒写，那是男性永远无从体验，也是从前被男性意识遮蔽的不曾想了解的体验。这种叙述的主体意识，显示了几千年“男权中心”话语史中，长期处于缺席和缄默失语状态的伴随女性意识觉醒的女性话语欲求的集体觉醒，她们知道“如果不写作，她们仅仅是一个性别的群体中的分子，她们就无法完成自己，成为

① 韩东．清醒的文学梦//林舟．生命的摆渡——中国当代作家访谈录．深圳：海天出版社，1998：59.

② 徐坤．因为沉默太久．中华读书报，1996－01－10.

自己”[①]。

许多女性作家真诚地相信，对父权文化的反抗可以经由语言以文本政治的方式达成，妇女在现实生活中的各种欲望，包括改变世界的愿望都可在这种“女性写作”中得到满足。

女性话语的生发和开拓，由利用西方话语资源起步，从系统的语言转换中解构、颠覆男权语言，从女性之躯提取女性话语。

（一）创新的前提：“挪用”“重复”西方女性主义话语

对西方女权主义理论发展历史稍作了解就可发现，陈染等人的写作几乎是波伏娃、杜拉斯等女作家的观点与风格的东方化的模仿与移植，海男的《女人传》就被誉为“小说版《第二性》”，可说是波伏娃等女权理论的形象注解，陈染的《破开》和徐坤的《从此越来越明亮》更像是解构男权文化的女性主义宣言；至于法国女权主义者西苏提倡的把“清白的写作”与“母亲的乳汁”联在一起来建立一套基于女性躯体本能的女性语言符号的写作，更是体现在几乎所有的张扬女性意识的女作家的作品中。

争奇斗艳的女性话语景观中，深刻着的西方女性主义话语的印迹，受到了西方不同传统的影响。林白、陈染们的作品中，经常可以读到的是窗帘低垂、门栓紧锁、身体、自恋等意象，明显承续了伍尔夫的话语。

她们是躯壳，他们是头脑；她们是陪衬，他们是主干；她们是空洞的容器角落里的泥盆，他们是栋梁之材；她们的腿就是他们的腿，他们是驯马的骑手；他们把项链戴在她们的脖颈上，她们把自由和梦想系在他们的皮带上，她们像小鸟在他们的怀里，衔草筑巢，他们把笼子套在她们的脚踝上；她们的力量是危险的信号，他们的是用来挡风的垣墙。

这些女性主义色彩浓厚的关于女人、关于女性文化的论战式文字，隐含了林白、陈染们对自由的争取，以及对女性压抑已久的内在激情的表达渴望，称之为是解构男权文化的女性主义宣言一点也不为过。

卫慧、棉棉、周洁茹等“70 年代”出生的女作家，“在文学师承上，迷恋亨利·米勒，追随杜拉斯，熟读普鲁斯特，深受张爱玲的影响。同时，音乐（例如 Nirvana 的摇滚），梵·高、达利的绘画也对她们的创作起着不同程度的影响。几方面的文化基因使她们的作品缠绵着阴柔的调子与亨利·米勒式的反叛与疯狂。音乐的影响使她们的语言中纠葛着丰富的意象，但却只是情绪的表达没有意义的实指”[②]。

女性文本，不仅在表述上不断重复西方女性主义的话语经典，而且在夺回话语权所采用的策略上也不断地仿照。《致命的飞翔》《日午》《守望空心岁月》《玻璃虫》等构成了林白的《一个人的战争》的基本故事与内涵；《嘴唇里的阳光》《巫女与她的梦中之门》《另一只耳朵的敲击声》等有关黛二成长小说的几乎所有主题和情节，均可在陈染的《无处告别》中寻得暗示；海男的一系列有关女性性爱的中短篇也可浓缩为一个长篇《我的情人们》。这些文本都是作家个人体验的反复抒写。

林白的长篇小说《一个人的战争》的书写与西苏的表达有着某种惊人的相似，昭示着

---

① 安妮宝贝．安妮宝贝小说集．海口：南海出版公司，2002：298.

② 孟繁华，谢冕，岛由子，肖鹰，赵栩，林风，杨克，李学武．女性文学与“70 年代出生的女作家”的讨论．中国女性文化，2000（1）.

女性夺回话语权，呈现出相似的妇女独有姿势：飞翔，采用了一种共同的迂絎式策略：偷窃然后飞翔逃离。因为飞翔可能挣脱语词大地的引力，权力话语的威势。深患失语症的少女多米，为了寻找新的话语国度和空间，迫不得已地被文学史牵引而模仿和抄袭，可看作是女性话语意欲“飞翔”的稚拙的尝试。

“挪用”“重复”西方女性主义话语，作为女性话语建构初始阶段的一个有意的策略，乃必须和必然，有其合理性与积极意义。正是域外女性主义思想与创作的传播、启迪与移植，才有目前中国女性话语的亮丽景观。但是，在女性书写赢得一定话语权的今天，需要的是逐步超越外来话语的局囿而渐次抵达女性话语自立。如何使自己的母语写作与自己对西学的荒诞错位和寓言象征等的借鉴拼贴组合得更好些，如何使自己的揭露心态意识和人性观察，显得不是过分地具有急切的表现欲，恐怕是“女性写作”需要关注的问题。对西方女性话语的“拿来”，是为了借用、改造，为了最终生成中国式的女性话语。

（二）系统转换中的颠覆与再生

女性的自我体验、女性自我体验的应该言说方式，由于历史造成的缺失，一直被男性来书写，或者说被框定在男性的书写方式之中，所以西苏说，“语言对我们说话，施展它的规则（law）”，“甚至说出一句话的瞬间，我们都逃不脱某种男性欲望的控制”。女性写作的颠覆性不只在写作的姿态和抒写的内容，更在于寻求一种表达的话语方式。要不她仍然只是个夹在人群中激昂慷慨的呐喊者，徒有姿态和热情，除了增添几声异质的聒噪，仍只是一个热情洋溢的附和者，其余一切概属男人。

女性话语的主体身份的重建，最普遍的一种方式是在幻想的秩序中确立。女作家首先都不约而同地选用“自叙传文体形式”“自叙性女性话语”，从而在女性文体中将女主人公批量地设置成话语主体，作为作品的主人公与叙述人，这一前设是女作家最具揭示女性本质真实的优势。20世纪90年代，林白的《致命的飞翔》《一个人的战争》《玻璃虫》，陈染的《与往事干杯》《无处告别》《私人生活》，海男的《我的情人们》等，以女性独有的一份真实、一己体验、一段纷繁的心路对抗“主流叙事”与“男性叙事”，将“被集体叙事视为禁忌的个人性经历从受到压抑的记忆中释放出来”。“我们在男人的性别停止的地方，继续思考”，“从我们女性的边缘的文化角度”，“发出我们特别的声音”，表现出清醒的女性话语重建意识。还有一种方式是在文本中贬损与驱逐男性。以寻求理想爱情步入文坛的张洁，很快在幻想世界里表现出女性对男性普遍的失望，进而男性在她笔下简直就成了无用的废物。而在陈染想象的艺术世界里，你可以看到怪异的冯小青式的自恋，以及同性恋、同居、换性伙伴、独身等，表现为对男性进入的普遍拒绝。《无处告别》站在女性主义的立场指斥男权为主的文化传统与现实。林白的《一个人的战争》以惊世骇俗的笔触宣告：“一个人的战争意味着一个女人自己嫁给自己。”张抗抗的《情爱画廊》，则标志着女作家们由寻找到品评再到消费男人的完成。其他女作家，如李昂在1984年就推出了惊世骇俗的《杀夫》，把那个给女人带来无穷痛苦的男人彻底消灭。铁凝经由《棉花垛》《玫瑰门》再到《大浴女》，无不证明着男性之虚无，且直视男性为生殖工具——这对视女性为生殖工具的观点简直是毁灭性的颠覆。王安忆的“三恋”与《岗上的世纪》中的男人猥琐不堪，软弱无助，不敢承担责任，成了情欲的俘虏。《逐鹿中街》里的男主人公以戏弄妻子为乐，卑劣不堪。甚至被人类赞颂的圣母——女性神圣的孕育后代的天职也遭到女作家拒绝与嘲弄，视作两性不平等与上帝对女性的惩罚，如唐敏的《我不是猫》、朱天心的

《袋鼠族物语》、徐小斌的《双鱼星座》、西西的《母鱼》等。

当然在文本中幻想的方式是多种多样的。上述的叙事策略之根本是将男权文化对于女性意义的解释、界定与命名，以女性的眼光、女性的视点、女性理解加以重新改写，体现在语言上就是以女性文学别具一格的言语系统逾越既定的语言规范。翟永明在《人生在世》中，尝试用“植物的语言”，海男在《鸟语》中则用以“鸟语”，《伊蕾在每一个白天失去语言》使用的是“夜晚的语言”，以生成、建构女性所渴望、所需要的新话语。

重新语义化，对作品中人名的命名，赋予和传统相对的全新的内涵，消解其中既有的男性主体意识，从而颠覆传统审美经验，这也是女性作家经常采用的一种方法。传统文学中美女花草的命名，往往是男性欲望的对象化，今天，女作家对文化已有的象征意义予以重新语义化，以反传统象征的方式命名，从而就构成了与男性审美经验的界线。如徐小斌的《羽蛇》，羽蛇是远古母性文明的象征，作者借助形象的隐喻，将母性与母性神圣的价值剥离，呈现出母性的自我逆变，对神圣的母性提出质疑。原来“母性恶”是人性恶的一部分，让我们看到了人性的真实面貌和破坏性。同样，文本题目的反传统叙述，句式的非文学的结构组合，叙述的反逻辑反句法，分裂、离奇的拼贴，不断再生出女性世界的一个个断面，以抵达女性独特的经验层面。陈染小说的标题艺术可说是最鲜明地体现了这一特色。《无处告别》以写作论文的分类法划分章节，小标题分别为“黛二小姐与朋友”“黛二小姐与现代文明”“黛二小姐与母亲”“黛二小姐与世界”。这种跨文体的表述，一反传统形象生动的叙述笔调，编码出后现代话语中一个青年知识女性的重重焦虑。《另一只耳朵的敲击声》《与假想心爱者在禁中守望》《秃头女走不出来的九月》《凡墙都是门》等标题，是对叙述形式的重新结构和重新搭配。大词配小词，强词配弱词，从而解构语词义原有的意识形态价值，淡化语词既成的社会性内涵。如《嘴唇里的阳光》，陈染将阳光与嘴唇联系在一起，消解了“阳光”这个词原先隐含的意识形态价值，回归到生命本体意义。小说《一个人的战争》征用“战争”这样颇具进攻、激烈意味的大字眼命名女性躯体的琐细感觉，诗歌《黄皮肤的旗帜》《黄果树大瀑布》以“旗帜”和“大瀑布”的无畏姿态定名历来柔弱的女性形象，均暗示着对男性经验的入侵与篡改。

更进一步的是她们又通过对男性话语充满暴力意味的争抢、掠夺，显现前所未有的话语主体姿态。卫慧的笔下经常出现“艳遇”“杂种”“家伙”这些男性化字眼，但情感色彩和具体所指早已更换，她的表达因此有了横扫一切的粗野的蛮风。如说某些恋爱中的男性只有“面目可疑，手持鲜花和蒙汗药，牙齿闪着银光，一心想让他们那些馊牛奶似的东西喷薄而出的家伙”，确实粗俗刻薄得可以，但也并非私毫不指实的污蔑。她形容在青年女作家面前不停地用面巾纸擦鼻子的出版代理人“就是权威，就是流落到人间得了重感冒的上帝”，在这半是抬举、半是嘲讽的言语活动中，揭露男性文化隐秘不宣的意识形态欺骗性和压迫性。

集体地对于“黑夜”“飞翔”等意象集束性的使用，也是女性重建话语的自觉的主动的出击。诸如黑夜、房间、镜像、血、飞翔等这些女性受压抑的意象的选择，构筑、丰富着女性的话语宝库。如与男性中心秩序“白昼”相对而存的“黑夜”，作为一种象征反复出现在女性文本中，比如，永明的《黑房间》、林珂的《黑女人》、伊蕾的组诗《独身女人的卧室》、海男的组诗《女人》，特别是唐亚平的《黑色沙漠》，以尖锐激烈的情绪，从女性生命的角度无所掩饰地正视和体验自己的性属和生命权力、种种神秘不安的活力、汹涌的欲望和压抑的矜持。“飞翔”也是女性文本中出现频率极高的词。徐小斌笔下最多出现的是“飞”“梦”“女巫”等。林白则多次以“飞翔”作为小说篇名及章节名的构成之一：“致命的飞翔”“飞翔与坠落”等，并将写作直接表达为一种飞翔：“写作是一种飞翔，做梦是一种飞翔……”在女诗人笔下，鸟与天空的意象被大量带进诗中，成为飞翔理想的诉诸对象。

女性话语主体的确立，以女性的眼光和理解对已有的男性对于女性意义的解释界定和命名重新改写，甚至不惜争抢、掠夺男性话语，集体地将男性带给女性压迫感的意象，加以选择性、集束性的表现和使用，就这样，早先热情洋溢的附和者，现在终于一定程度地“摆脱了尴尬，成为独立说话人，词语还是那些词语，但言说方式以及由此赋予这些词语的深层含义，已经很不相同”。

（三）女性之躯提取女性话语

弗吉尼亚·伍尔夫的“双性同体”主张，经埃莱娜·西苏的当代阐释，强调了女性的思想表达和身体经验的关系。西苏看到，只有女性的身体才懂得前所未有的歌，才一直保留着产生别人和产自别人的力量。西苏说：“写你自己；你的身体必须被听到。这样，无意识的巨大资源就会爆发出来。最终，不可穷尽的女性想象将展开。我们的气息将把一种非金色或黑色的美文所能估价的价值弥漫于这个世界，并且改变古老的游戏规则。”① 身体写作可以用以摆脱意识形态的控制。当女性的身体被压抑时，女性的呼吸和言论也被压抑了；伴随着身体的苏醒，她们的话语也复活了。只有通过写她自己的身体，女性将返回自己，发现自己的欲望和激情，发现自己的美丽和不幸，发现自己的历史和谱系，发现自己思考和说话的才能。女性愿望，女性满足和女性气质才得以彰显。选取身体写作，是在与男性、男权的对立冲突中，寻找自己和寻找自己话语的努力，是对自我价值实现的追求和对平等意识的吁求。“它通过性别矛盾中权力与欲望、压抑与反抗的故事，通过带入隐私、身体、知识、书写与存在等方面的观点，通过无历史书写（空白之页）的临时语境，从女性之躯的灵肉中‘逼’出了一种新的现代书写策略，为我们时代的文化批判和文化建构提供了新的武器和参照。”②

源于女性的欲望、形体、感觉、想象等的身体写作，着重发掘女性成长的主题，即女性作为个体，她的性别身份在社会中逐渐形成的过程，尤其注重被视为禁忌的性别体验的描绘。《一个人的战争》是解除话语禁忌的寓言。它真实地倾诉了我作为一个血肉之躯的自己的体验，是女性被压抑的各种经验的直率表达。女性通过观望和体认自己的感官和感觉，以身体的变化为起点，探索了女性生命成长的真正过程。将自己的感受和心灵微妙的变化，肉体的每一丝波纹，不虚饰地写进文本中，突破了男性话语的禁忌。源于女性灵动的内在生命力，汩汩而出，女性终于从被讲述到自我讲述。

身体写作是从女人的立场出发的，既是书写对象的建构，又是话语方式的建构，更是女性重建历史结构与秩序的努力。这一点在王安忆的《岗上的世纪》与“三恋”中已做出大胆的尝试。女作家试图让女人通过性达到对男人的支配与征服，进而占有历史、政治、道德的书写权。李小琴从一开始就知道只有性与肉身是她改变困境与命运的唯一武器。徐

---

① 肖鹰．九十年代中国文学：全球化与自我认同．文学评论，2000（2）．

② 王光明．女性文学：告别1995——中国第三阶段的女性主义文学．天津社会科学，1996（6）．

小斌的《羽蛇》更充满诡谲的想象与构思，作者笔下女性的祖先夏娃，成了上帝（男性）导演的人类原罪悲剧中最大的牺牲者。两性彼此的对立远远超过小说中母女的对峙与仇恨，于是有结尾处两条蛇冷冷地对视场景。“远古时代的太阳都是女人，后来不知为什么把女人比作月亮了”，表达作者重建“女人的太阳”的渴望。

女性本质的自觉使躯体不是被写而是创造，女性之躯构建的话语场赋予了语言无限丰富的创造力和生命意蕴，引领着生命和世界的重新阐释以及一整套女性话语的诞生。

语言确实一直在父权制社会中发挥着性别歧视的作用，语言颠覆在一定程度上的确有助于女性某种意识的表达，但绝对不可能完成对男权文化的全面变革。女性从事写作的困难始终来自她们的现实处境，只有消除了种种不利于女性写作的现实因素，她们才能在自我表现和运用语言上取得极大的自由。文本政治的反抗方式往往因此走向它的反面，由反抗走向催眠：销蚀现实中女性对男权文化和自身性别意识的思考，瓦解妇女变革现实的要求，逃避了妇女解放至关重要的事务。因而，也有人认为，“提倡一种‘妇女的语言’和一种富有女性特征的表现手法，在我们看来同样让人产生错觉”。即接近躯体、性快感和直觉的语言等仿佛具有现实的政治力量，“因它实际上等于否认现实和社会方式的力量，而正是这些方式压制着我们的躯体”。

作为女性保证的“女性小说”的“屋子”，已经不仅仅是一个静谧的属于自我的空间，而应该是一间走出自我空间的现实的“屋子”，自我的“屋子”不能提供一种安全、自立和生活的保障。失落、焦灼、过于个人化和内心化的写作，容易消解女性命运抒写中蕴含的对历史性的社会批判内容，甚至把文学创作的审美追求引入走向“肉身”叙事的媚俗歧途上去。

第三节　关于女性写作的几点思考

一、警惕女性的男性历史的再次合法化

如果说将自强自立与女性特征对立起来，是张洁等人对男性社会加诸有成就女性的传统无意识的顺应，那么，这一观念在残雪的创作中，已成了她用以颠覆男性审美价值标准而做出的自觉的策略性选择。而这一积极的策略选择，在以女性的男性历史意识的评说中被异化了。以对女性外貌形象的描写为例，写了丑女，说你是雄性化，非女性化；是对自强自立理解褊狭。自强自立作为一种现代意识，重要的是女性在观念上，而不是让女性抹杀自身的性征，不顾自己生理的局限，强求与男性在各方面的同一，这种看似合理的责备，是对女性写作的求全评说，因为如果写了美女，评说就又成了写作是迎合男性的目光，是被看。事实上，人们赞赏也罢，贬斥也罢。女性写作的误区盲点是与其合理意义并存的。因而女性作家，一方面，应该清醒地意识到，我们离真正男女平等的世界还很遥远。因而在这个男性话语和男性霸权畅行的现实场域，为取得话语权，不得不在顺应与偏离中求得生存，有意识和无意识地做出这样的选择；另一方面，更应该在这种顺着男性说的同时，谨慎地守护自己。首要的是对体验的理解不要太过狭隘。女性应用“性别”写作，这里的性别含义等同于女性主义理论中的“社会性别”，而不是生物学意义上的男女

性别。在女性主义理论看来，性别是一个社会历史和文化的范畴，是社会现实被组织、被表明和被检验的方式。性别首先是一个社会历史的概念，不同时代和社会的人们对性别有着不同的理解；性别也是一个经济范畴，男女在社会中扮演什么样的性别角色归根到底是由他们在社会经济结构中的地位决定的；性别还是一个政治范畴，它包括权力关系，是社会权力关系的一个缩影；性别又是一个文化范畴，不同的文化背景会有不同的塑造和表现。女性用性别写作就是用社会时代和历史所赋予她的身体、价值观和情感体验来写作；她们应当写自己“被体验着”的身体和生活。女性的身体是自然的，更是社会的，在妇女身上，个人的历史既与民族与世界的历史相融合，又与所有妇女的历史相融合。因此，每个女性的社会经济地位、种族和阶级不同，她们的生活和体验也各具特色。女性的身体是让人们认识崭新的女性世界的一个窗口，而女性的生活更是人们理解女性的重要领空。出现于 20 世纪 90 年代初的“小女人散文”，折射出的就是当代女性五光十色的温馨的生活。它乐道的是女性的日常生活和感受，抒写的是女人的打扮、生活、恋爱、性感受等，写出一种活得很滋润的女人态，一副风情万种的自得其乐的情调，一种庭院深深深几许中的女人梦呓和小康世界中的知足感、当下感。个人的风貌浸润其间，书写自由的观念得以充分张扬，以及随心所欲的口语白话，给文坛添了一片温馨的风景。如用道统的眼光来看，这些女性文学似乎缺少一些东西，如对历史风云的关注，对社会纠葛的把握，但这种缺失又不无其合理性，如同那些反映“风云气”的作品缺乏“儿女情”一样，正所谓有一长必有一短。女性写作无法把女性的命运与历史性的社会批判结合起来，女性的诉求过于个人化与内心化。历史性的社会批判抹不去的仍是宏大叙事的男性评判标准，以此来评判女性写作，本身就存在批评的僭越问题。

在 20 世纪 90 年代欲望化浪潮中，多样话语的共生喧哗、多种姿态立场的呈现、多重眼光的交织错综，女性写作这一问题就更显复杂化了。我们在肯定多数作家创作的神圣认真外，也不排除部分作家追求卖点，暴露隐私，挑动消费者窥私欲的动机存在；也不否认部分作家存在认识的偏差，把女性意识缩减为独特的女性经验，特别是身体经验和性经验，导致了表现对象的狭隘，在把生理性别作为拯救策略，彰显历史盲点之中的女性时，的确存在有丧失自己的文化性别和精神性别的问题。作品应该是作者体验和作者的文化史、个人品格、素养、语言能力的交融。如果女性作家不看重自己作品的社会、历史、时代的价值和圣洁的要义，而一味热衷于以纯粹的女性隐秘欲望进行“身体写作”和暴露自己的“隐私”及“隐秘世界”，长此以往，狭小的“私人空间”将会变成囚禁女性文学的牢狱，使人们既看不到爱情、性爱的文化尊严，更看不到“男女平等”“女性解放”的曙光。女性作为本体存在，首先是社会的人，然后才是女人。有了这种自觉，女性才可以把自己作为认识的对象，从自身出发认识社会、认识历史、认识人生和世界。人的最高价值是社会价值，同时还有自己的特殊价值。女性意识拥有人的社会意识和作为女人的女性意识两个层面，只强调一个方面就会有损于作为女性的真正价值，尤其是在当下离女性真正解放还非常遥远的时代，追求解放和平等的政治意识丧失，带给女性写作的危害和女性写作带来的危害都将是毁灭性的。

二、身体写作的叙事策略的政治意义的追求与消解

女性身体写作赋予女性反传统的写作方式以政治意义：不是从道德角度对性行为进行

思考，也不是试图为自己有违道德禁令的行为辩护，而是为了行使人的自由，争得男女平等所采用的叙事策略。没有比“叙事策略”这个比喻更能恰当地表现女性在现时历史场景中的尴尬了。作为一种寻找自己和自己话语方式的策略选择，个中却有太多的无奈。在一个男性意识为主的商业社会，女性受压抑和女性获取社会认可、争得平等的历史的艰难由此可见一斑。

女性的男性历史定位决定了男性关注女性的兴趣内容与视角，关注的是女性的个人与其自身的关系。艺术借助想象达到文化反抗的规定性很难保证。对女性写作中非理性的内容书写，一方面，被提升到前所未有的女权高度，陈染、林白们“从历史深处和神秘黑洞打捞起来的女性及女性经验：女性同性恋、手淫、性感觉……林白的女性心理自传因其大胆展露女性的隐秘世界而备受瞩目和好评”[①]，“女性性体验无疑是陈染写作重心”，“写作将陈染带向女权高度”。另一方面，女性身体的非理性写作被提升同时也开始它被庸俗化的历程，“女性写家为走俏于文坛大可不必以精神卖淫为耻”。结果是作为策略的身体写作双重失效。承续的反应是批评的双重目光：迷惑于女性的裸露或在忘形的欲望化窥视中，又惊讶震怒于女性大胆放肆与僭越。这与女性写作女性本文为女权批评首肯的大相径庭，意欲实现颠覆和反叛男权文化，现实却成了展露女性的性体验、性本能、潜意识、隐秘欲望等非理性和隐私性内容了，即女性形象成了男性欲望化目光的驻足之物，女性被“他者化”。

翟永明不乐意被看作女性主义作家，也正是基于这样的现实和对这样的现实的清醒意识。翟永明不愿把自己定位为女性主义诗人，她说：“尽管在组诗《女人》和《黑夜的意识》中全面地关注女性自身的命运，但我却已倦于被批评家塑造成反抗男权统治争取女性解放的斗争形象，仿佛除《女人》之外我的其余大部分作品都失去了意义。事实上，‘过于关注内心’的女性文学一直被限定在文学的边缘地带，这也是‘女性诗歌’冲破自身束缚而陷入的新的束缚。什么时候我们才能摆脱‘女性诗歌’即‘女权宣言’的简单粗暴的和带政治含义的批评模式，而真正进入一种严肃公正的文本含义上的批评呢？事实上，这亦是女诗人再度面临的‘自己深渊’。”换言之，对这类写作，大众与社会关注更多的似乎只是作家们的性别而非其作品的意义和价值。王安忆的三恋、《岗上的世纪》发表后，忠厚长者们的痛心疾首即一例证；满足于对对象的各式各样的看，即将作品纳入商业流通体制内将其“奸杀”，伊蕾的《独身女人的卧室》等诗作，被出版家裱以恶俗的春宫色封面发表，招致道学家们排浪般的非议和责难是最好的说明。这恐怕也是陈染们竭力躲开自传或“私人化写作”这个理论预设的陷阱的缘由。这样的写作在这样的阅读下，能从作者的个人经验和批评者建构的乌托邦中触生自觉的女性意识吗？

尽管上述分析力图提升陈染、林白们的文本写作对颠覆男权文化的形式反抗价值和语言文化意义，但仍不可能逃避现实生活中无处不在的父权文化的统治与强大威慑力量。

三、女性个人化写作的创新意义

在强调女性个人写作的现实反抗的困境同时，不应该放弃对理想追求的努力和对女性个人化写作积极意义的肯定。保持女性自己“另类”的体验状态，并以文学的形式展示这

① 陈虹．中国当代文学：女性主义、女性写作、女性本文．文艺评论，1995（3）．

种经验。在本体论的层次上将女性形象进行现象学还原，返还现实生活，让真实的东西更醒目，千万别在各种富有诱惑的批评话语面前迷失。这是女性作家们需要坚守的。

个人化写作中不可否认存在着神性诗意的缺席，现世人生的沉沦，筹划承担的迷失等问题，“神性之维”的缺失在根本上意味着世界的“无度”，现世人生的沉沦意味着无意义人生的重复，筹划承担的迷失意味诗不是敞开自身，而是看似选择的非选择即对在世界中存在的人的拯救。但这并不意指所有女性个人化写作，是女性作家对现实的自我认同的迷失，抑或是个体经验和风格的现实无意识同化。陈晓明说：“幻想的个人经验，个人的语词表意策略，依然掩盖着历史潮流。”个人化与公共性之间的关系是错综的，想以简单的线性思维方式理清彼此的关系是困难的，可以描述的是在现在创作中呈现的几种方式。翟永明的写作表明，在关于个人经验的平淡叙述中去制造一种非连续性的生活片断，但这并不意味个人与历史的对立，只是这样的个人生活并不构成我们曾一直努力想建构的宏大叙事的历史。这种所谓的“非历史化的效果”的叙事构成的个人化生活场景，同样也是历史的构成，只是它和我们约定的历史构成有差异。而这差异正是我们理论工作需要努力去分析的，恐怕不是用“大”或“小”可以概括的。

我是最温柔最懂事的女人
看穿一切却愿分担一切
渴望一个冬天，一个巨大的黑夜
以心为界，我想握住你的手
但在你的面前我的姿态就是一种惨败

——翟永明

这是对女性的承担、母性的温柔烛照着的人类历史的描述，是纵贯（观）人类历史，对女性在文明进程发展中所承担的苦难的概括，对女性的承担所彰显的历史方式的描述，对男性的包容和她的忍辱负重的形象的塑造，这不是“褪去了历史意识的诗句”，而是呈现了一种女性化的历史意识的诗句。即便是对男性“冬天”与“黑夜”的分担，可在男性面前，女性仍要做出一种惨败的姿态，才能为自大的男性所接受。女性“渴望一个冬天，一个巨大的黑夜”，因为只有在这样的背景中，女性的温柔懂事才得以被认识，要不就为男性的历史所掩盖、遮蔽了。正如陈晓明在评述另一位诗人臧棣时说的：“90 年代第三代诗人，在逃避民族——国家的宏大叙事之后，他们当然也拒绝了与之相关的历史，（是否潜藏有有机论的观念）但他们并未逃脱当代史。这种日常性、随意性、瞬间感受、拒绝深度和总体性，等等，难道不是当代史的典型特征的一部分？不是以媒体和商业主义审美霸权反复叙述的后当代传奇的基本主题？这就是历史解构与建构的怪圈。”当代女性化历史意识的建构就建立在女性日益解放和压迫日益加深的当代史中，在认同的夹缝中曲折生长的过程中。

本章小结

本章共分三节，第一节就什么是女性写作和它在新时期的发展走向的阶段性做了粗略的勾勒。

第二节从女性意识的自觉彰显与误读暧昧、女性情感的解放和压抑、女性身体的发现与遮蔽几个方面考察了女性个性张扬与女性个性的失落；又从女性话语的生发和开拓三个方面——由利用西方话语资源起步，在语言的系统转换中解构、颠覆男性话语，并通过女性切身感受提取女性话语——感受女性话语建构中的创新和无奈。

第三节对当下女性写作中存在的值得质疑的或者说警惕的三个问题，做了一些个人性的思考。第一是警惕女性的男性历史的再次合法化，换言之，是对看似维护女性写作的评价中潜藏的对女性的压迫的展现。第二是对作为叙事策略的身体写作，它的政治意义的追求与消解困境的描述。第三是对身体写作的建构意义的肯定，尽管它现在的出现在许多人看来是如此的有问题，但是不应该放弃这样的努力。

关键概念

女性写作　　女性话语　　女性经验

思考题

1. 结合作品分析你对女性文学和女性文学批评的一些个人想法。

2. 谈谈你对“身体写作”的认识。

3. “让男人更多像男人，让女人更像女人。”女性抹杀自身的性征，不顾自己生理的局限，强求与男性在各方面的同一，是对女性的新的压迫。对此，你是怎样理解的？

4. 细读一位20世纪70年代出生的女作家的作品，并就其中的一个文本加以分析。

5. 谈谈你对女性作家争取话语权的努力的认识。

第十章　网络文学思潮

第一节　网络文学概述

网络文学思潮是20世纪90年代后期以来的新兴文学思潮，它构成了新时期文学思潮新景观，为文学的发展与丰富提供了新的契机。网络文学是文学与被称为“第四媒体”的互联网（Internet）有机融合的产物，具有鲜明的时代气息。众所周知，每一种新媒介的出现都是对已有媒体的整合和延伸，都会赋予文学新的表现形式与审美品格，诚如麦克卢汉所说：“媒介即是讯息只不过是说：任何媒介（即人的任何延伸）对个人和社会的任何影响，都是由于新的尺度产生的；我们的任何一种延伸（或曰任何一种新的技术），都要在我们的事物中引进一种新的尺度。”① 在这一部分，我们主要从以下几个方面对网络文学进行总体性的勾勒和描述：第一，网络文学产生的总体背景；第二，网络文学的简要发展历史及主要代表人物与代表作品；第三，网络文学的界定。

一、网络文学产生的总体背景

正如一些专家所言，自美国IBM公司的个人计算机于1981年进入市场以来，网络技术尤其是互联网构成了20世纪的信息技术乃至一般技术发展史中最为重大的进步和拓展。作为未来的全球信息高速公路的雏形，互联网在短短的几年时间中就成了人们工作和生活中不可或缺的基本通讯工具和媒体。

毋庸置疑，网络技术的发展将会从根本上改变我们现有的生活方式，从根本上改变人与自然、技术与自然的关系。中国社会科学院的相关调查结果表明：网民的主体是青年，绝大多数在35岁以下，其中25～34岁上网比例最高。青年网民认为最有希望的网上事业是网上教育，其次为网上购物、网络通讯、网上炒股、软件下载、有偿信息、网上广告、网上医院、网上游戏、电子商务等。随着人们对网络的熟悉程度，网络在生活的各个层面将发挥越来越大的作用，扮演举足轻重的角色。在此基础上的网络文学将呈现出蓬勃的生

① 马歇尔·麦克卢汉．理解媒介——论人的延伸．北京：商务印书馆，2000：33.

命力，具有更加美好的前景。

二、网络文学发展的简短历程及主要代表人物

网络文学是随着互联网的问世而出现的。

第一，根据美籍华人少君在《第 X 浪潮——网络文学》[①] 一文中的相关介绍，中文国际网络最早于 1993 年创建，那时的计算机还未像现在这样普及，最初操练中文网络文学的，也就是这些不曾接受过任何文学训练的"野路子"。他们不曾把网络当文坛，主要是为了交流，或者是为了发泄，鲜有出于创作的冲动。中文网络文学最早出现在海外华人创立的网络文学刊物中，如海外中文诗歌通讯网、中文网络文学刊物《新语丝》等。因此，严格意义上的网络文学，是要等出现了像《新语丝》《枫华园》《橄榄树》等这样的严肃文学刊物，有了比较正式的发表渠道，并拥有一批对文学追求的作者群之后，才算真正地诞生了。发展到 1998 年，开始出现了一部很有代表性和影响力的中文网络小说《第一次的亲密接触》。这篇网络言情小说描摹了网上生活与现实生活的真实感受，使用了一些只有网民才熟悉的"网络语言"。加上笔法细腻，情感真挚动人，因而被誉为"网络上的《泰坦尼克号》"。该作在我国台湾地区改编成电影，在大陆也成为畅销书。

第二，国内的网络文学与海外中文网络文学相比，时间更短，但网络文学已经昭示出其蓬勃的生命力。1997 年，网易公司开始提供免费个人主页，网络文学才开始以主页的形式在国内逐渐流传开来，早期著名的个人主页有"重庆文学"等，作为一个非常有影响的原创文学网站"榕树下"于 1997 年 12 月 25 日创办。不过，国内的网络文学发展主要从 1998 年开始，从某种意义上讲，正是痞子蔡 1998 年 3 月至 5 月写就的《第一次的亲密接触》有力地促进了国内网络文学的发展[②]。此后，不仅有许多网络文学站点和个人主页出现在互联网上，而且一些很有影响力的国内网站如新浪、网易等，也都专门开辟了"网络文学"频道，建立网络文学代表作品的链接，提供专门空间供网民评点网络文学作家及作品，为网络文学的发展提供可靠的保障，比如，"中文网络文学精萃""书路""黄金书屋""原创广场""榕树下""清韵书院""新语丝文库""天涯虚拟社区""橄榄树"，以及"博库""八面来风""麦田守望者"等。1999—2000 年，可谓是网络文学成长的关键年份。网易公司在 1999 年 10 月 19 日宣布举行"网易中国网络文学大奖"，邀请王蒙、刘心武、从维熙、张抗抗、谢冕、李佗等著名作家、评论家担任评委，评奖结果在 2000 年 1 月 28 日新闻发布会上揭晓。"榕树下"网站举办了两届网络文学原创作品评奖活动，在促进了网络文学发展的同时，也扩大了网络文学的影响。首届评奖委员会由传统作家贾平凹、王安忆、王朔、阿城、余华、陈村、郦国义、郝铭鉴，网络写手李寻欢、宁财神、邢育森、安妮宝贝、吴过、柳五、SIEG，网友全景、残剑、温柔组成，从 7 000 多篇应征稿件中评选出了有广泛代表性的佳作，比如尚爱兰的《性感时代的小饭馆》、老谷的《我爱上那个坐怀不乱的女子》、Mikko 的《英雄时代》、蚊子的《蚊子的遗书》等。第二届网络文学评奖委员会由传统作家陈村、王安忆、马原、王朔、苏童、老榕、阿城、余华、余秋雨、刘恒、韩东等，网络写手安妮宝贝、李寻欢、邢育森、宁财神等组成，从 74 153 篇

---

① 少君．第 X 浪潮——网络文学．深圳特区报，2000－05－03.

② 欧阳友权．互联网上的文学风景——我国网络文学现状调查与走势分析．三峡大学学报，2001（6）.

应征稿件中评选出了小说、散文、诗歌等方面的11篇佳作，比如flying—max的《灰锡时代》、凡妮的《傍晚那场电影》、小引的《西北偏北》等。与此同时，网易、新浪等网站相继举办了多种形式的与网络文学相关的活动；许多报刊、广播电台开设“网络文学”“文学在线”等专栏专版，连载、报道以及讨论网络文学作品和最新发展态势；国内有影响的出版社也出版了一系列网络文学作品，比如，时代文艺出版社推出了《中国网络原创作品精选》，上海三联书店出版了《进进出出——在网与络、情与爱之间》、江苏文艺出版社出版了号称“全部由网人撰写的原始、真实的青春故事”的《青柿子——网虫的青春故事》，中国社会科学出版社、人民文学出版社、作家出版社、知识出版社、天津人民出版社、漓江出版社、上海文艺出版社、文汇出版社、长江文艺出版社等也纷纷出版网络文学作品，仅“榕树下”文学网站就签约出版社37家，签约电台46家，出版图书117本，发行图书235万册，签约媒体521家。此外，在网络写手与传统作家就网络文学展开激烈争论、国内各主要媒体竞相关注的过程中，文学理论界也对网络文学给予了及时而充分的理论探索与研究，涌现出了一批高质量的理论文章。凡此种种，形成了一个具有广泛社会影响的文学思潮——网络文学。

第三，由于网络写作的自由性、虚拟性等特点决定了网络写手绝大多数是以“网名”写作，在众多的网络写手与网络作品中，目前比较公认的知名写手与作品是：痞子蔡的《第一次的亲密接触》《雨衣》，邢育森的《活得像个人》《网上自有颜如玉》《柔人》，安妮宝贝的《呼吸》《告别薇安》，宁财神的《缘分的天空》《假装纯情》《无数次亲密接触》，李寻欢的《迷失在网络与现实之间的爱情》《一线情缘》《边缘游戏》，慕容雪村的《成都，今夜请将我遗忘》等①。此外还有李华新、玫瑰灰、冥灵、真水无香、王猫猫、香水百合、少君等众多较知名的网络写手及其作品。

三、网络文学的界定

我们现在需要回答的问题是，究竟什么是网络文学？实事求是地讲，各方目前对这个问题并没有形成一个统一的认识。在此，我们给大家介绍几种有代表性的观点。首先，一些文学网站的负责人（“榕树下”创办人朱威廉）认为，网络只是文学的另一种载体，内容、体裁、发表媒介都不是定义的关键，因此，以互联网为载体，具有一定原创性的作品就是网络文学。其次，一部分从事网络文学的写作者如李寻欢认为，“网人在网络上发表的供网人阅读的文学”可称之为网络文学，并从主体、传播渠道、创作动机三个方面进行具体论述；痞子蔡认为，比较审慎的做法是，等网络文学更加多元化之后，从中选出有代表性的作品并进行比较、分析，才有可能给网络文学下一个比较准确的定义，如果现在一定要一个定义，那应该是在网络时代出生的写手在网络上发表的作品，可简称为网络文学；邢育森认为，“网络文学不仅仅局限于描写网络的文学，而是一种以网络为媒体进行出版和传播的文学。”最后，传统作家是如何看待这个问题的？一部分作家（如陈村）认为，现在定义网络文学为时尚早，但不可否认，写作工具的变化渐渐会使文体等发生相应的改变；另一部分作家（如王朔）则认为，网络文学就是写在网上的东西，说到底网络只是个载体。此外，还有一种截然相反的观点，认为根本就不存在网络文学，比如，桑地认

① 杨新敏．网络文学刍议．文学评论，2000（5）．

为，“网络不过是一种新的媒体，其文学特质没有任何变化，所以网络文学的概念也就没有任何意义”。总体看来，对这个问题的回答存在着两种不同的界定方式，即广义的与狭义的两种。我们首先对这些观点做简要的介绍，然后再给出我们的解释。

第一，部分研究者认为，应从最宽泛的意义上来界定网络文学，简言之，网络文学就是与网络有关的文学，包括印刷类文学的网络化与网络原创文学两大类。持此观点的研究者认为，传统的印刷类文学网络化后就成为网络文学，并从“所使用的材料”“所借助的媒介”“它的接受方式”三个方面进行理论论证，这样一来，传统文学只要“触网”就成了网络文学。根据一些研究者的归类，网络上目前存在的文学大致有以下七种类型：图书馆上网的文学资料、传统报纸杂志的网络版、传统作家的网上个人主页、各种综合网站的文学板块、网络文学期刊、网络作者的文学主页和网络社区文学。其中，前三种只是传统文学的网络化，比如，国内一些较有影响的文学期刊如《钟山》《作家》等都已陆续发行了网络版，传统作家的网上个人主页则相当于作家的个人文集或全集，一般是作家把自己在包括书刊、报纸、广播、电视在内的传统媒体上发表或出版过的作品，再拿到自己注册的网页上重新刊载。如果根据这个定义，这些统统都是网络文学。很显然，如此宽泛的定义必然导致一系列的逻辑谬论，传统的文学经典如《诗经》《楚辞》《红楼梦》《荷马史诗》《红与黑》等网络化后就成了网络文学。实际上，我们还可以进行进一步的逻辑推导：既然这些作品成了网络文学，那么创作这些作品的作家与此相适应就成了网络作家，结论显然是荒唐的，足见这个定义的不当。认为网络文学就是与网络有关的文学这一观点的人主要是一些文学研究者，这一观点招致了绝大多数从事文学活动的人尤其是网络写手的反对，比如，蔡智恒（痞子蔡）在《网络文学和我》中明确谈道：其实早在1996年左右，台湾就讨论过网络文学应该是怎样的，如果只要发表在网络上的都算网络小说，那么万一曹雪芹复活，把《红楼梦》贴在网络上，《红楼梦》就是网络小说了吗？它跟网络小说还是不一样的。

第二，狭义的网络文学是特指网络原创文学，这种界定得到了广泛的赞同与认可。在他们看来，网络文学是指首次在网上“发表”的文学作品，包括那些经过编辑、登载在各类网络文学刊物的作品，个人主页、电子公告栏上不经编辑、个人随意发表的文学作品，以及一些电子邮件中的文学作品，甚至包括公共聊天室里具有文学性的对话等。网络文学大致有如下内容：利用网络多媒体和WEB交互作用而创作出来的文学作品，只存在于网络，如接龙小说、多媒体剧本等形式；以传统的创作手法而只为网络创作的作品，目前，这类作品最多、最普及。

在我们看来，网络文学既不是写网络的文学，也不是网络上的文学，目前对网络文学的认识还存在很多模糊性与认识误区。应对网络上的文学与网络文学进行比较严格的区别和界定，而不是把两者混为一谈，甚至相等同。这是因为，在网络时代，网络给文学带来的影响是方方面面的：一方面，对业已存在的传统文学而言，它部分改变了文学的载体与阅读方式；另一方面，网络在写作、发表、流通、消费等各个领域的介入，直接孕育、催生了一种新文学的产生——具有原创意义的网络文学，从而表现出了与传统文学迥然相异的特征。因此，传统文学某些方面的网络化与真正的网络文学要进行严格的区分，只有在区别的基础上，才能看清两者之间在文体、语言、审美情趣等方面的不同特点。我们知道，文学是一个系统的、多层面的活动链，单单从其中的一个环节来界定网络文学是远远不够的，对它的把握也不够准确。网络文学应该在各个层面都体现出网络的特征，如写作的在线性、文本的在线性、传播的在线性以及接受的在线性，这几个环节中的任何一环缺漏或有意省略都不成为真正意义上的网络文学。本着此原则，在对网络文学的理解过程中，应注意两个问题：第一个问题就是只从载体形式、流通方式以及接受渠道着眼，而没有考虑到写作与发表环节，这种观点的集中体现就是把传统文学的网络化看作“网络文学”。第二个问题，也是最容易混淆的问题，就是把写作的电脑化与写作的网络化两者等同起来。实际上，这是两个截然不同的问题，我们知道，电脑已经非常普及，相当一部分传统作家也在应用电脑写作，但是，以这种方式写出来的作品并不是网络文学，这是因为，使用电脑写作即写作的电脑化与写作的网络化是两个根本不同的概念，前者仅仅把现代技术装备作为一种比较高级的打字机，仅仅是用来进行传统创作的便捷工具，不会从根本上改变文体特点与审美品格，正如麻省理工学院电脑科学实验室的高级研究员 D. 克拉克所言：“把网络看成是电脑间的连接是不对的。相反，网络把使用电脑的人连接起来了。”

总之，我们认为，严格意义上的网络文学是指在写作、发表、传播、接受等各个环节都具有网络在线性质的文学活动，各个部分之间形成了一个有机的整体，具有自我统一性与内在的完整性，文学活动的各个环节都可在网内完成，一体化特征极为明显，写作的自由性、文本的开放性、发布的敞开性、传播的广泛性、接受的自由选择度空前加强。基于此，我们下面对网络文学基本特征的论述也是从这些基本规定方面来进行。

第二节　互联网的基本特征及影响

由于网络文学是借助现代网络技术而形成的一种新的文学种类和艺术形式，所以在论述网络文学的基本特征前，应首先对互联网的基本特征做简要介绍。在此基础上再概论它对人类社会生活的革命性意义。

一、互联网的基本特征

毫无疑问，互联网的发明是人类新技术革命的一个具有划时代意义的里程碑。人类社会已经由原来的口传媒介、印刷媒介时代发展到第三媒介时代即电子媒介时代，互联网则被称为继报纸、广播、电影电视之后的“第四媒体”。总体看来，互联网有以下几个突出特征：

第一，信息数字化。所谓的信息数字化，是指无论是数字、文字，还是声音、图像等信息都可由“0”和“1”两个数字即“比特”表示，将日常的十进制数变为二进制数，“信息的转换方式从模拟转变为数字化，就使信息转换可能从自然组织之物转化为可控电子。在语言这一情形中，字母被缩约为一套以 0 和 1 组成的二进制组合代码（比特）”。比如，一个汉字可用 16 位二进制数表示。信息的数字化具有很多优点，主要体现为：抗干扰能力强，在测量、传输、复制中都不容易出现误差；容易做到功能强、体积小、重量轻、功耗省、寿命长；容量大，容易实现信息的压缩，在同样传输、存储能力下，可以处理更大量的信息，等等。

第二，互联网打破了时空、国界、地域的限制，真正做到了将世界变成“地球村”。这一特征主要由两个技术特征来体现：一是它的非线性和多维互补性即超文本性；二是它的虚拟性。首先介绍它的第一个特征。根据一些学者的论述，“超文本”（hypertext）一词由美国学者尼尔森首创。目前来看，尽管这个术语已被社会各个领域广泛接受，但对其内涵的理解并不一致。比如，有的把超文本看作是一种文学手段，意指“文学联系的电子化”，有的把其看作一种信息传播媒体，具有巨大储存能力的数据库。我们认为，从纯技术角度看，所谓的超文本是电子信息网络中一项非常重要的技术，是一种电子数据系统与组织信息的奇特方式。这个信息单位不受这个信息集合体统一意义结构的约束，它可以随时通过链接的形式进入另一个信息集合体，基于此项技术的信息服务 WWW（万维网）及其浏览器（browser）自 20 世纪 90 年代问世后便风行全世界。这项技术能以非线性方式链接各种 HTML（超文本结构语言）文本（包括文件、语言、图形和图像等），超文本的出现和盛行会强化人们的非线性思维。

其次介绍它的虚拟性特征。国外一些学者认为，虚拟属于技术范畴，被广泛运用于经济学、工程技术领域，主要是成像技术领域，正如劳费尔所指出的：“从通常和本来的意义上说，可能的东西就是虚拟的东西：是将要成为还没有成为的东西。在这个意义上，虚拟与现实直接相关。比如，如果人们说某个东西可能出现，那就是说只要等上一段时间就能看见它出现；相反，人们说某个东西是可能的，那一般就意味着这种东西不会成为现实。但这个词还有另一个更新的意思，与成像技术和模拟的概念有关，从这个意义上讲，某个虚拟的东西（比如数字化图像）就是与另一个东西如此相像，以致人们会以为它们是同一个东西，就好像一个非物质的东西能有实在性一样。就第二层意思来说，它涉及一种与表象有关的技术。事实上，当人们谈论‘虚拟现实’技术时，指的常常是后一种意思，它与模拟、模仿有关。”国内学者认为，所谓的虚拟“无非是数字化方式的构成。虚拟通过数字化方式为人类提供了一个虚拟空间，而这一虚拟空间与网络、电脑、高科技相结合，为人类的发展提供了一个前所未有的数字时代”。并以此划分了三种虚拟方式：对实在事物的模拟；对现实的超越性，但还是在合乎现实的基础上发展起来的；对与现实背离的事物的虚拟。此外，互联网还具有多媒体性，是对原有媒介的整合，是对其功能的拓展与延伸，能实现文字、声音、图像于一身，能够实现信息的发送与接收的同步性等，具有一种整体性、交互性等功能。

二、网络技术的革命性意义

在我们看来，互联网的问世不仅仅是一种新技术的诞生，不仅仅是单纯的技术工具在人类生活中的运用，更重要的是，它还对人的思维方式、心理塑造、社会制度、文化创新等各个方面都产生着难以估量的影响，总而言之，它必将影响人类的生存方式。正如荷兰当代技术哲学家 E. 舒尔曼所指出的那样：“技术在现代的、充满活力的文化现实中占据着重要地位。人们越发广泛地承认，现代技术是现代文化得以建立的基础。在很大程度上，我们文化的未来将被技术控制和决定。”美国著名未来学家阿尔温·托夫勒也曾在《第三次浪潮》中指出：“在深刻变革信息领域同时，我们注定要改变自己的思想——改变我们思考问题，综合情况，预测行动后果的方法。”概而言之，网络技术的革命性意义主要体现在以下几个方面：

第一，从思维方式层面看，互联网的超文本技术促生了一种有别于传统的思维方式即“关联思维”。众所周知，以古登堡为标志的印刷技术革命的直接结果之一就是产生了一种新的思维方式：“在这种新的思维方式影响下，人们对该如何行动以及如何与世界发生关系有了一种新的意识。印刷可以将事件以有序的、合乎逻辑的和客观的方式进行组织，在这样做的时候，它鼓励了线性的、序列化的因果思维方式。对‘思维’的条理，就使得想法被线性地表达出来，此时，‘想法’是经过斟酌的、渐次冒出的。这种思维方式与口头传播时期通用的那种颠三倒四、语无伦次的对话思维方式截然不同。”① 同理，有学者认为，互联网的出现在全球范围内打破了以往人类的认识方式——单一或分离的“主体→客体”的认知结构，突破了线性因果联系的思维方式，变革了非此即彼的两极对立的思维方式，确立了主客体互通反馈式的主体认识架构，从而使过去单一的“主体—客体”认知关系向多层次多向度的认知关系转向。

第二，从交往方式看，由虚拟等核心技术支撑的互联网跨越了传统意义上的时空界限，打破了传统意义上的地域及国界的限制，最大限度地改变了人类的交往方式与拓展了人类的实践范围。这种新型的交往方式具有“交往的实时互动性”与“交往的全球化”两大特性，从而深刻地影响了人类的生存方式。

第三，互联网有助于形成一种新的价值观念。由于网络这个平台是一个开放的、平等的、自由的场所，它有助于自由、民主精神的形成。在虚拟化的社会里，人人都是平等的，人人都有发言权，人人可以自由表达自己的思想，自由地进行选择和取舍，能为人的个性发展提供广阔的空间。

其实，我们最关心的问题是，互联网的问世给文学究竟带来了什么样的影响？这种影响仅仅是形式与载体方面的变化，还是在文学本质、审美范式等方面都带来了“哥白尼”式的变化。这就是我们在下面一节中重点探讨的问题。需要说明的是，我们在第一节已经提到，互联网对文学的影响既有局部的，也有整体性的，我们所说的网络对文学的影响主要指后者。当然，一种新的媒介对文学的全方位影响是一个渐进的过程，因此，对网络文学基本特征的论述，一部分主要是对目前的文学实践做总结，更主要的是一种理论的预测和前瞻性研究，其许多特征还是从网络基本特征直接延伸而来，实际如何还须文学实践的进一步检验。

第三节　网络文学的基本特征

网络文学有无属于自己的本质特征？对于这个问题，目前大家并未取得共识，存在两种截然对立的意见：一种认为网络文学没有属于自己的本质特征；另一种认为网络文学有自己的本质特征，各自以传统作家与网络写手为代表。比如，余华说：“对于文学说来，无论是网上传播还是平面出版传播，只是传播的方式不同，而不会是文学本质的不同。”② 吴俊认为：“作品的文学性取决于它自身的叙述和表现，同其物化的载体（媒介）形式，

① 杰里米·里夫金．生物技术世纪——用基因重塑世界．上海：上海科技教育出版社，2000：179.

② 余华．网络和文学．作家，2000（5）.

不管是纸质书刊还是电脑网络，并无必然联系。”① 再比如，作家张抗抗在被聘为“网易中国网络文学奖”的评委之后，“在进入阅读之前，曾作了充分的心理准备，打算去迎候并接受网上任何稀奇古怪的另类文学样式。读完最后一篇稿时，似乎是有些小小的失望——准备了网上写作的恣意妄为，多数文本却是谨慎和规范的；准备了网上写作的网络文化特质，事实却是大海和江河淹没了渔网；准备了网上写作的极端个人化情感世界，许多文本仍然倾注着对于现实生活的关注和社会关怀；准备了网络世界特定的现代或后现代话语体系，而扑入视线的叙述语言却是古典与现代，虚拟与实在杂糅混合、兼收并蓄的。被初评挑选出来的30篇作品，纠正了我在此之前对于网络文学或是网络写作特质的某些预设，它比我想象的要显得温和与理性。即便是一些‘离经叛道’的实验性文本，同纯文学刊物上已经发表的许多‘前卫’作品相比，并没有‘质’的区别。若是打印成纸稿，‘网上’的和‘网下’的，恐怕一时难以辨认。我不知道那些‘异质’的和‘另类’的网络成品，就是现在这个样子，还是被初评筛掉删去，成了‘漏网之鱼’？因此我们是不是可以认为，任何评奖过程真正较量的不是作品，而是评奖的标准。”张抗抗最后得出了结论：“网络文学会改变文学的载体和传播方式，会改变读者阅读的习惯，会改变作者的视野、心态、思维方式和表现方式，但它究竟在多大程度上，能改变文学本身？比如说，情感、想象、良知、语言等文学要素。也许当电子信息时代彻底改变并重塑人本身时，网络文学对‘传统文学’的颠覆才会成为可能。”②

在我们看来，传统作家与网络写手各自代表的阅读群体在这个问题上存在的分歧表明，双方看待问题的角度不同，前者更注重从已有的文学范式、审美规范等方面来衡量网络文学，后者更多地侧重从新媒介给文学带来的诸多新的可能性来探究网络文学，正如有的网络写手所说，“评选时有分歧。他们（传统作家）看重作品的艺术性、语言、结构等”所得出的结论自然也就不同，但都有一定的合理性。新技术、新媒介与文学联姻共同孕育的网络文学必然体现出一些与以往的文学类型相异的特征，这是毋庸置疑的。不过，由于网络文学刚刚兴起，还未能完全展示其应有的文学特性与审美品格，这决定了我们下面对其特征所展开的具体论述，就包含了相当程度的理论前瞻性因素。众所周知，一个完整的文学活动由写作、文本、传播、阅读四个环节构成，因此，我们就从这四个方面对网络文学的基本特征做一尝试性的论述。

一、网络文学的写作

在探讨网络写作的主要特征前，我们首先需要对“网络写作”下一个比较简明的定义。正如多数研究者所论，确切地说，网络写作是指互联网上的“即时写作”，也可称为“在线写作”。网络写作因其充分显示了现代技术对文学写作方式的重大影响，所以最明显地表现出与传统写作的不同及其对传统文学观念的挑战。

在线写作，反映了写作的整体背景与氛围发生了很大变化。书写方式的变化不仅仅是工具的变化，更重要的是，它体现了现代人生存方式与生活方式的巨大历史变革。在这里，速度或节奏显得十分重要，这是现代人的快节奏生活方式的具体表征之一。因此，书

① 吴俊．网络文学：技术和商业的双驾马车．上海文学，2000（5）.

② 张抗抗．网络文学杂感．中华读书报，2000－03－01.

写节奏的加快，必然导致文体、篇幅、语言、阅读方式等方面的变化，最终会导致新的审美情趣与审美理想的形成。在此，我们主要考察网络写作与传统写作的区别。

第一，网络写作的非职业化。这个特点是与传统作家的职业性写作相比较而言的。网络写作较少功利性，更多一些审美性与自由性。作家的非职业化、非专业化可以避免一些专业作家或职业作家把写作当作某种谋生的工具与手段，避免过于功利化的色彩出现，避免“欲赋新词强说愁”现象，正如王安忆所说：“我在农村插队落户时，常有多种遭遇，因而产生各种心情；回城后当刊物编辑时，也有各种际遇，时有所感。写作的要求都是在这种场合产生的。”“不幸的是我过早成为专业作家。文学本来应该是人生的副产品……不料我先成为作家，生活倒成为我次要的东西了。因此，我感到困惑。”2003 年，网络写手痞子蔡在有关新作《夜玫瑰》的谈话中说：“我不会专职去写作，虽然我知道我教好几年书可能才得到我写一本书的钱，但有时候做工作不是用钱来衡量的。我只要自己把写作当作兴趣去做。”

相当一部分研究者认为，传统作家的权力在网络时代被敲击键盘的无名者所分享。如果说，传统文学体制之下的作家仍然是文化英雄的象征，那么，网络空间的写作者已经不再承担文化英雄的责任。作家的身份、地位、荣誉、文化资本、权力（包括象征性权力）无法在网络空间提供的生态环境之中延续：“人的感觉，人的虚构与幻想，已经到了随意在虚拟空间里发表，并且无限繁殖天下的时代，无论如何，剥夺着旧定义的‘作家’生存，人人可成作家，并当即发表，贴在读者栏还是正栏，真有什么区别?”① 在某种意义上，网络写作消解了印刷时代形成的作者观念以及写作的意义。

网络写作的这种特征是由其媒介形式自身决定的。众所周知，传统的作者概念是印刷媒介时代的产物，印刷使得作者这一概念变得重要：“尽管个人作者以前被公认过，但为数极少。手抄本的写作经常是匿名的，是许多作者在较长时期内集体劳动的结果。仅仅一本书的写作就经过几代作者的现象并不罕见。作者概念的出现，使个人的声音与周围社会的集体声音分开了，提升了个人的独特地位。”②“个人思想的‘原创’和‘独特’，促使人们确信个人是文明进步的主要推动者。……作者的概念和作品的个人所有权概念是同步出现的。版权法的建立第一次使得人们之间的通信成了商品。一个人可以拥有自己的思想和言语，他人必须付钱才能听到。这个概念标志着人与人之间的关系发生了具有划时代意义的转折。”③换言之，作者只是一个历史性的产物，在不同的阶段，其内涵与意义都会随着媒介及技术手段等的不同而发生相应的变化。与印刷媒介相比，电子媒介与网络技术培育了新的写作方式与作者概念，为“人人都是艺术家”这一理想的实现提供了技术上的保证，正如蔡智恒在《青年作家·网络文学》中写文所说，网络写作“最大的优势是降低了文学作品的门槛，只要你愿意发，你就可以成为作家，我鼓励年轻人创作，网络降低了发表的平台，对文学创作有促进作用”。

第二，网络写作的互动性、广泛的参与性。最典型的是接龙写作，充分体现了互联网络开放性、即时性、互动性特点，使文学创作变成了一项集体参与的文学活动。例如，自1999 年 1 月始，新浪网与《中华工商时报》联合举办了为期一年、题为《网上跑过斑点

① 张辛欣．怎么在网络时代活一个自己．南方周末，2000-03-31.

②③ 杰里米·里夫金．生物技术世纪——用基因重塑世界．上海：上海科技教育出版社，2000：179-180.

狗》的接龙小说活动；榕树下网站的网友接龙小说《城市的绿地》，以及网上流行一时的《超情书》《危险》等超文本回环链接诗歌的文学实验等。传统写作从书写到阅读，中间需要经过审查、排版、校阅、印刷、发行（流通）等多道环节，网络写作就不存在这一问题，作者写作和读者阅读之间就没有这些间隔。此外，网络写作往往在书写的过程中就可以不时地得到读者的反馈，从而影响到此后的写作。比如，《第一次的亲密接触》在写作过程中，就有许多读者纷纷回应，为其中的女主角“轻舞飞扬”向痞子蔡求情，担心某种不能接受的结局的降临。不仅如此，读者与读者之间还就这篇作品展开网上讨论，有时甚至发展到读者不是给作者提意见和建议，而是索性站出来为作者改上一部分或续上一部分，这时，网络作品就变成了一种接龙游戏，作者与读者也很难分得清了。从这一意义上说，网络写作真正实现了读者和作者的双向交流与即时性互动。

第三，网络写作的虚拟性。虚拟性不仅是互联网的特点，而且是网络写作的特性，没有虚拟便没有网络写作，正是这种虚拟性，才使网络写作获得了表达的充分自由。一些网络写手的言论都表明了网络写作虚拟性所带来的多种变化，邢育森说：“说实在的，在没有上网之前，我生命中很多东西都被压抑在社会角色和日常生活之中。是网络，是在网络上的交流，让我感受了自己本身一些很纯粹的东西，解脱释放了出来成为了我生命的主体。”宁财神说：“以前我们哥几个曾经探讨过这个问题，就是说咱们是为了什么而写，最后得出结论：为了满足自己的表现欲而写、为写而写、为了练打字而写、为了骗取美眉的欢心而写，当然，最可心儿的目的，是为了那些个在网上度过的美丽而绵长的夜晚而写，只是该换个名字，叫记录。”安妮宝贝也说：“我觉得自己的文字是独特的，但现在的传统媒介不够自由和个性化，受正统的导向压制太多。就像一个网友对我说的，我的那些狂野抑郁的中文小说如果没有网络，他就无法看到。”写作的虚拟性能够最大限度地让写作者把自己最真挚的情感与体验传达出来，而不去考虑在传统写作那种语境中遇到的种种现实纠葛，给人一个纯净的艺术天地与审美空间。

二、网络文学的文本①

实事求是地讲，就目前的网络文学文本而言，其形式上的革命性远远大于其内容方面的。从现代西方文学理论的某些观点看，传统文本尽管在“内容”上是开放的，但在形式与外观上还是封闭的、完整的；对网络文学来讲，其形式与外观都是开放的，如文本的超文本性、多媒体性，图像叙事与语言叙事的交融性等。因此，网络文本目前的特点在很大程度上还是以其技术为依托所造成的在形式方面的显著特征，并以此来区别于传统文学的文本。

第一，网络文本的多媒体性。这个特点也是众多研究者格外关注的主要层面之一，认为这是网络文本与印刷文本最明显的区别之一。部分研究者还从叙述学角度来加以探讨，认为网络文本的叙述不是传统文学单纯的语言叙事，而是声音、图像、文字等有机整合的综合叙事，这对文学观念构成了最大的挑战。在他们看来，多年来无数作家都在尝试着小说叙述的革命，然而，迄今为止，所有的探索都跳不出语言的魔爪，都在线性叙述的怪圈里兜转，多媒体技术的降临，轻而易举地在此打开了缺口，综合媒介的全面采用，无疑是

① 本部分内容与主要观点借鉴了杨新敏．网络文学刍议．文学评论，2000（5）．

小说叙述的最大创新。以几部作品为例来说明问题，比如，在《火星之恋》这部网络科幻小说中，在对主人公爱情故事的语言叙述中，间或插入音乐、图片等资料，在阅读过程中只需点击鼠标就会响起美妙的音乐，就会出现若干美国航天探测器从太空发回的火星表面照片或者几秒钟的美国宇航员登上月球的音像资料，建立在线性叙述基础上的时间艺术受到了综合叙述方式的挑战。网络文本的特色和优势在于利用多媒体和 WEB 交互作用，把文字与视频、音频结合起来制作超媒体、超文本链接式作品，这是网络文学有别于传统文学的根本标志，也是最贴近网络本性的创作革命，应该成为网络文学的发展方向。由于技术等方面的限制，目前这类作品还不多见。

第二，网络文本的超文本性。从文学的角度看，所谓的超文本指各文本间联系的电子化。正如一些研究者所指出的那样，在早期的超文本作品中，作者在情节发展的每一个转折点都为读者提供了多种阅读选择，读者的选择不同，事件的发展过程就不同，结局也不同。严格说来，超文本小说是许多文本的排列组合。文本的超文本性实验最早可以追溯到 20 世纪早期的法国新小说派的罗伯-格里耶，他曾经创作过活页小说，就像玩扑克牌一样，可以进行多种组合，每次组合就是一部新小说。但是，这些还不是我们所说的网络文本，而是印刷时代所做的文本实验。较早的网络超文本小说是美国作家米歇尔·乔伊斯创作于 1990 年的《发生在下午的故事》[①] 和斯都尔特·墨斯罗普创作于 1991 年的《胜利花园》[②]。查尔斯·狄墨在戏剧领域开始超文本戏剧（hypertext drama，或 hyperdrama）实验。独幕剧《芭拉的遗曲》（*The Last song of Violeta Parra*）“整出戏实际演出长度为 30 分钟，地点安排在一栋二层楼房里，八个人物分批在各式房间进行对话，有时因剧情需要而上楼或下楼，并顺势参与另一房间进行中的对话。依时间次序，最后一幕在第二客厅汇集了所有角色，直接向观众交代了一些后续发展。还原成剧本的文字阅读，这些上下楼或转换房间的动作即是超链接的设定处”[③]。如今，台湾的李顺兴等人也在搞超文本实验。他的《围城》及《文字狱》等作品可以看作是中文超文本小说的典范[④]。后来，网络超文本则在小说中设置多处链接，读者根据自己的意愿随时可以进行新的链接，从而进入一个新的艺术空间与审美世界。由于超文本的多媒体性，链接的对象既可以是文字本身，也可以是图画，还可以是某些特殊符号。从理论意义上说，这是一个无穷的过程。文本链接的这种随机性与多样的选择性，改变了读者原有的阅读心理与审美经验。与传统的文本观相比，网络文学的超文本性具有多重作者性：“文件可以有多种方式在人们之间进行交换，每个人都在文本上操作，其结果便是无论在屏幕上还是打印到纸上，每个人都在文本的空间构型中隐藏了签名的一切痕迹。再者，超文本程序鼓励读者把文本视为他或她可以在其中创立自己的链接的符号域或符号网，这些链接可能会变成文本的一部分，而其他读者也可以尾追或随意更改。这些程序使人们能在全文或一组文本中查找单词或短语，并添加进文本或保存。结果产生一个新文本，把作者原本不想放在一起的词语放在一起。读者以自己的词语序层代替了作者的词语序层。作者与读者之间的区分因电子书写而崩溃坍塌，一种新的

① http：//www. eastgate. com.

② http：//www. eastgate. com/catalog/VictoryGarden. html.

③ 李顺兴．谁来共谱《巴拉的遗曲》．中国时报，1998－04－09.

④ 歧路花园．http：//benz. nchu. edu. tw/～garden.

文本形式因此出现。”[①] 在这种新的文本面前，我们既可以沿着作者已经准备好的诸多路径向任何方向移动，甚至可以沿着读者自设的路径去阅读。

同时，我们也应看到，网络技术赋予网络文本的这种特性，只是为文学审美品质的创造提供了一种新的可能，并非这些就是文学审美自身，正如一些研究者所说，审美创造的本意在于从混沌中提炼出有意味的形式，如果只是单单为了突破纸质文本的有限性而将语词的意义链无限度、无节制地开放，其结果只会使文本最终趋于瓦解，回归到混沌未分的状态，最终必然导致文学的消亡，“超级文本文学所具有的所谓文本资源的丰富性，文本多义性和阅读开放性如果仅仅出于网上随机选择、提取或组合，或者字典辞书式的资料堆积，而不是来自独特的精神创造，那它就极可能是苍白无力的文本拼贴，由此也就不大可能产生出伟大的文学了”[②]。

第三，网络文本的动态性。网络文本的前两个特点决定了网络文本的动态性与开放性。众所周知，印刷媒介时代的纸质文本是静态的，日常所谓的“白纸黑字”指的就是传统纸质文本的稳固性和不可变异性，就像“铁板上钉钉”一样不可动摇。网络文本通过互联网特定的程序与技术手段可以使页面上的文字达到动感效果，从而为人们带来一种新的审美感受。

例如一首名为《西雅图漂流》[③] 的小诗，打开网页，整整齐齐写着这样五行字：

我是一篇坏文字
曾经是一首好诗
只是生性爱漂流
启动我吧
让我再次漂流而去

正如一些学者所分析的那样，当读者点击诗上端的“启动文字”按钮，这诗中的文字就开始抖动起来，歪歪斜斜地朝网页的右下方扩散开来，像雪花一样飘飘洒洒，并逐渐溢出网页，游离我们的视线，电脑屏幕上的文字逐渐稀疏起来。这时，一种失落感和孤独感在读者心里油然而生，舍不得它们全部散落和游离屏幕的心理迅速增强。于是，读者就会像急切地抓住落水的孩子和或远去的亲人那样，赶快点击“停止文字”按钮，然后再点一下“端正文字”按钮，《西雅图漂流》恢复了原样。这时，紧张的读者才能平静下来，开始细细回味这首小诗的“漂流”滋味。显然，阅读这样的作品与阅读传统作品大不一样，阅读者的兴奋点不在作品的内容，而在作品的形式。就“作品的形式”来说，也不是传统意义上的语言、结构、韵律等，而是它的“动感形式”，即由电子软件所支持、所操纵的“文字舞蹈”，读者的心理感受是在它的影响下升降起伏的。文本的这种动态性有助于一种新的审美心境与阅读氛围的形成，提升文本的艺术表现力与感染力。

第四，网络文体与网络语言，风格简洁明快。与传统文学相比，网络文学在篇幅、文体、语言等方面都体现出了新的特点，比如，从篇幅看，绝大多数小说都控制在一万字以内，其他体裁更加短小。对于这种变化，不仅传统作家而且网络写手都有精辟之见，比

---

① 马克·波斯特．第二媒介时代．南京：南京大学出版社，2005：99.

② 王一川．网络时代文学：什么是不能少的？．大家，2000（3）.

③ 对此问题的论述主要借鉴了赵宪章．论网络写作及其对传统写作的挑战．东南大学学报：哲社版，2002（1）.

如，作家陈村认为，“工具的变化会带来文风文体的变化”①。作家徐坤认为：“网络在线书写就是越简洁越好，越出其不意越好，写出来的话，越不像个话的样子越好。一段时间网上聊天游玩之后，我发现自己忽然之间对传统写作发生了憎恨，恨那些约定俗成的、僵死呆板的语法，恨那些苦心经营出来的词和句子，恨它们的冗长、无趣、中规中矩。整个对汉语的感觉都不对头了。我一心想颠覆和推翻既定的、我在日常工作中所必须运用的那些理论框架和书写模式，恨不能将它们全都变成双方一看就懂的、每句话的长度最多不超过十个汉字的网络语言。”② 网络写手李寻欢认为：“篇幅，因为网络阅读的习惯，网文一般都短小精悍，少有长篇大作；体裁，多杂文、散文，小说和诗歌相对较少，其他文学体裁非常少见；内容，主要是讲述生活随感，爱情故事，时尚话题等；语言，比较活泼随意，幽默，有一些网络语言或社区典故等。”

在语言方面，网络文学初步显示了传统文学语言所没有的特点，语言表达简洁化与口语化，形成了一种较为独特的语言风格即“网语体”。比如，在网络语言中，英语交流中的“you're”，在网上变成了“u'r”；而“别跟我玩儿那一套”一句话，则被一个键盘符号的组合所形成“:?”；还有如大笑“:）”、嘟嘴“:（”等等不一而足。此外，网络写手为使表达更为简练，还创造了很多网上约定俗成的表情符号，如：“％—）”：哇，跌破眼镜；“＃—）”：一夜没睡，眼睛都皱成一团了；“｜—）”：眯着眼睛笑；“（：—&”：暗示这个人正在生气，等等。在语言的表述方面，不过分讲究遣词造句，不大注重文字的修饰，而采用一种质朴、率直的表意方式，形成了一种清新、自然的语言特点，比如，《第一次的亲密接触》中的一段语言表述就很具代表性：

> 如果我有一千万，我就能买一栋房子。
> 我有一千万吗？没有。
> 所以我仍然没有房子。
> 如果我有翅膀，我就能飞。
> 我有翅膀吗？没有。
> 所以我也没办法飞。
> 如果把整个太平洋的水倒出，也浇不熄我对你爱情的火焰。
> 整个太平洋的水全部倒得出吗？不行。
> 所以我并不爱你。

概言之，网络文学在文体、语言方面的这种变化是由于以下主要原因造成的：首先，我们现在所处的时代是一个信息爆炸的时代，人们更多时候是以“网上冲浪”的心态来对待网络文学的，注重的是网络文学的娱乐和消遣功能，这就要求网络文学内容要引人入胜，语言要简洁明快，在最短时间内“留住”读者。其次，从网络写作来看，多数作品是即兴创作，有感而发，不像传统写作那样“精雕细刻”，耐心打磨。最后，快节奏的生活与特定的审美期待与心理决定了网络文学这一有别于传统文学的文体与语言风格。此外，网络费用的影响也不可忽视，网上的时间每分每秒都是金钱，因而人们在网上交流时，为

① 陈村．网络两则．作家，2000（5）.
② 徐坤．网络是个什么东西．作家，2000（5）.

了缩短时间，常常发明一些简化表达式，很快这些简化表达式便成了一种网上公用语言。正如网络写手邢育森所言："人们在网上看东西，一是信息太丰富太多了看不过来，往往是匆匆浏览几眼，二是这几眼一定要把读者留住，拖沓累赘十分的要不得。所以网文大都简洁明快，十分吸引人。"

三、网络文学的传播

与传统文学相比，网络文学的传播简单、直接、迅速、便捷。作品一经完成，只要轻轻点击鼠标瞬间就可完成发表这个过程，因此，绕开了传统印刷类媒体中各种各样守门人的审查，写作、发表、传播、阅读等各个环节都可以在网上完成。写作者不必考虑刊物和编辑的审美趣味，只需遵从自己的创作欲望而写；不必担心作品被"守门人"埋没，写作完成之日就是作品发表之时，传播之时。

媒介即讯息，根据一些学者的划分，人类信息的传播方式经历了三个阶段：面对面的口头媒介时代、印刷的书写媒介时代、电子媒介时代。网络文学的传播方式属于电子媒介这个媒介范畴。网络文学的传播与此前的传播方式相比，呈现出如下特点："首先，电子媒介会话取消了语境，创造了新的言语情境。……语言总是语境性的，词语的部分意义源自在何处使用它们，在这个程度上看，信息方式引入了一种新语言，它在与日常生活的物质限制毫不相干的场所出现……其次，媒体上的会话主要是独白式的……最后，媒体的独白式无语境语言是自指性的……言语通过加强人们之间的纽带，把主体构建为一个群体的成员。印刷文字则把主体构建为理性的自律自我，构建成文化的可靠阐释者，他们在彼此隔绝的情形下能在线形象征符号之中找到合乎逻辑的联系。媒体语言代替了说话人群体，并从根本上瓦解了理性自我所必须的话语自指性。媒体语言，由于是无语境、独白式、自指性的，便诱使接受者对自我构建过程抱游戏态度，在话语方式不同的'会话'中，不断地重塑自己。"①

毋庸置疑，传统的传播方式尤其是印刷媒介促进了个体的权威与知识分子的地位："启蒙运动这一思想传统具有根深蒂固的印刷文化渊源。句子的线性排列、页面上的文字的稳定性、白纸黑字系统有序的间隔，出版物的这种空间物质性使读者能够远离作者。出版物的这些特征促进了具有批判意识的个体的意识形态，这种个体站在政治、宗教相关因素的网络之外进行独立思考。以页面文字所具有的物质性与口传文化中言辞的稍纵即逝相比，印刷文化以一种相反但又互补的方式提升了作者、知识分子和理论家的权威。"② 如前所述，以互联网为主要代表的电子媒介所引发的新的传播革命，则是对传统作者权威的有效消解，使人人都成为作者由可能变为一种活生生的现实。不仅如此，传播方式的变化，还改变了文本的载体形式，以及文学的接受方式等，正如一些西方学者所说："新的传播系统往往被呈示为一把钥匙，有望打开通往一种更美好的生活或更平等的社会的大门。"

总之，互联网这一新的大众传播媒介为文学的发展提供了新的发展契机，它以快捷的传播速度、巨大的空间覆盖能力、自由的时间选择性以及较为低廉的发行成本，逐渐改变

---

① 马克·波斯特．信息方式．北京：商务印书馆，2000：65－66.

② 马克·波斯特．第二媒介时代．南京：南京大学出版社，2005：84.

着传统的流通与传播方式，从而进一步提升文学对社会生活的涵盖面与影响力。

四、网络文学的阅读

从文学的接受与阅读这一角度看，网络文学与传统文学有什么本质的不同？在我们看来，主要体现在以下两个方面：第一，阅读的方式发生了变化；第二，阅读的性质发生了某种变化。下面我们分别做简要论述。

相关研究表明，传统文学的媒介特征决定了它的读者只能在线性的时间关系中攀登语言的链条，靠自己既有的生活经验填充和重构作者的艺术世界，这里有两个特征是明显的，即情境的想象性和意义的后延性。然而这些在网络小说中都部分地发生了变化。在网络文学中，由于多媒体技术和虚拟技术的大量采用，文本能够营造一个虚拟的真实世界，如同一位西方诗人所说："看得见的不再是真实，看不见的不再是梦想。"它在两个方面引起了变化。首先，这种直观性、直接性削弱了想象在艺术接受过程中的功能和价值，缩小了艺术的想象空间。其次，在此基础上导致意义的当下性。在传统文学中，由于语言所指和能指之间的张力，读者必须在文字和句段的背后去捕获和体味深层意义；在网络文学中，这种思维和索解的紧张与焦虑消失了，意义和形象完全重叠了，它给人的只是瞬间的感官轰炸。视觉感官的冲击力代替了审美沉思的深度效应。

网络文学初步形成了独特的接受心理与审美情趣。"印刷技术出现之前，人们通过面对面的口头对话和交流共享他们的思想。即使是手抄本上的内容也只能由人高声朗诵，所以还是只能听到，不能看到。印刷革命帮助孵育了一种更鼓励人们思考的环境。书是被静静地进行单独阅读的，这就产生了一种新的个人隐私的概念，以及反省和自省的概念，最后甚至产生了一种颇具疗效的方法，即思考自己和这个世界。"[①] 换言之，印刷术的问世在改变人的思维方式、阅读习惯的同时，也培育了一种新的审美方式，一种"快餐"文化所特有的浏览性阅读。一些研究者还从这种变化带来的传统阅读效应的消失这个角度论述了互联网对大众接受心理的影响。例如学者吴亮认为，如果说网络改变了大众，其中一个方面就是改变了人们在接受信息时由于过去技术落后而产生的一系列心理感受。期待、拖延、焦虑、猜测，过去的这些都没有了。网络的便捷与迅速，接受信息的过程被缩短，这在预报灾害报道战争等情况下是有利的，但如果所有信息都被很快传递，那么烹调的漫长过程中的乐趣消失了，取而代之的只是速食的感觉。人的情感传递也因此改变。如果有了电子邮件（其实电话就足够了）罗密欧与朱丽叶的悲剧就不存在了，梁山伯与祝英台的传奇也没有了，人间的很多因延误而带来的误解会消失，很多故事也会就此消失。自从有了喷气式飞机，从甲地到乙地的那种长途跋涉的艰辛没有了，人随之从贴着地面行走的大地的动物变成在空中飞来飞去的飞机乘客。网络使人们丧失了传统通讯的乐趣，使人们漠视具体可见的感情交流。这种状况发展到后来必然会发生某种反弹：近距离接触、面对面的交流与触摸，这些需求重新会产生。此外，与传统文学的接受模式相比，网络文学的接受与写作之间具有即时性与同步性，两者之间更加鲜明地体现出双向互动这一特征。由于前文已有所论述，在此就不再赘述。

此外，无论是就写作还是就接受层面看，网络文学都有很强的时效性，不追求一种经

① 杰里米·里夫金．生物技术世纪——用基因重塑世界．上海：上海科技教育出版社，2000：180.

典性，而具有一种消费文化的品格与特点，如同有些学者所说："一份统计资料表明，在世界范围内，互联网网站的平均寿命只有八天。今日网络空间已到处漂流着废弃的幽灵网站。那么，网络文学似乎应该是最典型的消费文学，它似乎应该比电影更为纯粹地成为'一次过'文化，成为通俗文化的范本。于是网络文学，便成了一种悖论式生存：网络，即时性消费的此刻，文学，作为最古老的艺术，先在地指向着永恒。"

由于网络文学刚刚兴起，它对人们审美趣味与阅读心理的重新塑造还需要很长一段历史时期才能完成。但是，我们相信，随着各方条件的日趋成熟，一种有别于印刷媒介时代形成的审美理想与接受心理必将出现，这是因为"技术的影响不是发生在意见和观念的层面上，而是坚定不移、不可抗拒地改变人的感觉比率和感知模式。只有能泰然自若地对待技术的人，才是严肃的艺术家，因为他在觉察感知的变化方面，够得上专家。"①

五、网络文学的意义及存在的主要问题

网络文学是在现代科技高度发达这一历史条件下产生的，技术的大众化直接导致了文学民主化时代到来的可能性。总之，从文学社会学角度看，网络文学预示着电子技术制造的文化民主时代的到来，它是大众文化的一个新兴形态，也是未来发展的一个主导趋势。从美学精神看，网络文学意味着一种审美自由，一种更加人性的、非功利的、平等的艺术精神的孕育与萌生。

但是，网络文学在发展的过程中，也存在一些问题。比如，从题材看，网络文学应逐渐走出"网络爱情"这一相对狭小的言说空间，从根本上改变人们所形成的"网络文学等于网恋文学"的印象，拓展作品所表现的社会生活空间。网络文学的繁荣与兴盛还需要网络写手提高自己的网络技术水平，网络文学的超文本与多媒体特点都需要较高的网络技术水平，如果对网络自身的技术特征掌握得不是很全面，就难以发挥它在文学方面的潜在性能与优势，也就不能更好地体现出文学的网络化特质；更重要的是，网络写作的非职业化固然拓展了文学的写作群体，但数量的增加并不意味着与质量的同比提高，多数网络写手还需要下力气提高自身的文学素养，提高表达自身情感需要、组织、驾驭语言、构思情节、刻画人物的文学能力等。客观地讲，网络文学之所以在短期内获得全社会的如此广泛关注，是与其所运用的新的载体形式、新的传播模式与接受方式等这些"外在"特征有相当大的关系，但是，从长远来看，网络文学的真正成熟与获得生命力还需要从"内在"特征上进行开掘。

因此，尽管网络文学"前途无量"，但它是一个新生事物，还处于生长阶段，因此对待网络文学应该持一种辩证的、客观的立场与态度，既不过分礼赞，也不过分贬抑，正如王蒙所说："我们希望文学有更好的传播手段，更自由的、更广阔的传播空间，但并不是说手段一方便，空间一好杰作就出来，相反可能是垃圾先出来了，我想这是一种代价，我个人对网络文学持肯定态度，相信会有有价值的作品出现，但是不可估计过高，也不可操之过急。"

---

① 马歇尔·麦克卢汉．理解媒介——论人的延伸．北京：商务印书馆，2000：33.

本章小结

本章共分三节。

第一节是网络文学概述，主要论述了三个问题：第一个是网络文学产生的总体背景；第二个是网络文学发展的简短历程、主要代表人物与代表作品；第三个是对网络文学的不同认识，并在此基础上概括出我们对网络文学的界定。

第二节介绍了互联网的基本特征及影响，主要从两个方面来论述问题：第一个是互联网的基本特征：信息数字化、传播全球化。第二个是这些基本特征的革命性意义：从思维方式看，形成了一种新的思维方式即关联思维；从交往方式看，形成了一种交往的实时互动性与交往的全球化这一新的实践方式与存在方式；从价值层面看，互联网有助于形成一种新的价值观念，有助于自由、民主精神的形成。

第三节介绍了网络文学的基本特征，这是本章的重点部分，共分网络文学的写作、网络文学的文本、网络文学的传播、网络文学的阅读、网络文学的意义与存在的主要问题五个方面。网络文学的写作具有非职业化、互动性与虚拟性三大特点；网络文学的文本具有多媒体性、超文本性、动态性，以及语言与文体的简洁明快等特点；网络文学的传播具有简单、直接、迅速、便捷等特点；网络文学在阅读的方式与性质两个方面都体现出了新的特点。网络文学是大众文化的一个新兴形态，体现了一种自由、平等、非功利的艺术精神；还需要题材的开掘与拓展，在技术层面与文学素养层面等进一步提高。

思考题

1. 谈谈你对网络文学的理解与认识。
2. 网络写作与传统写作相比，具有哪些特点？
3. 网络文本与纸质文本相比，具有哪些特点？
4. 谈谈你对网络阅读的看法。
5. 网络文学目前存在哪些问题？谈谈你的看法。

第十一章　个人化写作、知识分子写作和民间写作的理论论争

20 世纪 80 年代中国文学颠覆了文学代圣贤立言的思想传统，在艺术实践中努力突破长期以来束缚审美创造的二元对立思维模式和一体化的创作方法，带来文学自由自觉的新局面。进入 90 年代，作家艺术家们能够更好地按照自己的生活体验和审美追求进行创作，艺术视野和创造空间得到极大开阔，文艺领域出现了流派纷呈、兼容并蓄的发展态势。个人化写作、知识分子写作和民间写作的理论论争就在这样的背景下上演。1998 年是“个人化写作”与“社会化写作”的论争年。这个争论起源于对 90 年代的诗歌的评价，因为个人化写作是 90 年代现代汉诗最大的特色，是 80 年代中后期出现的“个人化”思潮极端发展的结果。老一代诗歌理论家普遍比较反对个人化写作，认为个人化写作的诗失去了诗人应该有的社会责任，缺乏目前特定时代急需的人文精神和人文关怀。年轻一代认为个人化写作是生活在“生存问题是国人最大的问题”的特殊时代的产物，个人的世界才是保持人的自由的最后一块净土，对个体的关怀才是对人类的关怀，甚至提出为了让人活下去，能够提高个体的生活质量的诗歌是当代人最需要的诗歌。1999 年出现了“知识分子写作”和“民间立场”（民间写作）的巨大争论。与前一年的论争双方是老少之争不同的是，争论双方几乎是同年人的争论，最多只是 80 年代出道的诗人与 90 年代出道的诗人的争论。后者很反感前者的“伪贵族”式垄断性写作，主张诗要说人话，带有明显的想解构已有的诗歌的政治秩序、获得话语权的倾向。前者对后者的艺术性和纯洁性持怀疑态度。但是，更多的诗论家没有参与这样的争论，甚至没有卷入当前文艺理论界流行的“文化研究”中，他们正在踏实甚至有些呆板地进行着现代汉诗的历史研究和文体研究，‘重建诗体’获得了很多人的共识①。

“个人写作”“知识分子写作”“民间写作”，实际上都是关于文学写作立场的不同表述。它们关注的是文学与存在的关系、文学的本体意义以及如何使文学成为文学等一系列共同问题。有关文学的立场、文学的特性和文学的话语，是社会转型时中心化价值体系消解过程引发的论争。我们对每种写作姿态和写作方式的文化意蕴及其背后复杂的权力网络

---

① 王珂．诗是艺术地表现平民性情感的语言艺术——论现代汉诗的现实出路．东南学术，2000（5）．

和结构关系的把握和诠释，只能放在当代中国社会转型的历史文化语境中来观照，千万不可以抽象地、简约化地谈论。应该辨析这些策略和原则是如何构造或制造的，因为任何一种写作都处于文学的传统、阅读的规范、时代的风尚与作家个体独创性的复杂的辩证关系之中。

第一节 个人化写作

一、个人化写作及其产生

“个人化写作”是当下文学面临的一个重要精神命题，谈论当今文学几乎没法不涉及“个人化”问题。就目前而言，“个人化”仍是个颇为歧异、模糊的概念。难道还有不通过个人化写作的文学？显然它不是指创作的个体性，也不是指创作个性或个别反映一般等等。事实上，个人化是一种人文姿态，是对个人独立性和自由意识的确认，昭示着写作立场的某种转变。对“个人化写作”的不同理解暗含在不同话语方式与语境中，不同写作者对个人独立性和自由意识的不同认识，反映了不同时期寻求个人位置和视角的写作方式的裂隙和差异性，也反映了特定时期写作者对文学的认知态度及价值取向。

早在20世纪70年代前，处于流放生存境遇下的诗人，大多以诗歌写作来作为精神支撑，他们写诗是释放被压抑情感、抒发对苦难的体验，是自由受限制的逆境中的精神放飞，他们的写作不必迎合主流意识形态话语（个别诗人除外），也不必考虑读者的欣赏趣味。这种不以主流意识形态话语与接受者的阅读期待为目的的创作，虽然是迫于客观情势而采取的一种方式，却使个人化的诗歌写作得以恢复和生存。

1975年9月6日，穆旦在一封致他的“诗歌学徒”的信中曾这样写道：“不过，你另一句话也说得很对，就是你在写它时‘没有别人在旁边看着我的感觉’。这‘感觉’成为现在作者的很大问题，他身兼两职，既要凭感受来写作，又要根据外面的条条来审核和改动自己的感受，结果他大为折中，胆子很小，笔锋不畅，化真为假，口是心非。这种作品我们不会认为是好作品，尽管非常正确合格，但不动人。”穆旦信中所言的没有别人“在旁边看着我”的感觉，成为个人化写作和非个人化写作的分水岭。非个人化写作采取“合唱”式的抒情姿态，而个人化诗歌写作的基本抒情姿态是“独白”。作为一种个人化写作，作品一般只是单纯表达自己的感悟与思考，有鲜明的非主流性质。作品更多停留于个人日常生活的抒写，关注对生活的感性实在的把握，有意无意地避免历史文化道德传统的规范。

到20世纪80年代，伴随思想解放运动，从题材内容、文体风格、抒情方式、叙述方法等方面已经见出它的多样性。诗坛的青年诗人们，对艺术创作中自觉地表现真实的“自我”或者说自由地抒发自我之情的审美浪漫主义原则加以重申。顾城痛感于过去诗歌中自我的丧失，肯定自我的介入：“新的‘自我’，正是在这一片石砾上诞生的。他打碎了迫使他异化的模壳，在并没有多少花香的风中伸展着自己的躯体。他相信自己的伤疤，相信自己的大脑和神经，相信自己应作自己的主人走来走去。”王小妮则欢呼：“现在诗中可以写‘自我’了，这是一个多大的进步啊！”但写作的姿态和方式，却有着高度的一致性，是为时代而写，为民众而作。作家们深受时代精神的激荡和裹挟，以高度的社会责任感、强烈的忧患意识、文学的创新精神，在自己的作品里注入了与时代和民众息息相关的激情，最大限度地担负起文学的反思和启蒙作用。即便是带有个人化倾向的80年代的“朦胧诗”写作和先锋文学，也不能算是真正的个人化写作，作者们的自我表现往往是集体无意识的呈现，是大时代中的自我。所以张曙光说：“在以往的写作中，确切地说是80年代的部分或大部分写作中，个人声音被淹没在团体的声音中。‘个人写作’这个看似有些偏颇的提法也许正是要提醒诗人们，应该发出自己独自的声音，寻找每个人特有的语感、形式和风格。”

文学的写作姿态和方式发生了重大的变化，“对个人化写作身份的认定，既是90年代权力与商业话语全面社会化并据持中心背景的无奈，也是80年代的狂躁喧嚣雪崩般退潮中沉潜下来的诗人对诗歌品质和艺术律动的觉悟与自律”①。个人化写作，不仅是关于诗之本质的思考，更是关于诗与存在关系的反省，是制约文学的权力与文学反抗这种权力的论争，是权力化的意识形态与“文本意识形态”之间的较量。是这一写作姿态和方式，以及由此产生的文学精神，与主流意识形态终究由错位而发生的冲撞。

对于缺少历史记忆的新生代作家，他们的“个人化写作”是缘于对于传统文学启蒙姿态的失望，对于政治化、群体性创作的反感，对于文学崇高责任的躲避。20世纪90年代，文学界的政治热情被压抑到意识阈下，“告别革命”成为解构过去的新口号，他们正是在这样的文化氛围中步入青年的时候，社会的转型与人格的再造在他们身上同时经历。良好的文化教育和时代的讲究实际共同作用，致使个人最深刻的变化。面对他人的说教，他们更愿意相信自己的眼睛和感受，更相信自己对生活的理解，在文学创作中，关注当下生活，关注自我人生，突出个人的生活经历与感受，真切地展现现代人在现代社会中的欲望追求、困惑心理、人生挣扎。

“我的写作素材，皆来自于依据心理经验的想象……一个诚实的小说家，他只以个体的基本生活经验和基本生活感受为出发点，他的小说不管是动用直接经验还是心理经验，他创作的主要命题只有一个，那就是他灵魂中最骚动不安的情感。”②“个人写作”既是以个性对共性的分手、又是以自由对法则的叛逃；对以“个人”身份出场的强调，既是对“朦胧诗”“第三代”“伤痕文学”“寻根文学”“先锋文学”等种种集体反叛姿态的划界，又是对成了大家共同追求的、已经被异化为另一种集体写作行为的反抗，或许反抗是堂吉诃德式的。

性别诗学的出现，女性写作更是凸现出极强的个人写作气质。在生活日益呈现世俗化、日常化、个人化的时代，“性别语言”作为一种异质的叙述方式介入大一统的男性主流话语中，进一步拓展了个人、个性化的精神空间，在对包括“性别”在内的个人化、人性的充分重视的前提下，为叙述、文体风格乃至写作方式带来了新的自由度、新的文化和人文内涵。

“个人化写作”发展脉络是艺术创作返回自身，返回真正的自我的不断深化和扩展过程。从超脱社会政治和正统文学的规范，退回到个人感受世界的立场，表现为直接以自身

---

① 杨远宏．暗淡与光芒//王家新，孙文波．中国诗歌九十年代备忘录．北京：人民文学出版社，2000：87.

② 刁斗．反抗无奈//林舟．生命的摆渡——中国当代作家访谈录．深圳：海天出版社，1998：244.

为剖析对象，将自己感情的自然流露和个人处境加以抒写。对现实生活作以个体为中心的个人化叙写，其中也多有曲折，表现为“新写实小说”创作中主体的低迷与委顿和“先锋文学”放纵扩张自我。主体的低迷和放纵同样都是因为个体的体验不是源于现实的生存，这样的个体化写作最终仍是以反抗的姿态依附于意识形态的写作。文学创作一直在寻找新的适合表现当代人的思想情感的写作方式，在一种更积极的人生追求中获取主体自身更为丰富的内涵，规范源于抽象的个人自身和纯粹感性生存的“个人化”写作，在对时代社会的自觉关注和对自身内在的现实解放和自由发展的自觉追求中，寻找个人经验与时代语境相融合的写作可能。

二、个人化写作与当下的关系

（一）挣脱权力话语的个人话语建构

唤起和强化人们的个体生命意识，肯定个体的生命价值，解放和张扬个性，这种个体意识重新觉醒，在 20 世纪 80 年代脱离集体性的政治化思想过程中，有极为重要的意义。

朦胧诗从国家化的诗歌中浮现出了一代人的声音，而朦胧诗后的种种探索则从一代人的声音中凸现了个人的声音；朦胧诗让人感受到了人与诗的尊严和压抑，而朦胧诗后的探索，在统一的主流话语和艺术的公共园地里，个人的话语空间和艺术的想象力得到越来越充分的展现，艺术家独特的身影和独立姿态越来越清晰。

当我们将个人化写作和权力话语放置在一起讨论时，仅仅是强调写作对于自我的另一种认同的努力，抗拒的是伪写作的姿态和英雄主义的集体意识，导向对自身的现实生存状况和生存环境、即现时的当下在场的新感觉和新体验的关注。这种关注看似排除对宏大的社会性问题和现实的关注，在潜意识中其实有着对人性的、人的生命感受中寻求认同的所在，是对包含自身在内的现实解放和自由发展的自觉追求。

如果说相对时代社会关注的自我认同或与时代社会关注发生联系而开拓出的文学空间是 90 年代中国文学有机整体的一个重要方面，那么，审美向个人自身内在用力，则是这个整体的另一个方面，且是很重要的方面。在这方面，最突出地体现在 90 年代的女性写作中。以个人化的方式进行创作，以个人的生活与体验为创作题材，以摆脱以往男性群体性意识形态的控制，使文学创作真正成为一种个人化的具有独特性的个体创造。这种个人化写作的核心是女性抗拒男性化叙事的表现，也就是抗拒男性叙事对女性的审美和欲望化书写，从而把自己的躯体由被动的欲望对象改写为主动的欲望主体。

个人化写作中，在看似相同的强调个体生命意识的主体觉醒中，由于对自我表现和自我实现理解的差异，个人化写作挣脱权力话语和意识形态的努力语义重复的成果也是多层次的。

（二）浮出商业浪潮的诗性寻求

20 世纪 90 年代“个人写作”这一观念的提出，既是一种策略，也是一个原则，更是一种必然。

说个人化写作的提出是一种策略，主要是因为现代人面临着商品、物质、财富、权力对人的个性、独立性、主体性的挤压和销蚀，并且被消解到无个性的群体化、符号化生存中去。这种挤压越严重，个人化的抗争也就越强烈。也可以说，个人化写作是现代人拯救自我的一种方式。“在最根本的意义上，审美是把人的活力还给人自身——感性生命最充分的解放，个性能力最充分的发挥。而这正是自由。”“自由是审美与生俱来的权力，人在任何领域中都不能像在审美中这样自由。”自由“是每个人天生应有的自我保存、自我发展的权力，是在充满悲剧命运的拼搏中每个个体的感性生命冲破理性社会的束缚的具体实现，审美正是这种实现的本身和最高方式”①。

说个人化写作的提出是一种原则，是因为面对权力话语对诗性的强大的约束与商业化社会所形成的普泛化、物质化对诗性的腐蚀与消解，回到个人，回到诗本身，“个人化”的写作具有对抗权力和商业化大潮席卷的意义，是作家们与体制和世俗的一次清醒而执着的决裂抵制。

说个人化写作的提出是一种必然，是因为在市场经济、消费文化发展中，个人与群体、社会和国家的关系发生了根本的变化，大写的人、大写的我、大写的主体被滋生于商业社会的一种非常个人化的价值系统所肢解了，社会和个人都已经碎片化了。感性个体生命的审美自由得以彰显，社会历史理性支配的个体生命的审美遭到冷落，为国家为社会分享艰难的写作显得不合时宜，个人生活中出现的生存问题，精神问题和感情问题才是更亟待解决的，这样一种个人写作精确地透视了个人对社会问题的无能，但这并不意味着个人化写作者都有对个人实现解放和自由发展的自觉追求的放弃。

三、个人化写作和艺术叙事的关系

在20世纪80年代，自我的抒写更多地与文化的解放相关，因而个人叙事是隶属于整个80年代的启蒙人文叙事，这一叙事有着与启蒙叙事相一致的人文深度，它的在场是与另一个人文神话主体的在场同时并存的，并且指向某种自我超越，因此个人这一话语，特别强调站在受社会历史理性支配的个人立场上思考社会和人生。

越来越多的个性化创作横空出世，并能得到大众的认同，这本身就代表着时代的进步——对个性化的尊重与宽容。人们有选择的权利，也有确定个人生活方式的自由。同时创作上出现了一种贴近现实生活、关注平民人生的叙事，而艺术面对的压力不知不觉地由对抗变诱惑，由看得见变得看不见时；作家立场发生了两次根本性的位移“从讲述老百姓的故事，转而讲述作家自己的故事”，文学史的写作往往概括为崇高退场后的世俗化，是“坠入庸常”。事实需要我们具体分析，叙事或许是人类原始本性的暴露，或许是对不合理现实秩序的批判，重要的是我们应给予人的理解。另外，艺术潜在的代意识形态言的惯性作用，在今天有可能滑向代商品言，因而艺术创作的审美本体性问题非但没有成为历史，而且面对市场经济转型的现实必须做出自己的回应，展开艺术可能性的探索。维护艺术的独立性、独创性，抵制审美碎片化与模式化软性诱惑的现实，在“众声喧哗”之中开拓不类同的“独语”，使诗的语言尽可能地减弱公共语言的“通约性”。这种对艺术的个人承担还是有着极为重要的现实意义的。

当然，先锋作家的写作实践表明，从文本、价值观念到写作理想与都市、政治话语及将要掘起的技术主义的彻底分离，对个人精神深度的重视及其可能达到的高度之间存有很大距离。文学不是在真空地带生长的，它不能不受到整个大环境的影响和制约。重要的是作者能够从潮流与世俗中抽身，独处一隅，深入深思自己的个人经验，细心体察存在的纹

---

① 余虹．革命·审美·解构．南宁：广西师范大学出版社，2001：247．

理，保持纤细而敏锐的感应。面对当下人生碎片的写实，更多一份现实的体认和关怀，更多一份审美的审视与超越，这恐怕才是90年代的个人化创作呈现出与80年代不同的有意义的意蕴。

四、个人化写作意义和问题并存

（一）现实关怀的深入和逃离

“我”眼睁睁地看着“我们”的时代离“我”远去。这是对个人化写作对现实关怀的深入和逃离并行的诗性概括。

“个人化写作”是主体精神重新融入个人世俗生活之中，是基于历史现实情境的主体意识的一种内在调整，是与时代的“私人”与“个体”相称的平民自我意识的复苏。正如程光炜所说，诗歌“个人化写作意味着反对与自身的本真生存相脱离的行为，强调‘既能承担我们的现实命运而又向诗歌的所有精神与技艺尺度及可能性敞开……’‘历史的声音与个人的声音的深度交叠’”。但个人化的创作一旦将个体意识从社会生活中抽取出来、孤立起来，疏离广阔的现实生活，过分拘于封闭的个体身体和个人感情的写作经验，就有可能成为自慰式的“个人抚摸”，这也是整个20世纪90年代文化语境面临的潜在的困窘与尴尬，文学失却了与社会、历史的交流功能。

且不说作家立场位移潜在的悖论困境，叙事方式的改变同样在将我们带入生活的同时带离生活。西川90年代诗歌创作所发生的变化，不是伦理、道德和感情的转变，不是主题与风格的时代性迁移，而是意识对题材的处理。是诗人对诗歌功能有了新的理解之后的创作追求：这种诗歌不是一种“反映现实”的诗歌，甚至不是一般意义上反抗权力的诗歌，而是语言、想象与现实、权力的较量，是诗歌向世界敞开，同时也要求世界向诗歌敞开。语言世界的反抗想象有了艺术的包容，容留经验、矛盾、悖论、噩梦，却没有现实的力量。对于翟永明，是开始躲闪女性主义的对抗激情和狭隘性，告别普拉斯式的自白风格。把写作的注意力转向个人与现代场景或历史生活的复调性“交谈”；对于欧阳江河，是以类似“蛇的腰有多长”这样没有答案的问题与游移的、不确定的现在对话，将时尚、色情、游戏，与意识形态和权力进行后现代式的拼贴，让其在互相摩擦中互相耗损。个人化写作中始终存在着带离现实与带入现实的双重特征。

个人化写作中这种带入和带离现实悖反的产生即是诗创意识不可克服的内在矛盾的表现，诗歌向世界敞开，容留现实的种种矛盾因素，却于想象世界内耗：既澄明又遮蔽；也产生于对生活现象作还原的叙事。因为叙事是以真实性为合理依据的，而真实性本身合理性不充分，追求真实同时可能是追求真实的落空。作家关注私人生活是为了清洗自我中的意识形态性；而作家私人领域的独立性与社会中作家私人领域的不独立，致使清洗自我意识形态性之不可能。

（二）诗性语境的觅取和丧失

如果说20世纪80年代的诗美流变由单向度的审美嬗变为审美审丑并举而大大拓展了诗美表现的艺术空间的话，那么90年代便是在这个基础上以感觉解放的包容性，将笔触深入人的日常生活和“内宇宙”，以还原的方式，进一步拓展表现空间的多元。对诗性的追求，由于反映对象本身诗性的缺乏或者由于探索对于作为工具的语言的过于关注，觅取诗性和诗境丧失的危险同在。

新生代的作家以个人化的方式进行创作，大多以个人的生活与体验为创作题材，这使文学创作摆脱了以往群体性、意识形态依附性的创作模式，使文学创作真正成为一种个人化的具有独特性的个体创造。所以现时文学不是“先知”的启示录，而是个体生命在迷乱时刻的梦游，注重并试图“把握住自己最真切的痛感”和揭示“世俗本色的生存状态”方面，有时的确为我们提供一些新鲜的生活信息和情感经验；也许不得真相，但它新鲜热辣。

而感觉和趣味的解放，以个人体验包容情感的矛盾、悖论的诗学意义：矛盾悖论因素较量所形成的张力增添了诗境的丰富性。没有矛盾复杂的感受和意识，就无包容可谈，而没有相对应的艺术机制，所谓的包容、多元性就是一句空话。事实上，90 年代文学写作，容留矛盾、复调交谈，关注对人的潜意识和无意识资源的开发，使表象、玄学、梦幻、象征等在作品中得到奇妙的结合。除了上述作家创作，还有郑敏在《诗人与死》、张曙光的《岁月的遗照》、杨小滨在《日常悼歌》等诗篇，大大拓展了诗美的艺术表现空间，并且丰富了诗美的蕴涵，同时也不可避免存在拼贴的互相损耗。

由叙事实验带来的是疏离意识形态和知识分子精神。个人化写作中“主体退隐”的零度写作，看重读者的理解把握，创作中的人文关怀显得隐晦，审美活动中的情感展现往往为欲望宣泄的“文本狂欢”所取代。创作的初衷、写作本身存在的问题和阅读的错位，结果便无力把物欲化的叙事快感提升为有意味的情感形式，诚如洪子诚所言：“诗歌那种激荡心灵让泪光闪烁的苦痛不见了，抚摸创痕让孤独栖息的温婉不见了，阅读的明亮与流畅不见了，使诗飞扬也使读者飞扬的韵律不见了。我们切身感受到的是一种词不达意的烦躁与痛苦，一种没有在语言之路上与圣者相遇的晦涩与不安。”

（三）生命欲望的肯定与放纵交织

这个时代世俗化进程对物质欲求的激发与肯定，就注定对生命欲望的抒写是肯定与膜拜交织。

新生代作家执着书写现代人膨胀的欲望、自私的追求，揭示种种无意义的状态。这种对于自我人生的靠拢，对自我体验的描写，对生命欲望的膜拜，实质上和对社会的关心并不对立，韩东在谈到小说的性描写时指出：“性与爱有联系，但的确是两码事。通常人们习惯将二者混淆等同起来，似乎和异性联系在一起，和情人、配偶在一起就是爱了。爱被降至性的层次上。爱这种伟大的情感显得多么廉价？它被作为一件漂亮的衣裳用来遮掩人的羞愧。”① 他们是以自己的方式，如解构意义的神圣性，颠覆看似合理的传统，关心着社会的发展，关注社会潮流和时尚的演变。

社会历史理性对个体感性生命是盲视的，人性这个维度的丰富性，在与生活零距离的触摸中得以原生态呈现；因而对社会历史理性观照，只会消损我们对搏动在作品血脉中的艺术良知的感受。福贵身边的亲人一个个都先后因各种原因离开人世，余华却既不用他的故事来控诉社会丑恶，也不用他的故事抒发人生的悲凉，而是书写一种淡然的人生态度。为什么不呢？相对于死难者，福贵活着。活着，那是一份生命的权力！这个“淡然”里有着多么深厚的人生领悟！同样，颇受批评的 20 世纪 70 年代的女性作家，她们的作品同样尊重对人类文明建构起来的伦理价值标准。安妮宝贝的《下坠》，对生活作所谓的现象还

---

① 韩东．清醒的文学梦//林舟．生命的摆渡——中国当代作家访谈录．深圳：海天出版社，1998：59.

原写作中，作家对人生的价值评判依然，只是评判不再是外加的和二元分明的褒贬。女伴，一个从事三陪的同性恋人“乔”，“她的嘴唇就像一片包含毒汁的花瓣”，“她们是风中飘零的种子。已经腐烂的种子”，后来乔失踪了，是一个喝醉的男人，“想带乔出去。乔不愿意。他敲碎 Whiskey 的酒瓶扎进了乔的脖子。这是发生在包厢里的事件。乔就像一只昆虫一样，消失在血腥的夜里。”乔这样的女人，面对的现实令人窒息，“有时我们是无能为力的”，因为“你无法选择生活”，除了以飞蛾扑火般的方式拥抱生活。性交易的叙事背后言说的是男女的不平等，是女性深重的苦难和女性参与制造的苦难，女性最终丧失的不只是爱的权力，连人之为人的生存的权力都没有。如果说性的叙述背后是女性争夺话语的权力，这恰恰是话语的肢解在将我们带入现实的同时又将我们带离现实的最好注脚。也是我们僭越阅读标准对女性沉重的苦难必然会生出的冷漠。所以“个人化的写作也应该处理好个人的话语空间与大众话语空间的联系，如果缺少契合点，那么很可能在大众阅读中失去知音”①。我们还得为阅读的传统方式与创作的创新之间的错位，承担欲望放纵的恶果。

（四）个性的张扬与个性的失落共在

市场的交换竞争机制，不仅把个人从集体统一性中剥离下来，而且使个人先天地失去了稳定感。稳定感的丧失，对于市场化中的个人，既意味着他/她变成了一个根本性的无家可归的漂泊者，又意味着它缺少自身内在统一性的基本保障，并时时面临着在交换中被割裂和消解。

20 世纪 90 年代写作中文学视点阈限不断被压缩到个人自身，至多是非常有限的伸手可及的周围。文学与现实之间的意义关系往往是通过“欲望”确立，一方面，一些优秀作品的确通过被欲望所缠绕的日常生活情景的描述表达了个人对时代、现实的独特性理解，显示出独特的个人化风格。另一方面，个人化生存和写作的可能性也越来越受到质疑，写作以及其他的文化创造在多大意义上还能保有个人化特征，经验在什么程度上不会被重复，纯粹个人的精神和生命的空间能否依旧？这些都是我们必须要面对的问题。

还有就是在一个越来越实利化和商业化的社会环境里，对于许多作品来说，认识自我，表达自我中的“自我”，一旦离开了对话者之间必要的语义默契，无论对作者和对读者，真的成了镜子里的那个“小我”。文学在回到个人的同时失去了自己的存在。

而与实利主义的人生态度相联系的欲望，更是消解了“性爱与仇恨”“生命与死亡”等属于“生命”范畴的内容可能具有的现实冲击力和艺术的深度。缺少自觉的精神准备和审美追求的超离社会、放逐精神的自由自在的艺术想象会让人迷失。结果，90 年代的文学，在它致力于颠覆了以往审美创造中的“不胜负担之重”以后，又生成了艺术生命中的“不能承受之轻”。

《0 档案》深入形象地呈现了历史和现实话语中的个人状况。在档案中，人变成了“0”，是空白，不存在，人被历史归类和社会书写滤去了一切属于具体生命形态的东西，不过是无意义的抽象符号。语言的书写暴力，意味着体制权力架构对人的编排、监控、压制和扭曲。不是人书写语言，而是语言在书写人，而档案是权力运作最典型的表现。《0 档案》这首诗是对当代个人成长史的反观，我们既看到了现实与语言的分裂，也看到了渺小、平庸、琐碎的个人生活细节的文化意义和用它构建诗歌空间的可能性，前提是我们对

① 王纪人．个人化、私人化、时尚化——简论 90 年代的文学写作．文艺理论研究，2001（2）．

它的戏仿和反讽手法的领悟。

如果说，80年代文学的现代性追求努力达成的是对自我精神独立的确认，即寻求“我是谁”的解答，那么90年代文学的后现代品格则表现在对个人身份崩裂之后的自我维护。在80年代，时间是自我的希望，它向未来的不断延伸，对自我至少意味着可能；在90年代，时间变成了无处不在的诱惑，它不属于个人，却左右了个人的一切欲望。90年代是属于个人的时代，但在个人的时代个人却是以原子的方式存在，90年代的文学迎来真正个人化的写作，但是这种个人化写作的主体却是自我分裂的个人。这就是身处90年代社会，个体面对的最深刻、最内在的悖论。

（五）公共书写的疏离与整合

“私人化”写作方式的悄然出现，文化趣味、价值观念、审美取向等方面的区别与差异，使每个“个人”写作者都不同程度地形成了自己的文化态度与价值取向，造成个人话语充盈90年代文坛的文化景观，然而在这种对80年代的“集体写作”解构与疏离的“分化”背后，也潜伏着一种新的文化“整合”现象。这主要表现为，一是意旨上的高度契合与一致，即疏离或消解主流意识形态，由此形成了极其接近或大致相同的文化价值取向；二是诗创追求的大致相同或相近的，极大地敞开诗的表现的可能性，由此加深对人丰富复杂性的呈现深度，拓展对其时空背景的对照视野，开拓艺术的表现时空；三是对待中外文化态度的趋近。

考察八九十年代的创作，可以更深体会和时代公共书写的疏离中整合的努力。80年代文学，注重集团意识、追求历史感与现实感结合的公共书写；90年代的一部分作家们更强调个体的生命价值，认为诗就是生命的一种形式。疏离公共书写的集体话语，给文学创作带来了真正的解放。首先是作家个人对世界的知觉恢复了，他不再依靠某种主流的集体意识来认识生活，不做思想启蒙者，而是把一个时代的沉痛化为深刻的个人经历，把对历史的醒悟化为混合着自我的体认、追问和见证的叙述。其次是人性的自由展现和文体的个人实验，进一步追求人性解放的全面开掘。区别于80年代注重反思历史，观照现实的90年代更加注重认识自我，尤其注重自我批判。韩东说：“像我这样所谓成熟的、有责任能力的人，自我批判是当务之急。批判若只停留于对他人的嘲弄、对他人的阴暗的揭露，是很不够的、必须针对自身，首先得过这一关。因为你对别人阴暗的感受程度恰恰是以自身的阴暗程度为依据的。”①

个人写作者在他们的艺术个性和创作方法上既有着现代派的把诗视为心灵的表现和生命的展示，并通过奇诡的审美意象和深邃的哲理来结构自己的诗篇，因而在诗中充盈着较多的现代派信息；又有回避崇高走向喜剧，采用荒诞、反讽、意识流等各种手法，追求小说、戏剧等多元文学效果的整合，因而诗中渗透着后现代信息的细胞；与此同时又由于从狂热浮躁的写作转向深沉冷静的写作，诗人的头脑也从半空的悬浮回落大地，直面社会人生，这就使他们的诗中有了写实主义的细胞生成；由于挥之不去的“精英情结”，他们在解构主流意识形态和时代虚伪的同时，也营造着新理想主义的“庙宇”，因此诗中又有着新理想主义的文化意象与追求。综上所述，个人写作者们的写作位于现代主义、后现代主义、新理想主义等多种流派的交叉点上，现代主义是其整合的核心，可以称之为“复调现

① 韩东．清醒的文学梦//林舟．生命的摆渡——中国当代作家访谈录．深圳：海天出版社，1998：57.

代主义”。张曙光的《岁月的遗照》，欧阳江河的《聆听》《咖啡馆》，王家新的《帕斯捷尔纳克》，翟永明的《脸谱生活》，西川的《夕光中的蝙蝠》《鸟》，开愚的《国庆节》等都是这方面的佳篇。

个人化写作欲以个人的方式对艺术的生存和死亡有所承担，并通过写作的方式进行拯救。因而，在否弃那种救世的傲慢与创世的自负同时，防止对救赎的自我放逐。并用关注和批判当下的最高尺度，至真至善的终极价值，实行现实的关怀。

第二节 民间写作

一、民间写作及其产生

文学意义上的“民间”是指在民间世界里寻找到并在文学作品中表现出来的一种精神空间，以民间意识烛照和书写世俗民间的生存形态，并从中洞察“藏污纳垢”的民间文化。

写作的民间立场最初源头来自诗歌领域。1986 年《诗歌报》和《深圳青年报》联合推出了《中国诗坛：1986 年现代诗群大展》。参与这次大展的诗歌流派林林总总 60 余家，他们的诗歌宣言和写作主张虽然驳杂，但其中影响较大的几种流派都显示了诗歌写作的平民意识和写作倾向，精英主义的诗歌立场及其文化身份遭到了空前的质疑和揶揄，诗歌宣谕真理的美学理想和神圣崇高的情感原则备受攻讦和嘲讽。在诗歌创作中，诗人民间立场的自觉位移开启了民间化的先声。

其实，“民间”是个很复杂、可以在多种层面上给以阐释的概念。由“民间”是否具有自由自在的精神这一角度切入，我们可以从“现实的自在民间生活世界”“具有审美意义的民间文化空间”“知识分子的民间价值立场”三个层面来尝试着讨论。

从现实的、自在的民间生活世界这一层面看，“民间”的弱势地位决定了它不可能具有很大的独立自由空间，但是承认现实的严酷性并不等于可以否定民间存在着向往自由的本能。只要不将民间世界简单地视为铁板一块，充分考虑地域的复杂性和多元性，就不能否认民间传统或传统中的民间尽管在启蒙话语里被一再描述成愚昧、麻木和精神奴役，但同样它也生生不息地保存着对非观念形态的自由的本能向往和追求。而且，越是在现实世界中不存在的东西，越是容易在文化心理上产生神圣而强烈的向往，这在大量民间文化艺术的表现中可以找到证明。尽管在民间话语里的“自由”与知识分子启蒙话语里的“自由”可能不尽相同。

从审美的意义这一层面看，民间的这种对自由的追求过程与艺术的自由精神是一致的。不管在何种历史时期，不管民间与国家意志之间的关系呈现为一种什么样的形态，艺术的自由品性是不可能消失的，艺术创作中一旦消失了对于美、自由的追求，艺术也就难以称其为艺术了。同样，自由自在是民间最基本的审美风格，正是强调了民间在追求自由过程中所体现的审美精神。一般来说，美感只有在追求的过程中才会产生，而不是在已经存在的甚至凝固僵化的形态里。中国民间艺术不正是生命力极度压抑以后爆发的自由向往吗？城市里灯红酒绿的场所很难容纳这种来自田野的生命呼唤。在一个生命力普遍受到压抑的文明社会里，民间对自由境界无拘无束的向往（并不是实现）只能是通过审美的形式来表现，所以民间往往就是文学艺术产生的源泉。显然，这种文学的、审美意义上的民间，与社会学意义上的现实民间世界虽有关系但又不能完全等同的，是另外一个文化空间。

从知识分子的民间价值立场这一层面看，民间自身所具有的自在的自由生机，有可能通过知识分子这一中介环节，转化为一个自觉的自由艺术世界。这种转换过程也必然包含了知识分子自由精神的自觉或不自觉的投射。反过来，知识分子在学而优则仕的传统价值向现代社会的知识多元价值转换中，尤其是身处难以表达自我的环境中，自觉确认民间立场也是自由精神无法回避的中介场所，因此，“民间”即为“泛指非权力文化形态或非知识分子精英文化的新空间”[①]。但从现代知识分子的启蒙传统着眼，“民间”是否能真正具有独立于主流政治之外的自由自在精神是值得质疑的，相反民间始终都在主流意识形态控制下，是主流意识形态不可分割的组成部分。民间的含混、丰富、包容性质为多元解释提供了有效的可行性。

民间意识的精神核心是“坚持独立精神和自由创造的品质”。尽管一切体制外的大量的民间社团、地下刊物和个人写作者，仍然可能是被体制所暗中或公开注视的，换言之，体制干预的现实不容否认。而民间独立的精神就在于拒绝一切附庸地位，摆脱各种面貌各异的庞然大物的胁迫、利诱和无意识的控制，独立思考和自由创造。

坚持走民间道路的作家，是清醒个体价值的渺小，又不就范公共书写，从而选择了民间立场。在这个新空间中，充满了自由感与生命力，也包含着对于奴役的反叛和承受苦难的坚韧意志，既“藏污纳垢”又生机勃勃。当国家意志力量过于强大，完全压抑了知识分子主体的自由创造时，作者的主体性往往是借助于民间的文化空间，在这一相对舒缓自如的空间，通过“怎么写”来体现自己的主体。也许这也是处于类似情形下的知识分子向往自由表达的可行性通道，是一个布尔迪厄称之为多种势力竞相斗争、妥协的“场”。

■　二、民间立场写作带给艺术的变化

写作立场的改变，意味着作家与现实的关系发生了根本性的改变，融入生活带给写作的变化激起的震荡影响波及审美的各个领域。民间不仅是艺术言说的对象，也是艺术价值的皈依之地。对民间的言说与皈依确实给文学带来了一股清新的话语力量，但民间文化的糟粕性也使得作家在返归民间的途中陷入尴尬，潜在的问题也是显见的。我们分别从作者的形象、作品的意象和话语的变化来感受这种悖论。

（一）贴近并沉迷于生活的无距离审美

作家与当代生活的“零距离”，这个看似有悖常识的表述，表明作家与生活的关系不只是生活形态本身是合一的，更是作家对生活理解的转变。这种转变表现作者形象和作者对写作材料的处理意识的转换。

诗人的历史形象被改造成日常状态中的平民形象，更内在的是文学叙事者成为与其他个人平等的个人，于坚的诗歌《我生活在人群中》，改写了诗人作为人民代言人的传统形象，对诗人的平民身份给予了确定无疑的指认：“穿普通的衣裳/吃普通的米饭/爱着每一个日子/无论它阴雨绵绵/无论它阳光灿烂。”

---

① 陈思和．逼近世纪末的回顾和思考．文学报，1995－12－21．

现实形态的日常生活的丰富性，真实的隐匿性与不可知性显示了我们接近真实之路的诸种可能。作家们在这个领域各显身手，如对时代的一种炫惑感的表现，贾平凹《废都》的颓废式放逐、张炜《九月寓言》的激愤退守以及格非的《青黄》与鲁羊的《1993 年的后半夜》中的边缘性独语，都在以自以为更逼近"真实"的方式"安抚"着灵魂。而在对时代中人的伦理关系与道德意识的表现中，王朔的《我是你爸爸》、韩东的《障碍》、朱文的《我爱美元》等，更像个乐于拆坏父亲手表的孩子，不惜把镜像中的"自我"与温情世界击碎，重构起父子或两性之间的关系。在"自我"华丽外衣褪去之后，人更接近一种弗洛伊德谓之的"本我"状态。一些在日常经验中熟视无睹或陈规化的事物被一种极具穿透力的命名行为展示出来，如父子关系、如两性关系。正像《我爱美元》中面对父亲的谆谆教诲，很自豪地说："你说的这些玩意，我的性里都有。"

作者的平民立场，改变了写作与现实的紧张关系，产生了贴近生活的无距离审美。刘恒的《贫嘴张大民的幸福生活》可以说是某种"零距离"的体现，张大民的"房子问题"既是北京人的问题，也是全国人的问题，它是社会的热点，而另一个"零距离"，则是小说与作家的血肉联系。刘恒在写这部小说时曾经几次号啕大哭，不能自己。而池莉近期的小说也不时融进自己的经历和心态，这种"零距离"的尝试，说明文学的"我"（不只是主人公）永远是其他载体无法替代的心灵使者。

由于作家对"民间立场"的选择，叙述者不俯视他人、不对他人实施语言暴力，在叙述文本中众生平等。叙述者这种叙述的"零距离"表现，我们通过比较池莉小说的"我"和申维的《第六代》的无"我"小说，就能感受到彼此明显的差异，感受到叙述"零距离"所具有的强烈个性色彩。

（二）日常生活叙事的中心性与升华的困难

选择日常生活作为描述的对象，探寻一种以具体、平凡、、琐碎个人生活与社会宏大主题进行对话的可能性。努力挽住人生境遇中偶然的、个别的、瞬间东西，以人类日常中生活物质性的一面，见证社会的多元性和人类生活的血肉感。

种种支离破碎的日常经验和场景竞相登场。"他们诗派""日常主义诗派""大学生诗派"以及"莽汉主义 "都在不同的程度上显示了诗歌写作的日常化倾向，其中于坚、韩东、尚仲敏等人的日常化写作倾向是最具代表性的诗歌文本。于坚的《作品第五十二号》就可让人略窥一斑：

> 很多年　屁股上拴串钥匙　裤袋里装枚图章/很多年　记着市内的公共厕所把钟拨到七点/很多年　在街口吃一碗一角二的冬菜面/很多年　一个人靠着栏杆认得不少上海货

新写实把生活还原为一种形而下的流动状态的当下性写作，在对"宏大叙事"的消解中显现存在的本真性。而新历史小说表现出的是对历史整体性的质疑。它怀疑历史因果方式演绎的可靠，致力于从所谓的历史真相中洞见到存在于时间之流的偶然性与不可知性。格非的《迷舟》、叶兆言的《枣树的故事》，李晓的《相会在 K 市》、苏童的《1934 年的逃亡》《我的帝王生涯》等所表现出的对历史真相的解构，其实旨在期待在另一个地点与"真实"不期而遇或者暗示对"真实"的寻访不遇。

（三）独特素朴和粗陋话语的滋生场

叙述情感的淡出，以“零度”感情疏离对象的方式来逼近对象。这种“他者”的想象方式使诗人获得了想象的自由和语言上的解放，从而改变写作的面貌和写作的文体风格，开始追求一种真正意义上的汉语言文学的返璞归真。

叙事者成为“个人”之后，他/她便是一个“自我”不被抽空、不被压抑的独立思考者和言说者，作家寻找真正自己的感受、体验和表达有了现实的可能。陈染、林白、海男们尽管有着颠覆男性话语的意识形态目的，但她们却不是居高临下的，她们只述说自己的个性经验。多米（林白《一个人的战争》）的性觉醒和心理成长，倪拗拗（陈染《私人生活》）令人惊讶的心理和情感经历，英妮（宣儿《随风飘逝》）与父亲照相对她一生欲望与情感体验的影响……都是独特的，不能被原来人们所熟悉的话语所规范。

作家开始在洞悉、把握现实生活乃至存在世界结构的前提下建立起自己的艺术表达方式，尽可能减少表现的装饰性、技术性因素，努力使艺术与现实世界的存在形态能形成或实现一种对应关系，从而共同为时代提供了一种“轻松”的话语方式。《许三观卖血记》和《活着》没有复杂的结构，整部小说依时间顺序展开，但作家却在单一或简约的叙述过程中对叙述人、人物、人物对话、包括叙述人和人物的声音及其重复性进行挖掘，人物仿佛彻底脱离了作家的“控制”，“还原”了自身的存在形态，而作家也在叙述中显得无比轻松，改变着“写作与现实的紧张关系”（余华语）。使看似传统、充满古典主义意味的文体焕发出极具现代小说形式感的艺术力量。

第三节　知识分子写作

一、知识分子写作及其产生

“知识分子写作”这个概念是由西川提出的。这一概念从根本上说不是一个诗学概念。在中国当下的语境中，“意识形态化的力量对诗歌写作有贡献也有伤害，但又是必需的。过早抛弃或根本拒绝这种立场，现在就有可能成为奴隶与帮凶”。它表明的是不同历史场景中知识分子的立场，这其中既有对作为创作者知识分子本身的理性审视，又有对诗歌创作的价值作用的重新思索。

不同的创作者对“知识分子写作”的理解是有差异的，认识的差异表明了站在各自立场者对知识分子的立场，从中反映出的是中国知识分子身份功能所具有的历史概念和概念历史在不同时代不同个人心目中的形象投影。

西川的知识分子写作具有浓郁的贵族化姿态和精英意识。在他看来，诗“在情感方面有所节制，在修辞方面达到一种透明、纯粹和高贵的质地，在面对生活时采取一种既投入又远离的独立姿态”。王家新则认为知识分子应该有一种对人类、人性的承担意识，“知识分子写作”“它首先是在中国这样一个社会，对写作的独立性、人文价值取向和批判反省精神的要求，对作为中国现代诗歌已缺席的某种基本品格的要求。而事实上在当代政治文化深刻影响着人们生活的今天……如果它要切入我们当今最根本的生存处境和文化困惑之中，如果它要担当起诗歌的道义责任，那它必然会是一种知识分子写作”。这是对知识分子身份与职责的确认。欧阳江河的“知识分子写作”则是建立在“诗人的本职”之上的。“创作诗”和“诗创作”是一门有自己特性和要求的专业，当然，这种专业性质在他并无放弃社会责任之意，而是强调诗人、诗对社会的责任绝非是一个政治家、社会学家的责任，而是作为知识分子（不是作为知识分子的诗人）的责任。

三位诗人对知识分子写作的界定，反映出 50 年来文学范式嬗变中的一个重大事件，即叙事者由“阶级”而“精英”再变为“个人”。立足文化批判立场的知识分子，对新时期知识分子嬗变的轨迹做出的概括是，知识分子由“社会的良心”而“权力的仆从”再变为“文化知识的商贩”。不管怎样表述，彼此间却有着惊人的内在联系和一致性。这体现出知识分子个人精神空间不断逼仄的过程，也是知识分子对于这样一种现实的强烈忧患导致的呼喊。

对知识分子角色身份这一转换过程的原因，王一川在他的《中国形象诗学》中有形象描述，他说：“90 年代知识分子精英在中国文化生活中的地位正在发生重要变化：当政治国家体制出现失范危机时，知识分子精英总是被要求担负起借思想解放或‘启蒙’运动而拯救危机的神圣使命，从而使我们看到富于理性和崇高品质的形象，这正像 80 年代前期文学时常描绘的那样；然而，当新的市民社会秩序正取代政治国家传统而生长、实际的日常生活成了处处需要解决的大问题时，知识分子精英的‘启蒙’角色就会遇到失落的危险。市民社会大量需要的不再是过去那种从事思想革命而不善于物质建设的‘知识分子’，而是务实、专业的即世俗化的‘文化人’。”①

对“知识分子写作”最早做出明确理论界定的是诗评家程光炜，他在《90 年代诗歌：另一意义的命名》一文中写道：（1）受当代政治文化深刻影响的知识分子写作往往带着时代或个人的悲剧的特征，它总是从正面或反面探讨社会存在的真理性。（2）西方文化意义上的知识分子写作。从事这类写作的人，喜欢将西方文化精神运用到中国语境的审察之中，力图赋予个人的存在一种玄学的气质。（3）有着中国传统文化特点的知识分子写作。他们执着于对当下存在诗意问题的探询，由于不太与写作者的亲身感受发生直接的关系，因此与读者的关系表现一定程度的疏离。②

理论界定中强调的是知识分子的个人立场，与时代保持一定程度的疏离，而知识分子对现实的形而上的思考，由此带来的是不被理解的悲剧性，而这恰恰是知识分子写作持守的核心立场。程光炜后来在《岁月的遗照》的序言中，把知识分子写作提升到诗歌写作的根本性高度：“它要求写作者首先是一个具有独立见解和立场的知识分子，其次才是一个诗人。”在程光炜的理论视野中，诗歌写作是个人灵魂的深刻表达，而诗歌写作的所有技巧并不是把诗歌和个人剥离于历史，而是以更具有主动批判性的方式重建历史复杂性。不论写作者身处何种文化空间，也不论写作者是何种身份，重要的是持守知识分子那独立自由的精神。

二、知识分子的纯粹立场和现实的不可能

知识分子存在的意义就是以自身脱俗的追求帮助人们恢复记忆，找回精神家园，这是

---

① 王一川．中国形象诗学．上海：上海三联书店，1998：452－453.

② 程光炜．程光炜诗歌时评．开封：河南大学出版社，2002：2.

人的最高存在之境。就此而言，知识分子是人类精神的守望者。

知识分子正是凭着对自我世俗性的超越，他们才能生产出更多的真理。作为人类精神的化身，他们的伟大不仅在于他们对自由及自我价值的追求自觉，更在于他们对权力意志者的拒绝。20 世纪 80 年代启蒙思潮中的知识分子作过这样的努力，他们努力挣脱意识形态的束缚，做精神独立的文化生产者。这种形象的知识分子，在新时期文学中也得到肯定反映。陈直、卢一民、陈景润，他们之后有陆文婷，对具体事业的热爱是这些新中国第一代知识分子最典型的性格特征。正像有的评论所概括的，是“书生型”的知识分子。他们“像春天一般可爱，像北方的夏日阳光一般美好。他们是作者心中的诗，也是读者心中的诗，更是社会发展不可缺少的部分”①。不过，中国知识分子本来就有依附的传统，这就决定了他们难有精神上的独立，因而很难持守纯粹的知识分子立场，许志英、丁帆在《中国新时期小说主潮》中，对知识分子写作与“文学体制”之间的关系的概括是：共谋、裂隙与冲决②。换言之，知识分子文化与主流话语的关系一直非常微妙：一方面，自然是需要借助于主流话语的合法化外衣和强大力量；另一方面，它必须在功能扩展中警惕自身被主流话语同化，因而它对主流话语又有一种潜在抵制。80 年代的文学创作在向我们推出了陈景润、陆文婷这样阳光型的知识分子形象同时，也为我们提供了丘建中、安适之、丘拓夫等追随权力话语的政治投机者画像，表明知识分子自主意识和独立精神持守的困难，不仅仅是知识分子传统的影响，还有现实持守的困难，更有知识分子自身人格的局限。独立自由精神持守的现实困难，80 年代中后期，知识分子文化价值，由于新兴的商品文化价值急于跃入文化中心，提前被推向压抑性话语的位置。90 年代，更是一个早上醒来，知识分子突然发现身后不再有千万的民众，他们的讲台下不再有虔诚的听者。每一个言说者都只是一个“个体”言说者而已。你无权教诲别人，别人也没有义务接受你的训导。与主流意识形态共事训导的等级威严失落，登高一呼、应者云集的场景不再。

1989 年，王朔的 4 部作品被搬上银幕，其中《顽主》获 9 项“金鸡奖”提名，被誉为电影界的“王朔年”；1990 年 20 集电视连续剧《渴望》以极低的成本、极其平民化的表现方式、极其新颖的编剧方式和制作方式以及极其传统的苦情戏剧模式，引发了国产电视剧的收视热潮。而该剧对知识分子的嘲弄、对平民的歌颂成为知识精英（主要是指人文知识精英）退出主流地位向边缘移动的重要标志。

我们这个时代的精神和知识分子精神的变迁：从与现实、世界为敌，到转而皈依、认同；从主体力量的自信与击打、质疑的执着，到意识到自己的渺小；从拷问、批判大众到热爱“常人”及其生活；从孤独而坚定的灵魂流浪、精神探险到安宁地栖居于日常现实；从思辨到写实，这正好勾勒出一条知识分子文化及其意义叙事下行的轨迹。知识分子文化的庄严叙事和深度模式本建立在对现实的主体审视和质疑中，一旦与现实握手言和，加上 90 年代之后，后现代的狂潮及其带来的空前未有的“意义”解放，对知识分子文化价值是一次毁灭性的打击③。

知识分子文化叙事的立场：启蒙和批判，使它往往不见容于现实和大众。新时期文学

---

① 张景超．新中国第一代知识分子的人格面貌论析．文艺评论，1988（6）．

② 许志英，丁帆．中国新时期小说主潮．北京：人民文学出版社，2002：22.

③ 同②646.

中知识分子形象的遭遇，形象地表明了这点。大众更喜欢遭遇邪恶力量委曲自己的知识分子形象，天生的同情心激发起大众普遍要求公正对待这类知识分子。而那种执拗、倔强，有强烈自我意识，愿意采取尖锐的对抗方式表现对现实抗争的知识分子往往不见容于社会，尤其在不正常的时代里要蒙受更多的灾难。像章永璘、何荆夫、郑本重那样的知识分子，他们维护的是人在社会中平等的权力，追求的是合理和正义。

什么是启蒙？如康德所言，启蒙就是人类脱离自己所加之于自己的不成熟的状态。所谓不成熟状态，就是不经别人的引导，对运用自己的理智就无能为力。敢于认识，能够认识，有权认识，运用自己的理智，承认自己的愿望，自我决断，自我造就，这是启蒙运动的诉求。从这一点出发启蒙的根本在立人。但是，正是在这一点上，我们并没有解决好自己的启蒙问题。

阳光型的知识分子，他们以悄然隐忍的方式消解生活的苦难，这也是他们自我意识和独立人格观念较为淡薄的体现，他们的天真和善良容易被利用、愚弄，往往就成了邪恶力量所要掠夺、吞噬的对象。其实，80 年代知识分子写作的“大叙事”和超验叙事，以及 90 年代以来知识分子对自己身处的存在境遇问题的失语或缺席，也都是对现实的某种逃避。

80 年代知识分子文化的“大叙事”，漠视个体真实的生存处境；先锋叙事的超验性和个体性，充分体现了知识分子文化的主体创造性和抽象思辨性，但它日渐远离了现实感知，拒斥经验世界，成为远离日常大众的贵族精神产品。这两种叙事都导致了 80 年代知识分子文化写作的意义困境①。

前面提到的新时期知识分子中的另类，丘建中、安适之、丘拓夫们以及像《国画》中的朱怀镜等知识分子形象，才是彻底令人绝望的一代，极力利用权力并与之共谋以谋取私一族。他们无论在生产权利场域还是文化生产场域，都显得文质彬彬、极有修养，然而他们心目中不要说人类、民族意识没有，便是人之义务也不做任何承担，相反是利用一切可利用的力量，满足自我对这个物质世界包括女人的充分占有。其实写作本身也存在这样的危险，所以有人对知识分子写作的意识形态色彩、自我英雄化等因素有可能膨胀以至最终演变为新的话语霸权，做了警示性的提醒。只有把自己由一个权力的仆从变成一个具有自由意识的批判权力的思想家，才有知识分子写作的纯粹与希望。要不任何知识分子写作都将处在“介入”的两难困境中：对现实失语和丧失艺术纯粹性。当然现实中作家更多的是处于这样的情态，他们既有一定的知识分子写作立场，亦有自觉不自觉地对纯粹意义上的立场的丧失。

上海作家王安忆自 90 年代初发表《叔叔的故事》开始，就一直保持特立独行的写作姿态，她的文学创作更多地具有精神书写的色彩，与塑造人物的性格相比，她更多地关注各种人物的灵魂，在欢乐的背后看到痛苦，在堂皇的外衣下发现卑微，在平凡的经历中写出不平凡。从某种意义上说，她是在对一个族群、一个城市，甚至一个时代进行精神书写。而且写作者早在 80 年代就开始了寂寞的独行②。

知识分子文化叙事的立场：批判和启蒙，使它往往不见容于现实和喜欢太平的大众，

---

① 许志英，丁帆．中国新时期小说主潮．北京：人民文学出版社，2002：642.

② 王纪人．个人化、私人化、时尚化——简论 90 年代的文学写作．文艺理论研究，2001（2）.

然而又正是它不屈不挠的存在，使我们看到了现实的真相。诚如马尔库赛所言：艺术“在其先进的立场上，它是大拒绝——抗议现实的东西”，唯此，它“才具有这种神奇的能力”：它“坦率地说出事实和全部事实的统治崩溃”；它“颠覆了日常经验，并表明这经验是残缺不全和虚假的”。因此，它经常反潮流而动，总是对种种流行文化价值观持怀疑态度，即使某种新的价值已经确立起主流地位，它也并不轻易认同它的合理性①。

第四节　个人化写作、民间写作、知识分子写作三者之关系

一种立场的产生，是从原有立场内部孕育、生长起来的，因而同一立场在不同时代的呈现，与原有立场相承之外必定存有差异性，立场差异性是根据当下现实对原有立场做出调适的结果，正是差异性让我们能从不同立场扑朔迷离的交错于同一时空的复杂中，依稀辨识出它们各自的身影，不同时空中它们的关系就更是错综纠结。

“个人写作”的提出首先具有文学之外的价值和意义。“个人化写作”“知识分子写作”并不完全同意识形态对抗，它同时也“暗合”了国家话语的某种变化。当“个人写作”几乎成了20世纪90年代对各自的立场有着不同表述的作家们的共识时，个人化写作、民间写作和知识分子写作就有了高度惊人的同一。然而，文学的天空需要三种写作立场的互补支撑，三者的对话互动交流，可以互相制衡，因为每种立场都有各自适用的和有限的边界。以诗歌创作为例，朦胧诗确认个人自我对于创作的重要性，顺畅运作诗人的个人感受力和创造性欲望，让诗歌从虚假的自我真正返回自身；“第三代”诗歌，立足民间立场，面对日常生活经验和口语的活力，体认正在变化的复杂的中国现实；“后朦胧诗”立足知识分子立场，从经验的形式化和艺术独立的要求出发，对“生活”采取既投入又远离的姿态，克服“朦胧诗”道德抗衡姿态的僵化和意象化、象征等手段仪式化，而三者间的对话使形式化的实验能同时接纳现实的经验，个体的现实经验克服语言自我繁衍力的单向追求同时，适当保持与抽象“真理”和生活经验的距离。“民间写作”和“知识分子写作”反思“朦胧诗”的个人化写作，三者形成了具有互补意义的诗歌话语实践，对于中国诗歌的进一步发展具有不可低估的意义。三种写作立场在同一时代往往是有各自的立足，三者的互补支撑起一个时代文学天空。

由于三种关系模式同样复杂错综，我们简约勾勒个人化写作和知识分子写作的关系，详述知识分子和民间写作关系。

■ 一、个人化写作与知识分子写作的关系

概括地讲，它们时而是相对的时而也是同一的。个人化写作更注重私人空间，描写极端个人化的生存体验和心灵感受，此时一般说来个人化写作与知识分子写作是相对立的。另一种个人化写作，写作者虽然身处边缘化的位置，仍坚守独立品格和批判精神，把当下的生存体验上升到精神体验的高度，将个人化写作提升到主体化写作的高度，表现出强烈的对人的尊重和对人的终极关怀的人文精神，这时的个人化写作与知识分子写作是合一

① 许志英，丁帆．中国新时期小说主潮．北京：人民文学出版社，2002：644.

的。雷达说：“所谓的个人化是一种人文姿态，是知识分子对个人独立性和写作的自由意识的追求和确认。”他的看法表明个人写作和知识分子之间的同一性关系。知识分子写作，作为一种姿势与立场，核心在于作家拥有独立自治的精神空间和强烈的批判意识和自省意识，在这个意义上，我们可以说个人化写作与知识分子写作应该是同义语。

事实上，实际的情形往往是个人写作的知识分子化和知识分子写作的个人化交织在一起的，一个时代的写作或一个作家的写作一般都如此。以时代言，当以感性欲望的书写颠覆传统文学中的道德中心主义，以表达对精神压抑的反抗，这样的个人化写作，与主流、正统几乎有一种本能的敌对立场，而相对知识分子写作，它们的关系是相对和同一的交织。说它们相对，是欲望化写作与知识分子启蒙写作是相对的；说它们同一，是它们都有着对现实人生的强烈关怀意识，而且在中国文学的现代性转型中，有一部分知识分子自我放逐为民间写作者，疏离政治和意识形态，成为自由作家，如王小波与韩东、朱文、吴晨骏、李冯、李大卫、夏商、卫慧、棉棉、尹丽川等人都是自由撰稿人，是体制之外的作家。“边缘人”“另类”是他们的身份标志，大都靠稿费不很轻松地生存，但酷爱自由，不愿被主导文化直接编码，也不直接表达时代的共同想象，坚持个人化的写作姿态和方式。以个体言，日常个体的日常欲望中，责任、义务等社会性范畴仍在闪现，人依然是社会角色，人无法抛弃肩头的各种社会性生存规定，无法在绝对个体中心的立场下为自己的个人欲望而活，因而上述的所谓个人化写作与知识分子写作的相对性，也纯粹是理论的推导。

■ 二、知识分子写作和民间写作的关系

当写作成了平常事，用王朔的观点即码字，知识分子的人文叙事的主体姿态、深度模式无形中就被抹平了。这种反中心、反权威和反意义的全面反动，恰好迎合了20世纪80年代末中国的“反智”热潮，而90年代初期市场经济的兴起，又为它提供了契机。大众已在后现代文化语境中获得了新的自我价值求证和新的知识源泉，已不必再充满敬仰和虔诚去聆听人文知识分子的训诫和教导，更不必向它们所代表的知识价值和意义求助，这样，在新的大众价值面前，知识分子文化便面临着存在合法性的危机，知识分子亦失去了中心地位。

知识分子走向民间，从价值立场上说主要有两个层面：一是知识分子从自身的精英立场出发，发现了“民间”文化世界中所具有意义的内容，进而使知识分子的精英价值准则与民间价值准则得到统一；二是从民间立场出发，把民间文化世界作为自己灵魂的栖息地，并在其间感觉着民间世界的丰富与博大，为民间自身的深厚所震撼。知识分子走向民间的这两种立场是有所区别的，前者更多地保留了知识分子的精英立场特点，而后者则更多地保留了民间文化的特点，如果机械地或学科化地分析彼此的关系，至少存在以下形态：

一是知识分子作家更多地保留知识分子的精英立场，然而可以有两种结果：一种是坚持人之为人的精神，对于人类发展前景的真诚的关怀，承担起知识分子对社会所能的责任。对社会做形而上思考的潜在问题，程光炜在对知识分子写作作界定时已有分析，玄学的疏离大众，也为大众疏离。另一种是与意识形态合流，以虚假的理想和非现实的道德愚弄大众谋取私利，这样的形象在文学作品中也不少见。

二是一些作家自觉迎合“民间范式”，主动放弃主流地位和启蒙姿态，自觉适应市民、

适应市场、反省自己、调整自己。一些知识分子开始进行自我否定，其创作基点与世俗化、民间化或者大众化紧密联系在一起。并且事实上很多知识分子在经济上和精神上都已处于双重尴尬的境地，相当一部分经济上处于贫困状态的知识分子已经沦落为平民阶层，平民的现实艰难与困苦势必在他们的价值追求和精神理想上造成一定的迷惘徘徊，于是理想虚无了，英雄淡出了，在“价值判断失语”中生发一种“平民价值”。在这种“平民价值”诱导下的文化世俗化也使得作家们的地位意识发生改变，王朔曾多次戏称自己的作家身份不过是个“码字儿的”，而当有人称何顿为著名作家时，何顿断然否定“作家”这个称谓，辩说自己写字只不过是为油米酱醋养家糊口。这种地位意识的改变，一方面使作家从文学观念到文学实践都彻底生发一种“平民意识”；另一方面又导致了其创作缺乏内在精神、丧失价值深度。在民间化进程中开始寻找文学新的形式确立文学新的定位，理想陨落，精神滑坡，一切都原生化到琐屑和平庸，意义在民间中终于消融了。其实作家自觉“迎合”民间范式，从大众喜闻乐见的文艺样式中吸取营养，寻找文学新形式取得成功的范式同样存在。

在具体的文学作品中两者更是难以做出明晰的区分的。因为作家在走向民间的时候，往往是一个自我精神与民间不断碰撞、交流、沟通的过程，他们在拥抱民间的同时，民间也以灼热的胸怀拥抱他们。90年代具有民间倾向的作家所表现出的正是与“民间”的这种“对话”过程，读一下韩少功的《马桥词典》、李锐的《无风之树》、余华的《许三观卖血记》、张炜的《九月寓言》等作品，就能深切地体会到他们对于民间大地的描述中浸透着一种博大的人文情怀，他们在把自己的“心”交给民间的同时民间则给了他们抗拒压迫、守护生命的精神滋养。张炜在《九月寓言》中寻找精神的自由生长，以悲悯的情怀沉浸于民间大地上，发现民间的丰富和内在的生命活力。这种生命精神、人道主义情怀难道与“五四”以来的启蒙精神传统是相悖离的吗？民间对于知识分子，既是人生苦难的承受地，又是知识分子的避难所。

通过如上论述可以看到走向民间并不意味着对于知识分子精神的放弃，相反倒有可能使知识分子精神获得更有意义的一种存在形式，关键是看知识分子以怎样的价值立场和方式走向民间。如果在走向民间时，你自愿被民间藏污垢的复杂所淹没那是自己的事，并不是“民间”的责任。

关于个人化写作、民间写作和知识分子写作，我们反对三种立场之间的对立，强调三种立场在各自变得更多纯粹的同时加强彼此对话。对立构成的紧张关系不仅不利个人和社会的发展，同样不利文学的发展。比如，面对一些人文知识分子在新的价值转换面前陷入价值危机，变得自轻自贱，王朔不但不起来拯救，反而用最粗鄙的语言来解构知识文化的责任感和理想主义；“精神麦地里最后一位守望者”的张承志向王朔猛烈开火，是试图在文学上保持一种具有“终极关怀”意义的人文精神，警惕正经历着“商业化大潮”二度冲击的中国文化现实中知识分子“可怕的堕落”，警惕文学的人文精神在民间化进程中不可逆转地消融，知识分子从而失去了启蒙精神和放弃社会责任的承担。

二位立场的不同，一个是为社会底层的民众宣泄心中不满之情，集中火力对知识文化分子的忧患意识、文化批判、启蒙精神等核心价值加以攻击，却实实在在地被民众包括他所猛烈攻击的对象所热爱；另一个是出于“终极关怀”的立场，却受到王朔们的反唇相讥：“有些人大谈人文精神的失落，其实是自己不像过去那样为社会所关注，那是关注他们的视线的失落，崇拜他们的目光的失落，哪是什么人文精神的失落。”① 其中不乏对话的艰难，情绪化论战的隔阂，关注聚焦对象的错位。其实张承志理论的问题是他提倡的理想主义写作，神化了另一种意识形态。知识分子不甘心沉沦，就得生活在别处，是对民间的主动拒绝，从而与民间分离，说到底就是知识分子自我的主动放逐。1988—1989 年，先锋文学在极大地书写了现代知识分子文化中有关个体创造力的神话同时，忽视了知识分子文化所应有的现实姿态，自动从现实世界撤退，放弃言说的主权权力，放弃自己的启蒙与批判功能，因而与民间立场处于紧张的对立之中。

我们强调三者之间各自独立的意义和对话。知识分子的民间价值立场首先并不是与“民间自在文化”的完全契合，而是在民间状态获得独立、自由，不受外在规范制约的个性精神，这种个性精神仍然保持着知识分子应有的精神品格。当这种精神品格与民间自在文化形态中蕴含着生命活力和生机相互对撞时，民间的、富有活力的生机（这种生机可能微弱，甚至与腐朽纠缠在一起），就会在“自在民间藏污纳垢”的状态中，迸发出现代性的精神光辉。而以知识分子的心灵为中介，转化成为具有审美意义的、诗性的艺术世界，不然我们就无法说明张炜、莫言、沈从文、赵树理等具有民间写作倾向的作家作品在文学史上的意义，也就无法说明在文学史上“民间”对文学发展所具有的巨大推动作用。

既然我们所理解的“民间”包含有自由自在的生命活力，在“民间”这个丰富、驳杂的文化世界中，多种文化因素相互纠缠生存，那么，知识分子就有可能在此发现与自己的精神相共鸣的契合点，同时也会在这种精神启示之下确立自己的现实文化立场。在民间中把自己的精神追求与民间中富有活力、自由的、生机勃勃的文化因素联系在一起，知识分子试图使自身的精神价值立场变得更有现实意义。启蒙不仅仅是以观念形态的思想出现，而且应该以活生生的“生命”形态出现，让“生命”包含着思想，思想转化为生命。

本章小结

本章共分四节，前三节分别就个人化写作、民间写作和知识分子写作的概念和缘起做了梳理，每节各有侧重。

第一节的重点集中在个人化写作的意义及问题的探讨，首先是对它的产生的肯定，个人化写作立场是作家挣脱权力话语、浮出商业浪潮、寻求诗性的努力，个人化写作之所以在 20 世纪 90 年代成为一种主要的叙事话语，是 80 年代启蒙人文叙事肯定人的解放在 90 年代商业化浪潮中产生的现实形态，自我的抒写、个人叙事有了真正的实现可能。这些内容是分三个话题展开的。第四个话题是从现实关怀的深入和逃离、诗性语境的觅取和丧失、生命欲望的肯定与放纵交织探讨了个人化写作意义和问题并存的悖论现实。

第二节的侧重在民间立场写作带给艺术的变化：它们是贴近并沉迷于生活的无距离审美，日常生活叙事的中心性与升华的困难，独特素朴和粗陋话语的滋生场。

第三节的重点在知识分子的纯粹立场和现实的不可能，这其中根本问题是知识分子有

① 白烨，王朔，等．选择的自由与文化态势．上海文学，1994 (4).

依附的传统，决定了他们难有精神上的独立。也有这个时代的商业和后现代狂潮及其带来的空前未有的“意义”解放，知识分子对自己身处的存在境遇问题的失语或缺席，这几种因素的合力对知识分子文化价值的冲击，导致持守纯粹的知识分子立场的艰难。

第四节是对个人化写作、民间写作和知识分子写作复杂关系的粗略把握，核心是反对三者关系的对立，强调三者之间各自独立的意义和对话的重要性，三种写作立场的互补支撑起一个时代文学天空。其中知识分子写作与民间写作关系最具典型性，是论述的重点，也简单提及了个人化写作和知识分子写作的关系。

关键概念

个人化写作　　民间写作　　知识分子写作

思考题

1. 结合具体作品谈谈各自对个人化写作、民间写作和知识分子写作的认识。

2. 如何正确理解“知识分子是人类精神的守望者”，知识分子立场重提的现实意义是什么？

3. 简述个人化写作和知识分子写作的关系。

4. 试述知识分子写作和民间写作的关系。

5. 如何认识个人化写作、民间写作和知识分子写作三者之间各自独立的意义和对话的重要性？

参考书目

1. 勒内·韦勒克. 文学思潮和文学运动的概念. 北京：中国社会科学出版社，1989.
2. 何西来. 新时期文学思潮论. 南京：江苏文艺出版社，1985.
3. 朱寨. 中国当代文学思潮史. 北京：人民文学出版社，1987.
4. 曹文轩. 中国80年代文学现象研究. 北京：北京大学出版社，1988.
5. 陈剑晖. 新时期文学思潮. 广州：广东高等教育出版社，1989.
6. 魏天祥. 九十年代文艺新变化研究. 北京：中共中央党校出版社，2000.
7. 孟繁华. 1978：激情岁月. 济南：山东教育出版社，1998.
8. 尹昌龙. 1985：延伸与转折. 济南：山东教育出版社，1998.
9. 张志忠. 1993：世纪末的喧哗. 济南：山东教育出版社，1998.
10. 陈传才. 中国20世纪后20年文学思潮. 北京：中国人民大学出版社，2001.
11. 吴秀明. 转型时期的中国当代文学思潮. 杭州：浙江大学出版社，2001.
12. 陆贵山. 中国当代文艺思潮. 北京：中国人民大学出版社，2002.
13. 曹文轩. 20世纪末中国文学现象研究. 北京：北京大学出版社，2002.
14. 陈晓明. 表意的焦虑——历史祛魅与当代文学变革. 北京：中央编译出版社，2002.
15. 许志英，丁帆. 中国新时期小说主潮. 北京：人民文学出版社，2002.
16. 温儒敏，赵祖谟. 中国现当代文学专题研究. 北京：北京大学出版社，2002.
17. 洪子诚. 中国当代文学史. 北京：北京大学出版社，1999.
18. 陈思和. 中国当代文学史教程. 上海：复旦大学出版社，1999.
19. 洪子诚，孟繁华. 当代文学关键词. 桂林：广西师范大学出版社，2002.
20. 宋耀良. 十年文学主潮. 上海：上海文艺出版社，1988.
21. 王晓明. 人文精神寻思录. 上海：上海文汇报出版社，1996.
22. 丁东，等. 世纪之交的冲撞——王蒙现象争鸣录. 北京：光明日报出版社，1996.
23. 张德祥，金惠敏. 王朔批判. 北京：中国社会科学出版社，1993.
24. 尹国均. 先锋试验. 上海：东方出版社，1998.
25. 张德祥. 现实主义当代流变史. 北京：社会科学出版社，1997.
26. 张韧. 新时期文学现象. 北京：文化艺术出版社，1998.

27. 吴义勤. 中国当代新潮小说论. 南京：江苏文艺出版社，1997.
28. 林舟. 生命的摆渡——中国当代作家访谈录. 深圳：海天出版社，1998.
29. 温儒敏. 新文学现实主义的流变. 北京：北京大学出版社，1988.
30. 金元浦，陶东风. 阐释中国的焦虑. 北京：中国国际广播出版社，1999.
31. 马歇尔·麦克卢汉. 理解媒介——论人的延伸. 北京：商务印书馆，2000.
32. 马克·波斯特. 第二媒介时代. 南京：南京大学出版社，2005.
33. 黄鸣奋. 超文本诗学. 厦门：厦门大学出版社，2002.
34. 张京媛. 当代女性主义文学批评. 北京：北京大学出版社，1992.
35. 张京媛. 新历史主义与文学批评. 北京：北京大学出版社，1993.
36. 蔡翔. 日常生活的诗情消解. 上海：学林出版社，1994.
37. 祁述裕. 市场经济下的中国文学艺术. 北京：北京大学出版社，1998.
38. 王朔. 无知者无畏. 沈阳：春风文艺出版社，2000.
39. 何火任. 当前文学主体性论争. 福州：海峡文艺出版社，1986.
40. 张器友. 近五十年中国文学思潮通论. 合肥：安徽教育出版社，2000.
41. 柳鸣九. 二十世纪现实主义. 北京：中国社会科学出版社，1992.
42. 弗兰西斯·弗兰契娜，等. 现代艺术和现代主义. 上海：上海人民出版社，1988.

新编 21 世纪远程教育精品教材

公共基础课系列

书名	作者
大学语文（第二版）	黄　鹤
应用写作（第四版）（“十一五”国家级规划教材）	孙秀秋
计算机应用基础	李　刚
马克思主义哲学原理（第二版）	霍福广
“毛泽东思想和中国特色社会主义理论体系概论”教学专题研究	王向明
全国高校网络教育大学英语词汇必备手册	王建华
全国高校网络教育大学英语学习与考试辅导	王建华
高等数学“学习包”（第二版）	张家琦　曹承宾
北京地区成人本科学士学位英语统一考试历年试题解析	常红梅
北京地区成人本科学士学位英语统一考试辅导（第三版）	常红梅
大学英语学习与考试辅导	常红梅
数据库基础教程	苏　俊
毛泽东思想概论	江长仁

经济与管理系列

书名	作者
西方经济学	缪代文
西方经济学（第二版）（微观经济学部分）	刘凤良
西方经济学（第二版）（宏观经济学部分）	刘凤良
经济法概论（第三版）	宋立成
国际金融（第二版）	刘　震
税务管理	王秀芝
邮政储汇实务	周艳海
中国税制（第二版）	杨　虹
投资银行学教程（第二版）	胡海峰　等
金融学概论（第三版）	宋　玮
互联网金融的法律与政策	邢会强
国际贸易实务（第二版）	王晓明
财政管理	王秀芝
保险学	戴稳胜
证券投资学（第三版）	赵锡军　李向科
统计学教程（第三版）	金勇进
财政学	安秀梅
中国政治制度史	侯力

续前表

书名	作者
经济学原理	韦曙林
商务英语	王学文
国际贸易理论与政策	王亚星
国际投资	胡曙光
人力资源开发与管理（第四版）	姚裕群
项目管理（第三版）（“十一五”国家级规划教材）	李　涛
物流管理（第三版）（“十一五”国家级规划教材）	刘　刚
组织行为学（第二版）	徐建平
公共政策原理	谢　明
公共政策案例分析	谢　明
公共管理伦理学	李传军
公共政策导论（第二版）	谢　明
公共经济学导论	代　鹏
公共关系学（第二版）	李兴国
领导力	祁凡骅
企业战略管理	邹昭晞
管理学原理	安　维
公务员管理	王甫银
秘书工作实务	张大成
人员选拔与聘用管理	苏　进　刘建华
绩效管理	徐　斌
质量管理学	李晓光
营销渠道决策与管理	吕一林
高级会计学（第二版）	张志凤　谢瑞峰
公司财务管理（第二版）	肖　万
财务管理学（第四版）	孙茂竹　范歆
基础会计学（第三版）	徐　泓
管理会计（第二版）	孙茂竹
审计学（第二版）	杨闻萍
财务会计学（第三版）	郭建华
成本会计	曹　伟
纳税筹划教程	张中秀
会计制度设计（第二版）	阎至刚
计算机会计理论与实务（第二版）	蔡立新
税务筹划教程	张中秀
国际税收（第二版）	杨志清

法学系列

书名	作者
刑事诉讼法（第三版）	王新清　李　蓉
民事诉讼法（第二版）	汤维建　等
行政法与行政诉讼法（第三版）	胡锦光　罗　杰
宪法学（第三版）	胡锦光　任端平
劳动法和社会保障法（第三版）	黎建飞
保险法（第三版）	贾林青
刑法学（第二版）	黄京平
中国法制史（第二版）	赵晓耕
企业和公司法学（第二版）	王欣新
税法（第三版）	朱大旗
海商法（第三版）	贾林青
刑法学	徐松林
继承法（第二版）	孙若军
破产法学（第二版）	王欣新
经济法（第二版）	吴宏伟
国际法（第二版）	白桂梅　朱利江
法理学（第二版）	张曙光
法律文书写作（第二版）	陈卫东　刘计划
民法学（第二版）	龙翼飞

汉语言文学系列

书名	作者
中国古代文学史（一）（先秦至魏晋南北朝）（第二版）	叶君远
中国古代文学史（二）（隋唐五代宋辽金）（第二版）	冷成金
中国古代文学史（三）（元明清及近代）（第二版）	张国风
古代汉语（第二版）	殷国光
现代汉语（第二版）	吴永焕
外国文学作品导读（第二版）	刘洪涛
中国民间文学概论（第二版）	黄　涛
美学概论（第二版）	牛宏宝
文学概论（第二版）	许　鹏
中国古代文学作品选读（一）	诸葛忆兵

续前表

书名	作者
中国古代文学作品选读（二）	王　燕
中国文学理论史简编	成复旺
中国现当代文学作品导读	姚　丹
影视文学教程	邹　红
电视剧批评与欣赏	刘晔原
中国现当代文学	刘　勇
语言学概论（第二版）	岑运强
西方文论概要	杨慧林
新时期文学思潮（第二版）	张永清
文艺心理学	金元浦

新闻与传播系列

书名	作者
新闻理论教程	陈力丹　张建中
中国新闻传播史	赵云泽　孙　萍
外国新闻传播史	陈力丹　钱　婕
新媒体实务	黄　河
广告学概论	王　菲
新闻采访与写作	张　征

图书在版编目(CIP)数据

新时期文学思潮/张永清主编．—2版．—北京：中国人民大学出版社，2017.7
新编21世纪远程教育精品教材．汉语言文学系列
ISBN 978-7-300-24670-3

Ⅰ．①新… Ⅱ．①张… Ⅲ．①中国文学-当代文学-文学研究 Ⅳ．①I206.7

中国版本图书馆CIP数据核字（2017）第161250号

新编21世纪远程教育精品教材·汉语言文学系列
新时期文学思潮（第二版）
张永清　主编
Xinshiqi Wenxue Sichao

出版发行	中国人民大学出版社		
社　　址	北京中关村大街31号	**邮政编码**	100080
电　　话	010－62511242（总编室）		010－62511770（质管部）
	010－82501766（邮购部）		010－62514148（门市部）
	010－62515195（发行公司）		010－62515275（盗版举报）
网　　址	http://www.crup.com.cn		
	http://www.ttrnet.com（人大教研网）		
经　　销	新华书店		
印　　刷	北京昌联印刷有限公司	**版　　次**	2003年9月第1版
规　　格	185 mm×260 mm　16开本		2017年7月第2版
印　　张	13.25	**印　　次**	2017年7月第1次印刷
字　　数	312 000	**定　　价**	35.00元